# MELODY OF STARRY SKY
## A BRIEF HISTORY OF WORLD SCIENCE FICTION
### (COLLECTOR'S EDITION)

# 星空的旋律：
## 世界科幻小说简史（典藏版）

萧星寒——著

## 图书在版编目(CIP)数据

星空的旋律:世界科幻小说简史:典藏版 / 萧星寒著. —重庆:重庆出版社,2023.10
ISBN 978-7-229-17599-3

Ⅰ.①星… Ⅱ.①萧… Ⅲ.①幻想小说—小说史—世界 Ⅳ.①I106.4

中国国家版本馆CIP数据核字(2023)第067439号

## 星空的旋律:世界科幻小说简史(典藏版)
XINGKONG DE XUANLÜ:SHIJIE KEHUAN XIAOSHUO JIANSHI(DIANCANG BAN)
萧星寒 著

责任编辑:邹　禾　唐弋淄　崔明睿
装帧设计:罗　炟
封面图案设计:谢颖设计工作室
责任校对:郑　葱

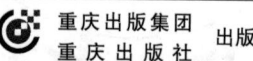
出版

重庆市南岸区南滨路162号1幢　邮政编码:400061　http://www.cqph.com
重庆出版社艺术设计有限公司 制版
重庆豪森印务有限公司 印刷
重庆出版集团图书发行有限公司 发行
E-MAIL:fxchu@cqph.com　邮购电话:023-61520646
全国新华书店经销

开本:787mm×1092mm　1/16　印张:21　字数:286千
2023年10月第1版　2023年10月第1次印刷
ISBN 978-7-229-17599-3
定价:86.00元

如有印装质量问题,请向本集团图书发行有限公司调换:023-61520678

**版权所有　侵权必究**

# 代　序

## 1

历史是什么？这个问题由来已久。

在过去很多年里，历史是执权者美化自身存在合法性的方式。这样的历史不能随便撰写，它要由权力体系设立的编纂委员会完成。

说到底，这些所谓的钦点正史，其实只是世界上一部分人眼中的历史。在这样的历史中，史实被划分成重要的、次重要的、不那么重要的、完全不重要的。自然，还有就是重要也不能写的。

搞懂了上面的这些内容，就会明白科幻小说在中国文学史中根本不存在的原因了。你对主流社会的建构起了多少作用？

不但中国，西方的情况也大致如此。

## 2

然而自古至今，对正史就颇有反抗。

野史是第一种反抗形式。这种形式常常被说成是不足信的，不可靠的，不靠谱的。但它确实像镜子一样映照着正史。谁能说渔樵闲话就不足信？

视角不同罢了！

历史学天平越来越向多元视角和平民视角发展，其本身反映出整个人类社会对自身解释倾向的变化。在过去的若干年里，民俗志、口述史等加入野史的反抗行列。这些来自"当地"的、"底层"的历史记述，极大地丰富了历史本身。

  在这样的状态下，作为长期受到压制的科幻文学，也能浮上来换口气了。国家社科基金甚至开始赞助这样的偏远文学区了。

  但这还远远不够。就算一种文类中也有高层和低层参与者的分野。以往，人们常常期望科幻作家或评论家作为历史的撰写者，而作为供养着这一文类最基础的消费者，科幻迷们的声音还少有正式的发布。

  在作家把自己当成孕育者而沾沾自喜、评论家把自己当成道德或艺术警察而耀武扬威的时候，科幻迷的声音到底在哪里？

## 3

  摆在面前的这本书，就是由科幻迷所撰写的。它是草根者所看到的历史，而谁能否认，草根者才真正代表着科幻文学的基本目的与意义？也许草根编史者不占有作家或评论家所掌握的雄厚资源，但他们却掌握着作家和评论者所不具备的个人感受。它才是更加个人化的、更加逼近真实的历史。

  至少，对编史者来讲确实如此。

  本书的作者萧星寒是位老科幻迷，喜爱这种文学长达二十多年。书中，作者把他所经历的每一个激动时刻都照原样记录下来。

  这是时代给他的印刻，也是文学给他成长所带去的丰厚礼物。

  阅读这样的历史，你能看到作者跟随文类的发展而成长的轨迹。他就这么长大、恋爱、结婚，就这么孕育着后代。

## 4

  历史学发展到今天，任何一位平民都有权写史。当然，也有权跟任何一种历史记录进行争辩。于是，整个历史变成了一种互动的过程。在阅读本书时，我既能看到自己同意的部分，也发现了大量完全不同意的部分。我已经就这些部分分别求教了作者，并希望作者在相应部分的修改中给出自己的答案。我更希望其他读者也能加入我的行列，跟作者全方位对话。只有这样，才能展现真正的历史真实。

## 5

科幻迷亚文化，是整个世界文学中的一种独特现象。

这些年出国参加各种科幻会议，看到了国外科幻迷跟作家、出版商之间的强烈互动。在聚会上，作家跟读者之间的平等关系，读者就作品、就相关科技发展方向与作家之间的种种激辩，常常让我叹为观止。我觉得这是一个双方受益的过程，更是一个让我们重新观察社会、思考社会发展方向的过程。

在这个意义上，我希望本书的出版，不但能催生人们对科幻文类历史的重视，更能将一种新的社会文化关系带入生活。

是为序。

吴岩于北京师范大学

2011年2月8日

# 前言　我是科幻迷

萧星寒

我是个地道的科幻迷。

那我为什么痴迷科幻而不是别的呢？

1990年，我还在读小学，本地电视台放了一部日本科幻电视剧《恐龙特急克赛号》，里面有超人、恐龙、怪兽、外星人、机器人、激光枪、宇宙飞船、公主、时间旅行等等，看得我目瞪口呆，从此痴迷科幻，从来没有想过要离开。

那是三十年前的事儿了，书店里根本没有科幻书卖。幸运的是，我在一个亲戚家里找到了两本80年代初出版的《科幻海洋》，里面有肖建亨的《沙洛姆教授的迷误》、叶永烈的《球场外的间谍案》、郑渊洁的《震惊世界的紫薇岛机器人暴动》，有科幻广播剧《绿色克隆马》，还有当时读不懂的《弗兰肯斯坦》。反复阅读之下，尽管还有不少地方不明白，但也大为震撼，甚至人生理想也改变为"我要成为科幻作家"了。

从1994年开始，我订阅了《科幻世界》。（感谢《科幻世界》，在十多年时间里，为我展现了科幻的丰富多彩与无穷魅力。）时光飞逝如电，转眼间十多年过去，我毕业了，工作了，结婚了，当爸爸了，世事沧桑，变了很多，唯一没变的就是对科幻的痴迷。

我多次问过自己，为什么如此痴迷科幻。有时候答案很清晰：我原本就爱幻想，又有脚踏实地的作风，合起来不就是科幻么；有时候答案很模糊：你就是为科幻而生的，没有理由。思来想去，对我个人而言，最好的回答是：在阅读科幻时，我能够获得从别处所不能获得的快乐。

从理论层面上讲，科幻有三重价值：科学的，美学的，哲学的。这三重价值并无高低之分，只有表达的好坏之别，并且能互相涵盖。当然，最好的科幻，必然是三重价值兼备。

阅读科幻，对于个人，对于民族和国家都颇有益处。

农业社会靠天吃饭，经验最重要，什么时候做什么，怎么做，前人说了算，所以孕育出的文明喜欢总结，习惯向后看，每个人都是史学家。中国是个典型的农业社会。

工业社会靠效率吃饭，规则最重要，什么时候做什么，怎么做，规则说了算，所以孕育出的文明喜欢制定条款，习惯看现在，每个人都是流水线上的熟练工。美国是个典型的工业社会。

如今中国正处于奔向信息社会的前夜。能否在信息社会中成功生存，事关中华民族的伟大复兴——君不见眼下网络发展迅猛，不知道有多少人被信息洪流所淹没，完全迷失了自我。

信息社会的生存策略是：不被信息所左右；于亿万信息中，挑选出自己需要的那些；不被千变万化的表象所迷惑，紧紧抓住那一闪即逝的机会。什么时候做什么，怎么做，前人说了不算，照着规矩来总是慢人一步。信息社会，往后看时，你已经落后，紧盯着手里的活儿时，别人已经大踏步前进了。信息社会想要生存，你得像一个高明的围棋棋手，走一步，想三步，走三步，想十步，前瞻最重要。

那么什么文学能培养前瞻性思维？

唯有科幻。


作几点说明：

一、所有人名、作品名均以已经出版的中文作品为准。如，Ringworld 一度被翻译为《圆形世界》，但出单行本时翻译为《环形世界》，所以本书用《环形世界》。

二、如果中文作品因为出版社和译者的缘故而出现不同翻译，取科幻界常用的翻译。如 Welles，包括《科幻小说史》和《世界史纲》都翻译为韦尔斯，但科幻界通常翻译为威尔斯，所以本书沿用威尔斯。

三、对于存在争议的翻译，寻找一定标准确定。如 Le Guin 至少有勒奎恩、勒吉恩、勒古恩三种译法，最后以中国对外翻译出版公司的《世界人名翻译大辞典》2007年第二版为准，确定为勒吉恩。

四、如果人名、作品名尚未有中文版，所有翻译均为暂译。

五、我只是个科幻迷，掌握的资料有限，部分国家的科幻资料相当匮乏，再加上篇幅有限，必须作适当删减。如有遗漏、错误，或者重要性没有得到突出，请电邮至 shaw13@163.com，与我联系。

最后，本书不是一部科幻批评史，更不是一部艰深的学术著作，它就是以通俗易懂的手法，向初步接触科幻的爱好者，介绍科幻小说史上那些人、那些事和那些作品。请你和我一起去探访科幻星空，去聆听那些星星演奏的与众不同的旋律。

# 目录
# Contents

代序　吴岩　001

前言　我是科幻迷　001

第一章　缘起
　　第一节　最先登上月球的人　001
　　第二节　火山、玛丽与科幻　009
　　第三节　爱伦·坡的遗产　016
　　第四节　双雄　019

第二章　红了樱桃，绿了芭蕉——美国科幻小说史
　　第一节　编辑打天下　032
　　第二节　从艰难求生到一朝成名　044
　　第三节　黄金时代四大才子　046
　　第四节　余韵悠长　063
　　第五节　主流文学的引入　077
　　第六节　当摇滚遇到网络　087
　　第七节　树大根深，枝繁叶茂　096

第三章　风风雨雨，暖暖寒寒，处处寻寻觅觅——中国科幻小说史
　　第一节　独钓寒江雪　112
　　第二节　作为科学的门徒　128
　　第三节　短暂的春天　136
　　第四节　一枝独秀——《科幻世界》的传奇　152
　　第五节　新生代　157
　　第六节　更新一代　175

第七节　渐近线——港台地区科幻小说史　186

## 第四章　来自莫斯科的恐龙——俄罗斯(苏联)科幻小说史

第一节　自由地飞——苏联建国前科幻小说史　193

第二节　沉重的肉身与飞扬的梦想——苏联前期科幻小说史　196

第三节　两个人的森林——苏联后期科幻小说史　206

第四节　世纪乐园——苏联解体前后的俄文科幻小说史　213

第五节　恐龙涅槃——俄罗斯科幻小说史　216

## 第五章　海那边的风景——日本科幻小说史

第一节　在预制房屋中成长——萌芽期以及早期日本科幻小说史　223

第二节　光怪陆离的梦——1960—1980日本科幻小说史　227

第三节　黑与白之歌——1980—1990日本科幻小说史　236

第四节　转动万花筒——1990—2010日本科幻小说史　240

## 第六章　在星辉斑斓里放歌——其他国家科幻小说史

第一节　美国的影子——英国、加拿大、澳大利亚　251

第二节　欧洲的巨头们——法国、德国、意大利　280

第三节　北欧的神话与东欧的呐喊——北欧、东欧　293

第四节　在路上——第三世界国家科幻小说史　301

后记：科幻迷推动的科幻小说史？　305

新版后记　308

参考书目　312

附录一　科幻的定义　314

附录二　世界主要科幻奖项　317

# 第一章　缘　起

谁是科幻星空亮起的第一颗明星？是谁在什么时候唱起了第一首科幻之歌？令人尴尬的是，对于科幻小说的缘起，一百多年以来，科幻界也是众说纷纭，莫衷一是。

就让我们一起逆流而上，回溯科幻那湮没在历史深处的源头吧。

## 第一节　最先登上月球的人

19世纪中叶，考古学家在古巴比伦王国的废墟里，挖掘出了十二块写于公元前17到前16世纪的泥板。20世纪20年代，泥板基本复原，翻译和注释也相继完成。人们惊讶地发现，泥板上是世界上第一部英雄史诗——《吉尔伽美什》（*Gilgamesh*），每块泥板大约载有三百行，总共约三千六百行，记载着大约四千年前国王吉尔伽美什的英雄事迹。

最初，吉尔伽美什是个无恶不作的暴君，在遭遇神制造的对手恩奇都之后，他洗心革面成为半人半神的英雄。他和

图片1　刻写着吉尔伽美什英雄事迹的泥板（局部）

恩奇都联手，制服了祸害一方的雄狮，战胜了山林怪兽洪巴巴；他的神勇赢得了爱之女神伊什塔尔的青睐，但他拒绝了；他在神的启示下躲过了洪水大劫难；他寻找长生不死的仙药，还曾下到冥界与亡灵对话……

这部气势恢宏的英雄史诗，反映了上古人民与自然搏斗、探求自然规律的过程。后世的希腊神话故事和欧洲其他国家的民间传说均可见到它的影子。

基督教圣典《圣经》与《吉尔伽美什》也有诸多相似之处。学者S.N.克莱默考证，《圣经》并非百分之百的原创，而《吉尔伽美什》就是其主要原型。伊甸园、夏娃的诞生、偷吃善恶果、大洪水、在神的启示下躲过洪水劫难等故事都源自于《吉尔伽美什》。

《吉尔伽美什》矗立在历史的源头，为世界尤其是西方文学体系提供源源不断的活水，科幻小说也是其中之一。《吉尔伽美什》除提供了无数故事素材之外，还为西方营造出富于幻想的传统，这对于后世诞生真正意义上的科幻有着至关重要的作用。

有了源头活水，剩下的事情就是开掘。

第一个科幻雏形由古罗马时期的无神论者卢奇安①所写。大约在公元120年，卢奇安出生在罗马帝国统治下的叙利亚萨莫萨塔城，年轻时学过雕刻，后来致力于研究演说术，在小亚细亚、希腊和意大利等地游学。在演说术上取得很大的成就之后，他对这种职业感到失望，转而研究哲学。约公元165年，他在雅典居住过，晚年移居埃及的亚历山大城，曾任亚历山大城的法官，于公元180年去世。

卢奇安的作品很多，《真实的故事》（*A True Story*）是其中之一。这个用第一人称写成的长篇故事颇具科幻小说的特征。在故事中，卢奇安去大西洋旅游，并经历了一连串匪夷所思的事情。其中月球之旅使卢奇安成为最早登上月球的人，同时也是故事里最科幻的部分：

主人公和他的帆船被一阵大风卷上半空，飞了七天七夜，抵达了月球。那是一个圆形的大陆，悬浮在天上。那里有人居住，有国王，有士

---

① Lucian，一度被翻译为琉善。

兵，生活着大量的"地球移民"。国王安迪密恩就是从地球上来的，他正忙着和太阳人争夺"启明星殖民地"。

除了自身的十万兵马，他还从北极星座搬来盟军：蚤载弓箭手三万名，御风兵五万名。蚤载弓箭手因为骑在巨蚤背上得名——每只跳蚤有二十头大象那么大。御风兵是地面部队，虽然没有翅膀，却能在空中滑翔，作战时主要充当机动部队。

备战完毕，安迪密恩命令当地的蜘蛛——它们数量众多，个头庞大，每只都有爱琴海上的岛屿那么大——用蛛丝在月球和启明星之间架起空中通道，然后大部队通过蛛丝桥，浩浩荡荡开到启明星。

敌军方面，太阳人的统帅叫法厄同，麾下有蚂蚁骑兵、飞蚋骑兵、空中跳虫兵以及芦秆蘑菇兵，总数在二十万以上。

第一次交战，月球人大胜，修建了两座纪念碑来庆祝。不料，太阳人的盟友，来自黄道带的云天半人半马骑兵突然出击，月球人惨败。双方签订和平协议，结束了这一场宇宙大战。

在卢奇安生活的年代，人们普遍相信的是托勒密提出的"地心说"，以为地球是宇宙的中心，众星不过是镶在透明轮盘上的光点。能够幻想出一个个生活着人类的星球，能够翔实而具体地描写月球人的日常生活，能够从容不迫地刻画惨烈而多变的宇宙战争，卢奇安简直是个天才。

周作人对卢奇安颇有研究，曾花了后半生精心翻译了《卢奇安对话集》。他认为，卢奇安最大的特征是"疾虚妄"，可与其同时代的王充"一东一西遥遥相对"。"疾"是排斥、反对的意思，"虚妄"是指当时那些迷信学说。对神的迷信无论是罗马还是东汉都无比盛行，和王充一样，卢奇安对此发起挑战。他说，如果有神存在，人间为什么如此混乱？神如果值得崇敬，以宙斯为首的希腊众神何以如此滑稽可笑？于是，在《真实的故事》中，无神论者卢奇安以游记的形式，记叙一路上的所见所闻，嬉笑怒骂，极尽讽刺挖苦之能事，不给神留一点儿位置，"疾虚妄"到极致。

显然，《真实的故事》并非科幻，它只是带有科幻色彩的讽刺性作品。卢奇安在书中这样写道:"既然人家写这么些谎话,都不怕别人识破,于是乎,我也产生了虚荣心,也想留点东西给后人,讲故事的自由总不能单单没我的份儿吧?我没有值得一提的经历,那么,我就只好理直气壮地编谎话。"但《真实的故事》无意之中在科幻星空留下了一个模糊的影子。奇异旅行、假借幻想讽刺现实、"疾虚妄",是卢奇安留给后世科幻的重大遗产。

《真实的故事》在基督教一统欧洲大陆期间一直都是禁书。文艺复兴以后,很多人的创作都受到卢安奇的影响:托马斯·莫尔、拉伯雷、伏尔泰、斯威夫特,甚至西班牙的塞万提斯以及后来的魔幻现实主义都能看到他的影子。

卢奇安之后,科幻小说整整沉寂了一千四百年,直到17世纪,才有一批带科幻色彩的作品出现。为什么会出现这么长时间的中断呢?英国人亚当·罗伯茨的《科幻小说史》中的回答是:宗教文学统治了一切,科幻小说所需要的想象空间被严厉地禁止了。罗伯茨认为,"科幻小说再生于1600年,在这一年宗教裁判所将宣称宇宙无限并包括无数世界的布鲁诺作为异端活活烧死"。

1516年,英国人托马斯·莫尔(Sir Thomas More, 1478—1535)的杰作《乌托邦》(*Utopia*)问世。乌托邦的英文意为"没有的地方",或者"好地方",引申为"不存在的寄托了美好想象的地方"。《乌托邦》中虚构了一个航海家航行到一个奇乡异国"乌托邦"的旅行见闻。在那里,财产是公有的,人民是平等的,实行着按需分配的原则,大家穿统一的工作服,在公共餐厅就餐,官吏由秘密投票产生。

《乌托邦》一书的全称是《关于最完美的国家制度和乌托邦新岛的既有益又有趣的全书》。作者写《乌托邦》的目的是将美好的乌托邦与当时社会的罪恶作巧妙的对比,以便对现实进行批判和讽刺。事实上,这是乌托邦作品出现的主要原因。与游记式小说对虚构世界的片段描写相比,《乌托邦》对于科幻的一大贡献就是展示了全面地虚构一个世界的可能。

经过数百年的演化,现如今"乌托邦"分化为生态乌托邦、经济乌托邦、技术乌托邦、文化乌托邦、宗教乌托邦等多种形式。同时，也滋生出与乌托邦相对的概念，叫反乌托邦①。如果说乌托邦是人类对自己美好前景的全面憧憬的话，那么反乌托邦便是人类所做的关于未来的全方面的噩梦。

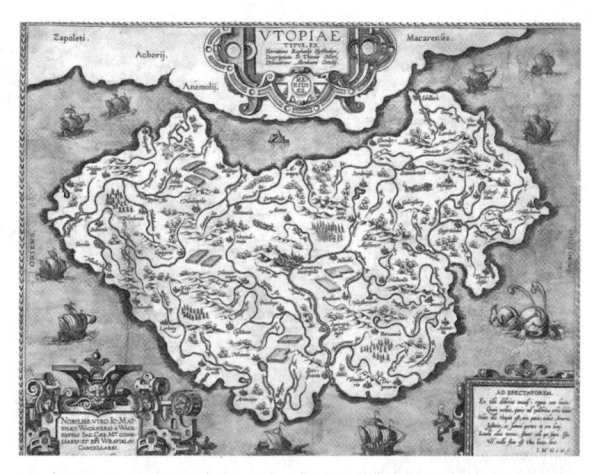

图片 2　托马斯·莫尔小说《乌托邦》里的乌托邦岛地图

后世里，反乌托邦作品的影响力远大于乌托邦作品，即使不读科幻的人，也可能知道《1984》《美丽新世界》和《我们》。

1726 年，英国政治家与讽刺作家乔纳森·斯威夫特（Jonathan Swift, 1667—1745）的长篇小说《格列佛游记》（Gulliver's Travels）出版。这是一部饱含讽刺和批判的文学杰作。乔治·奥威尔说："如果要我开一份书目，列出哪怕其他书都被毁坏时也要保留的六本书，我一定会把《格列佛游记》列入其中。"

全书由四卷组成。第一卷记叙格列佛到小人国"利立浦特"的故事，第二卷讲格列佛在巨人国"布罗卜丁奈格"的历险。在前两卷中，作者娴熟地使用科学术语，对一大一小两个奇异王国进行技术性描写，在为读者呈现出超现实的第二世界的同时，展现出作者丰厚的科学底蕴。对科幻而言，《格列佛游记》的精华在第三卷的"勒皮他岛"②和第四卷的"慧骃国"③，这两卷对后世科幻有着直接的启迪作用。

第三卷写道，格列佛又随"好望号"出海，遇上海盗，一座会飞的

---

① Dystopia，又作 anti-utopia 或 cacotopia、kakotopia。
② Laputa，也翻译为飞岛国。
③ Houyhnhnms，也翻译为智马国。

图片3　日本动画大师宫崎骏的《天空之城》，创意就来自于《格列佛游记》的飞岛

岛屿将他救起。这个飞岛一出场就展现出它惊人的庞大：在半空飞行的过程中，它把太阳遮住了六七分钟。为什么叫"勒皮他"呢？格列佛是这样解释的："Laputa其实是quasi lap outed（拉丁文），其中lap的意思是'阳光在海面上跳舞'，quasi则是'翅膀'，不过我并不想将自己的理解强加附会，读者可以自行判断。"

　　格列佛被救上飞岛后，慢慢了解到飞岛的构造：

　　飞岛，或者说浮岛，直径达七千八百三十七码，或者说四英里半，所以面积有十万英亩。岛的厚度是三百码。底盘是一整块碟形金刚石，上面覆盖着一层层矿物，最上面是土壤。飞岛中央有一个直径五十码的"天文学家之洞"，里面安置着决定该岛命运的东西。那是一块形状像梭子的巨大磁石，长六码，最厚的地方至少有三码。磁石中间穿着一根极其坚硬的金刚石轴，依靠这轴，磁石即可转动。因为磁石在轴上绝对平衡，所以就算力气很小的人也可以转动它。

　　关于勒皮他的飞行原理，作者这样写道：

飞岛就是借助于这块磁石，或升或降，或从一处移动到另一处。在这位君王统治的这部分土地上，那磁石的一端具有吸力，另一端具有推力。如果把磁石竖直，让有吸力的一端指向地球岛，就下降；如果让有推力的一端指向地球，岛就径直往上升。假如磁石的位置是倾斜的，岛的动向也是倾斜的，因为这磁石所具有的力量总是在与其方向相平行的线上发生作用。

在17世纪那种农业和手工业环境下，能够悬浮在半空、靠磁力驱动的勒皮他岛无比的科幻，体现了作者惊人的想象力。飞岛构思之奇特，景象之壮观，不仅在当时堪称神奇，而且对后世读者也多有震撼。宫崎骏的《天空之城》是众多受《格列佛游记》影响、向斯威夫特致敬的最著名的作品之一。

在第四卷，斯威夫特为我们描绘了一个由马建立的文明——慧骃国。这个马族国家位于南纬四十五度，在距马达加斯加不远的印度洋里，与周围隔绝。慧骃们吃熟食，能够建立房屋，按马的不同毛色分贵贱优劣。但它们都很友爱，"仁慈"和"友谊"是这个国家的两种美德。慧骃们拥有天使般理想的品质：理智贤明、勤劳勇敢、仁慈友爱、公正诚信。

与慧骃相对的，是丑陋肮脏的野兽耶胡[①]。耶胡与人外貌相同，然而全无智慧和理性。慧骃从来没有发现耶胡有任何智慧的表现，即便是训练作牲畜也非常不合格。所以，刚上岛的时候，格列佛不得不绞尽脑汁，反复向慧骃证明自己有智慧。在目睹了耶胡的丑陋与慧骃的高贵之后，格列佛被慧骃的诚信友爱所征服。后来他回到英国，仍然视同类为野兽，而把马当做智慧的朋友。

在神话和传说中，会说话的聪明动物数不胜数，然而，像慧骃这样建立了国家和文明的，却是有史以来第一回。在《格列佛游记》中，非人类智慧文明第一次登上人类文学的舞台，而非人类智慧文明是科幻小说一个非常重要的题材。

1752年，法国哲学家伏尔泰（Voltaire, 1694—1778）在《米克罗梅加

---

[①] Yahoo，也翻译为雅胡、野胡、野猢、雅虎等。

斯》(*Micromégas*)中，描写了天狼星人米克罗梅加斯的旅行。他身高四千米，才华横溢，风度绰约，因为坚持自己的观点而被天狼星法官流放。他有时凭阳光指路，有时靠彗星定向，从一颗星球飘到另一颗星球，宛若鸟儿从一条树枝跃向另一条树枝。后来他来到土星，尽管土星人比他矮许多，他还是和一个土星人交上了朋友。两个人结伴而行，跳上一颗彗星，来到了地球。最初因为他们太过庞大——地中海在他们眼里就像是个小池塘——没能发现地球上的生命。后来借助钻石做的显微镜，终于发现了人类的存在，这引起了双方在哲学上的辩论。

弗朗西斯·培根（英）的《新亚特兰蒂斯》、约翰内斯·开普勒（德）的《梦，或者月球天文学》、西拉诺·德·贝热拉克（法）的《月球之行》等小说，也是讲述早期科幻史必须提到的作品。

但上述作品都不是严格意义上的科幻小说，它们只是科幻雏形，只是蕴含科幻色彩的作品。比如，有学者将著名天文学家开普勒写于1610年的《梦，或者月球天文学》作为世界上第一部科幻小说，因为其中有对安眠药、宇宙飞行的超重、喷气推进、极低温、轨道惯性、宇航服以及真空状态的细致描绘，然而主人公前往月球是在精灵的帮助下进行的，整个故事其实是一个梦。

在文学史上，《吉尔伽美什》是英雄史诗，《真实的故事》和《格列佛游记》是讽刺性游记小说，《乌托邦》和《米克罗梅加斯》是哲学小说。然而，正如一个功夫高手，不会只师从一派，而是转益多师一样，科幻也从不同的前辈那里学到了绝技。从上述作品中，科幻至少学到了：

1. 借助奇异的旅行展开故事；
2. 建构一个超现实的第二世界；
3. 假借幻想之物讽喻现实。

但真正意义上的科幻小说，还要等到下一个世纪，等到一场改变世界面貌的火山爆发与一个奇女子的灵感迸发。

## 第二节　火山、玛丽与科幻

1815年4月5日，发生了一件改变世界历史的大事件：位于印度尼西亚松巴哇岛上的坦博拉火山爆发了。

在这次大爆发之前，坦博拉火山已经沉睡了整整五千年。这次爆发，将它积蓄了五千年的力量一股脑地全部释放了出来，所产生的巨响在两千五百千米之外都能听到。在爆发中，坦博拉火山上部失去了七百亿吨山体，其高度从四千一百米减为两千八百五十米，形成了一个直径达六千多米、深七百米的巨大火山口。

直到三个月之后的7月15日，坦博拉火山才停止喷射气体和火山灰。据估计，此次坦博拉火山喷出的火山灰总共有六百亿吨之多，其连续爆发所释放的能量，相当于二战末期美国投在日本广岛的那颗原子弹爆炸威力的八千万倍，是人类目前所观察到的最猛烈的火山爆发，也是有文字记载的伤亡程度最为惨重的一次火山灾难，直接遇难人数超过十一万七千。

坦博拉火山停止了喷发，然而它对世界造成的影响才刚刚开始。

坦博拉火山喷出的火山灰在同温层中形成一个"幕帘"，将太阳释放给整个地球的光和热给挡住了，结果导致了全球性的低温。因为火山灰在大气层中流动需要时间，所以它对全球气候的影响，等到1816年才真正显现出来。

1816年史称"无夏之年"。那一年夏天，温度比往年低好几度，严重的霜冻甚至雨雪普遍地袭击了亚洲、欧洲和美洲，大量的农作物被冻死在田地里。农作物歉收最直接的后果就是大面积饥荒，饥荒又引发暴乱。据估计，欧洲约有二十万人死于这次天气反常，而在中国云南爆发了连续三年的大饥荒，有学者认为，这场大饥荒是清王朝急速衰落的外因。

大气层中大量存在的火山灰也改变了天象。在1815年秋季，英国人常常能够看到持续时间很长的暗红色黄昏和黎明。到了1816年，情况更加严重，以往很容易看到的星星需要非常努力才能看到，月亮不如以前明亮了，甚至太阳也黯淡了许多，大白天感觉就像是黄昏。

看到反常的天气、灰暗的夜空和饥荒蔓延的大地，怎不令人心生世界末日之感？著名浪漫主义诗人乔治·戈登·拜伦写于1816年的《黑暗》一诗如此描写当时的情景：

> 明亮的太阳熄灭，而星星在暗淡的永恒虚空中失所流离，
> 无光，无路，那冰封的地球球体盲目转动，
> 在无月的天空下笼罩幽冥。

能让诗人敏感的心得到慰藉的大概是另一个诗人。拜伦听说英国诗人珀西·比希·雪莱正在日内瓦游历，于是盛情邀请他到自己的别墅做客。雪莱欣然应允。有一个冰雪聪明的姑娘与他同行，叫玛丽·戈德温（Mary Godwin），本节的主人公。

1797年8月30日，玛丽生于伦敦。出生十天后，母亲玛丽·沃斯通克拉夫特就因产后感染而去世。在当时的医疗条件下，产后感染是常见的产妇死亡原因，却也使得玛丽一直有"自己害死了母亲"的怨念。不久，父亲威廉·戈德温另觅新欢。继母带来了两个不同父亲的孩子，婚后又生了一个孩子。玛丽本来有一个同母异父的姐姐，于是在这个大杂烩似的家庭里，五个孩子没有共同的父母。唯一幸运的是，父亲是作家、哲学家、政论家兼新闻记者，很看重子女的教育，所以，虽然从未到学校接受正规教育，玛丽却有极高的文艺修养。

1812年，雪莱与结发妻子哈丽雅特频频拜访玛丽的父亲戈德温。玛丽很快便爱上这位激进的自由派诗人，雪莱也为玛丽非凡的容貌、举止和才智所折服。两人相恋了。1814年5月，他们不顾众人反对，离开了英国，到欧洲各国游历——其实就是私奔。这一年，玛丽十七岁，雪莱二十二岁。

## 第一章 缘起

1816年5月，应英国诗人拜伦之邀，雪莱与玛丽等人到瑞士日内瓦湖拜伦的别墅做客。当时，拜伦正在创作长诗《恰尔德·哈洛尔德》，雪莱也在别墅创作出《精神美的赞美诗》和《白山》。因此，在英国文学史上，1816年这个夏天被描述为"多产的夏天"。说来也是神奇，公认的世界上第一部真正意义上的科幻小说也诞生在这个夏天，这座别墅。

七月原本是日内瓦湖最美丽的时候，然而今年却不知为什么——他们不可能知道这是亚洲坦博拉火山爆发的结果——连日降雨，而且气温低得吓人，众人只能待在屋里，无法外出。为了打发时间，拜伦决定举行一场比赛，让大家写最恐怖的故事，来度过这段百无聊赖的日子。这在当时，是很流行的事情。

四个人都动了笔，包括两位诗人、玛丽和拜伦的私人医生巴利多里。三位男士都无法终篇，只有玛丽灵感迸发之后，越写越顺手，也越写越认真。

很多人错误地以为玛丽是在拜伦别墅完成了整部小说的写作，其实不是。拜伦别墅只是玛丽灵感的发源地。1816年9月，玛丽和雪莱回到伦敦，玛丽继续埋首写作，第二年春天才真正完成小说。又隔了一年，1818年，小说在伦敦出版，引起了整个欧洲的轰动。玛丽的名气一时之间竟然超过了雪莱。这部小说就是大名鼎鼎的《弗兰肯斯坦——现代普罗米修斯》(*Frankenstein-The Modern Prometheus*)。

小说出版那年，玛丽年仅二十一岁。

这部小说书信体与记叙体相交织，讲述了一个北极探险者遇到了一个怪人，怪人向他讲述了一个匪夷所思的故事：

怪人自称是瑞士贵族，叫维克多·弗兰肯斯坦，他曾留学德国，研究电化学和生命，发现了死亡的秘密，于是决定着手制造生命。他先从尸体中寻找材料，然后进行组装，最后借助电化学方法予以激活。一道闪电之后，高达八英尺的怪物被赋予了生命，却面目狰狞、奇丑无比。恐惧中，弗兰肯斯坦下意识地逃离了实验室，等他回来时发现怪物已经失踪。

怪物躲进山里,并学会了使用火,还遇到隐居在山中的一位盲爷爷和一对青年男女。怪物心地很善良,偷偷帮助盲爷爷打柴,并偷出书来自学阿拉伯语和法语。在阅读了《少年维特之烦恼》等大量文学和哲学名著之后,它开始渴望艺术和爱情。一次,怪物发现只有盲爷爷在家,便与他海阔天空地聊了起来;这时青年男女突然归来,姑娘吓得晕了过去,小伙子气愤地将它赶出了家门。

这严重地伤害了怪物的自尊心。它决定去找制造它的人。谁知道它刚出现在大街上,就因为丑陋受到了很多陌生人的打骂,甚至有人朝它开枪。愤怒的怪物认定自己的不幸来自于它的制造者,于是向弗兰肯斯坦发起报复。

怪物杀死了弗兰肯斯坦的弟弟,又嫁祸给女仆。弗兰肯斯坦察觉这些都是怪物所为,就开始追逐怪物,一直追到阿尔卑斯山上。在山上,怪物要求弗兰肯斯坦再为它造一个女人,作为自己避世隐居的条件,因为它认为自己长得丑陋,得不到异性的爱,而这是弗兰肯斯坦的错。

弗兰肯斯坦同意了。但在用同样的方法,造好女怪物,准备通电激活的那一瞬间,他突然犹豫了:如果它们真的恋爱繁衍,成为怪物族群,会给人类带来多么大的灾难?因此他马上毁掉了女怪物。

怪物看到这一切,暴跳如雷,对人类社会和自己的前途彻底绝望。它杀死了弗兰肯斯坦的好友,又在婚礼那天杀死了弗兰肯斯坦的新娘。愤怒的弗兰肯斯坦发誓要杀死这个自己一手缔造出的怪物。他们一追一逃,一直追到北极……

从玛丽本身的创作意图来讲,她是想写一部哥特式小说。哥特式小说流行于18世纪,因其情节多发生在荒凉阴暗的哥特式古堡①里而得名。一般而言,哥特式小说充满悬念,内容多为恐怖、暴力、神怪以及对中世纪生活的向往,通常以毁灭为结局,而《弗兰肯斯坦》显然符合这样的要求。

然而,玛丽所处的年代,正是第一次工业革命的中期,是科学技术

---

① 流行于18世纪英国的一种建筑形式,类似教堂。

正在迅速崛起并改变整个世界的年代。在此之前，1765年，哈格里夫斯发明了"珍妮纺纱机"，揭开了工业革命的序幕；1785年，瓦特制成的改良型蒸汽机在伯明翰投入使用；1807年，富尔顿的蒸汽船"克莱蒙特号"在哈得逊河试航取得成功；1814年，史蒂芬孙开动了世界上第一辆蒸汽火车……科学技术取得的一系列成就令人目眩神迷，同时也让人困惑：科学技术到底带来了什么？它还将带来什么？

身处第一次工业革命发源地英国，就像那个时代的很多知识分子一样，雪莱对科学和超自然现象很着迷。他觉得现实的万事万物下面都藏有奥秘，通过某种方式，他能发现它们。一些秘密的社团，比如共济会和光明会，引起了他浓厚的兴趣，他回忆说他曾细读"一些关于化学和魔法的古书……劲头十足，满是好奇，而且几乎深信不疑"。雪莱的另一大爱好是天文学，他经常思索人类哪一天移居别的行星的可能性。他的堂兄弟托马斯·梅德温写道，雪莱希望，就像学生跳级一样，人类"应该从一个星球跳上另一个星球，不断进步，直至我们都成为上帝"。雪莱在科学上的造诣有多深不得而知，但他对科学的热爱毫无疑问会影响到痴爱他的玛丽。

《弗兰肯斯坦》的问世很可能与下面这个故事有关。1786年，意大利科学家伽伐尼发现，在雷电暴雨天，用剪刀触碰死亡的青蛙，会产生肌肉收缩反应。伽伐尼据此提出"生物电"假说，认为生物电是生物区别于非生物的原因。伽伐尼的侄子乔万尼·阿迪尼是"生物电"假说的捍卫者和推广者，他经常用电刺激各种尸体，进行"生物电"的公开表演。1803年1月，阿迪尼得到了一具死刑犯的"新鲜"尸体，自信满满地当众做起了"起死回生"的实验。阿迪尼很擅长舆论炒作，而且"新鲜"尸体在电流刺激下确实会出现肌肉抽搐等反应，所以，这个实验没有像阿迪尼所宣称的那样完全成功，但由此引发的社会关注度却是极高的。

至于玛丽是否知道这个实验，这个实验在《弗兰肯斯坦》的创作中是否扮演了灵感女神的角色，目前还缺乏证据。然而，正是有了这种时代背景和个人生活背景，玛丽才会把赋予怪物生命的方法设定为科学上的电力，而不是哥特式小说常用的魔法。这就是《弗兰肯斯坦》源自于哥特式小说，又有别于哥特式小说的地方之一。

1973年，英国科幻作家兼学者布莱恩·奥尔迪斯在科幻史著作《狂欢亿万年》中，最先把科幻文学诞生的标志性事件追溯到《弗兰肯斯坦》的出版。这一见解得到了世界诸多科幻理论研究者以及科幻迷的认可。玛丽·雪莱被誉为"科幻小说之母"，成为科幻星空之上亮起的第一颗明星。

值得注意的是，玛丽在创作《弗兰肯斯坦》时，科学还没有露出狰狞的一面，而在小说中，玛丽已经在探讨科学的双刃剑问题。人用科学技术创造了怪物，怪物倒过来要反抗人的统治。同时，这本身又是宗教研讨的范畴：上帝创造了人类，人类能创造怪物、充当怪物的上帝吗？人类能觊觎上帝的能力去创造生命吗？人类僭越了上帝的王座又会有怎样的遭遇？种种思考，对当时和后世，都有深远的影响。

因此，加上前面提到的哥特式风格，《弗兰肯斯坦》其实为后世科幻奠定了三个基调：其一，对科学的反思；其二，对宗教和哲学的思考；其三，恐怖。

玛丽本身文学素养极高，行文舒缓从容，有着维多利亚时期特有的感伤，笔下的人物也富于变化。在小说中，怪物本来心地善良，乐于助人，最后却变成一个社会秩序的破坏者；而弗兰肯斯坦本人开始认为自己的行为没有任何错误，后来在与怪物的交往中逐渐变得内疚，最后终于勇于承担责任，与怪物进行决斗。这种合情合理的逆转，后世的很多科幻小说都不能企及。

《弗兰肯斯坦》（也翻译为《科学怪人》）对后世的影响极其深远，但绝不限于科幻。它被改编成多种艺术表现形式，呈现在全世界读者和观众面前。它曾经二十多次登上大银幕，许多导演都讲述了自己理解的"弗兰肯斯坦"的故事。这样的故事，过去发生过，现在发生着，未来还会继续发生。它为英语添加了一个新的单词Frankenstein，一个创造出毁灭自己的怪物的科学家。顺便说一句，当玛丽因为《弗兰肯斯坦》的出版而声名鹊起时，当初一起在拜伦的别墅比赛写鬼怪故事的医生巴利多里受了点刺激，奋笔疾书，写成了一部名为《吸血鬼》的小说。这部小说在文学史并没有什么地位，但它直接启发了爱尔兰作家布莱姆·斯托克于1897年写作的《德库拉》，而《德库拉》被认为是现代吸血鬼文化的鼻祖。

1816年12月，雪莱的第一任妻子哈丽雅特自杀去世后，雪莱和玛丽正式结婚。玛丽·戈德温更名为玛丽·雪莱（Mary Shelley），通常称为雪莱夫人。

图片4　某个版本的《弗兰肯斯坦》封面

但这段婚姻依然得不到世俗的认可。两人在英国短暂居住后不得不离开，去往意大利。不稳定的生活使玛丽接连失去了三个孩子。1822年，年仅三十岁的雪莱死于海上风暴，这一沉重的打击给玛丽带来了无限的痛苦。失去了雪莱，玛丽不得不带着三岁的儿子伯西回到英国。雪莱的父亲对她很刻薄，只供她微薄的津贴，而且禁止她张扬雪莱的"劣迹"，否则就断绝接济。玛丽毅然辛苦笔耕，成为自食其力的专业作家。

文学史上，玛丽的一大贡献就是为亡夫整理编印遗作。但她并没有忘记自己的事业。1826年，玛丽出版了自己的第二部长篇科幻小说《最后一个人》，描写了21世纪发生灭世大瘟疫后，唯一的幸存者在伦敦的挣扎求存。后来还有一个名叫《永生者》的短篇科幻问世。除此之外，玛丽还创作了三部长篇小说和二十五篇短篇小说。1851年，玛丽去世，安坐于科幻星空之上。朋友整理出版了她的作品，名为《故事集》。

坦博拉火山喷发到大气层中的火山灰，至少在大气层中飘浮了两年多，这才随着雨雪沉降到陆地和海洋。火山灰引发的种种异常现象也逐渐消失。然而，世界已经改变。对于科幻来说，《弗兰肯斯坦》已经写出来了，日后风靡全球的一个艺术门类——科幻，已经在火山的灰烬中诞生了。

从那以后，科幻接过了坦博拉火山改变世界的接力棒，开始了梦想与现实的双重征程。

## 第三节 爱伦·坡的遗产

有一个人，只活了四十岁，生前毁誉参半，死后争议不断，却在一百五十年后被后世誉为"现代诗歌之父""侦探小说之父""科幻小说之父"。他是谁？他就是埃德加·爱伦·坡（Edgar Allan Poe）。

1809年1月19日，爱伦·坡出生于美国马萨诸塞州的波士顿。自幼父母双亡，爱伦·坡被弗吉尼亚州里士满的爱伦夫妇收养。

爱伦·坡在英国的私立学校完成了基本教育，后到美国弗吉尼亚大学就读。因为行为浪荡，喝酒赌博，爱伦·坡被弗吉尼亚大学开除了。随后，在爱伦夫人的安排下，爱伦·坡进入了西点军校就读。军校教条繁多，爱伦·坡无法忍受，在屡次犯规之后，于1831年被西点军校开除。这次开除，使得爱伦·坡与爱伦夫妇彻底决裂。

1833年，爱伦·坡搬到姨妈玛利亚·克拉蒙夫人家居住，认识了表妹弗吉尼亚·克莱姆（Virginia Clemm）。两人于1836年结婚，那时弗吉尼亚还不到十四岁，而爱伦·坡也开始了他一直向往的居家写作生涯，并由此成为世界上第一个职业作家。

在艺术上，爱伦·坡主张"为艺术而艺术"。他的这一艺术主张几乎贯穿了他的所有作品，包括诗歌、短篇小说和论文。他声称"一切艺术的目的是娱乐，不是真理"。

爱伦·坡才华横溢，创作随心所欲，不拘题材，对后世多有教益。

诗歌以《乌鸦》最为有名，给诗歌指出了新的方向，效仿者数不胜数。数篇侦探小说奠定了侦探小说的基本模式，后世几无超越者。还有学者认为爱伦·坡是"科幻小说的奠基人"，是"真正意义上的科幻小说之父"。雨果·根斯巴克在试图说明他的科幻杂志《惊异故事》会刊登什么样的文章时，列举了三位作家，其中就有爱伦·坡。

爱伦·坡的小说中，大约五分之一与科幻有关。这是因为，爱伦·坡生活的年代正是科学技术兴起之时，当爱伦·坡把新兴的科学技术写进自己的小说里时，正好使他的小说不自觉地带上了科幻色彩。

爱伦·坡的小说中，《荒凉山的传说》《瓦尔德马先生病例真相》及《催眠启示录》等均涉及催眠术。当时充满了神秘色彩的催眠术在社会上很流行，爱伦·坡敏锐地捕捉到了这一点，把催眠术作为营造氛围和编造故事的道具写进自己的小说。许多读者被爱伦·坡的文笔所感染，信以为真，以至于把爱伦·坡的小说当成纪实文学来看。即便是现在，神秘的催眠术也是包括科幻在内的很多作品的关键道具，起点便是在爱伦·坡这里。

在爱伦·坡的另一些小说中，科幻色彩要浓厚得多，主要表现在对技术的使用，以及对"变革"的独特理解，而"变革"正是后世科幻小说最为重要的特征之一。《汉斯·普法尔历险记》（*The Unparalleled Adventure of One Hans Pfaall*）讲述了一个破产的荷兰人乘坐气球飞到月亮上去的故事，这个荷兰人随身携带了在稀薄的空气中保护自己的装备，光是这个描述都能让人想到后世的很多科幻小说；《山鲁佐德的第一千零二个故事》（*The Thousand-and-Second Tale of Scheherazade*）中，作者假借辛巴达漫游19世纪的故事，描写了当时的一系列科学发现与技术装备，包括了潜艇、氢氧吹管、自动下棋机、差分机、电铸术、显微镜、伏打电堆、电报、电文打印机、银板照相术等在内，并表达了后世阿瑟·克拉克的名言"任何足够先进的科技，皆与魔法无异"一样的感受；《未来的故事》（*Mellonta Tauta*）发生在一千年之后，作者在小说中表达了这样的观点：未来同现在将有天壤之别，以至于我们会被忘得一干二净，而未来

图片5 爱伦·坡《神秘与惊悚故事短篇集》里边有部分篇目是科幻

记得的东西将会混淆不清，且常常谬误百出。

爱伦·坡当然不以科幻小说著称，他只是在写他想写的小说，而这些小说中，恰好有科幻元素而已。没有任何证据证明，爱伦·坡曾经看过《弗兰肯斯坦》，更谈不上他从玛丽·雪莱的手中接下了科幻的接力棒。在科幻史中，并不存在从甲到乙、从乙到丙、从丙到丁这样严格的线性传承。但爱伦·坡对科幻小说的影响也是不可忽视的。

萨姆·莫斯考维茨在《对无限的探索者》中写道："爱伦·坡对科幻小说的全部影响是无法计算的，但他对这一流派发展的最伟大贡献在于，他提出了一条规则，即对所有超乎寻常的东西都必须进行科学的解释。"除此之外，侦探框架、细节刻画、氛围营造以及心理描写，都是爱伦·坡留给科幻的遗产。

法国诗坛旗手波德莱尔称爱伦·坡为"至圣"，并大量翻译爱伦·坡的诗歌和小说。这在法国掀起了追捧爱伦·坡的狂潮。科幻巨擘儒勒·凡尔纳承认，自己写科幻小说是受了爱伦·坡的启发和影响。事实上，凡尔纳的成名作《气球上的五星期》就是在爱伦·坡的《气球骗局》（The Balloon-Hoax）的影响下写成的。那个时候，凡尔纳正在寻找适合自己的写作道路，而爱伦·坡为他指明了道路。想想吧，如果没有凡尔纳，科幻会变成什么样子呢？

1864年，刚刚成名的凡尔纳在《百家文苑》发表作品《爱伦·坡和他的作品》，介绍和分析爱伦·坡的作品。在接受采访时他这样评价道："他肯定会有模仿者，有人会试图超越他，有人会试图发展他的风格，但有许多自以为已经超过他的人其实永远也不可能与他相提并论。"

然而，这些后世追加的荣誉对爱伦·坡来说没有丝毫用处。全职写作并没有给爱伦·坡带来丰厚的收益，他的家庭生活一直很拮据。1846年，结婚第十年，他深爱的妻子弗吉尼亚因为肺结核不幸去世。受此沉重打击，爱伦·坡在往后的日子里，借酒精和鸦片来麻醉自己，同时在感情上和几个女人牵扯不清。

这种消沉的日子别说写作，就是日常生活也无法维持。1849年10月3日，爱伦·坡被人发现在巴尔的摩一家小酒馆外游荡，神志不清，似乎还有被人打伤的痕迹。收治，四天后，爱伦·坡在华盛顿大学医院去世。那天，距弗吉尼亚去世三年，离他四十岁生日还有四天，死因是脑溢血。当年只有七个人参加了草草举办的葬礼，追悼仪式只有短短三分钟，然后爱伦·坡就被仓促地安葬在了巴尔的摩威斯敏斯特教堂公墓。

时光荏苒，2009年10月11日，爱伦·坡诞辰两百年之际，巴尔的摩重新为他举办了一次盛大的葬礼，大约三百五十位世界名人参加。其中一项追悼仪式是特别邀请演员来扮演与爱伦·坡同时代的人物以及一些深受他影响的作家和艺术家，朗诵他们为爱伦·坡写下的颂词。全世界都重新认识了爱伦·坡。

## 第四节　双雄

### 一、奇异旅行：凡尔纳

1839年的一天，法国南特的潘伯夫港来了一个愤怒的父亲。他穿过忙碌的人群，径直来到一艘将要远航的海船旁边，大声呼唤自己儿子的名字。不久，一个男孩被水手带到他面前。男孩只有十一岁，看上去既羞怯又愤懑。父亲厉声斥责儿子，旁人渐渐了解了事情的原委。原来男孩听说了印度与众不同的异国风情，一心想去，就背着父母，跑到海船上充当水手。在愤怒的父亲面前，男孩流着泪保证：从此只"躺在床上在幻想中旅行"。

这个叫儒勒·加布里埃尔·凡尔纳（Jules Gabriel Verne）的男孩做到了，而且做得比他自己也比所有人想象的还要好。

凡尔纳，1828年2月8日生于法国西部海港南特。父亲希望孩子继承自己的律师职业，可孩子的心在别处。

十八岁时，凡尔纳去巴黎攻读法律。他对枯燥的法律毫无兴趣，却爱上了戏剧。一次，凡尔纳去参加一场晚会，下楼时撞在一位胖绅士身上。凡尔纳道歉之后随口问对方吃饭没有，对方回答说："刚吃过南特炒鸡蛋。"凡尔纳听了直摇头，声称巴黎根本没有正宗的南特炒鸡蛋，因为他就是南特人，而且很擅长做南特炒鸡蛋。胖绅士闻言大喜，真诚地邀请凡尔纳登门献艺。二人友谊从此开始，并一度合写戏剧。这位胖绅士不是别人，正是以《三个火枪手》和《基督山伯爵》闻名于世的大仲马。

毕业后，凡尔纳将全部身心都投入戏剧的创作，为此受到父亲的严厉训斥，还失去了父亲的经济资助。他不得不在贫困中为自己的理想而奋斗。他相继创作了二十多个剧本，可惜都没有得到出版和上演的机会。

1856年，凡尔纳到亚眠参加朋友的婚礼，认识并爱上了新娘的姐姐——带着两个孩子的漂亮寡妇奥诺丽娜·德维亚恩。次年，两人结婚。此后，凡尔纳定居在亚眠，一边靠当股票经纪人养家糊口，一边继续自己的戏剧创作。

然而，凡尔纳的戏剧还是无法出版和上演。他陷入了深深的自责，并艰难地寻找着出路。

1862年，凡尔纳看到了爱伦·坡的《气球骗局》，眼前豁然开朗：这不就是我想写的吗？后来凡尔纳接受采访时回忆说："我当时突然想到可以利用自己在科学上受过教育的优势，将科学与浪漫故事融合进一本能迎合大众口味的、具有优势性描写方式的书作中。这个念头牢牢控制了我，使我得以立马坐下付诸笔端，结果就有了《气球上的五星期》(*Five Weeks In A Balloon*)。"

有一种广为流传的说法，《气球上的五星期》完稿后，连投十六家出版社而不中，一气之下凡尔纳将手稿扔进熊熊燃烧的壁炉里，他的妻子奥诺丽娜抢出手稿，投到第十七家出版社，《气球上的五星期》这才得以出版。然而经多方查证，这种说法并无实证。

事实上，1862年秋，凡尔纳结识了出版商皮埃尔-儒勒·赫泽尔（Piere-Jules Hetzel）。凡尔纳交给了赫泽尔两部手稿：《英格兰和苏格兰旅行记》和《空中旅行》。赫泽尔拒绝了前者（这本书直到20世纪末才面世），并要求对后者进行改动。1862年10月23日，两人签署了第一份合同，《空中旅行》更名为《气球上的五星期》。按照合同，该书首印两千册，而凡尔纳将得到五百法郎的薪酬。1863年1月31日，《气球上的五星期》正式发售，受到读者的狂热追捧，远远超出了作者和出版商的预期。仅1863年一年，《气球上的五星期》就售出了三千册。截至凡尔纳去世的1905年，仅无插图版本的《气球上的五星期》就售出了七万六千册。这在当时，完全是个奇迹。

《气球上的五星期》的巨大成功，在为凡尔纳带来财富的同时，也为他与赫泽尔父子长达四十多年的合作奠定了基础。凡尔纳时年三十七岁。十多年的探索、徘徊与坚持，终于得到了应有的回报。

此后，凡尔纳的创作进入了一个高峰期。他试验了多种写法，朝多个方向进行探索，一发不可收拾。他有着扎实的文字功底与丰厚的知识储备，又有着良好的写作习惯，于是每年出版两本小说，数百万字写下来，质量还能得到基本的保证。这些小说总标题为"奇异旅行"，包括《地心游记》《从地球到月球》《环绕月球》《海底两万里》《神秘岛》《格兰特船长的儿女》《机器岛》《蒸汽屋》《一个中国人在中国的遭遇》《十五岁的小船长》《八十天环游地球》《追赶流星》《太阳系历险记》等脍炙人口的作品。在这些作品中，他去过了海底、地心、荒岛、北极、天空和月球，比他小时候梦想去的地方多得多……

图片6　1868年《环绕月球》手稿，示意图很有意思

凡尔纳有过近二十年的戏剧创作经验，他的小说也不可避免地带有强烈的戏剧色彩。道德观传统而单一、故事的矛盾冲突激烈而富于变化、剧情起伏张弛有度、对女性角色不重视，这些特点都来自于舞台剧。凡尔纳深受大仲马的影响，以至于小仲马曾经感慨地说，就文学而言，凡尔纳更应该是大仲马的儿子。《从地球到月球》中的三个主人公几乎存在与《三个火枪手》的一一对应关系。当凡尔纳写小说成名之后，他的很多作品也被直接改编为舞台剧，基本上都获得了成功，这不但圆了当年凡尔纳在戏剧方面的梦，也使得凡尔纳的名声迅速传播开来，短时间内在国内和国际的地位如日中天。

人物从来都不是凡尔纳的写作重点，在他的笔下，科学知识才是重点，甚至沿途风景也比人物重要。以著名的《海底两万里》为例，洋洋洒洒几十万字，有名有姓的人仅有四个半：阿龙纳斯教授、捕鲸手尼德·兰、仆人康赛尔、鹦鹉螺号船长尼莫，还有半个是林肯号舰长法拉古，在教授他们三个进入鹦鹉螺号之后就再也没有出现过。如果问起凡尔纳笔下最有名的人物是谁，多数人的回答会是尼莫船长。然而，在小说里，对尼莫船长的刻画，单就字数而言，还不如对海底景色的描述。

这种鲜明的凡尔纳特色使读者出现了明显的分化，喜欢的喜欢得不得了，不喜欢的嗤之以鼻，也直接影响了后世学者对凡尔纳的评价。

对于凡尔纳的作品，人们热衷于谈论作品中的科学，尤其热衷于罗列作品中实现了的幻想，甚至把一些不相关的发明与发现也归功于他。事实上，他作品中不科学的地方也不少，没有实现的幻想远远超过实现了的幻想。人们只是选择性地重视与忽视吧。

凡尔纳自己其实很反感别人把他当做预言家。在一次接受记者采访时，他这样说："我不过是作了些预想，对于这些经过深思熟虑的、我自认为是有实践基础的预想，我在写作中接下来往往会采用一种或多或少带有想象性质的方式去将它扩充，使之与我心中的主旨契合。"

在对凡尔纳的定位上，也有极大的争议。有人认为他是最优秀的科幻作家，也有人不以为然，将他视为二流乃至三流的儿童文学作家。这方面的原因主要有二：

其一，在贴上了科幻作家的标签之后，人们想当然地认为，凡尔纳的作品全部是科幻小说。其实不是，《气球上的五个星期》和《八十天环绕地球》都属于现实题材的冒险小说，书中涉及的所有科学与技术都是当时已知的。

其二，在科幻作家之外，凡尔纳还有一个标签，那就是儿童小说作家。先前提到的道德观传统而单一、科学知识随处可见等因素使凡尔纳的作品天然地适合给孩子看，而为了适合给孩子看，各国都出现了缩写本和改编本。这种种的缩写和改写，缩掉的是凡尔纳的大段政论，改掉的是凡尔纳精妙的描写，就这样，凡尔纳相当自豪的以优美著称的法文写作，只剩下了冒险故事和科学幻想的骨骼。

成名后的凡尔纳没有忘记自己儿时的梦想。他先后购买了三艘帆船，分别名为"圣米歇尔"1号、2号、3号，多次和家人一起去地中海远航。那种意气风发，怕是一般人难以体会到的。1890年，六十二岁的凡尔纳身体状况开始恶化，严重影响创作。饶是如此，在此后的十多年里，凡尔纳还是笔耕不辍，创作出十多部小说。

1905年3月17日，凡尔纳出现偏瘫，24日失去知觉，25日早晨八点去世，安坐于科幻星空之上，享年七十七岁。3月28日出殡，全世界纷纷电唁，悼念这位伟大的科幻作家。

凡尔纳一生勤勉，著作等身，光是小说就有一百零四部。就在去世那一年，他还发表了《大海入侵》和《天边灯塔》两部作品。据不完全统计，凡尔纳的著作在过去的一个多世纪被翻译成了一百五十余种文字，译本超过四千个，一直位于世界翻译指数前十之列。在过去的一百五十年中，数以十亿计的人阅读过凡尔纳的作品。在可以预见的将来，凡尔纳的作品还将继续影响这个世界。

无论是生前，还是身后，凡尔纳得过的奖励与赞誉不计其数。我觉得，最适合他的话是这句："他既是科学家中的文学家，又是文学家中的科学家。"

## 二、独立时代：威尔斯

虽然经常被世人和凡尔纳一并提起，但实际上，威尔斯和凡尔纳是两代人。当1866年9月21日，赫伯特·乔治·威尔斯（Herbert George Wells）在英国肯特郡布朗利市一家餐具店里出生的时候，凡尔纳已经靠《气球上的五星期》在文坛崭露头角了。威尔斯家境贫寒，年轻时当过药房伙计，做过布店职员，干过兼职教师。威尔斯与书本结缘是出于一次事故。那次他摔断了腿，无法行走，卧床休息的日子里，父亲开始了对他的启蒙教育。后来家里有了足够的钱，威尔斯就被送进了学校。

威尔斯头脑灵活，学校的课程根本不在话下，他还出于特殊的需要和好奇，经常阅读一些新门类的书籍。在南肯辛顿科技师范学校学习期间，威尔斯遇到了一个影响他一生的老师赫胥黎（Huxley）。1859年，达尔文出版了惊世骇俗的《物种起源》，书中提到的理论引起了整个西方世界的震动，无数的宗教人士与科学家对达尔文群起而攻之。赫胥黎在确认进化论的正确性后，毅然站到了达尔文一边，自称"达尔文的爪牙"，与反进化论者展开论战。威尔斯从赫胥黎老师那里，学到了达尔文进化论的精髓,进化论的思想指导着威尔斯一生的创作。威尔斯后来回忆说:"在学期末,我形成了一个清晰、彻底而有序的真实宇宙观。"

1888年,年仅二十二岁的威尔斯在《科学学派杂志》上发表了短篇小说《时间的鹦鹉螺》。后来,威尔斯将这个短篇反复修改,到1895年拿出了第五稿,这个时候该小说已经是中篇的分量了。再次出版时,它的名字被改为《时间机器》(*The Time Machine*)。

描写在时间线上进行旅行的故事,威尔斯不是第一个。1889年,马克·吐温(Mark Twain)发表的《康州美国佬大闹亚瑟王朝》(*A Connecticut Yankee in King Arthur's Court*)中,生活在19世纪的一个美国铁匠挨了一闷棍,醒来后已经到了6世纪的英国,堪称穿越文的始祖,甚至主角借助现代知识,在旧时代大搞技术与产业革命,也如出一辙。威尔斯的先进之处在于,《时间机器》第一次使用了像"时间机器"这样一种可以让人选择"目的地"的旅行器,突破了牛顿绝对时空观的藩篱,对时间旅行的物理学原理作出了科幻意义上的说明。

在小说中,时间旅行者启动时间机器从1895年出发,向着未来前进,最终来到公元802701年。在这个距离出发点极为遥远的年代,一切都已沧海桑田。让时间旅行者最为震惊的是,人类明显分化为两个种族。柔弱娇小纤细秀美的称作"埃洛伊",他们住在原始的村落里,靠捕鱼和摘野果为生,昔日的科技与繁荣早成了神话传说。一到晚上,埃洛伊们便惶惶然挤成一团,因为"莫洛克"要出来捕食毫无防御能力的他们。莫洛克是人类的另一支后裔,长得犹如猿猴,粗野怪戾,生活在黑暗的地下世界。明眼人立刻可以看出来,埃洛伊由贵族阶层进化而来,而莫洛克则由底层民众进化而来。埃洛伊不事劳作,由莫洛克供养,然后莫洛克再捕食埃洛伊,其讽刺意味尤为明显。毫无疑问,这就是对达尔文进化论的典型运用。

因此,《时间机器》不仅第一次提出运用科技进行时间旅行的观点,还第一次正面提出,作为自然的一员,人类其实也在进化之中,未来的人类将与现在的人类大相径庭,其区别完全可能比马和马车的区别还要大。

图片7　1886年《时间机器》首版封面

《时间机器》大获成功，一举奠定了威尔斯在科幻文坛上的地位。在这以后的十多年里，威尔斯又陆续发表了数十部科幻作品。这些作品业已成为世界科幻史上的经典。

跟全身心投入科幻创作的凡尔纳不同，威尔斯大部分精力和时间都花在了别的地方，而且成就不凡。威尔斯编写的《生物学教材》在英国学校里使用了十四年之久。威尔斯与萧伯纳结识，参加了希望通过社会改良实现社会主义的费边社，并成为社团活动的积极分子。第一次世界大战期间，威尔斯积极参加国联的活动，前往世界各国访问，是一名著名的战地记者。1920年，出版大部头的著作《世界史纲》（The Outline of History），用跨学科的眼光，收录了从地球的形成、生物和人类的起源论述到现代的第一次世界大战的世界历史。十月革命后，威尔斯曾前往苏联，访问过列宁等革命领袖。威尔斯开创了"未来学"研究，成为该学科的奠基人。他精心撰写了许多政论，出版了《工作、财富与人类的欢乐》（两卷本）等作品。名声日隆，他参加了更多的政治活动，甚至分别造访了罗斯福与斯大林，为世界和平牵线搭桥。更不可思议的是，威尔斯还是联合国《人权宣言》蓝本的起草者之一。

事实上，威尔斯更像是一个政治理论家与社会活动家，写科幻对他而言，基本上是出于宣讲自己政论的目的。幸好，这种宣讲因为威尔斯的才华而不显得枯燥和空洞。1946年8月13日，威尔斯病逝，安坐于科幻星空上。在他的墓碑上刻着这样一句话：我告诉你，上帝诅咒你和所有的人。

威尔斯一生著有一百二十部作品，既有纯学术作品，也有现实主义题材的小说，科幻小说最多占六分之一。然而，威尔斯对于科幻的贡献，比他想象的还要大。

威尔斯对科幻的最大贡献，在于他开启了科幻文学的独立时代。威尔斯之前的科幻，大多依附于别的文学类型。《弗兰肯斯坦》被认为是哥特式小说、恐怖小说；爱伦·坡写的是侦探小说；凡尔

图片8　2002年版《时间机器》，导演是威尔斯的曾孙子西蒙·威尔斯

纳的很多小说都能划入冒险小说行列。但威尔斯的科幻小说不同，它不从属于别的文学类型，它就是以科幻的面目出生的。说到《时间机器》，说到《世界大战》，说到《隐形人》，谁会把它们当成别的文学类型而不认为它们是科幻呢？威尔斯的科幻小说，是最早最纯粹的科幻。因此，也有学者将《时间机器》发表的时间1895年确定为科幻诞生的日子。

威尔斯最经典的科幻小说都是在他三十岁到四十岁的"黄金十年"写的。他以自己的绝顶天才，开创了一个又一个科幻新题材：

《摩洛博士岛》(The Island of Dr. Moreau, 1896) 涉及对动物进行肢体移植和大脑改造；《隐形人》(The Invisible Man: A Grotesque Romance, 1897) 谈到了隐形的光学原理，以及由此引发的道德危机；《世界大战》(The War of the Worlds, 1898) 首次正面表现了火星人入侵地球的悲惨场景，其中的火星人成为最经典的外星人形象之一；《当睡者醒来时》(When the

Sleeper Wake, 1899）写一个人昏睡两百年后醒来，发现世界变得更加糟糕，创立了科幻"反乌托邦"的子类；《登月先驱》（The First Men in the Moon, 1901）率先发明了反重力物质，并对月球人有着充满了想象力的描写，即使在明知没有月球人的今天，读起来也是趣味盎然；《陆战铁甲》（The Land Ironclads, 1903）出现了攻防一体的坦克，支援这些坦克的是骑着自行车的步兵，真正的坦克要十年后才会出现；《神的食物》（The Food of the Gods and How It Came to Earth, 1904）描写了能够激发生物生长潜力的食物，吃过这种食物后会在短时间内迅速长大；《现代乌托邦》（A Modern Utopia, 1905）接续托马斯·莫尔的《乌托邦》，描写了人类转入地下生活，所有的一切都由一台庞大无比的机器控制；《在彗星出现的日子里》（In the Days of the Comet, 1906）中，明亮而神奇的彗星改变的不只是主人公，还有整个人类的社会秩序；《大空战》（The War in the Air, 1908）在飞机发明后不久，就预见了飞机对城市的狂轰滥炸和大规模空战；《获得自由的世界》（The World Set Free, 1914）发明了"原子弹"（atomic bomb）一词，小说描述了人类企图把原子弹当作毁灭敌人的终极武器，最终使几百座城市在原子爆炸的冲天大火中化为无尽的灰烬……

威尔斯开创的科幻题材数量之多，范围之广，后世无出其右者。这是威尔斯对科幻的第二大贡献。

威尔斯对于科幻的第三大贡献是他的思想深度。威尔斯有着极高的文学素养，这使他笔下的科幻世界即使是虚构的，也使人有真实可信的感觉。但新型发明和奇异世界都不是威尔斯的写作重点，威尔斯的写作重点在于，他透过笔下的科幻世界所呈现出的对于现实、对于科技的利与弊、对于未来的种种深刻思考。而这种种思考，也是后世优秀科幻作家所追求的。有学者说，科幻的本质其实是哲学。这一点，从威尔斯就开始了。

### 三、科幻开山鼻祖

在科幻文学史上，一般把威尔斯与凡尔纳并列为"科幻小说之父"。凡尔纳是注重科技的"硬科幻派"，是科幻古典主义的肇始者；威尔斯是注重幻想的"软科幻派",科幻现实主义就发端于他。其实这个评价就像硬科幻、软科幻的概念本身一样,都是表面化的。凡尔纳也写作了社会题材的科幻小说,而威尔斯则预言了空战、原子弹、器官移植等硬科技成果。

在对待科学的态度上,凡尔纳被认为是乐观派,而威尔斯是悲观派。这个与他们所生活的国度、所处的时代以及个人遭遇息息相关。但这种标签式论断极不全面,最多只能够说明他们早期作品的特点。到了创作的晚期,两个人的上述特点恰恰换了过来。威尔斯开始为社会进步大奏凯歌,而凡尔纳则创作了悲剧色彩十分浓厚、具备相当社会批判力的科幻小说。

威尔斯的科幻小说还有一个特点,就是城市色彩逐渐鲜明。科幻是工业的、城市的文学。在凡尔纳的小说里,不难看到鲁滨逊式的优秀农夫和手工业者,他们凭一己之力就能存活。但在威尔斯的小说里,读者更多的是看到对大自然的恐惧。这两者的不同,其实是身处时代的不同造成的。

世人总喜欢拿凡尔纳和威尔斯作比较,说谁比谁更优秀。这种争论由于争论者的主观意愿与个人偏好,很难有一个最终的放之四海而皆准的结果。就让我们来看看这两位自己是怎么说的吧。

作为后来者,威尔斯反对别人称他为"英国的儒勒·凡尔纳"。他说,凡尔纳的作品,"其内容总是涉及有关发明以及发现的实际可能性……但我却没有试图去描写这些。我所写的是在另一个截然不同的领域中进行想象。这些小说与阿普列乌斯的《金驴记》、卢奇安的《真实的故事》、彼德·施莱米尔和弗兰肯斯坦的故事都属于同一类作品"。威尔斯说自己最喜欢的小说是《格列佛游记》。

1904年,一个叫戈登·琼斯的记者采访了七十六岁高龄的凡尔纳。记者问凡尔纳,在已故的作家中最欣赏谁,凡尔纳回答说是查尔斯·狄更斯。"那么在健在的作家中您比较欣赏哪位?"记者追问。

"这是个相较而言的难题。"凡尔纳说。在思考了一分钟后,他说:

"有这么一位作家，他的作品以其想象力将我深深地吸引，我带着极浓的兴致关注着他的书作。我指的是威尔斯先生。我的几位朋友提醒我说他的作品在某种程度上和我的专业相似，在这里我觉得他们说错了。我认为他是一位纯粹的以想象力为主的作家，他值得高度赞赏。只是我们的写作手法完全不同。"

接下去，凡尔纳将自己的《海底两万里》与威尔斯的《世界大战》《登月先驱》作了风格上的比较。最后，凡尔纳总结说："我没有任何看不起威尔斯先生的创作手法的意思。恰恰相反，我向他那天才的想象力致以最高的敬意。我刚才不过是比较了我们的两种风格，并指出了存在于它们之间的根本性不同罢了。同时我也希望您能清楚我并没有表达我们之间孰优孰劣的意思。"

两位当事人都这样明智而豁达，后世的人们争论他们孰优孰劣又有什么意思呢？

对于萌芽时期甚至更远古的科幻雏形，吴岩在《西方科幻小说发展的四个阶段》里这样总结过：

第一，作家们并没有意识到自己是在创作一种特殊的文学品种，也许他们意识到了，但不乐意去标榜这种特殊性。他们没有宣言，没有给自己的作品定出特别名称和给出特殊定义。这样做的优点是，避免了来自读者和文学界对于创新的太多责难。

第二，初创期的作品没有固定的格式，作家们尽量从各方面进行探索。雪莱夫人写哥特式故事，凡尔纳的作品属于"漫游"，威尔斯把科学当成探讨社会问题的引子，而爱伦·坡则是在侦破案件。他们的这种探索，在接下来出现的科幻小说黄金时代中被糅合起来，形成了固定模式。

第三，我们可以看到，从科幻小说的初创开始，科学和技术就没有在其中上升到主要地位，它不是被当成科普读物或是科学预言被创作出来的。作家们更关注的是人类的命运，关注整个世界的前途。

最后,萌芽初创期确立了后世科幻小说的主要题材,它们是太空探险、奇异生物、战争、大灾难、时间旅行、技术进步以及未来文明的走向等。

至此,科幻的星空已经亮了好几颗璀璨的明星,而科幻的旋律也由跟着别人哼唱,渐渐过渡到有了自己的曲调。到20世纪初,世界各国都出现了不同程度的科幻萌芽。然而,真正使科幻茁壮成长成为枝繁叶茂的参天大树的,不是凡尔纳的老家法国,也不是威尔斯的故乡英国,而是爱伦·坡又爱又恨的美利坚合众国。

# 第二章  红了樱桃，绿了芭蕉
## ——美国科幻小说史

詹姆斯·冈恩在《科幻之路》前言中，骄傲地写道："科幻小说也许是美国特有的一种文学，但它也大量地被介绍到其他国家。"事实确实如此。随便找一个科幻迷，让他说说最喜欢的科幻小说是哪一部，十有八九会是美国作者的；随便找一个非科幻迷，问他对科幻的印象，举的例子十有八九是美国制造的。美国科幻小说，正如冷战结束后美国在世界上的地位一样，一家独大。

然而，美国科幻小说历来就是如此登峰造极吗？显然不是。它经历过高峰，也同样经历过低谷，才有今天"红了樱桃，绿了芭蕉"的丰收局面。在20世纪二三十年代，美国科幻的情况是这样的：没有专门的科幻小说书籍得以出版，没有机会来编纂科幻小说选集，除了在科幻杂志上发表作品以外，再没有地方可以发表，也几乎没有科幻电影出现。

那么，美国科幻是怎样走出低谷、攀上今日之世界高峰的呢？

## 第一节  编辑打天下

### 一、世界上第一本科幻杂志

科幻小说为何能在美国得到最成功的发展？原因当然是多方面的——历史的、经济的，甚至政治的，但回顾历史，谁都不会忽视这样一个原因：在科幻发展的前期，有一大批杰出的编辑投身到这充满冒险精神的事业之中。

1843年，德国人弗雷德里希·格特罗普·凯勒（Friedrich Gottlob Keller）发明了新的造纸法，采用木头做原料，生产出一种木质纸浆，从而将纸张的成本大大降低。随后纸浆杂志便应运而生，并在欧美大陆风行起来。阅读杂志和报纸，成为当时人们茶余饭后主要的消遣方式。当时纸浆杂志极为便宜，一角钱就能买到一份，登在上面的小说被人们戏称为"一角钱小说"。

纸浆杂志刊载西部小说、航空冒险小说、推理小说、爱情小说、丛林小说、体育报道以及早期科幻故事。

以《人猿泰山》闻名于世的埃德加·赖斯·巴勒斯（Edgar Rice Burroughs, 1875—1950）是这个时期的代表人物。1912年，他开始在《全小说》（All-Story）上连载《在火星月光的照耀下》，主人公约翰·卡特在昏睡中跨越了浩渺星空，来到火星上。这时，火星的发达程度远远超过了地球，但政治上呈现群雄割据的混乱局面。卡特参与了火星不同种族之间的多次战争，并与火星公主德娅·索利斯发生了恋情。火星公主更受读者欢迎，因此1917年出单行本时更名为《火星公主》（A Princess of Mars），并写了十本续作。

克苏鲁宇宙的创始人霍华德·菲利普·洛夫克拉夫特（Howard Phillips Lovecraft）也活跃在这个领域。1890年8月20日，他出生于美国罗德岛，天资聪慧然而体弱多病，很少上学，但通过自学掌握了大量的知识。父亲罹患精神病，疼爱他的外祖父骤然离世，后来溺爱他的母亲也住进了精神病院，家庭生活一落千丈，这些一度让小洛夫克拉夫特产生了自杀的念头。

1908年，洛夫克拉夫特也因为精神疾病而从高中退学，没有考上他心心念念的布朗大学，是他一生的怨念。此后，他过着隐居的生活，沉湎于天文观察和诗歌创作，但从不投稿，从不寻求发表。

1913年，杂志《大船》上刊登了一篇恋爱小说，洛夫克拉夫特大为不满，写了一封信抨击这篇小说。联合业余报业协会的主席爱德华·达斯注意到洛夫克拉夫特在信中显露的文学天赋，遂积极邀请他加入该协会。洛夫克拉夫特由此结识了很多美国作家，并与他们保持了长期的信件往来。这些信件成为后世学者研究洛夫克拉夫特的重要资料。

1914年，洛夫克拉夫特开始了较为系统的文学创作，但没有发表过。1924年，洛夫克拉夫特与索尼娅·哈夫特·格林结婚并移居纽约。同年，他的小说在流行杂志《诡丽幻谭》上发表，这是他作为职业作家的起点。那是洛夫克拉夫特一生中为数不多的幸福日子。次年，因为家庭财务危机，两人被迫分居两地，各自求生，并于五年后离婚。

1926年4月17日，洛夫克拉夫特独自回到老家普罗维登斯的巴恩斯街10号定居。此后，他以老家为中心，游历了东部沿海地区的各种古代遗址，同时写作。他一生中最重要的作品都写于这个时期。《克苏鲁的呼唤》(The Call of Cthulhu, 1926)是他的成名作，开创了被后世称为"克苏鲁神话"的宇宙构想。此后，《星之彩》(The Colour Out of Space, 1927)、《敦威治恐怖事件》(The Dunwich Horror, 1928)、《暗夜呢喃》(The Whisperer in Darkness, 1930)、《疯狂山脉》(At the Mountains of Madness, 1931)、《印斯茅斯的阴影》(The Shadow Over Innsmouth, 1931)、《魔屋梦魇》(The Dreams in the Witch House, 1932)、《超越时间之影》(The Shadow Out of Time, 1935)、《夜魔》(The Haunter of the Dark, 1935)等小说作品更进一步完善了克苏鲁神话下的种种设定。

洛夫克拉夫特的作品混合了科幻、奇幻与恐怖等多种元素，创造出独属于自己的神话宇宙。在他的作品里，宇宙受"旧日支配者"①的控制，克苏鲁只是其中一个，地位不是最高，能力不是最强，但却是最有名气的一个，以至于整个体系被称为克苏鲁神话。洛夫克拉夫特为克苏鲁神话编造了极为复杂的历史，从宇宙创世之初，一直到主人公生活的年代，涉及一百多位旧日支配者，洋洋洒洒，蔚为壮观。对于科幻来说，克苏鲁神话的教益在于，把设定作为故事的重要组成部分，是一种近乎天赋的能力与必须的追求。

---

① Great Old Ones，也翻译为旧神。

洛夫克拉夫特认为，虽然自己的小说重视恐怖气氛的营造，但是创作主题是非常严肃的。他描述

图片9 《克苏鲁的呼唤》糅合了科幻、奇幻与恐怖等诸多元素于一身

的是"一种不可名状的恐惧，人类智力所及之外的未知力量"，是一种"笼罩在全人类命运之上的阴云"。这就是洛夫克拉夫特的"宇宙恐怖"主题，即宇宙对于人类残酷而陌生，人类的心智和存在如此渺小，这才是世界上最恐怖的事。

克苏鲁神话对后世的创作影响极大，一大批作者写出了大量克苏鲁作品，向洛夫克拉夫特致敬。

经过多年来的传播，克苏鲁神话业已有形成亚文化的趋势，拥有数量庞大的粉丝群体。作为克苏鲁神话的创造者，洛夫克拉夫特与埃德加·爱伦·坡和斯蒂芬·金并称为"20世纪最伟大的古典恐怖故事作家"。遗憾的是，洛夫克拉夫特没有看到这些。即使是成名之后，他依然穷困潦倒，发表作品的机会也不是太多，而且精神和身体上的折磨并没有减少。为了养活自己，他被迫花费大量的时间和精力去给别人修改、合著或代写小说、诗歌和杂文，仅仅是有据可查的小说就有三十三部之多。

1936年，洛夫克拉夫特确诊肠癌晚期，1937年3月15日去世，安坐于克苏鲁宇宙之上，享年四十六岁。

从洛夫克拉夫特的遭遇，我们可以一窥当时"一角钱小说"的风貌。当时，那种后来叫做科幻的类型文学和其他文学混合在一起，泥沙俱下。为吸引读者，很多故事的插图和内容都充满了色情和暴力，故事也极其拙劣：外星人来了，和罪恶势力进行了斗争，英雄在谈恋爱的同时顺便拯救了地球芸芸众生。虽然迎合了读者，但却使这类故事名声不佳，甚至遭到强烈的抵制。

出来扭转局面的是美国人雨果·根斯巴克（Hugo Gernsback）。他1884年8月16日出生于欧洲卢森堡，1904年二十岁时移居美国。根斯巴克酷爱电子设备，曾卖过电池，推销过家用广播电器。1908年，根斯巴克创办了第一本个人杂志《现代电器》（Modern Electrics），以科普为主。1911到1912年之间，根斯巴克在《现代电器》上连载自己的科幻小说《大科学家拉尔夫124C41+》（Ralph 124c 41+）。其中"124C41+"是个文字游戏，意思就是"我会带你们看看所触碰到的未来（one to foresee for one another）"，代表了根斯巴克的科幻观。这部小说艺术上乏善可陈，主要描写2660年的奇异机器，涉及了数十种发明，包括遥控输电、可视电话、合成牛奶、洲际飞行、有声电影等，其中最出名的当属电视。"电视"一词就是根斯巴克发明的。

1913年，《现代电器》更名为《电气实验者》，科普为主，科幻为辅。这种模式的杂志直到现在都很常见。1923年8月，根斯巴克出了一期科幻小说专刊，受到读者的普遍欢迎。根斯巴克决定改变办刊方向。

1926年4月5日，美国各地的书报摊上出现了世界上第一本纯科幻杂志《惊奇故事》（Amazing Stories）。后来被誉为"科幻杂志之父"的雨果·根斯巴克在发刊词中这样写道："这本杂志的诞生是一个崭新的尝试，无论就内容还是形式来看都有其独到之处，其中有许多东西在我们国内是前所未见的。它不但在小说与文学上是一种创新，就连那种锐意改革、求新求变的精神也是值得我们赞誉的。"

该杂志副标题最初为"Scienti Fiction"，这个词由"scientific"（科学的）一词和"fiction"（幻想小说）一词拼缀而成，后几经修改，最终确定为"Science Fiction"，用来指代已经默默发展了近百年却一直没有一个明确名字的这类小说。这是世界科幻史上的伟大时刻，它不但标志着科幻有了专属于自己的名字，而且标志着科幻从别的文艺形式中独立出来，摆脱萌芽状态，开宗立派，从自发状态，走向了自觉的新阶段。

什么样的文章才叫Science Fiction呢？根斯巴克解释说，像凡尔纳、威尔斯和爱伦·坡这些人写的作品就是Science Fiction，既新奇浪漫，又有科学根据，还有预见性的展望。所以《惊奇故事》重新刊登了这三个人的作品。《惊奇故事》每期均选取一幅与主要内容有关的图画作封面，这个习惯为后世杂志所沿袭。而杂志"今日夸大的幻想，明日冷酷的事实"这句广告词直接体现出根斯巴克本人对科幻功能的全部理解。他还在编辑部里贴上一些标语："本刊欢迎那些有科学根据的小说""科幻小说就是要把科学变成神话"。他甚至提出过一个公式："75%的文学+25%的科学"就等于科幻。

爱德华·埃尔默·史密斯（Edward Elmer Smith, 1890—1965）是《惊奇故事》推出的最重要的明星作者。他是哲学博士，因此被称为"史密斯博士"。1928年，他在《惊奇故事》上连载的"宇宙云雀号"四部曲（The Skylark）被认为是"太空歌剧"的开山之作：发明家西顿与好友克莱恩发现了一种新能源X溶液，并建造了"宇宙云雀号"飞船。邪恶的杜昆窃取了新能源的秘密，还挟持了西顿的未婚妻多罗西，驾驶自己建造的宇宙飞船，飞向宇宙深处。西顿和好友借助先进的"宇宙罗盘"指引方向，驾驶"宇宙云雀号"开始了追逐……《宇宙云雀号》是第一部描写宇宙飞船飞出太阳系的科幻小说，以高度精湛的动作和起伏跌宕的情节闻名，对相对论和黑洞理论的阐释也很吸引读者。写于1934年的"透镜人"七部曲（Lensman）也是史密斯博士的代表作，该系列上溯千亿年，下到时间的尽头，跨度之大，世所罕见。

《惊奇故事》吸引的读者超过十万。这些读者对科幻有着极大的热情，不仅购买杂志，还会给编辑写信。一些人愿意为科幻做更多的事情。他们组织起一些小型俱乐部，出版"粉丝杂志"，然后分发给全国各地的科幻迷。这些自费出版的粉丝杂志印数很低，有些只印刷几十本，印刷质量也不高。其中大部分消失，少部分转变为用腊纸油印的标准印刷杂志。这些都是《惊奇故事》带动的结果。

图片10 首期《惊奇故事》封面，威尔斯、凡尔纳和爱伦·坡的名字清晰可见

然而，两年之后，根斯巴克陷入一桩几乎使他破产的财务纠纷。1929年4月，《惊奇故事》被卖给了另一个出版商，在时间长河中无声地消失了。此后，根斯巴克也办过几本类似的刊物，有《惊奇故事季刊》《科学奇妙故事》《空中奇妙故事》《科学侦探月刊》等，但大多寿命不长，影响也不大。

根斯巴克于1933年宣布成立"科幻联盟"，接纳当地科幻迷群体，并在自己的杂志上刊登科幻联盟的活动信息。随后，全美各地都开始出现多种形式的科幻俱乐部，大有遍地开花的局势。纽约的"未来派"和洛杉矶的"洛杉矶科幻协会"是其中名气较大且存在时间较长的科幻迷组织。

根斯巴克在科幻创作方面没有什么建树，但他所创办的科幻杂志把散居四方的科幻作家群集于科幻的大旗之下，使科幻创作从不自觉走向自觉，为科幻的发展与繁荣做出了不可磨灭的贡献。同时，他也用科幻杂志培养了第一批真正意义上的科幻迷，这些科幻迷狂热而干劲十足，对科幻的推广、普及和延续意义重大，其中有不少科幻迷走上了创作之路，甚至成为一代科幻宗师。

总之，根斯巴克在一片嘈杂无序的背景声中，晴天霹雳一般喊出了科幻的名讳，铿锵有力地奏响了科幻史诗华丽的第一章。为了纪念他所做的贡献，世界科幻协会于1953年以他的名字命名了科幻小说的创作奖——"雨果奖"。1967年8月19日，根斯巴克去世，安坐于科幻星空之上。

## 二、坎贝尔和《惊人科幻小说》

1930年,美国克莱顿出版社创办了《超级科学惊奇故事》杂志,1933年将它卖给了史密斯出版社,改名为《惊人故事》。1934年,《惊人故事》连载了名为《万能机器》的长篇科幻小说,主编崔曼尤极其欣赏其作者良好的科学素养和过人的文学才华。1937年秋,当崔曼尤从主编职务上引退时,他将该小说的作者,是年二十七岁的约翰·伍德·坎贝尔(John Wood Campbell)推荐为《惊人故事》的主编。

1910年6月8日,坎贝尔生于新泽西州纽华克城,父亲是一家电话公司的电子工程师。坎贝尔是个学习天才,十八岁时进入麻省理工学院学习,主修化学和天文。在大学期间,他开始研读科幻小说,并尝试创作。1930年,首次发表《当原子失灵的时候》,年仅二十岁。

1938年,坎贝尔发表了《谁去了那儿?》(Who Goes There?),开创性地描写了一种寄生型外星生命,是坎贝尔创作上的代表作。该小说先被导演克里斯蒂安·奈比改编为电影《怪人》①,后被导演约翰·卡朋特改编为科幻影史经典《怪形》(The Thing)。

成为《惊人故事》的主编之后,坎贝尔把自己的雄心和全部才智都贡献给了这本杂志。为了使《惊人故事》更贴近读者,更符合时代精神,1938年3月,坎贝尔将这本杂志改名为《惊人科幻小说》(Astounding Science Fiction)。

当时,科幻小说正处于"太空歌剧"鼎盛时期,忽视科学的随意幻想到处泛滥。坎贝尔充分利用《惊人科幻小说》对科幻小说实施变革,强调科幻小说应该符合科学事实,体现正确的科学文化,这给当时的科幻小说界吹进了一股清新之风,同时也赢得了一般读者对科幻小说的热爱。阿尔弗雷德·贝斯特在回忆那段岁月时就说:"我再次恢复对科幻小说的爱,是在坎贝尔从宇宙海盗、疯狂科学家和只穿薄衣的美女群中解救并重塑科幻小说的时候。"

---

① 1951年上映,也翻译为《魔星下凡》。

坎贝尔经常安排作者间的交流聚会，参与他们的创作，慷慨地将一些精妙的构思提供给作者。比如，阿西莫夫的"机器人三原则"就曾经与坎贝尔反复商讨才最终确定下来。坎贝尔的最大功绩就在于他以其独特的编辑方针造就了一大批科幻明星作家，以至于开创出史无前例的美国科幻黄金时代。

当然，作为非常强势的编辑，坎贝尔也表现出两面性，令作者和读者又爱又恨。人们称他为"美国科幻教父"，就是这个原因。

1941年，出道不久的阿西莫夫去拜访坎贝尔，坎贝尔借用爱默生文章中的一句话作为命题，要阿西莫夫写一篇科幻小说。二十二天后，阿西莫夫交稿了，这就是令阿西莫夫跻身一流科幻作家的《日暮》。问题是，坎贝尔老是在人前夸耀他在《日暮》诞生中所起的重要作用，并且，《日暮》发表时，坎贝尔还自作主张，在结尾添加了一段诗意的文章，这令阿西莫夫尤其不满。1960年，坎贝尔为适应新形势，将《惊人科幻小说》更名为《类比》(Analog)。1971年7月11日，六十一岁的坎贝尔与世长辞，安坐于科幻星空之上。

坎贝尔对科幻小说的改革，使科幻小说从一般的大众小说提升为一流的娱乐作品，他和他的《惊人科幻小说》在很长一段时间内引导着科幻发展的潮流。这种引导达到了一个难以置信的程度，如果你问那时候的科幻迷什么是科幻小说，他会非常简捷地告诉你：坎贝尔的《惊人科幻小说》上发表的就是科幻小说。因此，40年代也被称为"坎贝尔时代"。

图片11　某期《惊人科幻小说》的封面

为了纪念坎贝尔，1973年设

立了"约翰·W.坎贝尔最佳新人奖"和"坎贝尔纪念奖"。

### 三、新势力

整个20世纪40年代，坎贝尔和《惊人科幻小说》都是作为正统科幻杂志的象征而存在的，众多的科幻杂志都将坎贝尔和他的刊物视为样板。

然而，到了1949年，坎贝尔如日中天的地位开始受到冲击。这一年，《幻想与科幻杂志》（Fantasy and Science Fiction）创刊。这本杂志创刊时叫《幻想小说杂志》，但第二期便改成了现有的名字。主编安东尼·鲍彻（Anthony Boucher）主张科幻小说应该提高自身的艺术性，他的杂志既发表幻想小说，又发表科幻小说。它的问世，标志着科幻小说进入了一个多元发展时期。

仅在一年之后，又一本不同凡响的杂志加入到这个竞争激烈的行业，那就是《银河科幻小说》（Galaxy Science Fiction）。可以说，《银河科幻小说》的诞生宣告了坎贝尔时代的结束。

《银河科幻小说》的主编霍华德·伦纳德·戈尔德（Horace Leonard Gold, 1944—1996）是二战后美国科幻界最具影响力的编辑。在创业之初，他把团结作者作为首要任务。他在曼哈顿的公寓成了《银河科幻小说》的权力中心，几乎每天晚上都举行丰富多彩的作者联谊会。借着这些活动，戈尔德很快就建立了自己的作家群。他的过人之处不仅仅是把这些未来的重要人物聚集起来，更在于他能有效地促使他们有计划地写出许多一流的作品。

在50年代的美国科幻界，充斥着大量粗制滥造之作。为此，戈尔德在他的刊物上专门声明，他的杂志决不刊发这类作品。但是，戈尔德从不否认科幻小说是一种消遣读物，他甚至说："想消遣的人寻找消遣，这是天经地义的。"他还要求科幻小说不必描写科学家或工程师，而应该描写一般的普通人。他们仅仅是寻求生存，而不是设法拯救世界。戈尔德说："几乎没有任何东西能够像科幻小说那样，尖锐地揭示人们的理想、希望、恐惧以及对时代的内心压抑和紧张感。"这些观点对坎贝尔影响下

图片12、13、14　50年代初《银河科幻小说》终结了《惊人科幻小说》的霸主地位

的科幻界来说，都是革命性的。

事实证明，戈尔德的眼光是敏锐而准确的，他为科幻杂志树起了另一面大旗，公开与坎贝尔的《惊人科幻小说》抗衡，并取得了更多作家的支持。在戈尔德的策划经营下，《银河科幻小说》质量不断提高，发行量也与日俱增，散发出耀眼的光辉。

## 四、科幻杂志的黄金时代

在美国科幻小说史上，20世纪30年代末至60年代中期是一段特别的日子，可谓名家辈出，佳作迭现，出版繁荣。后人称之为"科幻小说的黄金时代"。一般把坎贝尔1937年入主《惊人科幻小说》作为黄金时代的起点。

事实上，美国科幻的黄金时代是科幻杂志的黄金时代。在二十多年的时间里，数量众多的新旧杂志更替频繁。从1949年至1953年，每年都有十来种专业科幻杂志问世或停刊。这些杂志很多仅仅是昙花一现，但却给科幻作家提供了更多的舞台，极大地鼓舞了科幻作家的创作热情。据统计，仅在1950年，美国就有二十五种科幻杂志，到1953年，科幻杂志的数量更创下历史纪录，达到了惊人的三十六种。

由于科幻的盛行，也吸引了很多非专业科幻杂志开辟专栏专门刊登科幻小说。这其中包括著名的成人杂志《花花公子》。自从1953年《花花公子》创办以来就对科幻小说神魂颠倒，除了重印薄伽丘的作品之外还重印了雷·布雷德伯里的短篇小说，后来发表了许多优秀的科幻小说。因为在杂志界它提供最高稿酬，于是科幻作家纷至沓来，比如短篇为王的罗伯特·谢克里就以不同的笔名在《花花公子》上发表了多篇科幻小说。其他成人杂志如《屋檐》《淘气鬼》也跟随《花花公子》进入科幻领域。最后，《屋檐》甚至创立了高质量的科幻和科学杂志——《包罗万象》。毫无疑问，这些非专业科幻杂志极大地拓展了科幻小说的发表空间，也更大限度地发掘了读者群。

1957年以后，平装科幻书籍开始崛起。根据《幻想与科幻杂志》编辑安东尼·鲍彻的统计，1952年出版的科幻图书有七十部，十年后涨到一千部，并且还在继续增长。巅峰时期超过三千部科幻小说进入市场与读者见面。与之形成对比的是，1962年传统印刷杂志只剩三家，《类比》《银河科幻小说》和《幻想与科幻杂志》，而且发行量还在逐年降低。

科幻杂志的鼎盛时期结束，美国科幻黄金时代也跟着结束了。

回溯历史，从根斯巴克到坎贝尔再到戈尔德，众多的科幻编辑以自己的方式，与时俱进地定义了科幻，拓展了科幻，成就了科幻，都安坐于科幻星空之上熠熠发光。

对于科幻杂志在科幻史上的地位，詹姆斯·冈恩在《科幻之路》中这样评价：

> 正是美国的科幻杂志确立了科幻小说的标准。而且，美国确立的这一科幻小说的标准被认为是正宗的，也获得了其他国家和地区的认可；其原因是，有关科幻小说的一些概念，正是在科幻杂志上进行了深入的探讨，并取得了较为一致的看法。在其他国家，科幻作家之间很少有联系，他们的创作只是作家个人的行为。个别的短篇小说或长篇小说也许闪烁着智慧的灵光或深邃的

见识，但这些小说怎么也不能与美国的科幻小说相比。只有美国的科幻小说在发展过程中逐渐确立了标准科幻小说的地位。

## 第二节　从艰难求生到一朝成名

1938年10月30日晚上八点，万圣节的前一天，美国人打开收音机时，听到了一个令人震惊的消息：纽约正面临火星人的进攻！

"新闻"中说，观测到火星上有几个很显眼的爆炸产生的"白色炽热气团"。紧接着，一个"巨大的燃烧的物体"已经降临到了新泽西附近的一个农场。"我的天，有个东西正在爬出太空船！"播音员气喘吁吁地说，"他身上闪着光泽，就像湿漉漉的皮毛发出的光泽。啊，他的脸……简……简直是难以形容！"

听到这则"新闻"，妇女和儿童尖叫着从家中跑了出来。成千上万的人跪在街头不停地祷告。几分钟内，各地报社、广播电台和警察局被急切的电话打爆。许多人吓得昏死过去，有的人心脏病突发。歇斯底里的罗得岛人又哭又叫，要电力公司"关掉电灯！让外星人找不到这座城市！"

事实上，这则所谓的"新闻"是哥伦比亚广播公司根据威尔斯的科幻小说《世界大战》改编的广播剧《火星人入侵地球》。只不过，广播剧运用了逼真的音响效果，被一个名为奥逊·威尔斯（Orson Welles）的演员和他所在的"水银剧团"演绎得绘声绘色。

半个小时后，哥伦比亚广播公司的电话被惊慌失措的人打爆了，《火星人入侵地球》的播出才被停下来。第二天，这个事件上了报纸头条新闻，把希特勒的消息也挤走了。

据普林斯顿大学事后调查，整个美国当天约有六百万人收听了广播，约有一百七十万人相信这个节目是新闻广播，约有一百二十万人产生了严重恐慌，要马上逃离。虽然，广播剧在开始和结尾都声明这是一个科幻故事，在演播过程中，哥伦比亚广播公司还曾四次插入声明。然而，惊慌失措的人们根本不予理会。

这个闹剧的始作俑者、时年

图片15 《火星人入侵地球》的主播与当时的媒体报道

二十三岁的奥逊·威尔斯——后来成为美国著名导演和演员——自然备受谴责。后来，他通过新闻媒体向全国公众道了歉。"我们再也不会这样做了"，他说，"我们原想，听到这么一个不可思议的消息后，人们一定只会感到无聊。"谁能想到竟造成了如此严重的后果。

这一事件，在欧美引起的轰动可想而知。当时第二次世界大战即将爆发，亚洲已经打得热火朝天，欧洲坐在火药桶上岌岌可危，火星人可能的入侵将人们对战争的恐惧悉数释放了出来。那之后，无数的普通人加入到关注外星人的行列中。而专注于描写和刻画外星人的文学类型，就只有科幻小说。

美国科幻的黄金时代从1937年算起，1938年万圣节前"火星人入侵事件"推波助澜的作用十分明显。

1943年8月，科幻作家克利夫·卡特米尔（Cleve Cartmill）给坎贝尔写信，说自己想要写一个超级炸弹的故事。坎贝尔回信，为卡特米尔提供了"原子武器"的点子，并告诉他，这种武器"实际上是存在的"，采用铀235为原料，杀伤力巨大，爆炸会引发地震，破坏一千英里范围内的一切。双方继续通信，就一些技术细节进行了交流。

1944年2月，关于超级炸弹的故事《生死界线》（*Deadline*）在《惊人科幻小说》上发表了。谁知道，不久以后美军战事部（联邦调查局的前身）的军事情报人员前来造访坎贝尔，调查这篇文章的背景，怀疑有人泄露了当时最高军事机密——"曼哈顿计划",因为故事中的情节与秘密计划有颇多相似之处。

坎贝尔解释说,卡特米尔根本没有这方面的科学知识,而自己所说的知识是他1933年在麻省理工学院就读时从课堂上了解到的。调查人员并不相信坎贝尔的话,坎贝尔和卡特米尔被重点监视,与他们关系密切的人都被列为怀疑对象,正在为海军做研究工作的海因莱因和阿西莫夫也被牵扯进来。最糟糕的是,一个叫威尔·杰肯斯的科幻作家确实与曼哈顿计划有联系,他女儿是曼哈顿计划的工作人员。战事部更紧张了。

结果,经过两个月的调查,查不到科幻作家接触曼哈顿计划的任何证据。坎贝尔告诉军事情报人员,再查下去,反而有泄漏秘密的可能,于是调查终止了。

一年之后,两颗原子弹把日本的广岛和长崎夷为平地,近三十万人伤亡,在全世界引起的轰动、震惊、恐慌至今没有消退。对科幻而言,原子弹的巨大威力引起了更多人对科幻的关注,更多的作家投身科幻写作,对科技与人类的看法也在悄然转变。

## 第三节 黄金时代四大才子

美国科幻迷们经常玩这样一个游戏,他们把众多美国科幻作家的名字分别刻在一副骨牌上,然后每个人用这副骨牌叠一次金字塔,并要求每个人把自认为最优秀的科幻作家放在金字塔的顶部。结果,有四个人经常占据塔顶,他们便是美国科幻黄金时代久负盛名的"四大才子"!

### 一、美国现代科幻小说之父:罗伯特·海因莱因

买房子在任何年代、任何地方都不会是件容易的事儿。上世纪30年代末,有一个三十二岁的美国人,因为"永久性病残"从海军退役。虽然有病残津贴,不算太穷困,但买了新房子之后他发现自己必须寻找新

的家庭经济来源。恰在此时，一家科幻杂志刊出了一则科幻征文比赛的启事，奖金是50美元。从小就是科幻迷的他决定争取这笔奖金。可是，当他写完他的处女作后，却觉得它应该值更多的钱，于是把它寄给了当时最著名的科幻杂志《惊人科幻小说》。主编坎贝尔慧眼识英雄，当即以70美元的价格买下了这篇小说，它就是《生命线》(Life-Line)，"美国现代科幻小说之父"罗伯特·安森·海因莱因（Robert Anson Heinlein）的成名作。詹姆斯·冈恩这样评论这件事情："海因莱因在三十二岁时找到了自己的职业；与此同时，坎贝尔则找到了他的明星作家。"

海因莱因1907年7月7日生于美国密苏里州巴特拉市，成长于堪萨斯城。1929年，以优异成绩毕业于美国海军学院，随后在美国海军服役，曾在驱逐舰和航空母舰上担任职位，升至中尉。1934年因病退役。军队生活给了海因莱因重要的影响，除了一身疾病外，他还强烈相信忠诚、领导能力等与军人有关的品质。

二战全面爆发后，海因莱因到费城海军航空试验所从事航海机械方面的研究工作，并拉了年轻的阿西莫夫一起研究压力服和雷达。1945年，战争进入尾声，海因莱因开始重估职业走向。这期间，他有四篇重要作品在《星期六晚邮报》上发表，其中《地球的绿色山丘》(The Green Hills of Earth) 发表于1947年2月，这是美国主流文艺杂志第一次发表科幻小说。

1947年，海因莱因与第二任妻子离婚，次年娶了第三任妻子法吉妮亚·多瑞丝·格斯坦费尔德（Virginia Doris Gerstenfeld）。法吉妮亚是一位化学家，通晓七国语言。她不但与海因莱因白头到老，而且还是他作品中很多聪明、极端、独立的女性人物原型。

有了贤内助，海因莱因的科幻创作进入第一个稳定期。从1948年到1960年，海因莱因共写了十四本青少年科幻小说。这些以青少年为主角的科幻小说，既有娱乐性，也有科学性，不但青少年喜欢，成人读者也喜欢，真正的老少咸宜。《斯通一家闯太空》(The Rolling Stones / Space Family Stone, 1952)、《银河系公民》(Citizen of the Galaxy, 1957)、《穿上航天服去旅行》（*Have Space Suit – Will Travel*, 1958）是其中的佼佼者。海因莱因的青少年科幻小说影响极其深远，其中部分读者成长为新一代的科幻作家，比如乔治·R.R.马丁和康妮·威利斯都曾经表示《穿上航天服去旅行》对自己的影响甚大。

在写青少年科幻的同时，海因莱因还写了许多脍炙人口的成人科幻，包括描写外星鼻涕虫入侵地球的《傀儡主人》（*The Puppet Masters*, 1951）、表现一个末流演员扮演超级政客的《双星》（*Double Star*, 1956）、与时间旅行相关的《进入盛夏之门》（*The Door Into Summer*, 1957）等。

1959年的《星船伞兵》（*Starship Troopers*）是海因莱因创作上的一个转折点。《星船伞兵》是世界上第一部描写人类与虫族大规模战争的科幻小说，"虫族"和"机甲"两个科幻概念最早出现在这部小说里，影响了无数科幻作品。1997年，导演保罗·范霍文将其改编为电影《星河战队》（*Starship Troopers*），因为惊人的特效场面而备受关注。但原著作者的写作重心不在战争上，战争只是背景，而在政治观念上：公民权需要平民参加军队为国服务之后才能获得。这引发了极大的争议。支持的人说该小说宣扬了爱国主义，反对的人则指出，该小说充满了大国沙文主义和军国主义倾向，甚至是为法西斯招魂。因为争议太大，最初编辑拒绝出版。海因莱因认为这倒是解除了青少年科幻对他的束缚，开始"以我自己的风格写我自己的东西"，写出了一系列有挑战性、重新划定科幻界限的小说。这就是海因莱因科幻创

图片16　《星河战队》引发了不小的争议

作的第二阶段。

1961年出版的《异乡异客》（*Stranger in a Strange Land*）是海因莱因最具轰动效果的作品。在这部长达八百页的小说里，作者描写了一个人类宇航员的后裔史密斯被火星人养大，等他成年后回到地球，发现依照地球法律，自己是火星的拥有者，而无数的阴谋家对此虎视眈眈。虽然史密斯拥有超人能力，但以他的火星思维方式，根本无法理解和应对人类社会的复杂诡异。幸好有学者巴尔·哈肖像父亲一样引导着他，为他指出这个世界的荒谬，而史密斯渐渐发现自己的命运和基督一样……这部充满了政论的小说，既抨击了地球文明和清规戒律，又阐述了作者对社会文化的独特见解，其中激进的观点完全迎合了当时反文化的潮流，以至于被嬉皮士当作人手一册的圣经，仅在美国就卖出了七百万册。

"这本书打破了科幻小说叫好不叫座的局面，使这类作品从此成为畅销书排行榜上的常客。同时，在崇尚偶像破坏和自由性爱的20世纪60年代，它也理所当然地成为了文化象征。"美国《图书馆杂志》这样评价道。因为出版社对最初手稿在形式和内容上的争议，该书很长时间以删节本发行，直到作者去世后的1991年，完整版才得以出版。

1966年的《严厉的月亮》（*The Moon is a Harsh Mistress*）被认为是海因莱因的最佳作品。故事发生在2075年，那时，地球对月球殖民地的暴政日益加剧，当地居民在中央电子计算机"麦克"的带领下奋起反抗。这部科幻小说无疑是美国独立战争的太空版，作者再次借小说人物之口，清晰地表达了自己的政

图片17　《异乡异客》被称为是嬉皮士经典

治观点。小说对计算机麦克自我意识的描写也为人称道。

　　1970年以后，海因莱因经历了一系列的健康危机，但病刚好，勤奋的他马上提笔写作。由此海因莱因进入科幻创作的第三阶段。1973年出版的《时间足够你爱》(Time Enough for Love)又是一部八百页的巨著，以回忆录的形式忠实记录了两千三百六十岁的主人公的恋爱经历。

　　1977年，他因为一根阻塞的心血管几乎中风，之后接受了最早的心脏搭桥手术。同年，他在美国国会两院特别委员会的听证会上以亲身经验作证，证明空间技术的副产品对老年体弱者的帮助。1980年之后，已过古稀之年的海因莱因又创作出《穿墙猫》(The Cat Who Walks Through Walls, 1985)等五部小说，表现出惊人的创作欲望与创作能力。

　　1988年5月8日，八十一岁的海因莱因患肺气肿和充血性心力衰竭于睡梦中去世，安坐于科幻星空之上。在生命的最后一段时间，他还在组织早期材料写作《世界神话》。

　　艾萨克·阿西莫夫这样评价他："从发表第一篇科幻小说起，海因莱因便被惊叹不已的科幻小说界奉为当代最优秀的科幻小说家。他终身保持了这一荣誉。"美国恐怖小说大师斯蒂芬·金也毫不掩饰自己对海因莱因的赞誉之情："海因莱因不仅仅是美国科幻小说家中的翘楚，更是世界上最伟大的作家之一。直至今日，他依然是美国科幻小说界的一块金字招牌。"

　　海因莱因被誉为"美国现代科幻小说之父"，一生创作了十多部短篇科幻小说集和三十多部长篇科幻小说。海因莱因最大的贡献就

图片18　《时间足够你爱》皇皇巨著

是，他带头冲出了杂志的封闭圈，把现代科幻小说带入了图书领域。1950年到1960年的十年间，他以图书形式共出版了二十二部小说，是美国科幻从杂志时代走向图书时代的标志性人物。

世界科幻小说协会从1974年起开始不定期颁发"科幻大师奖"，海因莱因是第一个荣获"大师"称号的科幻作家。

在总结自己的写作经验时，他归纳了如下法则：

法则1，必须动笔；
法则2，开了头，就得写完；
法则3，控制改稿的冲动，除非编辑发话；
法则4，必须把稿子推向市场；
法则5，不停地投寄，直到卖掉。

## 二、写作机器：阿西莫夫

艾萨克·阿西莫夫（Isaac Asimov，俄文名Isaak Yudovich Ozimov）1920年出生在苏联的斯摩棱斯克，父母都是犹太人。三岁时举家迁往美国，五年后取得美国国籍。阿西莫夫的父亲保守刻板，对子女要求极其严格，禁止阿西莫夫看暴力色情之类的报刊书籍，只允许阿西莫夫看《科学奇妙故事》，因为这本由雨果·根斯巴克主编的杂志题目里有"科学"两个字。

在十八岁那年，阿西莫夫将自己的处女作《宇宙瓶塞钻》投给了《惊人科幻小说》，但是坎贝尔认为这篇作品"作为短篇太长，作为长篇则太短"，而且他"不喜欢慢腾腾的开头，以及自杀的结局"。不过坎贝尔还是给了阿西莫夫很大的鼓励，结果一年后的1939年3月，阿西莫夫发表了自己的第一篇作品《逃离灶神星》，时年十九岁。

真正使阿西莫夫成名的是《日暮》（*Nightfall*, 1941）。后来，阿西莫夫总结说，这篇应坎贝尔之邀写出的短篇科幻小说"《日暮》是我写作生涯的分水岭……科幻小说界忽然认识到我的存在，对我认真看待。年复一年，事实如此明显，我写出了一部经典。"1968年，美国科幻作家协会票选《日暮》为"史上最佳科幻短篇小说"。

《日暮》的成功极大地激发了阿西莫夫的创作热情。1942年，他开始以罗马帝国兴衰史为蓝本，撰写大名鼎鼎的"基地"系列，为读者展示了一幅浩瀚庞大的宇宙画卷。"基地"系列包括《基地》(*Foundation*, 1942)、《基地与帝国》(*Foundation and Empire*, 1945)和《第二基地》(*Second Foundation*, 1948)三部曲。

故事发生在遥远的未来，其时人类已遍布二百五十万颗行星，人口达到一千亿，形成了一个真正的宇宙帝国。这时，心理史学家哈里·谢顿根据推算，得出这样一个结论：帝国行将崩溃，人类社会将进入一个长达三万年的黑暗时期，所有的文明都将荡然无存；但是如果建立基地，将人类文明的火种保留下来，可以将黑暗时期缩短为一千年……

"基地"系列以前所未有的篇章书写银河系上千万年的历史，深深地震撼了无数的读者。2008年"诺贝尔经济学奖"得主保罗·克鲁格曼和特斯拉的创始人埃隆·马斯克都表示，"基地"三部曲鼓舞了他们的职业生涯。

《第二基地》写完的时候，阿西莫夫获得了博士学位，次年到波士顿大学执教。稳定的工作十分有利于创作。1950年，阿西莫夫开始了"机器人"系列的创作。

阿西莫夫不是第一个写机器人的科幻作家。他的贡献在于为

图片19 《基地》以《罗马帝国衰亡史》为灵感来源

了能演绎出一系列推理性和逻辑性极强的漂亮故事，他和主编坎贝尔经过反复讨论，为机器人建立了一套行为规范和道德准则，这就是"机器人三定律"：

1. 机器人不可伤害人，或任人受到伤害而无所作为；
2. 机器人应服从人的一切命令，但命令与第一定律相抵触时例外；
3. 机器人必须保护自身的安全，但不得与第一、第二定律相抵触。

围绕着这三大定律，阿西莫夫讲述了一系列巧妙的机器人故事。其中一些短篇机器人小说收集在《我，机器人》（*I, Robot*, 1950）和《机器人续篇》（*The Rest of the Robots*, 1964）之中。较后期的则见于《双百人及其他故事》（*The Bicentennial Man and Other Stories*, 1976）。在短篇小说成功的基础上，阿西莫夫以机器人为主题创作了两部长篇：《钢窟》（*The Caves of Steel*, 1953）和《裸阳》（*The Naked Sun*, 1956），以侦探小说的形式，分别探讨在人口高度密集与人口高度分散两种极端情况下，机器人与人类之间的关系。

在阿西莫夫之前，机器人在科幻小说中都是欺师灭祖的反派。在"机器人"系列中，阿西莫夫特别强调和推崇碳/铁文明和平共处。在他笔下，机器人成了人类忠实的朋友。

阿西莫夫关于机器人的科幻小说不仅在科幻迷中间，而且在专业科学家中间也产生了极大反响。任职于麻省理工学院的美国著名人工智能专家明斯基曾经邀请阿西莫夫前去参观他的研究，但被阿西莫夫拒绝，理由是担心自己的想象力"会被这些令人讨厌的现实所压抑"。

随后，阿西莫夫又专门为青少年写了一套太空冒险小说，包括《火星毒素》（*David Starr: Space Ranger*, 1952）、《行星海盗》（*Lucky Starr and the Pirates of the Asteroids*, 1953）、《金星阴谋》（*Lucky Starr and the Oceans* of Venus, 1954)、《水星光能》(Lucky Starr and the Big Sun of Mercury, 1956)、《木星实验》(Lucky Starr and the Moons of Jupiter, 1957)、《土星审判》(Lucky Starr and the Rings of Saturn, 1958)共六本。在当时，每年推出一本，故事又涉及太阳系几大行星，在青少年群体中引起了巨大的轰动。

图片20 《机械公敌》改编自《我，机器人》

1958年，阿西莫夫保留副教授职称退职专心写作，并且把写作重心转移到了科普上。当时正值美苏太空争霸的开始，阿西莫夫深感普通美国人在科学上的缺乏，毅然决定投身科学传播事业。他在《冒险科幻小说》及其他杂志的科普专栏上发表作品，然后双日出版社定期把专栏文章收集成册，整理出版，几十年下来，竟有三百多本。他的科普作品同样让人百读不厌。一位评论家说："他的作品愉悦了数百万人，同时改变了他们对世界的看法。"

1972年，阿西莫夫重回科幻，出版了惊世骇俗的《神们自己》(The Gods Themselves)。题目出自萧伯纳描写圣女贞德的剧本：面对愚昧，神们自己也缄口不言。阿西莫夫声称，自己的作品中，最喜欢的长篇就是《神们自己》，尤其喜欢其中第二章。大概是因为阿西莫夫经常被评论家诟病不会写外星人，也不会写性，而在《神们自己》中，阿西莫夫创造了一种三性别的外星种族，并详细刻画了三者之间匪夷所思的性爱。

1982年，阿西莫夫全力重返科幻世界，继续写作"基地"系列和"机器人"系列，进而把两个系列合二为一，出版了《基地边缘》(Foundation's Edge, 1982)、《曙光中的机器人》(The Robots of Dawn, 1983)、《机器人与帝国》（Robots and Empire, 1985）、《基地与地球》（Foundation and Earth, 1986）、《基地前奏》（Prelude to Foundation, 1988）等十多本小说。

图片21 《神们自己》横空出世

很少有人知道，这个时候的阿西莫夫已经是一个艾滋病患者——1983年12月，六十三岁的他在进行心脏绕道手术时，输血感染了艾滋病毒。但阿西莫夫从来就不是一个肯向命运屈服的人。他用写作来抗争。他说："我写作的原因，如同呼吸一样；因为如果不这样做，我就会死去。""如果我的大夫告诉我，我只剩下六个月可活，我才不会陷入沉思，我只会打字打得更快一点。"阿西莫夫"一生梦想着自己能在工作中死去，脸埋在键盘上，鼻子夹在打字键中"。

1992年4月6日，阿西莫夫在感染艾滋病毒九年之后，因艾滋病毒感染并发症所引起的心肾衰竭，在纽约大学医院逝世，安坐于科幻星空之上，享年七十二岁。次年，遗作《迈向基地》（Forward the Foundation, 1993）出版。

阿西莫夫一生勤勉，每天工作八个小时以上，没有周日，从不度假，几十年间出版了六百部作品，据估计他还至少写过九千封信函和明信片，著作类别除了哲学类以外，几乎涵盖整个"杜威十进制图书分类法"，远远超过了"著作等身"的要求。他的手稿存于波士顿大学图书馆，装满了四百六十四个箱子，占据了七十一米长的书架。

艾萨克·阿西莫夫曾经这样简述自己的经历："我决定从化学方面取

得哲学博士学位，我做到了；我决定娶一位非同寻常的姑娘，我做到了；我决定写故事，我做到了；然后我决定写小说，我做到了；以后我又决定写论述科学的书，我也做到了。最后，我决定成为一位整个时代的作家，我确实变成了这样一个人。"

### 三、诗意科幻：雷·布雷德伯里

2010年8月，在美国著名的视频网站Youtube上出现了一支MV，名字叫 *Fuck Me, Ray Bradbury*，浏览量很快超过了一百万次，并被迅速转发到其他视频网站上，总浏览量根本无法统计。该MV由作家兼喜剧演员瑞秋·布鲁姆（Rachel Bloom）自编自导自拍自演。瑞秋时年二十三岁，是纽约大学艺术学院的学生。她解释说，看过《火星编年史》之后，她为作者在其中展现的智慧所倾倒，很想和作者有一个亲密的约会。所以，在该作者九十岁生日来临之际，她献上MV作为生日祝福。《火星编年史》的作者，正是MV标题中的布雷德伯里，美国科幻黄金时代四大才子之一。

雷·布雷德伯里（Ray Bradbury）原名雷蒙德·道格拉斯·布雷德伯里，1920年生于美国伊利诺斯州的一座小镇，很小就成了科幻迷。他曾这样描述自己的童年："通过巴库、罗杰斯的漫画，以及《惊奇故事》杂志，我看到了未来无形和空想的世界。"1934年，布雷德伯里随家迁居洛杉矶，在洛杉矶中学毕业后没钱继续深造，于是把大部分的时间都花在了图书馆里——按照他自己的说法，他二十八岁毕业于图书馆。布雷德伯里对图书馆的迷恋浓缩成一句格言：要是你不去图书馆，那么干脆就连学也别上了。

迁居纽约的最大好处是布雷德伯里有机会结交更多的科幻迷。他的首篇获得印刷的短篇小说发表于1938年的《幻想！》杂志，那是一份粉丝杂志。1939年，他自费出版了自己的科幻迷刊物《福图瑞幻想曲》，那时他白天卖报纸谋生，晚上写自己钟爱的科幻小说，布雷德伯里就这样在自己的科幻之路上执着前进。直到1941年，他的《钟摆》（*The Pendu-*

*lum*）才终于在《超级科幻小说》杂志上发表，这是他第一篇获得稿费的科幻小说。

布雷德伯里在1942年创作《湖》（*The Lake*）的时候，发现了自己独特的创作风格。在接下来的几年里，他放弃了卖报纸的活儿，开始全职写作。1945年，他的短篇小说《大布莱克和白色游戏》（*The Big Black and White Game*）被选为"全美最佳短篇小说"。接着他的作品开始出现在《惊骇》以及《行星故事》等科幻杂志上。1947年，布雷德伯里将它们重新整理，结集成了他的第一本科幻小说集《黑暗的狂欢节》（*Dark Carnival*）。

从1945年起，布雷德伯里开始在《绅士》《女士》以及《矿工》等非科幻杂志上以科幻作家的身份发表作品，并在1947年和1948年两次荣获"欧·亨利奖"。布雷德伯里在这一时期发表的三百余篇科幻作品中，只有很少一部分首发在科幻类杂志上。

1946年发表的《百万年野餐》（*The Million Year Picnic*）是布雷德伯里最成功的短篇之一，引发了作者一系列有关火星人的浪漫故事。1950年，布雷德伯里将二十六篇独立成章且又有内在联系的短篇故事结集成著名的《火星编年史》（*The Martian Chronicles*，也翻译为《火星纪事》）。《火星编年史》确立了布雷德伯里作为著名科幻小说作家的名声。它既是一部科幻小说，也是一部社会批判小说，用诗歌的语言，反映那个时代以及那之后数十年里普通人的焦虑与不安。

《华氏451度》（*Fahrenheit 451*, 1953）是布雷德伯里第一部真正的长篇，它进一步展现了作者的非凡才华。这部作品讲述了在一个集权统治的未来，所有的书都成为违禁品，消防队的任务不是救火，而是烧毁图书，而华氏451度是纸张的燃点。反抗者的反抗方式是把书都背诵下来。一个叫蒙塔格的消防队员开始质疑自己的职责。这是一部充满象征意味的作品，是非常典型的反乌托邦作品。

《霜与火》（*Frost and Fire*, 1946）是另一篇布雷德伯里的短篇杰作。在小说中，作者设定宇宙间有一个无名的星球，由于冷热交替迅速，星

图片22 布雷德伯里的代表作《火星编年史》

图片23 华氏451是纸的燃点

球上生命的新陈代谢快得不可思议，人类从出生到死亡，只能存活八天。面对生命的短暂，人类只顾寻欢作乐，一代又一代过着野兽一般的生活。这时，主人公西姆出世了。他不甘心继续沉沦，立志要拯救人类，于是历尽千辛万苦，去寻找传说中的"宇宙飞船"……小说既充满了诗情画意，又带着时光匆匆、韶华易逝的悲哀，还有哲学上的思量，正好反映了布雷德伯里创作风格的三个侧面。

60年代以后，布雷德伯里减少了科幻创作，创作重心转移到诗歌、戏剧、剧本和散文。这些非科幻作品进一步巩固了布雷德伯里知名作家的地位，他是在主流文学界最具影响力的科幻作家之一。

在长达六十多年的职业生涯中，布雷德伯里笔耕不辍，写下了四百多个短篇故事和近五十本不同体裁的书，横跨幻想、科幻、恐怖等领域，许多作品在后来被改编为影视和漫画。

作为一个多产作家，布雷德伯里在科幻方面的成就主要体现在短篇方面。值得关注的短篇小说还有《图案人》(*The Illustrated Man*)、

《太阳的金色苹果》(*The Golden Apples of the Sun*)、《浓雾号角》(*The Fog Horn*)、《一声惊雷》(*A Sound of Thunder*)、《雨一直下》(*The Long Rain*)等等。

2002年,布雷德伯里遴选出写作生涯中一百个具有代表性的故事,组成《布雷德伯里短篇自选集》,共计四本:《夏日遇见狄更斯》(*Meet Dickens in Summer Day*)、《亲爱的阿道夫》(*Darling Adolf*)、《暗夜独行客》(*The Pedestrian*)、《殡葬人的秘密》(*The Handler*),是他自己对自己一生科幻创作的总结。

古怪的是,布雷德伯里的科幻小说从未获得过"星云奖"和"雨果奖"。直到1989年,布雷德伯里才获得"星云大师奖"。"我在很多别人的诗中找到写短篇小说的灵感。事实上,有好多次我从诗中取一句,把它变成了短篇小说。诗是我的一个爱好,诗可以说是我生命的中心……"雷·布雷德伯里在谈论他的创作时曾这样说。他自称受爱伦·坡影响很大,之所以写科幻小说,主要是为了让自己的想象力有更广阔的天地可以驰骋,不受空间和时间的限制。事实也的确如此,这位科幻作家成功地将诗意融入科幻小说,为读者开辟了一个梦幻交织、充满韵律感的奇妙世界。詹姆斯·冈恩说:"布雷德伯里从来就是个醉心于语言的作家。"布雷德伯里的作品不仅是"爱伦·坡创始的美国幻想文学的正统继承人",而且赢得了主流文学界的广泛赞赏。尼尔·盖曼如此评价:"如果没有雷·布雷德伯里,我们生活的世界便少了一道风景。"斯蒂芬·斯皮尔伯格也向他致敬:"在科幻、奇幻和想象力的世界中,他是不朽巨人。"在好莱坞星光大道上有属于他的一颗星,太空中有以他名字命名的小行星,火星上有纪念他的着陆点。

2012年6月6日,雷·布雷德伯里在洛杉矶逝世,安坐于科幻星空之上,享年九十一岁。他的诗意科幻有着超越时代的魅力,历久不衰。本篇开头那则新闻,那曲MV,不过是再一次证明了布雷德伯里的魅力。

## 四、异形与超人的始祖：A.E.范·沃格特

1979年，科幻恐怖片《异形》（Alien）上映，因极其新颖的设定和恐怖的效果而大受欢迎。导演雷德利·斯科特赚得盆满钵满，正高兴着，一个老头找到他，说雷德利侵犯了他的著作权，要求雷德利赔偿，不然就法庭上见。后来，双方达成庭外和解，雷德利不情不愿地支付了一笔补偿金来结束官司。要知道，这个老头不是别人，正是美国黄金时代四大才子之一的范·沃格特。

美国科幻黄金时代开始的时间，一般认为是坎贝尔入主《惊人故事》。但也有学者精确地指出，黄金时代开始于1939年7月号的《惊人科幻小说》，因为那期封面故事是《黑色毁灭者》（Black Destroyer，也翻译为《超级杀手》），范·沃格特发表的第一篇科幻小说。

A.E.范·沃格特（Alfred Elton van Vogt）1912年生于加拿大魁北克。八岁，他就开始读神话故事，十二岁时，他看到了科幻小说，从此沉迷，难以自拔。由于经济方面的原因，沃格特中学毕业后便开始工作，同时开始写作生涯。最初他为一些通俗杂志创作小说，包括忏悔录和爱情小说，还有广播剧本。但这种纯商业的写作令他无比苦恼，七年之后，他决定创作自己最喜欢的科幻小说，这时他已经掌握了不错的写作理论和技巧。

《黑色毁灭者》讲了这样一个故事：

在一个荒芜的行星上，最后一只食肉动物"科尔"在饥饿中逡巡。"猎犬号"行星勘察飞船在这里着陆，外表像猫一样温顺的科尔被带上了飞船。

当猎犬号向下一个目的地进发时，被装进兽栏的科尔开始袭击乘客。它手段残忍，重重一击就可将人的头颅敲碎，然后从人的身体里吸取钾元素。

船长克莫顿担起了拯救猎犬号的重任。人们历尽波折，终于将科尔关进了机械室，但科尔却乘机夺取正在修理之中的救生艇，逃出了猎犬号……

沃格特的这部作品深深地影响了以后的科幻创作。前面提到的"异形抄袭案",雷德利·斯科特被指"抄袭"的,正是《黑色毁灭者》。

《黑色毁灭者》使沃格特在科幻界

图片24 《猎犬号宇宙飞船》开辟出太空冒险与怪兽相结合的道路

一举成名,巨大的成功使沃格特大为兴奋。1941年,他干脆辞去在加拿大国防部的工作,成为一名专职作家。1944年,他和妻子迁往美国加利福尼亚州的好莱坞居住,以便更好地融入美国科幻。这时,他的名字已经被坎贝尔列入"重要作者"名单。沃格特非常勤奋,此后多年,他一直保持着很高的小说产量。

20世纪40年代,沃格特先后又写了三部关于猎犬号行星勘察飞船遭遇各种宇宙怪物并与之厮杀的故事,大受读者欢迎。实际上,沃格特笔下的怪物并不恐怖,至少不是为了恐怖而恐怖。那些怪物,更多的是人类在宇宙中可能遇到的困难与危险的具体形象,而在整个故事中,一直洋溢着黄金时代所特有的对科技和人性的信任。1950年,《猎犬号宇宙飞船》(*The Voyage of the Space Beagle*)得以结集出版,这成为科幻迷万众欢呼的事情。在1953年,坎贝尔写下了这么一段话:"小说仅仅是写在纸上的梦,科幻小说包含了对技术、社会的希望、梦想和恐惧(因为有些梦想是梦魇)。"显然,这话用来形容沃格特的《猎犬号宇宙飞船》再合适不过了。

1946年,沃格特的另一部重要作品《斯兰》(*Slan*)开始在《惊人科幻小说》连载。小说中描写了一种叫"斯兰"的超级人种,他们比一般人更聪明,力气更大,反应更敏捷,毅力也比一般人强,并有察知他人

图片25 《斯兰》封面,这扇门是不是看上去很熟悉?

思想的能力。这种能力与从头皮上长出来的、隐藏在头发中的卷发有关。人类对斯兰极其恐惧,企图消灭斯兰。故事是从一个斯兰孩子的角度来展开的,九岁的强尼·克罗斯一心想要逃脱人类的追捕,因为人类不仅想要消灭他,还想获得他的力量……

沃格特在《斯兰》中说:"人类如果像每篇神话里的主人公一样,只要知道人是什么、人有什么能力,以及如何去运用它们,那么面对可怕的、莫名的危险,人就能拥有一种不可动摇的、有时是不容置疑的力量。"

《斯兰》对超人科幻的影响极其深远,它没有停留在对超能力的描写上,而是着重探讨了常人与超人的关系。60年代,超级英雄漫画兴起,很多漫画作者都承认从《斯兰》那里获得了营养。《斯兰》的成功使沃格特进一步奠立了自己知名科幻作家的地位。在以后的几年里,他至少与海因莱因齐名,而且民意调查显示他比海因莱因还受欢迎。

他的代表作还包括以异次元为主题的《伊夏的武器店》(*The Weapon Shops of Isher*)和描写了奇异而荒谬的假想世界的《非A世界》(*The World of Null-A*)。

1952年,在《终点:宇宙!》(*Destination: Universe!*)出版后,沃格特暂时停止了写作,开始致力于另一位科幻作家罗恩·哈伯德的"排除有害印象精神疗法"理论的推广与倡导工作。这一工作事实上极大地败坏了沃格特的名声,因为在他的支持下,罗恩·哈伯德于1955年在华盛顿成立的科学教,后来堕落为臭名昭著的邪教,其流毒至今都还未清除干净,至于"排除有害印象精神疗法",根本就是伪科学的典范。

1959年,沃格特重返科幻文坛,相继发表了《精神牢房》(*The Mind Cage*)、《狂暴的人》(*Violent Man*)、《同卢尔的战争》(*The War With the Rull*)和《猛兽》(*Beast*)等作品。

据沃格特说,他的很多创作灵感都来自梦境。在多年的创作生涯当中,他始终保持着一个独特的习惯:常常设法让自己每隔九十分钟就从梦境中醒来一次,好把梦境记录下来。读过沃格特科幻小说的人,都不得不承认他作品中确实有种变幻莫测的特质。

沃格特的作品有着独特的逻辑性,往往在物理学、数学、生物化学以及其他许多学科领域里纵横驰骋,信手将它们纳入自己的故事之中。他才思敏捷,想象丰富,将一个个类似于神话的世界展现在科幻迷面前。

由于种种原因,沃格特虽然深受读者欢迎,但在科幻学院派中鲜有支持者。时光荏苒,经典终究是掩藏不住的。1995年,沃格特被美国科幻作家协会授予"大师奖"。1996年,他被认定为最早进入"科幻奇幻名人堂"的四位作家之一。

2000年,沃格特逝世,安坐于科幻星空之上。

## 第四节　余韵悠长

显然,仅仅靠科幻四大才子支撑不起黄金时代。四大才子之外,还有一大群才华横溢的作家用他们的科幻小说为黄金时代添砖加瓦,共同营造出无比璀璨的黄金时代。这些作家各有特点,各有所长,下面标签式的分类只是为了表述方便,说明不了实质。最大的问题是,说他们是黄金时代的作家其实只因为他们成名于黄金时代,事实上,他们中的很多人写作寿命极长,在黄金时代结束很久以后也都还笔耕不辍,一直写到他们笔下的未来——21世纪。

黄金时代之所以为黄金时代,正是因为有大批优秀的科幻作家孜孜不倦地写作，谱写出一曲又一曲科学与幻想交织的歌，不但成就了他们自己，也使得整个时代熠熠生辉，令后人无限追思与向往。

## 一、梦的主人

对有些作家来说，科幻的"科"必不可少。对另一些作家来讲，科幻的"幻"才是最重要的。他们更愿意做梦的主人。

杰克·万斯（Jack Vance）原名为约翰·霍尔布鲁克·万斯（John Holbrook Vance），1916年8月28日生于美国旧金山。十几岁时，万斯广泛阅读各类文学作品，并尝试诗歌创作。因为家穷，高中毕业就开始在全国各地漫游，做过各种不同的工作。用万斯自己的话来讲："对我而言，那是一段蜕变时期。在四五年的时间里，我从一个不切实际的小知识分子变成了一个相当不安分的年轻人，掌握了各种技能和手艺，还决定要尝试种种不同的生活。"

二战爆发后，万斯想当一名间谍。接受过一段时间的训练后，万斯认为自己永远学不会日语，就改行加入了海军。正是服役于美国海军期间，他才在一艘军舰上，写出了《濒死的地球》（*Tales of the Dying Earth*）。

《濒死的地球》一开始就被编辑退稿，因为"很有幻想力，但没有出版价值"。但这些小故事终究还是有赏识者的，最终在1950年汇编成书顺利出版，在读者中引起了轰动，随后被译成各国文字，多次印刷再版。大部分读者并不介意它在分类学上该如何定义，于是很多作者也开始放手写这类界限模糊的故事。

《濒死的地球》包括"米尔的图亚安""魔法师玛兹瑞安""特赛""劫匪莱纳""钨兰·铎尔""斯费尔的古亚尔"六个故事。这六个故事以人物为中心展开，彼此独立又互有联系。故事发生在二十亿年后的地球，那时太阳已走到生命的末期，而地球上罕见人迹，变得死气沉沉。除了人类，地球上还有种种奇异生灵，比如遗传工程的遗留产物迪奥殆、以情报换盐的骑蜻蜓的图克人，甚至还有从其他空间来的异种灵魅。因为年代久远，绝大部分人类对地球遥远的过去知之甚少。科学已经蜕变为魔法，只被少数人掌握，而大部分人都生活在彼此隔离的城堡里。

借助《濒死的地球》，万斯开创了科幻小说中的一个新流派，写的是"仿佛旧日重现的遥远未来世界"，被一些人称为"未来奇幻"或"科学奇幻"。

作为一个系列，"濒死的地球"还有三个长篇：《灵界之眼》(The Eyes of the Overworld, 1966) 讲述自诩是"聪明人"的库葛在完成笑面法师指派给他的任务时所遇到的种种荒诞的事情；《破天之光》(Cugel's Saga, 1983) 讲述库葛被笑面法师戏弄后设法报复的故事；《奇人莱尔托》(Rhialto the Marvellous, 1984) 讲述了大法师莱尔托与其同伴在濒死的地球上的冒险。与之前六个字正腔圆的短篇相比，三部长篇都是《唐·吉诃德》那样的闹剧，主角是反派，不是自信满满的骗子就是自吹自擂的冒险家，全书充满了讽刺和挖苦。

"濒死的地球"系列后世有众多的模仿者与追随者，有相当多的著名作家在"濒死的地球"背景下，写过它的同人作品。桌上角色扮演游戏《龙与地下城》(Dungeons & Dragons) 的设定受其影响很大，其法术需要学习、准备、记忆，且有有限的施放次数，被称为"万斯式魔法"(Vancian magic)。"灰鹰世界"中的一大主神取名维克那（Vecna），即为了纪念万斯（Vance）。"冒险星球"三部曲是万斯值得推荐的作品。《奇迹创造者》(The Miracle Workers) 中，人类舍弃科技追求魔法，但是当外星入侵

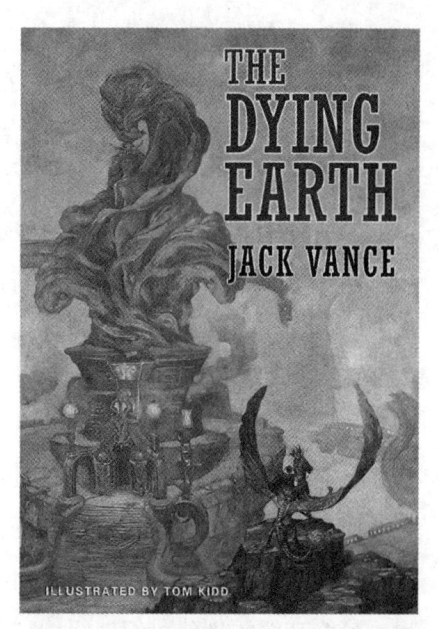

图片26 "濒死的地球"系列的影响远远超出科幻界

者到来时，人们发现魔法对这些敌人毫无用处；《龙主》(The Dragon Masters, 1963) 中，两派异星龙族之间发生战争，都打算为了同样的目的而豢养人类；《最后的城堡》(The Last Castle, 1966) 中为了开除龙族的"球籍"，人类发动了斩尽杀绝的灭族战争。其中，《龙主》拿到了"雨果奖"，而《最后的城堡》则同时拿到了"雨果奖""星云奖"和"木星奖"。

"恶魔王子"五部曲 (The Demon Prince, 1964) 是万斯最成熟的作品，包括《星王》(Star King)、《杀戮机》(The Killing Machine)、《爱宫》(The Palace of Love)、《脸》(The Face)、《梦书》(The Book of Dreams)。故事发生在36世纪的吉安河区 (Gaean Reach)，是银河系里已经被开发的星域。恶魔王子是伪装成人类的异种，以滥施力量和毁灭为乐。基斯·格森的家人被杀、母星被毁，愤怒的他要向罪大恶极的五位恶魔王子复仇。在讲述复仇故事的过程中，万斯最大限度地向读者展示了吉安河区的风土人情。

此外，万斯著作颇丰，还有"德丹"(Durdane) 三部曲、"大行星"(Big Planet) 两卷、"里昂尼斯"(Lyonesse Fantasy Trilogy) 三部曲等。杰克·万斯不在意科技的迅速发展给科幻小说带来的影响，他的作品往往介于科幻与奇幻之间，但这并没有使他的作品显得老套过时。万斯最吸引人的地方是由瑰丽文字描绘的梦幻世界。

2013年5月26日，杰克·万斯在加州去世，安坐于科幻星空之上。

## 二、编辑作家

乔治·R.R.马丁写过一篇演讲稿，不无戏谑地说，编辑是作家的天敌。然而科幻史上就有能人把这两种"敌对"的职业同时做到优秀。

弗雷德里克·波尔 (Frederick Pohl) 1919年11月26日出生于美国纽约市，高中毕业后因家贫辍学，主要靠自学成才。他博览群书，爱好幻想，最终在纽约创建科幻迷组织"未来主义者"。1939年，他不到二十岁就当上两本科幻杂志的编辑，开始卖其他科幻作家的小说，也用笔名卖自己写的故事。第二次世界大战期间在空军服役之后,他成为广告撰稿员、作家和代理。1951年,他在写一篇有关广告的科幻小说时被难住了,便请老朋友西里尔·考恩布鲁斯帮忙,以诙谐幽默著称的《太空商人》(The Space Merchants)就这样问世了。

波尔找到了自己的写作方向。此后的六年里波尔写了一系列诙谐的讽刺故事,如《世界底下的隧道》(The Tunnel Under the World)。金斯利·艾米斯在《地狱新地图》(1960)中称他是"现代意义的科幻小说所产生的始终最有能力的作家"。

短篇之外,波尔在50年代也写过不错的长篇,包括《醉汉的行走》《预言者的祸害》和《观望者的时代》等。他与杰克·威廉森合作写了青少年科幻"海底"三部曲:《海底探索》(1954)、《海底舰队》(1956)和《海底城市》(1958)。波尔说自己写科幻小说,是为了提醒人们注意科技发展对人类社会产生的长远后果。他还说,他一直对探索人类可能拥有的各种各样的前途感兴趣,因此他所写小说的主题不赶时髦,但往往带有一定的预见性。

波尔的名气还来自于他的编辑工作。

1953年至1959年间,他为巴兰坦书局编辑"明星科幻小说"系列原著文集。1962年他接替戈尔德出任《银河科幻小说》和《如果》的编辑,对60年代美国科幻的发展起到了引导作用。他曾三次获"雨果奖最佳编辑奖"。因编辑工作表现优异,波尔在1966年至1968年连续三年获"国际科幻成就奖"。70年代初,他转到埃斯出版公司当科幻编辑,然后又到班坦公司长期担任科幻小说编辑。此外,他还在1974年至1976年担任美国科幻作家协会主席。

在此期间,波尔还曾在美国和西欧的两百多所大学里讲过学,70年代又在"文化交流"的名义下到苏联、南斯拉夫、罗马尼亚等国讲学,对科幻的推广起到了相当大的作用。

70年代中期,波尔结束了自己的编辑生涯,潜心研究,专心写作,开始了自己科幻创作的第二春。1976年,波尔的《超标准人》(Man

图片27 《通向宇宙之门》是波尔的代表作

Plus）赢得"雨果奖",这部也翻译为《人变火星人》描写为了适应火星环境,不得不对人体进行机械化改造的故事,在这个过程中,主人公得到很多,也失去很多。1977年,波尔创作了《通向宇宙之门》(Gateway),这是他最著名的作品。小说中,有一个外星种族留下的转运机场,里边有一千个小型航天器,它们会飞向不同的时间与空间,人类不知道它们是怎么运转的,只是在碰运气,以便逃离人口爆炸、日益艰难的地球。《通向宇宙之门》很有新浪潮的风格,没有叙事方向,也没有完整的情节结构,但人物心理刻画细腻,写出了人类面临绝境时的惶恐与慌乱,进一步揭示了人类文明的缺陷。这部作品帮助波尔斩获了"轨迹奖""雨果奖""星云奖"和"坎贝尔奖"四大科幻奖项,在科幻小说史上具有里程碑意义。波尔并没止步,1980年《杰姆星》(Jem)更是一步跨出科幻界,获得美国三大文学奖之一的"全国图书奖",证明了一个优秀作家顽强的生命力。

弗雷德里克·波尔涉足了一个人在科幻界中所能达到的一切领域:他是科幻小说迷,是出版社和杂志社编辑,是文学代理人,还有最重要的,是科幻作家。

2013年9月2日,波尔去世,安坐于科幻星空之上。

### 三、硬科幻的典范

就像科幻没有一个固定的定义一样,硬科幻也是如此。哪怕同是声称只看硬科幻的人,对于硬科幻的定义也有所区别。但不会有人否定克莱门特的作品是黄金时代硬科幻的典范。

哈尔·克莱门特(Hal Clement)原名哈里·克莱门特·斯塔布斯,1922年5月出生于马萨诸塞州。二战中曾驾驶过B-24轰炸机。1943年,他毕业于哈佛大学天文学专业,又取得了教育学和化学的硕士学位。除去战争中跟随部队到欧洲工作外,克莱门特一直住在密尔顿市,担任中学教师。

克莱门特的科幻之路始自1942年。那一年,刚上大学二年级的他在《惊人科幻小说》杂志发表了第一个短篇《证据》(*Proof*)。那之后的几十年里,写作一直只是克莱门特的业余爱好,但他也发表了至少九部成人小说,两部少年小说,三十个短篇故事。

1950年出版的《针》(*Needle*)是克莱门特的第一部长篇。小说中一个地球小男孩的身体被一个外星寄生警察所借用。外星警察到地球来的目的是追捕另一个寄生者,只有合适的寄主才能帮助他完成使命,而此时那个被追捕者已经占据了小男孩父亲的身体……

克莱门特最有名的长篇小说是《重力使命》(*Mission of Gravity*, 1954)。在麦斯克林星上,一枚空间探测器坠毁了。这颗行星非常巨大,且旋转飞快,上面的重力加速度是地球的七百倍;主人公的任务就是教会这颗星球上的原住民(样子像千足蜈蚣)帮他取回这枚空间探测器。

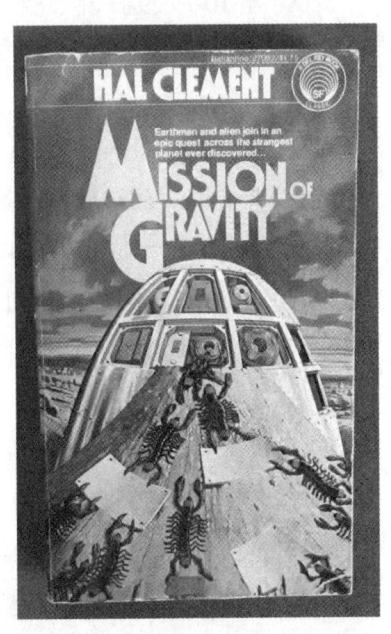

图片28 《重力使命》:外星漂流记

"我创造过很多恒星系和行星，"克莱门特曾在他的一篇文章中如是说，"构思出化学的、物理的、气象学的、生物学的和其他学科的细节，然后利用这些细节编织小说的背景，由此获得最大的乐趣。"

克莱门特严格遵守了他的创作规则，并自豪地让他的读者分享他的乐趣。他对科幻领域最杰出的贡献，就在于营造独特的外星环境，并创立这种环境下的独特物种。克莱门特不是一个文学家，刻画人物不是他的兴趣所在。他的大部分作品都可以说是他的某些设想的戏剧化表现说明书，非常有意思，让一部分读者欣喜若狂，但也让另一部分嗤之以鼻。

克莱门特的写作从黄金时代一直延伸到了20世纪末。他的短篇集中在1979年出版的《宇航服防尘指南》（*Dust Rag: The Best of Hal Clement*）里。1999年，时年七十七岁的克莱门特还出版了生平最后一部长篇小说《半衰期》（*Half-Life*）。克莱门特1998年入选"科幻奇幻名人堂"，1999年获得美国科幻作家协会的"大师奖"。这对于一个业余作家来说，已经是成绩非凡了。

2003年10月29日晚，克莱门特在睡梦中逝去，安坐于科幻星空之上。

### 四、神学科幻

有学者认为，科幻的本质是神学。在黄金时代，这一点在下面这位作家身上表现得最为明显。

詹姆斯·布利什（James Blish, 1921—1975）很早就接触并喜欢上了科幻小说，九岁时写了第一篇科幻故事，中学时加入了著名的科幻迷组织"月球居民"。布利什曾加入美国陆军并担任医官，第二次世界大战结束后，他成了一名职业科幻作家。

1958年，詹姆斯的代表作《事关良心》（*A Case of Conscience*）出版，小说中对于神学的本质有着深刻的思考。

主角生物学家路易斯·桑切斯神父前往距地球五十光年的行星锂西亚考察。他发现，居住在那儿的外星人没有任何宗教信仰，没有上帝、

图片29、30、31　《事关良心》的三个版本

灵魂和原罪的概念，但他们却极其淳朴，如同伊甸园中尚未受到恶魔引诱的人类。在其他人类考察队员眼中，锂西亚只是一颗拥有丰富锂矿的行星，但对神父来说，这儿无疑是由魔鬼一手设计、专门用来跟上帝作对的邪恶陷阱。因为锂西亚的现状会告诉地球人，没有上帝，一样可以过得很好，这会给基督教带来严重的信仰危机。最后，锂西亚毁于人类的错误开发，基督徒们的良心不用不安了。

《事关良心》中，有对锂西亚人的详尽描写，每一个锂西亚人都会经历一个完整的体外重演过程，令人震撼。1958年，《事关良心》获得"雨果奖"，2004年再获"雨果回顾奖"。

"飞城"四部曲（*Cities in Flight*, 1970）是詹姆斯的另一部代表作，包括《他们将拥有星辰》《流浪星海》《地球人，我们回家》和《在时空的尽头凯旋》。在遥远的未来，反重力技术能使一座座城市腾空而起，去星海中开疆拓土，长生不老技术则使故事中的人物能够经历漫长时间……所有的飞行城市组合成不同的种群，由此构建成庞大的宇宙飞行城市生态系统。"飞城"四部曲充满了喋喋不休的技术研讨，甚至还有若干深奥的公式，但是在结尾时，小说反转为一部神学创世寓言：飞城

"纽约"在市长艾玛菲的指挥下,将自身置于宇宙大毁灭的中心,这样虽然大毁灭不可阻挡,但是他们为新宇宙的诞生留下了物质,名为"爱"的物质将决定新宇宙的深层结构。

2002年,詹姆斯·布利什进入"科幻奇幻名人堂"。

### 五、短篇为王

美国科幻史上,长篇为王,大概是因为要构筑一个与现实相异的第二世界,长篇很容易做到。幸好,还是有例外。下面这位就以短篇扬名。

罗伯特·谢克里(Robert Sheckley)1928年7月16日出生于纽约布鲁克林,高中毕业后加入美国陆军到朝鲜服役,回国后就读于纽约大学,大学毕业后即开始科幻小说创作。

人生经历简单的谢克里作品却不简单。1952年,谢克里在《想象科幻杂志》发表了第一篇科幻小说《最后的考试》(*Final Examination*),轻松幽默的风格受到读者欢迎,于是谢克里思如潮涌,短时间内在科幻杂志上发表了大量作品,甚至大量出现在《绅士》《花花公子》这样的成人刊物上。1954年,二十六岁的谢克里出版了第一本短篇科幻小说集《人手难及》(*Un-touched by Human Hands*)。

谢克里的作品结构精巧,往往把主人公置于两难的境地,具有高度讽刺性和对文明的批判,被认为是"一张通往奇异想象世界的单程车票"。在主流文学界,谢克里也得到了极高的评价,被誉为马克·吐温和欧·亨利的讽刺写实风格的忠实继承者。

此后,《宇宙市民》(1955)、《到地球去取经》(1957)、《思想,没有约束》(1960)、《无穷的贮藏》(1960)和《空间的残片》(1962)等一系列短篇集陆续出版,进一步奠定了谢克里的名家地位。谢克里的故事一般都可以卖到每单词4美分,比一般科幻作家高两倍,足见他当时的受欢迎程度。

从1959年起,谢克里开始转向长篇创作,先后出版了几部结合了滑稽情节、哲学思索与讽刺特色的长篇小说。其代表作包括《长生不老公司》（*Immortality Inc*, 1959）、《文明的形态》（*Status Civilization*, 1960）、《探索未来的旅行》（*Journey Beyond Tomorrow*, 1962）和《大脑切换》（*Mindswap*, 1966）。他还写了间谍小说、广播故事、电视剧本，还有《异形》和《星际旅行》的衍生小说。

谢克里非常多产，一生共创作四百多篇短篇科幻小说和十五部长篇小说。实际数字远远不止这些，因为杂志编辑为了避免罗伯特·谢克里的名字在同一期杂志上重复出现，使用了许多笔名。后世读者依然能通过这些充满想象力的科幻故事，享受谢克里的睿智与机敏。2000年，为感谢谢克里一生对科幻文学的杰出贡献，他被授予"星云大师奖"。

图片32 《长生不老公司》充满奇思妙想与发自骨髓的幽默

2005年12月9日，谢克里因病在纽约逝世，安坐于科幻星空之上。

### 六、群星，我的归宿

阿尔弗雷德·贝斯特（Alfred Bester）1913年12月18日出生于美国纽约，在人文科学和自然科学包括心理学方面受过很好的教育。他给科幻界带来的第一份礼物是一个短篇故事《被破坏的公理》，发表在1939年4月号的《惊人科幻小说》上，并获得了业余作者大赛50美元的奖金。

此后，贝斯特创作了十几个短篇，然后于1942年加入DC动画公司，参与了"超人"和"蝙蝠侠"两大动画超级英雄的创造。

1951年，《银河科幻小说》创立，主编戈尔德邀请贝斯特为其撰稿。

他们经过长时间的讨论，共同完成了一个长篇的构思。1952年，这部作品在《银河科幻小说》上连载，它就是为贝斯特赢得首届"雨果奖"的《被毁灭的人》(The Demolished Man)。

在《被毁灭的人》中，贝斯特以惊人的想象力构建了一个由"透思士"主导的未来社会。拥有超感能力的透思士能够看透人的思想，社会各领域都因此发生了翻天覆地的变化。小说的主人公实质上是一个悲剧式的人物，他不得不在一个任何犯罪都不可能发生的社会中谋杀他的商业竞争对手，并隐藏自己的杀人真相。最后他得以在毁灭后重生。在《被毁灭的人》大获成功之后，贝斯特迎来了科幻创作的春天，连续发表了一系列引人注目的短篇故事。

1956年，贝斯特在英国出版了他的另一部长篇科幻杰作《虎！虎！》(Tiger, Tiger)。这部作品把《基督山伯爵》搬到了太空，是贝斯特想象力的又一次爆发。在那样一个未来，人人都可以"思动"——只要经过训练，只要想一想，就能去往想去的任何地方。主角受困于失事的宇宙飞船里，愤怒于见死不救的过路者，于是他决心以自己的方式进行复仇。贝斯特栩栩如生地描绘了一个奇诡的未来世界，想象异彩纷呈，加上纯

图片33、34、35　不同版本的《群星，我的归宿》

熟的叙事技巧，这部小说大获成功。1957年，《虎！虎！》在美国出版时更名为《群星，我的归宿》（*Stars, My Destination*），它是科幻小说史上少有的几部一流作品之一。

贝斯特在50年代晚期成了《假日》杂志的资深编辑，再次离开科幻界。后来一度回归，但新写的科幻，不尽如人意。

1987年，贝斯特与世长辞，安坐于科幻星空之上。

贝斯特擅长在快速推进的情节中塑造鲜明的形象，更擅长以敏锐的眼光想象未来，他是科幻小说的一位革新者。对贝斯特来说，科幻更像是一种偶尔为之的业余爱好。但是《被毁灭的人》和《群星，我的归宿》在传统科幻和新浪潮乃至赛博朋克之间架起了桥梁，为他在科幻史上赢得了重要一席。

## 七、黄金时代科幻作家补遗

### 1. 杰克·威廉森

写作寿命长达七十年，用令人赞叹的速度适应了新的时代，先后在《时间军团》中提出"平行宇宙"、在《CT飞船》中提出"反物质"等新概念。2001年，九十三岁的威廉森以一部《最终的地球》获得"雨果奖"，从而创造了科幻史上的一项奇迹。《滩头堡》《比你想象的更黑暗》《月亮孩子》也值得关注。

### 2. 斯坦利·G.温鲍姆

黄金时代早期著名作家，《火星奥德赛》是其成名作。他破天荒地对火星文明做了细致生动的描写，被誉为科幻天才。奈何天妒英才，1935年因咽喉癌去世。

### 3. 默里·莱因斯特尔

从1919年就开始写作科幻小说，是科幻小说的先驱，发表超过一千五百篇小说，《疯狂的地球》和《遗忘的星球》是其长篇代表作，而短篇方面，《探险队》和《第一次接触》都获过"雨果奖"。

**4. 克利福德·唐纳德·西马克**

田园科幻的创始人。代表作是《星际驿站》，描写了一个老人放弃了地球人的身份，成为银河交通传输中转站的一名管理者，并为星际间的友谊、稳定与和平做出了巨大的努力和贡献。

**5. 小沃尔特·M.米勒**

天主教信徒。《莱博维茨的赞歌》是一部以主流文学手法创作的科幻杰作，讲述的是人类整体命运的轮回。在小说中，守护人类文明的是天主教徒。

**6. 西奥多·斯特金**

代表作是《超人类》。在书中，作者以"格式塔心理学"为主题，借鉴了弗洛伊德的"本我、自我、超我"理论，描述了几个具有超能力的问题儿童的成长过程。

**7. L.罗恩·哈伯德**

"地球使命"系列有十本之多，主要从外星人的角度描写了一个四面楚歌中的地球。《地球杀场》在全世界以十二种语言发行了四百万册，描写了外星人统治下人类的反叛。

**8. 波尔·安德森**

曾七次获得"雨果奖"，三次获得"星云奖"。作品有着坚实的科学基础并浸透着作者认真严肃的思考。代表作有《脑波》《时间巡逻》《宇宙过河卒》《敌对的群星》等。

**9. 理查德·马特森**

初写科幻就令人惊艳，但他离开科幻界去拍影视剧后就再也没有回来，这让阿西莫夫也为之叹息。《我是传奇》极好地诠释了地球上最后一个人的故事，同时试图从科学角度合理解释吸血鬼的成因。

**10. 库尔特·冯内古特**

尽管作家自己反对，但冯内古特还是因为自己的作品得以在科幻史上留名。《自动钢琴》《提坦的海妖》《猫的摇篮》都不错，代表作《五号屠场》以二战轰炸德累斯顿为背景，描写了战争的恐怖。

## 第五节　主流文学的引入

　　黄金时代对于科幻文学发展的重要性不言自明。然而，物极必反，黄金时代对于科幻的过分统一，也在一定程度上限制了科幻文学的发展，使得科幻作品批量生产，题材重复，缺乏新意，部分科幻甚至粗制滥造。而且，黄金时代持续了二十多年，培养的科幻迷已经成年，他们对科幻提出了更高的要求。

　　与此同时，科幻文学长期得不到主流文学的重视，被评论界忽视，也深深地刺痛了向来有历史责任感的科幻作家。他们强烈要求变革，提升科幻小说的地位，以获取某种话语权。

　　但最重要的原因还是世界形势变了。

　　60年代，冷战正酣，美苏两国的核武器威胁着全人类的安全；1957年苏联第一颗人造卫星上天，带来的不是欢呼，而是战场太空化的噩梦；1962年《寂静的春天》第一次把环境问题揭露出来……从某种意义上来说，这些全是科技的恶果。于是，人们开始质疑黄金时代以来盛行的科技乐观精神，并转而寻求新的救赎力量。同时，左翼政治力量兴起，东方宗教传播，流行艺术产生，迷幻药开始滥用……整个60年代西方都在动荡与变革之中。

　　与很多人想象的不同，科幻小说并非与现实没有联系、只是天马行空的想象。事实上，科幻小说的一个重要特征就是及时反映社会与时代的变迁。当西方处于变革中的时候，科幻文学也开始了自己的新浪潮运动。

　　科幻新浪潮运动发端于英国。1965年，迈克尔·莫考克（Michael Moorcock）出任英国《新世界科幻》（*New Worlds Science Fiction*）杂志主编。他主张摒弃传统，力求创新，鼓吹将主流文学的元素引入科幻之中，竟使原本奄奄一息的杂志起死回生。英美原本同气连枝，这场运动很快从英国发展到美国，一大批科幻作家起而响应，于是在大西洋两岸共同掀起了新浪潮运动的高潮。

纵观新浪潮运动的观念与作品，新浪潮运动主要有如下特征：

1. 刻意淡化甚至回避自然科学，着力引进社会科学，尤其是着力从神话和传说中汲取营养；

2. 主题上对技术乐观主义持否定态度；

3. 技法上向主流文学看齐，象征主义、未来主义、表现主义、存在主义、超现实主义等纷纷被引入科幻；

4. 打破黄金时代的禁忌，将诸多有争议性的内容引入科幻。

简而言之，新浪潮运动是科幻作家主动出击、向主流文学靠近的一次文学革命。这场运动大约持续了十年，从60年代中期开始，到70年代中期结束。在提高科幻文学地位、拓展科幻题材、创新科幻样式等方面取得了很大进展，但很快没落。究其原因，主要在于它刻意回避科技，丧失了传统科幻的特色，不少新浪潮科幻写得晦涩难懂，甚至不知所云，无论是内容还是形式，都远离了普通科幻读者，得不到普通读者的关注。

作为一种文学潮流，新浪潮早已没落，但人们还在阅读真正经典的新浪潮作品，也有作者接过新浪潮作家的接力棒，继续在新浪潮作家开辟的题材和世界里前进。

美国新浪潮作家群包括菲利普·乔斯·法马尔（《情人们》，小说中大量的性描写引起了铺天盖地的非议）、萨缪尔·德拉尼（《通天塔-17》，将语言学引入科幻）、托马斯·迪什（《大屠杀》，人类被迫寄生到大树里）、凯斯·丹尼尔（《献给阿尔吉侬的花束》，一个心理迟缓的人通过手术成为天才，继而倒退到他先前的状态）等人。但真正堪称大师的是如下四位：把神话引入科幻的罗杰·泽拉兹尼，把生态学引入科幻的弗兰克·赫伯特，把女性主义引入科幻的厄休拉·勒吉恩，把心理学引入科幻的菲利普·K.迪克。

## 一、旗手

罗杰·泽拉兹尼（Roger Zelazny），1937年5月13日出生在美国俄亥俄州克利夫兰市，从小酷爱写作，中学时代就当上了校报编辑。从西部后备大学获得学士学位后，又从哥伦比亚大学获得硕士学位。大学毕业那年（1962），泽拉兹尼便发表了自己的第一篇幻想小说《基督受难剧》（Passion Play）。此后，他利用业余时间写作，不停地发表中短篇小说，于1969年成为全职作家。

经历了几年在中短篇领域的积累后，罗杰在1966年发表了长篇科幻处女作《不朽》（This Immortal），并一举获得当年的"雨果奖"。故事发生在核战之后的地球，主角康拉德奉命带领一名来自外星的高官在废墟上参观。但这个任务把他扔进了阴谋的旋涡，而地球和人类的命运落在了他的肩上。

同一年，由"星云奖"获奖中篇小说扩展而成的《梦的主人》（The Dream Master）也取得了不错的成绩。在这本书中，主角兰德是一名被称为"塑形者"的精神病医生，可以进入病人的心灵和梦境，直接进行探查治疗。女主角艾琳非常想成为一名塑形者，但天生失明让她无法处理图像，因此求助于兰德。在帮助她的过程中，兰德发现自己的精神稳定性远没有想象中的那么难以撼动。

第二年，泽拉兹尼最经典的长篇代表作《光明王》（Lord of Light）问世。这部作品模糊了奇幻与科幻的界限，甫一开篇，充满哲理和诗意的语言就将读者带入了华美庄严的印度神话世界。但随着故事的进行，读者会发现这故事竟然是发生在地球早已毁灭的年代！一艘人类殖民飞船来到一颗行星，利用高超的技术手段征服了当地土著，并以印度教等级森严的宗教手段巩固统治，将自己放在神的位置。主角萨姆看到诸神的暴行，创建佛教，与之抗衡，欲将科技还给世人。在这部小说中，泽拉兹尼用电脑、飞船、无线电、思维窥探、意识转移等高科技手段，重新诠释繁复华丽的印度教、反复无常的神祇，以及业报轮回等宗教概念。

《光明王》凭借宏大的布局，瑰丽的文笔，超凡的想象又为泽拉兹尼赢下一尊雨果奖杯，并在幻想王国中开创了"科学奇幻小说"这一全新子类，将他的事业推到了新的高峰。

在60年代的最后几年中，他又创作了《亡者岛》《光与暗的生灵》等多部脍炙人口的科幻小说。进入70年代后，泽拉兹尼开始倾力打造他的奇幻名篇"安珀志"系列（Amber Chronicles）。

图片36 《光明王》模糊了科幻与奇幻的界限

作为新浪潮的掌旗人之一，泽拉兹尼很注重作品的故事性和文学性，情节曲折离奇；文笔跳脱，充满诗意，幽默俏皮的句子随处可见；各种神话传说更是信手拈来，为我所用。

1995年7月14日，罗杰·泽拉兹尼因病逝世，安坐于科幻星空之上，身后留下五十五部长篇和一百五十余篇短篇。

## 二、沙丘之祖

弗兰克·赫伯特（Frank Herbert），1920年10月8日出生于美国华盛顿州，从小就立志成为一名作家。十九岁时，他隐瞒自己的年龄，得到了《格伦达之星报》的一份工作。第二次世界大战爆发后，赫伯特参加了美国海军，从事战地摄影工作。

二战结束后，赫伯特进入华盛顿大学读书。他没有获得大学毕业证，因为他只愿意学习自己感兴趣的内容。此后赫伯特重返新闻业，为两家报纸当记者。赫伯特的第一篇科幻小说《寻找什么》（Looking for Something）发表于1952年，随后他的短篇小说陆续出现在《惊人科幻小说》

等杂志上。1955年，他的长篇科幻小说《海龙》(*The Dragon in the Sea*)开始在《惊人科幻小说》上连载。该小说以一艘21世纪的潜艇为舞台，深入探讨了理性与疯狂的关系，预见了石油引发的世界冲突，赢得了比较高的评价。

1959年，赫伯特要为一本杂志写一篇关于沙丘的文章，搜集了大量资料，但在研究过程中"走火入魔"，开始创作惊世巨著《沙丘》(*Dune*)。

经过六年的艰苦研究和创作后，《沙丘》终于在1965年问世。它最初在《类比》上连载。但是，由于《沙丘》比一般的商业科幻小说长得多，所以，有近二十家出版社拒绝出版《沙丘》的单行本。直到费城的一家名为"切尔顿"的小型出版社看中了这本书，才给了赫伯特7500美元的预付版税，予以出版。该书一经面世便获得了空前的好评，并成为科幻史上首部同时获得"雨果奖"与"星云奖"的作品。

《沙丘》是一部异常错综复杂的小说，涉及了银河帝国、封建政治、超能力进化、宗教、生态环境等方方面面，既有难懂的宗教布道，也有惊心动魄的阴谋。在这部巨著中，赫伯特成功地构筑了一个神话般的世界：沙漠行星"阿拉基"上生活着巨大的沙虫和类似于游牧民族的弗尔曼人，那里出产被视为宇宙至宝的香料。这种香料有非常多的用处，其中最重要的一个用途是使宇宙飞船的领航员找得到他要去的星球，恒星际的航行才得以进行。多种统治势力为此展开了激烈的争夺。

到1968年，赫伯特凭《沙丘》获得了20000美元的收入——远高于同时期其他科幻作家，于是他很快出版了

图片37　《沙丘》：经典中的经典

"沙丘"系列的第二部《沙丘救世主》(Dune Messiah, 1969),依然大卖。从1972年开始,赫伯特辞掉工作,成了一名全职作家,"沙丘"系列的后续作品《沙丘之子》(Children of Dune, 1976)、《沙丘神帝》(God Emperor of Dune, 1981)、《沙丘异端》(Heretics of Dune, 1984)、《圣殿沙丘》(Chapterhouse: Dune, 1986)相继出版,同样大受欢迎。

1986年2月11日,由于胰腺癌,赫伯特病逝于威斯康星州,安坐于科幻星空之上,终年六十五岁。

赫伯特去世后,留下了大量的手稿资料,赫伯特的儿子布莱恩·赫伯特和科幻小说家凯文·J.安德森利用这些资料,共同创作了一系列"沙丘"前传和后续作品,总共十多部,整整一个"沙丘宇宙",并且还在不断膨胀中。后来,《沙丘》还被改编成同名游戏、电影和电视剧,其中游戏版《沙丘》成为即时战略游戏的鼻祖;1984年大卫·林奇执导的《沙丘》电影虽然不算优秀,却影响了一大批电影人投身科幻电影的创作,其中不乏雷德利·斯科特这样的著名导演;而2021年丹尼斯·维伦纽瓦执导的《沙丘》电影则使《沙丘》回到了应有的历史地位。

《图书馆杂志》评价说:"《沙丘》在科幻文学中的地位就如同《魔戒》在奇幻文学中的地位。"它先后入选了美国亚马逊"一生必读的100本书"、BBC"英国最受欢迎的100本书"、美国国家公共电台"科幻·奇幻小说TOP100"等多项榜单。

### 三、女性来袭

科幻史上甚少有女性的身影,以至于一度有人把科幻小说认定为纯男性的领域。这样说的人显然忘了《弗兰肯斯坦》和它的作者玛丽·雪莱。还有下面这位,也能让这样叫嚣的人闭嘴。

厄休拉·克洛伯·勒吉恩(Ursula Kroeber Le Guin)1929年10月21日出生于一个学术家庭,父亲是人类学家,母亲是心理学家及作家,三位兄长都是学者,家中时常高朋满座。1951年,勒吉恩在哈佛大学取得了学士学位,1952年在哥伦比亚大学取得了硕士学位,并留校任教。

勒吉恩五岁便开始学习写作，并立志成为作家，但直到三十三岁时，她才在《空想》杂志上发表了处女作《四月巴黎》。勒吉恩认为，谁一旦立志写小说，就该尽早动笔，但得坚持五年甚至十年，才能写出真正优秀的小说。

在写了十多年之后，勒吉恩将自己的奇幻风格与科幻风格分离，"这一分离使得两种风格在技术和内容上都获得了长足进步。从此以后，我的写作便左右开弓"。

勒吉恩的左手是奇幻：1968年出版了《地海巫师》(*A Wizard of Earthsea*)，一举成名。此后，勒吉恩不断地为"地海世界"添砖加瓦，洋洋洒洒出了六部长篇以及若干短篇，构筑了前所未有的奇幻世界。"地海"系列与托尔金的"魔戒"系列、刘易斯的"纳尼亚传奇"系列并称世界三大奇幻小说。

勒吉恩的右手是科幻：1969年，《黑暗的左手》(*The Left Hand of Darkness*) 一经出版，即获得"雨果奖"与"星云奖"，勒吉恩由此跻身科幻领域的最高殿堂。

遥远的宇宙深处，有一颗冬星，冬星人性别会随着时间的推移在男性、女性以及中性之间转变。冬星的社会，就建立在奇异的"性生理学"之上。"爱库盟"派出机动使金瑞·艾说服冬星人加入星际联盟。虽然艾在冬星上十分小心，然而不同的文化风俗，还是让艾陷于危险之中……

1974年出版的《一无所有》(*The Dispossessed: An Ambiguous Utopia*，也翻译为《失去一

图片38 《黑暗的左手》充满了哲学思考

切的人》）重新界定了乌托邦小说的范畴和风格，再一次荣获了"雨果奖"和"星云奖"。

同一个恒星系中，人类定居的两颗行星互为月亮，却因为不同的自然条件与社会形态隔绝成两个截然不同的世界。阿纳瑞斯贫瘠而荒芜，恶劣的自然条件迫使人类组成一个集体至上的社会；富足的资源为乌拉斯的发展提供了强劲的动力，但也造成了个人、集团的对立和鲜明的贫富差异。主人公谢维克脱离阿纳瑞斯，投奔乌拉斯，却发现理想中的乌拉斯社会也有丑陋的一面，于是只得再次逃离，成为两个世界的叛离者……

《黑暗的左手》和《一无所有》都属于"爱库盟"系列科幻小说。属于这个系列的小说还有《若卡农的世界》（Rocannon's World, 1966）、《流亡者星球》（Planet of Exile, 1966）、《幻想之城》（City of Illusions, 1967）、《世界的词语是森林》（The Word for World is Forest, 1976）、《倾诉》（The Telling, 2000）等六部长篇小说和若干短篇小说。

勒吉恩的小说最有特色的是她对社会学与人类学的关怀。"地海"系列的成长主题与道家思想、《黑暗的左手》的叙事方式与性别议题、《一无所有》的乌托邦与反乌托邦等，都对主流文学界产生了重大影响。勒吉恩是众多学术和批评论著的讨论对象，《黑暗的左手》和《一无所有》常年位于学术论文引用排行榜前几名。

勒吉恩的创作范围非常广泛，奇幻与科幻之外，也写现实主义小说、诗歌、散文，还写青少年读物、剧本和随笔，共计二十多部。而凝结了她四十年心血的译作——老子的《道德经》（Lao Tzu: Tao Te Ching, 1997）也得到了各界高度赞誉。

进入21世纪，已经七十岁高龄的勒吉恩依然笔耕不辍。所谓"老骥伏枥，志在千里"，正是形容的勒吉恩。

2003年，她出版了短篇小说集《变化的位面》（Changing Planes），书中建构了一个庞大的位面世界作为背景，这些不同位面的文明面临着和我们当下世界相似的种种问题。《今日美国报》将之誉为新世纪的《格列佛游记》。

2018年1月22日,勒吉恩在家中去世,安坐于科幻星空之上,享年88岁。

### 四、大师

菲利普·K.迪克(Philip K. Dick),1928年12月16日出生于芝加哥,是龙凤双胞胎中的哥哥。这对兄妹是早产儿,一个多月后,妹妹夭折。失去妹妹的痛苦与无法排遣的负罪感影响了他的一生。六岁时,父母离异,更使他的童年充满阴霾,以至于小小年纪就患有强烈的眩晕症。

十五岁时,迪克在名人霍利斯那里谋得一职,并与一群艺术家合住。他得以博览群书,并孕育了他成为严肃作家的心愿。

1952年7月,《行星故事》发表了迪克的处女作《遥远的地方有巫伯》(*Beyond Lies the Wub*),这篇小说描写人类探险家在外星吃掉了一种叫巫伯的生物,谁知道巫伯其实是有强大精神力量的生命,它渐渐控制了探险家的身体……新浪潮的著名人物朱迪斯·梅利尔高度评价了这篇处女作:"迪克的作品恢复了科幻小说中几乎已经消失的惊险。"

其后,《幻想与科幻杂志》刊登了迪克的多部短篇小说。迪克的第一部科幻长篇《太阳系大乐透》(*Solar Lottery*)于1955年出版。2203年,人类已统治整个太阳系,最高领导人由一台叫作"瓶子"的乐透机器随机选出……该书被冠以科幻小说出售,并得到了市场的认可。这令迪克大为尴尬。在其后的小说创作与出版过程中,这种尴尬感一直存在,因为他想成为一名严肃作家,而不是末流的科幻作家。

迪克的早期科幻创作基本上以短篇为主,以惊险、独特的意境和对现实的怀疑眼光取胜。《二号变种》(*Second Variety*,1953)描写了战争机器在其进化的过程中,自行制造人形机器,以引诱真人上当,并逐渐失去控制。《骗子》(*Cheat*,1953)中所有的人都怀疑主人公是个人形炸弹,这使他生活在迷惑与痛苦中,为了摆脱噩梦般的生活,他展开调查,最后终于弄清了真相——他的确是一个人形炸弹。

图片39 《高堡奇人》改编的同名美剧颇受好评

在发表了一系列科幻短篇和四部长篇之后，迪克于1957年开始了主流小说的创作。但除了《一个狗屁艺术家的自白》在1975年得以出版以外，其他作品在他生前都未能出版。没办法，为了生活，迪克不得不继续创作他不喜欢的科幻小说。

1963年，迪克出版了《高堡奇人》（*The Man in the High Castle*）。这是他影响最大的长篇科幻作品，获得了"雨果奖"。这部作品描写了一个虚构的世界，美国成了二战的战败国，被德日两国分别占领，然而这个世界上却流传着一本名为《母蝗横卧》的书，书中描写了二战以包括美国在内的同盟国的胜利而告终。《高堡奇人》将迪克揭示现实虚伪性的主题开掘到了极致，进而开掘出一种新的文学类型——"错列历史"。

70年代初，迪克的第三任妻子弃他而去——一生之中迪克结过五次婚，并有两女一子，但这五次婚姻全都以离婚结束。他在北加州的家成为诸多瘾君子交流聚会的场所，而他脆弱的神经离崩溃仅一步之遥。迪克后期的作品经常讨论毒品和神学，这显然出自他自己的生活经验。1974年出版的《流吧！我的眼泪》（*Flow My Tears, the Policeman Said*）是迪克后期的代表作。故事里，一个举世闻名的人，在平行世界中醒过来，没人认识他，他必须证明自己是谁。这篇小说赢得了1975年"约翰·坎贝尔纪念奖最佳长篇小说"。

迪克于1982年3月2日，因为心脏病并发症离开了他怀疑并热爱的世界，安坐于他并不喜欢的科幻星空之上。他和妹妹安葬在一起，墓碑上早就刻好了名字和出生日期，现在只需要补上死亡日期。

迪克逝世的同年，科幻小说家汤马斯·迪斯科（Thomas M. Disch）

创立了"菲利普·K. 迪克纪念奖"（Philip K. Dick Award），评选范围为上一年度的首发平装本幻想小说。随着时间的流逝，人们渐渐认识到，迪克不仅是新浪潮运动的集大成者，而且对后世赛博朋克的影响也很大。他的书迷和评论家喜欢称他为"PKD"。

图片40 以《仿生人会梦见电子羊吗？》为蓝本改编而成的《银翼杀手》

另外，迪克痛恨好莱坞，他本人说过如果要同意好莱坞拍他的电影，除非等他死了，把他的嘴巴画成满意的上翘。结果在他身后，先后有《全面回忆》《银翼杀手》[①]《少数派报告》《记忆裂痕》《盲区行者》[②]等十部电影根据他的作品改编，《高堡奇人》也改编成了电视剧，大多是名导演加名演员，票房也颇为可观。迪克泉下有知，是该哭还是该笑呢？

## 第六节　当摇滚遇到网络

1946年2月14日，世界上第一台电脑埃尼阿克（ENIAC）在美国宾夕法尼亚大学诞生。那是一个重达三十吨的庞然大物。没人知道它将改变世界。

1980年，在欧洲核子物理实验室工作的蒂莫西·约翰·伯纳斯-李（Timothy John Berners-Lee）建议建立一个以超文本系统为基础的项目，

---

[①]　改编自《仿生人会梦见电子羊吗？》。
[②]　改编自《心机扫描》。

以便科学家之间能够分享和更新他们的研究结果。他与另一个科学家罗勃·卡力奥一起建立了一个叫做ENQUIRE的原型系统。这次，有一群人知道它将改变世界。

这群人的名字叫做"赛博朋克作家"。

赛博朋克（Cyberpunk）是个生造词，由表示控制论（Cybernetics）的"Cyber"，加上代表摇滚的"Punk"组合而成。

赛博（Cyber）的含义是，总存在一个系统在统治民众的生活，这种系统总是依靠某种特定的技术来实现统治，如通过洗脑、克隆、遗传工程等方式。

朋克（Punk）原本是流行于70年代末的一个摇滚乐流派，他们在摇滚乐里寻求个体的独立，嘲弄统治者，嘲弄整个制度。

赛博朋克描绘的是社会边缘人如何把系统的统治技术变成他们自己的工具。这个词最早见于美国作家布鲁斯·贝斯克（Bruce Bethke）于1983年发表的短篇科幻 *Cyberpunk*。这篇与计算机犯罪有关的小说无甚出奇，只是1984年12月30日，《阿西莫夫科幻小说杂志》的编辑加德纳·多佐伊斯在《华盛顿邮报》上发表了回顾性的文章《新的热点作家》，用Cyberpunk指称以威廉·吉布森《神经漫游者》为代表的新型科幻小说，这才使Cyberpunk名垂青史。

威廉·吉布森被誉为"赛博朋克之父"，他创作的《神经漫游者》在1984年出版后引起了前所未有的轰动，并引发了世界性的赛博朋克运动。英国、日本、苏联等国都出现了赛博朋克小说，这场运动还蔓延至其他领域，出现了赛博朋克风格的电影、电视、音乐等，形成了许多带有叛逆性的亚文化群体。现在"赛博朋克"一词被用来泛指一种个人化、玩世不恭、反权威、反信息控制的生活态度、生活方式。

一般而言，赛博朋克作品具有如下特点：

1. 故事总是发生在城市中，与高科技的计算机/网络或生物工程有关；
2. 世界图景破碎不堪，通常存在一个模糊的庞大组织；
3. 主角通常生活在社会下层，一般是道德界限模糊的边缘人；

4. 故事富于动作性与跳跃性。

同新浪潮相比，赛博朋克更重视科技，表现出科技中令人眼花缭乱的一面，出现了大量新的概念。经过许多作品的描写，这些新概念已经成为科幻基本概念，如赛博空间、控制板、矩阵、赛博格等。赛博朋克作品抛弃了新浪潮中晦涩的文字风格，采用较为简单明确的文字，故事性强，更便于阅读。

同传统科幻相比，赛博朋克关注社会边缘的反英雄，而不是完美的英雄；关注计算机/网络或生物工程等新的科技，传统的太空题材只是无关宏旨的背景；关注个人的生存，而不是全人类的福祉。文字上，赛博朋克又比传统科幻更文学化。

美国的赛博朋克作家有威廉·吉布森、布鲁斯·斯特林、尼尔·斯蒂芬森、弗诺·文奇、约翰·谢利（John Shirley）、路易斯·谢纳（Lewis Shiner）、鲁迪·拉克（Rudy Rucker）、帕特·卡蒂根（Pat Cadigan）等。但做出最大贡献的是前面四位。

## 一、开山祖师

威廉·福特·吉布森（William Ford Gibson），1948年3月17日生于美国南卡罗来纳州，少年时代十分叛逆，曾因吸食大麻被学校退学。1977年，吉布森在加拿大英属哥伦比亚大学英文系获得学士学位。入读期间他选择了科幻小说课程，创作了他的第一部科幻作品。

吉布森的早期作品多为短篇，大多讲述控制论和电脑网络对人类的影响，社会背景多设置在近未来，带有明显的忧郁气质，已经体现出赛博朋克风格。在短篇小说《整垮珂萝米》（Burning Chrome，1982）中，他首次使用了"赛博空间"一词。

1984年，吉布森在英属哥伦比亚大学攻读英国文学学位时，完成了第一部长篇科幻小说《神经漫游者》（Neuromancer）。当时吉布森完全不懂电脑，他是在传统打字机上一字一句地敲打出他想象中的网络世界的。

《神经漫游者》故事极其庞杂，根本不是三言两语可以介绍的。它一方面预见了网络的发展，我们今天的网络生活与小说中描写极其相似，唯一不足的或许就是小说中预言的很多技术还没有变成现实；另一方面，它又在哲学上有自己的思考。自1984年出版以来，它已在全球卖出了六千五百万本，并且是第一本同时获得"雨果奖""星云奖"与"菲利普·K.迪克纪念奖"三大奖的著作。后世风靡全球的科幻电影《黑客帝国》（*The Matrix*）的诸多创意都来自《神经漫游者》。

吉布森在1986年写下《零伯爵》（*Count Zero*）、1988年写下《重启蒙娜丽莎》（*Mona Lisa Overdrive*）两部

图片41　《神经漫游者》也翻译为《神经浪游者》，使赛博朋克成为潮流

作品，构成了完整的"蔓生都会"三部曲（*Sprawl Trilogy*）。

接着，他在1993年开始写作新黑客史诗"旧金山"三部曲（*San Francisco Trilogy*），包括《虚拟之光》（*Virtual Light*, 1993）、《虚拟偶像爱朵露》（*Idoru*, 1996）与《明日之星》（*All Tomorrow's Parties*, 1999）三部小说。

长篇之外，《约翰尼的记忆》（*Johnny Mnemonic*, 1981）曾被改编成电影《捍卫机密》，由基努·里维斯主演。

威廉·吉布森回忆说，自己幼年丧父，是个害羞而笨拙的孩子，因为老是搬家，没有什么朋友，唯有科幻小说是最后的心灵归宿。在校学习期间，他是个叫老师头疼的"偏才"，在满分150分的考试中，他数学仅得了5分，而写作则得了148分。

除独立创作外，吉布森与另一名"赛博朋克大师"布鲁斯·斯特林合写过《差分机》（*The Difference Engine*, 1991）。在这部小说中，查尔

斯·巴贝奇完成了他的差分机，而伦敦则陷入了早期计算机革命所引起的混乱。

《差分机》深受各方的肯定与欢迎，竟使得原本没什么名气的"蒸汽朋克"（Steampunk）写作一时间备受关注，不少作家跟风写作，以至于形成了一波不小的创作热潮。混合了先进与落后、科技与魔法的蒸汽朋克很快受到游戏和电影的青

图片42　《差分机》使蒸汽朋克成为潮流

睐，各国相继有蒸汽朋克类游戏和电影诞生。威廉·吉布森"创造世界"的功力由此可见一斑。

进入21世纪，吉布森继续赛博朋克之路，"蓝蚂蚁"三部曲（*Blue Ant Trilogy*）、《模式识别》（*Pattern Recognition*, 2003）、《幽灵之国》（*Spook Country*, 2007）、《零历史》（*Zero History*, 2010）先后问世。可谓是壮心不已。

对于威廉·吉布森我们可以期待更多。

## 二、发扬光大者

1959年10月31日，尼尔·斯蒂芬森（Neal Stephenson）出生于美国马里兰州。在家庭的影响下，斯蒂芬森不仅对物理学和地理学产生了兴趣，而且做过计算机的编程员，广泛深入地了解了电脑网络和黑客生活。

1984年，斯蒂芬森出版了第一本小说《大学》（*The Big U*）。1988年，斯蒂芬森出版了第二本小说《佐迪亚克》（*Zoidac*），这部环保惊险小说为作者带来了更多的赞誉，然而斯蒂芬森真正上升到杰出作家的行列，还是在90年代初。

1992年，斯蒂芬森最重要的作品，也是奠定他赛博朋克宗师地位的大作——《雪崩》（*Snow Crash*）闪亮登场。"雪崩"在小说中是一种病毒，不仅可以在网络上传播，还能同时在现实生活中扩散，造成系统崩溃和头脑失灵。《雪崩》的伟大之处在于，它直接创造了"元宇宙"这一概念，元宇宙是和社会高度联系的三维数字空间，与现实世界平行，在现实世界中地理位置彼此隔绝的人们可以通过各自的"化身"，来互相交流娱乐——事实上，在如今的网络游戏中，他的预言业已得到了部分实现。

此外，《雪崩》还融合发展了斯蒂芬森在前两部小说中展现的科技惊险和黑色幽默的写法，以古代闪米特传说为大背景，给赛博朋克小说注入了活力。在当时，这本小说造就了空前的轰动，引发了赛博朋克的阅读与创作热潮。2021年10月28日，扎克伯格领导的脸书（Facebook）集团宣布改名为元宇宙（Meta）集团，并宣布集团将专注于构建一个虚拟现实的共享环境。这个名字"Meta"即取自《雪崩》中的元宇宙"Metaverse"。此举引发了世界范围内对元宇宙的讨论、追捧与投资热潮，势必影响今后数十年的人类生活乃至于社会结构。《雪崩》在出版三十年后，还能有此影响力，怕是斯蒂芬森自己也没有想到吧。

《雪崩》之后，斯蒂芬森找到了属于自己的创作模式，他的作家生涯也随之进入了黄金期，几乎每四年便会推出一本广受好评的大作。这些小说主要包括：《钻石时代》（*The Diamond Age*, 1995），描绘纳米技术和电子书高度发达的未来，维

图片43　你知道吗？《雪崩》的主角叫做弘·主角

多利亚文化得以复活，1996年获"雨果奖"；《编码宝典》(*Cryptonomicon*, 1999)，长一千多页的厚书，以破译数据密码为中心线索，结合了历史小说和科技惊险小说；"巴洛克记"系列(*The Baroque Cycle*)包括《怪人》(2003)、《混淆》(2004)和《世界系统》(2004年)三本书，戏剧性地重新讲述了科技发展史，证明科学不可逆转地改变了整个世界；《失落的星阵》(*Anathem*, 2008)，圈禁在集修院的知识精英发现了外面世俗政权的秘密；《七夏娃》(*Seveneves*, 2015)，陪伴了地球数十亿年的月球被来历不明的力量击打，碎裂成了七块，在现有技术条件下，人类要如何自救；《终结冲击》(*Termination Shock*, 2022)，一个被气候变化永久改变的未来世界，而地球工程成为阻止全球变暖的激进方案……

斯蒂芬森曾这样形容自己的创作："像用盆子接住源源不断流出的水"。他的灵感太旺盛，必须随时用笔写下新的灵感，经常在一本小说尚未完结时，就开始构思下一部作品的剧情。没有假期，没有停顿，因为"如果不写作，我会立刻发疯"。斯蒂芬森说他的这些想象都来自己真实的科研经验："科幻小说总在试图为读者描绘足够可信的未来，让读者相信小说中的世界可能发生。许多读者自己就是技术专家。因此我必须努力构建一个合理的未来——当它足够合理可信，它自然有可能在现实世界中实现。"因此，尼尔·斯蒂芬森的写作最大的特色，就是对技术细节的描写细腻到难以置信的地步。然而也就是这份细腻，极大地增强了他笔下世界的真实感。假设未来会发生这样的事情，一定会按照尼尔·斯蒂芬森的方式发生。

除了小说，斯蒂芬森还频繁涉足于技术领域，担任公司顾问，并为各类杂志撰写了大量技术文献。1999年美国《时代》周刊评选出五十位数字英雄，时年四十岁的尼尔·斯蒂芬森入选其中，其理由是他的书塑造和影响了整整一代IT人，推出了"每位CEO必读的伟大书籍"。至于"元宇宙之父"，也只是他最新的头衔之一罢了。

### 三、带往宇宙深处

弗诺·斯蒂芬·文奇（Vernor Steffen Vinge），1944年10月2日出生于美国威斯康星州沃克莎市。他从小就是一个科幻迷，八岁时就尝试过科幻创作。1966年，当他从密歇根州立大学获得学士学位时，他已经在《新世界》和《类比》两本科幻杂志上分别发表了《孤独》（*Apartness*）和《书呆子快跑》（*Bookworm, Run!*）两个短篇。

1968年和1971年，文奇先后获得了数学专业硕士和计算机专业博士学位，后在圣地亚哥州立大学数学系任教。文奇的创作产量一直不高，从60年代开始发表作品至今，他总共只发表了十几个中短篇和六部长篇，但多为经典。

中篇《真名实姓》（*True Names*，1981）描写电脑黑客与掌控全世界信息资源的人工智能殊死搏杀。读者为小说中的超炫想象而痴迷。小说发表于1981年，当时互联网技术初露端倪，没人相信它们会在不久的将来梦想成真。

人们通常将开创赛博朋克流派的荣誉归到威廉·吉布森的名下，但实际上，文奇的《真名实姓》比《神经漫游者》早了整整三年。尽管如此，把文奇归入赛博朋克作家还是非常勉强。虽然文奇的每部科幻小说几乎都和网络有关，但与赛博朋克的经典定义有偏差。简单地说，文奇的科幻小说有赛博，无朋克。纵观文奇的作品，我们可以这样说，他把网络从地球带到了宇宙深处。

文奇的开拓性和创造力在《深渊上的火》（*A Fire Upon the Deep*，1992）中达到巅峰：银河划分为若干"意识

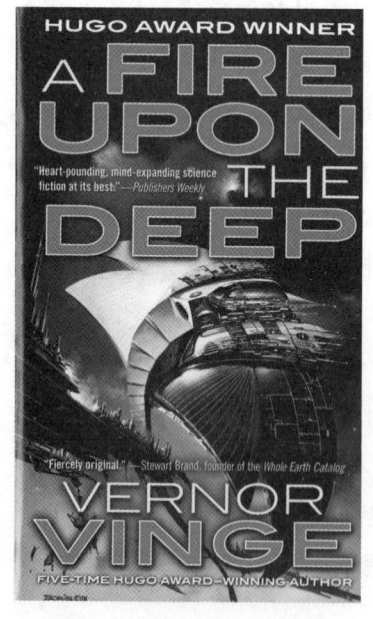

图片44 《深渊上的火》将赛博朋克与太空歌剧相结合

区",不同意识区最基本区别在于超光速航行是否可行。"爬行界"中,光速是无法超越的——地球就处于"爬行界"。而故事主要发生在"飞跃界",在该界中超过光速的运动是很容易的事情,但在此界文明无法超越奇点飞升为超智能体。最后一界是"超限界",没有任何飞升限制,世人对那里所知甚少。意识区的设定,突破了硬科幻一成不变的物理法则,给人以耳目一新的感觉。意识区的设定之外,文奇还是没有忘记网络。在飞跃界,连接各个星系的寰宇文明网扮演着无比重要的作用。

因此,《深渊上的火》是赛博朋克与太空歌剧相结合的产物。刚一出版,它就征服了无数读者,获得了1993年的"雨果奖"。

1999年,《深渊上的火》的前传《天渊》(*A Deepness in the Sky*)面世。时间在前作之前三万年。人类发现了一颗会自行开关的恒星,这是人类历史上最大的商机。青河人和易莫金人同时奔赴开关星系。两支舰队几乎同归于尽,幸存者不得不暂时联合。易莫金人用"蚀脑菌"来控制青河人,青河人则用毫米级定位器组成的私人网络来逃避易莫金人的监控。与此同时,行星地表的外星种族"蜘蛛人"也在飞速成长,并积极主动地参加到战斗中……《天渊》击败《哈利·波特与阿兹卡班的囚徒》,再一次夺得"雨果奖"。

2011年,"意识区"系列的第三部《天空的孩子》(*The Children of the Sky*)问世。主要描写留在爪族世界的孩子们如何在暗流涌动的异星上挣扎求存,并努力攀登科技之树。

此外,文奇还有《为和平而战》(*The Peace War*,2003)、《实时放逐》(*Marooned in Realtime*,2004)、《彩虹尽头》(*Rainbows End*,2006)等长篇科幻小说。其中,描述老年失忆症患者在网络时代重新寻找生活的意义的《彩虹尽头》让他捧回又一座雨果奖杯。

文奇的小说逻辑严密,情节紧凑,展示出科技的奇妙之处,尤以细节的缔造和令人惊叹的预见力著称。他还提出了"超人剧变"的观点,在全世界有着广泛的影响。

## 第七节 树大根深，枝繁叶茂

70年代到现在，影响美国情绪进而影响到科幻小说创作的世界大事件至少包括：越战失败、苏联解体、海湾战争、"9·11"事件、中国的崛起和金融危机。

有些事情同往常一样：成熟的美国科幻图书出版业，从版权代理到图书包装到广告宣传都能为作者提供舒心的一条龙服务；新兴的科幻作家大多是在杂志上发表短篇，赚取名声，稍有名气就会转入长篇写作，因为相对短篇而言，长篇写作更赚钱。但事实上，伴随着整个文学市场的萎缩，科幻小说的销量也远不如从前。

美国科幻在这四十年里主要有如下变化：

1. 科幻杂志进一步式微，数量减少，销量降低。许多知名科幻杂志的订阅量其实仅仅够维持生存，有些已经转为电子版。

2. 奇幻小说、恐怖小说等类型文学在70年代崛起，分流了相当一部分读者，而许多新秀作家，都是一手写科幻，一手写奇幻，还会留一只手写恐怖。

3. 女性主义科幻兴起。继勒吉恩之后，有一批女性作者进入科幻界。她们大多有强烈的女权意识，在她们笔下，由男性主导的科幻世界变得不一样了。

4. 科幻影视极度发达。有史以来好莱坞五十部最卖座影片中，幻想类题材超过百分之九十。对于科幻小说而言，发达的科幻影视是把双刃剑，既宣传了科幻，又使科幻商业化；既吸引了观众，又消解了读者。

5. 网络兴起，改变了每个人的生活方式，自然也改变了科幻。包括科幻的写作、科幻的宣传、科幻组织的建立等，如今很大程度上都依赖于网络。

在新浪潮运动盛行的时候，有人不写新浪潮；在赛博朋克席卷全球的时候，有人不写赛博朋克；在科幻影视化的今天，也有人坚决不写剧本。他们坚守在自己的科幻世界里，书写着自己的梦想，谱写着自己与众不同的旋律。

回顾美国科幻史，正是一大群科幻作家的坚持，使得树大根深的美国科幻在70年代后到现在，依然枝繁叶茂。

## 一、得奖专业户

在美国科幻史上，从来没有人在两年内连续两次将"雨果奖"和"星云奖"两大科幻奖尽收囊中，直到他横空出世。他就是奥森·斯科特·卡德（Orson Scott Card）。

卡德1951年8月24日生于华盛顿州里奇兰，在犹他州长大，分别在杨百翰大学和犹他大学取得学位。

卡德的处女作短篇版《安德的游戏》（*Ender's Game*，1977）不仅使他得了"雨果奖"提名，更为他赢得了"坎贝尔奖最佳新作者奖"。除了卡德，再没有谁获得过如此殊荣。八年后，长篇版《安德的游戏》（*Ender's Game*，1985）和紧随其后的续集《死者代言人》（*Speaker for the Dead*，1986）连续两年包揽了"雨果奖""星云奖"这两大世界级科幻奖，创造了科幻史上一个空前的奇迹。

《安德的游戏》讲述了这样一个故事：虫族严重威胁着地球，地球当局将赌注押在一个游戏天才身上，此人将获得地球远征舰队的指挥权，与虫族展开决战。

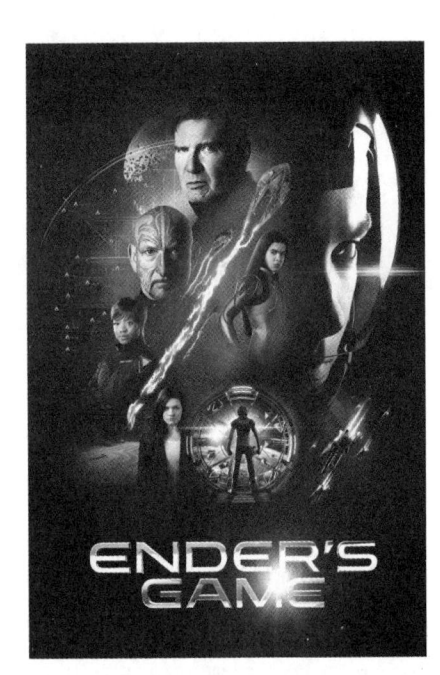

图片45　同名电影《安德的游戏》讲述了天才少年的成长故事

安德·维京被遴选出来,但是,大决战以他完全没有想到的方式开始了……2013年,《安德的游戏》被改编为同名科幻电影。

作为《安德的游戏》的续集,《死者代言人》的时代背景是安德击败虫族三千年以后。因为一直以光速旅行,安德依然活着,只是处境不妙——他已经由战胜虫族的英雄沦为屠杀外星智慧生物的魔鬼,只得隐姓埋名,流浪于各个殖民星球,为死去的人代言。此时,人类正在对卢西塔尼亚星上生活着的外星智慧生物"猪仔"进行研究,但正当研究取得进展的时候,猪仔却谋杀了人类的生物学家……

"安德"系列是卡德最重要的系列小说。除了前面提到的两部外,这个系列目前已经发展成为包括《屠异》(Xenocide,1991)、《精神之子》(Children of the Mind,1996)、《安德的影子》(Ender's Shadow,1999)、《霸主的影子》(Shadow of the Hegemon,2001)、《傀儡的影子》(Shadow Puppets,2002)、《巨人的影子》(Shadow of the Giant,2004)、《安德的流亡》(Ender in Exile,2008)、《安德的礼物》(A War of Gifts,2008)、《飞行中的影子》(Shadows in Flight,2012)在内的十多部小说。前传、后传、正传、外传,目前还看不到完结的迹象。卡德随时可能写出新的续作。

已经完结的"回家"五部曲也是卡德颇受欢迎的系列小说。这个系列由《地球的回忆》(The Memory of Earth,1992)、《地球的呼唤》(The Call of Earth,1993)、《地球飞船》(The Ships of Earth,1994)、《失控的地球》(Earthfall,1995)和《地球的新生》(Earthborn,1995)组成,主要讲:地球毁于四千万年前的一场核战。名为"超灵"的超级计算机原本是人类为阻止核战而建造的,但超灵却趁机中止了人类的进化。当超灵的生命即将终结时,它召集了少年纳菲等人,赐予他们超能力,命令他们重返地球……

卡德很擅长写作,并且喜欢写系列,他一共开创了七个系列。不把一个系列的潜力压榨干,他是不会善罢甘休的。"沃辛"系列是他的另一个较为著名的系列,包括1979年的《天贼》(Hot Sleep)和《背叛之星》(Treason),1983年的《沃辛编年史》(The Worthing Chronicle),以及1990

年的《沃辛传奇》(The Worthing Saga)。"沃辛"是作者的处女作，后边的两本实际上是作者成名后对旧作的大幅度修改，主要讲述沃辛是名为"天赋"的超能力者，前半生他是遭人追杀的逃犯，后半生他是拯救人类的"上帝"，在时空的尽头从零开始再造一个无痛无灾的极乐世界……

在单本小说中，《历史记录：哥伦布的救赎》(Pastwatch: The Redemption of Christopher Columbus, 1996) 值得一提，小说中，时间旅行者试图阻止哥伦布发现美洲，由此引发了一系列故事。

卡德是摩门教徒，坚信小说具有教化意义，应该向读者传递积极上进的信息。他智商很高，并因此热衷于描写少年天才，显然，那些虚构的人物有他的影子。卡德擅长将人物置于道德困境中，让人物自己去选择。进而展现作者自身的思想。因为快速的情节推进，这种展示，并不枯燥与乏味。他的作品被翻译成了你能想到的几乎每一种语言，在全世界科幻迷心目中占据至高地位。

### 二、美国的托尔金

1948年9月20日，乔治·雷蒙德·理查德·马丁 (Geoger Raymond Richard Martin) 出生于美国新泽西州。家境贫困，爱书如命，很小就梦想到那些"没去过也不敢想象的"遥远国度旅游。1970年，马丁以最优等成绩获得了西北大学的新闻学学士学位，次年获得硕士学位。也是在这一年，马丁在《银河科幻小说》上发表了短篇小说《英雄》(The Hero)，获得了94美元的稿费。这使马丁认识到了自己在写作上的天赋。

写于1974年的《莱安娜之歌》(A Song for Lya) 为马丁赢得了第一尊"雨果奖杯"。《莱安娜之歌》讲述一对有超能力的情侣应邀到圣克亚星进行调查。那颗星球上的圣克人有一种对于外人来说极为可怕的习俗。到一定年龄，他们会在自己头顶种下"吉煞虫"，用自己的血肉作为吉煞虫的养料，而吉煞虫让他们"联结"在一起，共享彼此的一切，永远幸福而快乐地生活在一起。小说探讨了幸福到底是什么的问题。

1980年，是马丁的丰收年。描写主人与宠物关系的中篇小说《沙王》

图片46 《热夜之梦》：科学化的吸血鬼故事

（Sandkings）获得了"雨果奖"和"星云奖"，短篇小说《十字架与龙》（Cross and Dragon）获得了"雨果奖"。马丁成为世界上头一位在一年中获得两尊"雨果奖杯"的作家。

长篇科幻小说《光逝》（Dying of the Light, 1977）是浪漫太空歌剧的代表作，全书以消逝的光明比喻爱情的消散，以孤星的旅途代表人的心境，诗歌一样的语言中弥漫着唯美的伤逝情怀。《风港》（Windhaven, 1981）是马丁与丽莎·图托合写的，由三个中篇拼合而成，讲一个从小渴望蓝天的女孩，打破藩篱，追求自由的凄美故事。《图夫航行记》（Tuf Voyaging, 1986）也是几个中篇拼合的，主角是生物播种舰的拥有者图夫，故事幽默而有深度，读者非常喜欢。

80年代中期，马丁的职业生涯发生了重大转变。时值恐怖小说兴起，马丁顺应潮流，写下了两部长篇小说。一部是1982年出版的《热夜之梦》（Fevre Dream），故事发生在美国南北战争前后的密西西比河上，讲述了一个人类与一个吸血鬼的友谊与梦想。虽说写的是吸血鬼，但却是科学化的吸血鬼，是公认的吸血鬼小说的经典之作。第二部是1983年的《末日狂歌》（The Armageddon Rag），这是一部混合了摇滚与恐怖的启示录小说，但因为过于文艺化，结果在商业上很不成功。马丁回忆说，这本书的商业失败"基本上毁掉了我当时的小说家生涯"。

1985年，好莱坞向马丁伸出了橄榄枝。于是，在发表了《子女的肖像》（Portraits of His Children）[①]之后，马丁投身影视编剧行业，远离文学

---

[①] "星云奖最佳短中篇小说"，马丁说："这是一个敢于写作的故事，讲述我们作家在挖掘自己的梦想、恐惧和记忆过程中付出的代价。"

创作整整十年。1996年，因为剧本《门》被影视公司拒绝，马丁起了离开好莱坞的念头。恰在这时，他梦见了雪地里一个小男孩去看犯人行刑的场景，他意识到这是一个全新的故事的开端，毅然离开了好莱坞，开始了新史诗奇幻《冰与火之歌》的创作，由此开辟了全新的时代。2011年，由《冰与火之歌》改编的美剧《权力的游戏》开播，共八季七十三集，将马丁的名气扩展到世界范围。

马丁的作品主要以人物为关注点，描写细腻丰富，突破了幻想文学界固有的创作模式，多次引领阅读潮流。他在幻想文学的三大主要分支——科幻、奇幻和恐怖小说方面都取得了惊人的成就。《梦歌：乔治·R.R.马丁作品回顾集》（*Dreamsongs*, 2003）包括三十一篇中短篇小说与六万字创作回顾。

由于马丁的辉煌成就，他也被誉为"美国的托尔金"和"新世纪的海明威"。在写作之外，马丁还参与大量的编辑工作，与加德纳·多佐伊斯一起编辑了包括《百变王牌》（*Wild Cards*）、《战士》（*Warriors*）、《危险的女人》（*Dangerous Women*）、《法外之徒》（*Rogues*）、《火星复古科幻》（*Old Mars*）、《金星复古科幻》（*Old Venus*）在内的无数图书，还以旺盛的精力参加了数不胜数的社会活动。

### 三、非一般的硬

拉里·尼文（Larry Niven）原名劳伦斯·范·科特·尼文，1938年4月30日出生于美国洛杉矶一个石油富商家庭。1956年，他进入加州理工大学学习，但却因为迷恋上科幻小说而荒废了学业。直至1962年，他才在瓦希巴大学取得数学学士学位，同时兼修了心理学专业。1963年，尼文辞去职务，报名参加了一个写作训练班，并最终义无反顾地走上了专业创作道路。

拉里·尼文是名副其实的技术流，始终跟随着科技的发展而创作自己的作品。1966年，科学家们刚刚发现了中子星，次年，尼文就创作了《中子星》（*Neutron Star*），向人们介绍中子星这种神奇的天体，并获得了

"雨果奖"。1970年，尼文受到美国物理学家和数学家弗里曼·戴森（Freeman Dyson）构思的"戴森球"系统的启发，创作出了《环形世界》（Ringworld），而《环形世界》为他赢得了"雨果奖""星云奖""轨迹奖"和"澳大利亚科幻小说成就奖"，一举奠定了他硬科幻大师的地位。

星环创造了宇宙间最大人工造物的记录。看看这组关于它的数字——直径九千万英里（约为地球到太阳的距离），周长六亿英里（光也要跑一个多小时），宽一百万英里，面积为地球的三百万倍（就像把三百万个地球摊平，再一个个连起来）……

那么，这样一个奇迹是谁建造的呢？这正是主人公路易斯需要探索的……

1980年，《环形世界》的续集《环形世界工程师》（*The Ringworld Engineers*）出版，这部应读者强烈要求写出的作品讲了二十年后路易斯·吴再探星环的故事。因为失去了原创力，看上去更像是一部问题集。此后，尼文还分别写了《环形世界王座》（*The Ringworld Throne*，1996）和《环形世界之子》（*The Ringworld's Children*，2004）两部续集，继续为读者讲述环形世界的秘密。

环形世界的故事其实属于尼文"已知空间"未来历史系列（*Tales of Known Space*）。这个系列包括了三十多个短篇和数部长篇小说。它们相互交融，构成一段复杂的历史，从几十亿年前到史前，再到幻境般的公元3200年后的未来世界。

"行星舰队"系列（*Fleet of Worlds*）也属于"已知空间"系列，由拉里·尼文同爱德华·M.勒纳

图片47 《环形世界》是个技术奇迹

（Edward M. Lerner）合著，已出版《行星舰队》（*Fleet of Worlds*, 2007）和《行星魔法师》（*Juggler of Worlds*, 2008），主要讲述探险飞船"长传号"进行星际探险的故事。

除了"已知空间"系列，尼文的代表作还有"魔法逝去"系列、"梦之园"系列等。1973年，在结识了理论物理学家斯蒂芬·霍金后，拉里·尼文创作了关于量子黑洞的科幻小说《黑洞研究员》（*The Hole Man*），于次年发表，并获得"雨果奖"。此外，讲述科学家对外星球探索的《上帝眼中的微尘》（*The Mote in God's Eye*, 1974）和全面讲述彗星撞击地球的《撒旦之锤》（*Lucifer's Hammer*, 1977）等值得关注。尼文的作品科学基础扎实，技术细节详实。著名科幻作家大卫·布林曾评价他说："尼文已经把硬科幻领域中的资源开掘殆尽，弄得其他人无事可干了。"

2015年，美国科幻奇幻作家协会授予拉里·尼文"达蒙奈特纪念大师奖"，实至名归。

### 四、畅销书的宠儿

进行商业写作的人总在操心，怎样使自己的书畅销。然而，有些人似乎天生就是畅销书的宠儿，从来不会为这事操心。迈克尔·克莱顿（Michael Crichton）就是其中一个。

1942年10月23日，克莱顿出生于伊利诺伊州芝加哥，曾在哈佛大学文学系就读，后转读考古人类学系。毕业之后又开始攻读医学，1969年获得哈佛大学医学博士学位。正是在哈佛大学医学院读书期间，克莱顿开始了文学创作，并且一开始就展现出与众不同的才华——处女作《死亡手术室》（*A Case of Need*）获得了1969年的"埃德加奖"。

1969年，描写外星细菌入侵地球的《安德洛墨达品系》（*The Andromeda Strain*）[1]一出版就成为当年的畅销书，随后被好莱坞搬上了银幕，票房大好。

巨大的成功使迈克尔·克莱顿下定决心弃医从文。早年的学习和研

---

[1] 也翻译为《天外细菌》或者《死城》。

图片48 《侏罗纪公园》的畅销引发了全世界的恐龙热潮

究为他积累了渊博的人类学、医学、生物学和神经学等方面的知识，为他的文学创作奠定了坚实的基础。此后，克莱顿的每一部作品都包含了详实的科学知识，哪怕不是科幻的《食尸者》（Eaters of the Dead，1976）等作品也是如此。1972年的《终端人》（The Terminal Man）写用电脑芯片治疗脑病患者；1980年的《刚果惊魂》（Congo）写到非洲丛林寻找钻石的危险之旅，却发现大猩猩可能是钻石的守护者；1986年的《神秘之球》（Sphere，后来拍摄为科幻电影《深海圆疑》）堪称杰作，讲述一艘太空船被发现坠毁在海底珊瑚丛中，一队科学家奉命前去调查，被巨大的鱿鱼袭击，最后却发现这一切都与人的想象力有关……

迈克尔·克莱顿声望在20世纪90年代达到顶峰，因为他的作品《侏罗纪公园》（Jurassic Park，1990）被好莱坞导演斯蒂芬·斯皮尔伯格于1993年搬上银幕，成为轰动世界的具有里程碑意义的科幻电影。《侏罗纪公园》从琥珀中的蚊子血出发，用现代基因技术重新制造出恐龙，点子无比绝妙，又与混沌理论相结合，描写了精心设计的侏罗纪公园必定会毁于一旦的故事，提升了整部小说的思想深度。

那之后，克莱顿再接再厉，又继续推出作品。1995年，《侏罗纪公园》的续集《失落的世界》（The Lost World）借助混沌理论，提出了物种灭绝的新观点；1999年，《时间线》（Timeline）中科学家借助时间机器回到了中世纪，却发现中世纪并不是想象中的那样黑暗；2002年，《猎物》（Prey）①是对纳米技术的一次危险展示；2006年，《喀迈拉的世

---

① 也翻译为《纳米猎杀》。

界》（*Next*），描写了基因技术高度发达的近未来，文本的混乱折射的是现实的混乱。

2008年11月4日，克莱顿因癌症在洛杉矶去世，安坐于科幻星空之上，享年六十六岁。

一生之中，克莱顿创作了十五部畅销小说，全球总销量超过一亿五千万册，有十二部被拍成电影，大多非常卖座。

迈克尔·克莱顿对于科技的发展非常敏感，特别擅长以一个新颖的理论和技术来构思一个惊心动魄的故事。为了追求真实感，在他的小说中，经常有图表、电脑信息、DNA序列、注解与参考书目，就像是学术著作。因此，他的小说通常被出版商标注为"高科技惊险小说"。迈克尔·克莱顿走的是通俗路线，却又能跳出通俗，在高科技领域沉淀下一些有关人类、科学、未来等问题的思考。

## 五、华裔科幻代言人

特德·姜（Ted Chiang，一度被翻译为特德·蒋），美籍华裔，中文名姜峰楠，1967年10月20日出生于美国纽约市杰斐逊镇，毕业于布朗大学计算机科学系，目前从事技术编写师工作，业余写作科幻小说。他的作品不多，自1990年发表处女作至今，总共发表了十七篇作品，且都是短篇或中篇，但这十七篇小说让他捧回了包括"雨果奖""星云奖""斯特金奖""坎贝尔奖"在内的所有科幻大奖的奖杯。

《巴比伦塔》（*Tower of Babylon*，1990）是特德·姜的处女作，荣获了1990年"星云奖"。作者用一连串令人惊叹的细节，舒展自如地将一座只能存在于想象世界中的通天塔永久地矗立于读者心间。

《领悟》（*Understand*，1991）是特德·姜作品中情节性最强的一篇。荷尔蒙K疗法创造出了两位超人：他们中的一个一心要重塑世界，而另一个却只想利用自己超人的智慧探求宇宙的终极真理。他们最终狭路相逢，展开了一场生死决战。特德·姜对这场决战的描写想象超绝，激荡心神，堪称经典。

《你一生的故事》（Story of Your Life，1998）是一篇少见的以语言学为核心的科幻小说，荣获了1998年的"星云奖"和"斯特金奖"。小说中的外星人被称为"七肢桶"。七肢桶文字极其特别，是将所有需要表达的语意都统一在一个字内。与这种文字相对应的是七肢桶感知世界的方式，他们能同时感知所有事件的过去、现在和未来。文中的女主角受政府委托学习七肢桶的语言。她学会了七肢桶语言，因而掌握了七肢桶感知世界的方式，于是洞悉了一切，尤其是她那个暂时还不存在的女儿的一生。小说独具匠心地采用了第一人称视角与第二人称视角交替推进的手法，字里行间充溢着科幻小说特有的奇异感，结尾时双线合一，令人震撼。

图片49　根据《你一生的故事》改编的电影《降临》对七肢桶的文字有非常具象化的表现

《七十二个字母》（Seventy-Two Letters，2000）和《地狱是上帝不在的地方》（Hell is the Absence of God，2001）写的都是一个完全由想象力创造的假想世界，前者荣获了2000年的"日本科幻大奖"，后者荣获了2001年的"雨果奖""星云奖"和"轨迹奖"。

《商人和炼金术士之门》（The Merchant and Alchemist's Gate，2007）模仿《一千零一夜》的叙事方式，讲述了特德·姜式的时间旅行，获得了2008年的"雨果奖"。

2009年，《呼吸——宇宙的毁灭》（Exhalation，2008）用主角的第一人称叙述，从实验中演绎出一场对自我认识的探索之旅。这个故事的讲述技巧完全是抽象派的风格，完美无瑕，获得"雨果奖"也是理所当然。

《软件体的生命周期》(*The Lifecycle of Software Objects*, 2010)用细腻而真实的笔法描写了一款软件的一生,获得2011年的"雨果奖最佳长中篇小说"。

《脐》(*Omphalos*, 2019)获"轨迹奖最佳短中篇奖"。

有意思的是,特德·姜曾经拒绝过获奖。2002年,《所见即所爱:一部纪录片》(*Liking What You See: A Documentary*)获"雨果奖"提名,他拒绝接受,理由是,这篇小说是为了他的小说集专门写作的,是被催着写的,他不够满意,不适合参选。

对于特德·姜,我们可以期待更多。

### 六、当代美国科幻作家补遗
——倒计时有助于减少阅读压力。

20. 詹姆斯·冈恩

既是作者,作品有《超银河》《超自然》《星桥》《快乐制造者》《长生不老的人》《倾听者》、"超验"系列三部曲等;也是编辑,评论和学术专著为他赢得了许多荣誉,尤其是他编选的六卷《科幻之路》,成为研究科幻必备的案头书。

19. 乔·霍尔德曼

从1983年开始在麻省理工学院教授了二十多年的科幻写作教程。《千年战争》被誉为"最值得回味的战争小说"。《永远的和平》提出了终结人类战争的伟大设想,该小说获得"雨果奖""星云奖"和"坎贝尔奖",是史上少有的拥有"三重桂冠"的作品。

18. 罗伯特·西尔弗伯格

《夜翼》获得了1964年"雨果奖"。1971年以《变化之时》和《来自梵蒂冈的好消息》分获"星云奖最佳长篇小说奖"和"最佳短篇小说奖"。《内心垂死》《玻璃塔》《荆棘》《伴随死亡而生》《瓦伦丁君王的城堡》《内地的吉尔伽美什》等也都是获奖作品。

### 17. 康妮·威利斯

多次获得"星云奖"和"雨果奖"。《末日之书》是双奖作品,讲述了一位年轻的女历史学家时空穿越到黑死病时代的英格兰,同时21世纪的伦敦也遭受了突如其来的瘟疫袭击。《懂你》《即使是女王》《烈火长空》《旧日时光》《全体就坐》《林肯之梦》等作品为人称道。

### 16. 约翰·瓦利

1947年出生于美国得克萨斯州奥斯汀市,毕业于密歇根州立大学,主修物理。1974年开始写作,一鸣惊人。瓦利风格独特,作品多以太阳系为场景,展示近未来的人类社会,语言幽默,又有深深的哲理。因此,其作品是各种畅销榜的常客。曾三获"雨果奖",两获"星云奖",代表作有"八星"系列中的《钢铁海滩》《蛇夫座热线》等。

### 15. 刘宇昆

华裔,英文名 Ken Liu。文笔细腻,构思精妙。2012年和2013年,《手中纸,心中爱》和《物哀》接连获得"雨果奖"。他提出了"丝绸朋克"的概念,以楚汉争霸为原型,撰写了"蒲公英王朝"三部曲,包括《七王之战》《风暴之墙》《戴面纱的王冠》。创作之外,刘宇昆也致力于中美科幻文化交流。2015年,刘宇昆翻译刘慈欣的《三体》获得"雨果奖"。2016年,刘宇昆翻译郝景芳的《北京折叠》,获得"雨果奖"。

### 14. 保罗·巴奇加卢皮

作品具有浓厚的东方背景,2005年开始在科幻界崭露头角。短篇集《六号泵及其他故事》获得2008年"轨迹奖最佳合集奖"。他的长篇小说处女作《发条女孩》描写能源枯竭年代发生在泰国的基因改造故事,独特的东方视角与体验,被《时代周刊》提名为2009年"十大最佳小说",并揽括了"雨果奖""星云奖""轨迹奖""康普顿·库克奖"和"坎贝尔纪念奖"。他的第一部青少年科幻小说《拆船工》获"普林兹文学奖",并入围"国家图书奖"。

### 13. 约翰·斯卡尔齐

擅长在传统题材上进行创新,加上幽默与讽刺的调味品。代表作是

《垂暮之战》《幽灵旅》和《最后的殖民地》，这是一个三部曲，描写老人经由返老还童术回到青年状态，却必须服兵役，到太空深处与各种奇奇怪怪的外星种族作战的故事。

12. 金·斯坦利·鲁宾逊

擅长硬科幻。"火星"三部曲包括《红火星》《绿火星》和《蓝火星》。这个系列对火星的地球化改造进行了详实而具体的描述。"纽约2140"三部曲是描写气候科幻的典范之作。《米与盐的时代》是一部另类历史的作品，描写西方文明毁于瘟疫，而东方文明崛起的故事。另外，《2312》获得了2012年"星云奖最佳长篇小说奖"。

11. 格雷格·贝尔

特别擅长科幻设定，作品涵盖银河冲突、人工宇宙、加速进化、意识和文化习俗。其中长篇版《血音乐》包揽了"星云奖"和"雨果奖"。《移动火星》《达尔文电波》《天使女王》《永世》等作品也不错。

10. 格里高利·本福德

物理学研究者和天文学家，《时间景象》描写相隔近三十年的两代物理学家利用超光速粒子进行对话，进而清除"外太空希特勒魔影"的故事，获得了"英国科幻协会奖""坎贝尔纪念奖"和"星云奖"。四卷本系列小说——《伟大的天空河》《光之潮汐》《狂暴的海湾》《驶向光明的永恒》描述了有机和无机生命在银河之心的一场天崩地裂之战。

9. 安迪·威尔

2011年，以描写被遗落在火星的宇航员独自拯救自己的《火星救援》一举成名。作品有细腻的技术想象，文风幽默流畅，也洋溢着这个时代少有的技术乐观主义。后续作品还包括瑞恩和他的跨星际好友联手拯救宇宙的《挽救计划》和女快递员"爵士"拯救月球阿尔特弥斯城的《月球城市》。

8. 大卫·布林

最著名的作品是太空歌剧"提升"系列小说，描写一个横跨银河系的庞大文明，其主要使命是"提升"所有已知的呼吸氧气的智慧生物。

目前由《太阳潜入者》《星潮汹涌》《提升之战》《光明礁》《无限的海岸》和《天空的距离》六部小说组成。其中,《星潮汹涌》获"星云奖"和"雨果奖",《提升之战》获"雨果奖"。

### 7. 丹·西蒙斯

创作领域跨越奇幻、科幻、恐怖、悬疑、历史、黑色犯罪以及主流文学。《海伯利安》于1989年出版,立刻引发了科幻界的轰动,获得十多项科幻大奖,获奖之多让人惊叹。后续还有《海伯利安的陨落》《安迪密恩》《安迪密恩的崛起》。另外,《魔鬼在你身后》也值得关注。

### 6. 洛伊斯·比约德

"迈尔斯"系列为已经垂暮的太空歌剧题材注入了新活力。《自由下落》获1988年"星云奖",此外《悲恸之山》赢得"星云奖";《贵族们的游戏》《贝拉亚》《镜舞》和《灵魂骑士》获"雨果奖"。

### 5. 奥克塔维娅·E.巴特勒

颇负盛名的非裔美籍女作家。"莉莉丝的孩子们"系列包括《破晓》《成年礼》《成熟》三部作品,描写外星文明试图以"基因交易"的方式来拯救地球人类,书中有许多关于种族、性别、文化上的隐喻。"地球之种"系列包括《播种者寓言》和《天赋寓言》两部作品,是反乌托邦的杰作,描写环境急剧恶化,新奴隶制在美国悄然兴起。

### 4. 冯达·N.麦金泰尔

《梦蛇》,获"星云奖""雨果奖""轨迹奖"三重桂冠,描写医生漫游在核战后的废土上,要养三条蛇来完成自己的职业需求,从各个方面来说,都是一本非常奇怪而优秀的科幻小说。

### 3. 卡尔·萨根

天文学家、天体物理学家、宇宙学家,在本职工作中取得了不俗的成就,参与过"旅行者号"和"先驱者号"的发射工作,写出了大量具有广泛影响力的科普作品,如《宇宙》和《暗淡蓝点》。科幻小说《接触》首次提出虫洞的宇航方式。

2. 哈里·哈里森

哈里森是一位多产的作家，涉足讽刺、幽默、冒险和自然探索等多个领域。他的讽刺作品包括"不锈钢老鼠"和"银河英雄比尔"等系列。《伊甸之西》是"伊甸园"三部曲的首部小说。在小说中，恐龙并未灭绝，而是发展出智慧和另一种科学与文明。

1. 克雷斯·南希

描写基因改造后的无眠群体与普通群体之间冲突的短篇《西班牙乞丐》，1991年获得"星云奖"和"雨果奖"。1993年，扩写成长篇。该系列还包括《乞丐与选民》和《乞丐的愿望》两部作品。她的"概率"系列中的巅峰之作《概率空间》获得2003年"坎贝尔纪念奖"。

# 第三章　风风雨雨，暖暖寒寒，处处寻寻觅觅
## ——中国科幻小说史

与美国科幻史相比，中国科幻史最大的特点就是断代严重，而且各代之间几乎毫无联系。这与20世纪中国社会的迅猛发展相关。20世纪，短短的一百年，中国从积贫积弱、任人宰割的东亚病夫发展成为自立自强的世界大国，实现了跨越式发展。但时代的列车开得太快，当车头昂然驶进21世纪时，车尾还在春秋战国里逡巡，思考着要不要继续前进的问题。时代的这一特点，也直接影响到了科幻的发展。

一部中国科幻"风风雨雨，暖暖寒寒，处处寻寻觅觅"的历史，间接反映的正是20世纪中国的发展史。

## 第一节　独钓寒江雪

### 一、遥远的足迹

必须承认，科幻小说是从西方引进的，是纯粹的舶来品。不过，以今天科幻人的眼光回望过去，会发现其实我们的传统文化中并非全无科幻的影子。

《山海经》里保存了中国最古老的神话，是中国所有幻想文学的源泉，里面既有广为人知的夸父逐日、后羿射日、精卫填海、大禹治水，也有不那么出名的竖亥步地、羲和浴日等。《淮南子》里也保存了不少神

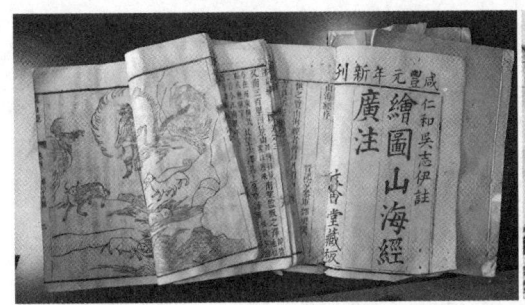

图片50、51　《山海经》保存了很多上古神话

话，《庄子》则喜欢自编神话来表达主题。

《列子·汤问》是战国时期诸子百家经典之一，有一篇名叫《偃师》的小故事，讲偃师将一个人偶献给周穆王。即便是以现在的眼光看，《偃师》也算得上是一篇不错的科幻小说：有性格鲜明的人物，有一波三折的故事，有超越时代的技术幻想——它大概是世界上最早的机器人科幻吧！还有一个颇为深刻的感叹：人之巧乃可与造化者同功乎？如果再宽容一些，把《偃师》认定为一篇硬科幻也不无可。

有意思的是，《列子·汤问》中的另一个故事"扁鹊换心"有着浓浓的"软科幻"味道：两个人的心脏有问题，扁鹊给他们换了；换了心，记忆也跟着换了，于是都跑对方家去了，但家人不认可啊……手术的过程不是作者的写作重点，重点是心脏移植的原因和戏剧性后果，而这恰巧符合"软科幻"着重写某种技术给社会带来的变化的特点。类似的科幻故事——更换器官带来心理上的变化——在20世纪也并不少见。

东晋陶渊明在《桃花源记》中勾画出一幅"不知有汉，无论魏晋"的乌托邦景象，比托马斯·莫尔的《乌托邦》早了一千两百年。

南朝梁任昉《述异记》中讲：晋朝时有一位叫王质的人，有一天到石室山去打柴，看见几个童子下棋，就停下来看。到棋终时，王质发现手里的斧头柄已经烂了。下山回到村里，才知道时间已经过去了一百年。这个故事涉及了时间问题，在不同的地方时间的流速快慢有别。

唐朝时传奇小说发达，内有不少充满奇思妙想的故事。李公佐《南柯太守传》与沈既济的《枕中记》几乎完全一样，都是在梦中享尽人间富贵，醒来后感慨万分。对后世科幻而言，借梦说事的传统就发端于此了，而且，梦里的时间流速比现实快许多，这一设定也为后世科幻所用。

明代许仲琳的神魔小说《封神榜》在艺术价值上不如《西游记》，但在民间的影响丝毫不逊于《西游记》。清末第一拨科幻小说兴起时，小说中明显有《封神榜》正邪斗法的影子。

清代李汝珍的《镜花缘》将背景设置在武则天时代，描写了唐敖和林之洋游历的四十多个海外世界。和同时代的《格列佛游记》类似，作者虚构出形形色色的异类文化，并非只为了猎奇，而是意在反讽当时的社会现实。

《水浒传》中原本就有一些关于战争器械的描写，作为其续作，清代俞万春的《荡寇志》将战争器械的描绘达到了一个极点。它一方面继承了《封神榜》以来的正邪斗法，九阳神钟、乾元镜等法宝纷纷现身；另一方面，又着重描写了两军对峙时攻战器械的发明和使用。俞万春对中国兵器素有研究，甚至曾著书立说。居住广东时，又对西洋事物多有接触，在神魔对决之外，将传统科技成就纳入创作之中，构思出"奔雷车""飞天神雷""陷地鬼户"等战争器械，这是前所未有的突破。他将现实科技重新引进小说题材中，其谨守科技基础、进行推理改良的创作理念，已类同于科幻小说的科学推理原则。

中国并不缺乏幻想的传统，四大名著全部都有浓烈的幻想色彩。但正如韩松所说："中国人缺乏想象力，主要是缺乏建构在科学理性上的想象力……"因此，一直等到清末，在大量引进西方科幻小说的基础之上，才有中国科幻的呱呱坠地。

## 二、晚清的辉煌

清末，正值中国国力衰退到历史最低点，内忧外患，"乃是三千年未有之危局"，亡国灭种之危险迫在眉睫。有识之士心内焦急，眼观世界，寻求救国济民之道。梁启超就是其中最为尽心竭力的一个。

1898年，戊戌变法失败，梁启超亡命日本。途中，他从舰长那里看到柴四郎（东海散士）的政治小说《佳人奇遇记》，大感惊讶，不但亲自翻译了该小说，还发愿要亲自进行类似写作。但直到1902年才在《新小说》上连载了《新中国未来记》。他在绪言中写道："以科学上最精确之学理，与哲学上最高尚之思想，组织以成此文，实近世一大奇著也……顾确信此类之书，于中国前途，大有裨助。"

《新中国未来记》开场是1962年，"我国维新五十年大祝典"，"万国太平会议新成"，而孔子旁支裔孙、教育会长孔觉民先生在上海博览会上演讲"我们最喜欢听的""中国近六十年史"。于是以六十年后的视角，"追述"作者想象中的未来事。"过去"与"未来"交织在一起，形成一种特殊的叙事氛围。有趣的是，在纪年上，梁启超犯了一个简单的计算错误，"孔子降生后两千五百一十三年"，被他算成了"西历两千零六十二年"，实际上应该是前文表述的1962年，他多算了一百年。

在孔觉民的演讲中，黄克强创立了立宪党，历经十年，终于立宪成功；再经五十年，中国已雄飞于世界。故事的主体，不是中国如何雄飞，而是黄克强与同乡好友李去病之间就"革命还是改良"进行的辩驳。黄克强主张改良，李去病支持革命，这"彼此往复到四十四次"的辩驳，既是当时社会争论的焦点，也是梁启超自己内心的挣扎与彷徨之所在。

这部小说并未写完，或许是因为梁启超内心最深处是支持改良的，然而他却勾勒不出改良之后中国雄飞于世的过程。巧合的是，在梁启超所设想的"维新成功"的1912年爆发了辛亥革命，而革命的元勋之一黄兴，其表字正是"克强"。对此，梁启超心情极为复杂，他说："今事实竟多相应，乃至与革命伟人姓字暗合，若符谶然，岂不异哉！"然而此后的世事变迁，睿智如梁启超也未能预料。

《新中国未来记》是一部开时代风气的著作，影响了整整一代甚至更长时期的小说创作。首先表现在小说的文体形式方面，和古典小说相比，它开创了诸多的写法，如展望、讲演体、论辩、游历等，被晚清小说家竞相模仿，极一时之盛。

然而,《新中国未来记》是科幻小说吗?在我看来,《新中国未来记》将未来作为已知事实来叙述,这种写法本身就符合科幻的要求。至少可以这样定位:《新中国未来记》是一部以政论为主体的具有科幻色彩的小说。

1904年的《绣像小说》杂志上,连载了一篇名为《月球殖民地小说》的故事,叶永烈认为,这是真正意义上中国第一篇科幻小说。后来诸多研究科幻的学者也沿用了这种说法。作者署名荒江钓叟。因为当时小说的地位不高,所以作者大都署笔名。至于"荒江钓叟"究竟是谁,已经湮灭在历史的尘埃里,无从考证。

荒江钓叟是一个悲凉的名字。"叟",老头也,他在荒芜的江边钓鱼,大有"孤舟蓑笠翁,独钓寒江雪"的意味,孤独、凄清,然而冷傲、不愿与俗世同流合污——这也是中国科幻的一种写照吧。

《月球殖民地小说》共三十五回,大约十三万字。

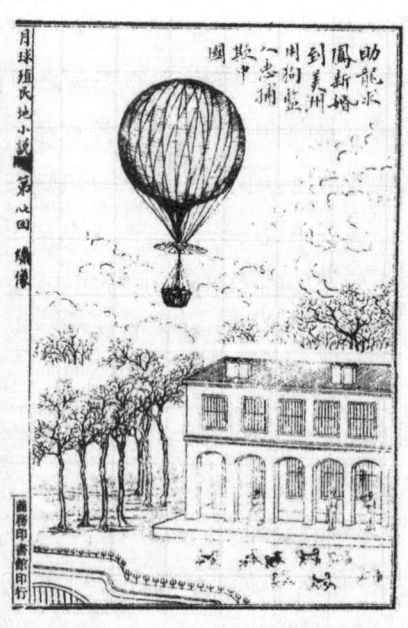

图片52、53 《绣像小说》刊载的《月球殖民地小说》

湖南湘乡一个名叫龙孟华的人，因报仇杀了人，而被迫与妻子凤氏流亡海外，途中所乘坐之船沉没，凤氏失踪。龙孟华思妻心切，幸好遇到气球旅行家日本人玉太郎和他的中国妻子，就一起乘坐气球，四处寻找凤氏。

这个气球硕大无比，设备一应俱全。主人公乘坐气球探访亚、欧、美、非四大洲及无数岛屿，遇到千奇百怪之事。比如，勒儿来复岛民以迂腐无能著称；鱼鳞国的女性以"缠手"为美，结果外岛入侵，竟无人能上战场；莽来赐岛盛行"为大我牺牲小我"，以至于全岛只剩下了十来个人……

《月球殖民地小说》有着强烈的神魔小说的影子，这里之所以把它认定为科幻小说，是因为它有着更为明显的科幻叙事。其一，小说行文中，包含了大量的科学知识，这些知识并非完全是对当时科学知识的记叙，相当一部分是在当时所有科学知识之上展开的想象与联想。其二，科学知识，包括想象的科学知识，是推动小说故事演进的重要力量，没有这些知识，故事就不会发生这样的变化。其三，小说的全球视野，除了科幻，再没有哪一种文学把地球和人类当成一个整体来看待。

比较遗憾的是，荒江钓叟没能完成《月球殖民地小说》的创作。若以作者的建构，这部小说起码要写到一百回方可完工。所幸，中国第一部完整的科幻小说在1904年创作完成了。

1904年夏天，徐念慈的朋友包天笑把所译的《法螺先生》前后两卷给他看，他"读之，惊其诡异""津津不倦"，于是来个"东施效颦"，写下《新法螺先生谭》。至于包天笑所译《法螺先生》，是根据日本岩谷小波的译著翻译而来，原著为德国童话《闵豪生历险记》。

"法螺"两字取自日文，是荒诞不经的意思。"谭"指谈。整个题目的意思就是荒诞不经的故事。"新法螺"于1905年6月由上海小说林出版社出版，包含《法螺先生谭》《法螺先生续谭》和《新法螺先生谭》三篇作品，前面两篇为包天笑的译作，第三篇是徐念慈的原创。

在《新法螺先生谭》中，宇宙强"风"将主人公的灵魂与肉体分割，

图片 54 《新法螺先生谭》是中国第一篇完整的科幻小说

随后灵魂四处游荡，访问了包括太阳在内的诸星球，回到地球上，不但去了北极，还深入地下寻找中国人的祖先。主人公在观察了各种世界的生活后，也反思了当前中国人的种种弊端，甚至还提出了解决中国问题的一系列方法。小说中涉及的科学范畴极为广泛，力学、天文学、动植物学、医学、电学、化学等无所不包。

《新法螺先生谭》是中国第一篇完整的科幻小说。

必须注意，晚清之时并无科幻这种说法——科幻一词在新中国成立后翻译自苏联——当时通行的说法是"科学小说"。科学小说之所以在晚清盛行一时，与当时的社会需求是相一致的。

晚清时，诸多杂志和报纸专门介绍最新的科学技术。其他杂志也或多或少刊载有类似文章。与科学相关的小说也得到了前所未有的重视。1900年，凡尔纳的《八十日环游记》（《八十天环游地球》当时的中文译名）被译成中文，受到读者欢迎，译本接连再版数次。在此影响下，凡尔纳及其他作者的多篇类似小说被陆续介绍到中国来。光是凡尔纳一个人的，就有十五六部之多。

引进科学小说是变革社会的需要。鲁迅将凡尔纳的名著《从地球到月球》由日本井上勤所译的日文版翻译为《月界旅行》，并在《月界旅行·弁言》中说："盖胪陈科学，常人厌之，阅不终篇，辄欲睡去，强人所难，势必然矣。惟假小说之能力，被优孟之衣冠，则虽析理谭玄，亦能浸淫脑筋，不生厌倦……故苟欲弥今日译界之缺点，导中国人群以进行，必自科学小说始。"

这里需要强调的是，当时没有版权意识，翻译科学小说全凭译者的兴趣，因此，经常出现译者对原著进行大幅改动以至于面目全非的情况，并且发表时不署原著作者的名讳也是很常见的现象。同时，当时的翻译以直接从日文和英文翻译为主，其他文字的较少，比如，鲁迅翻译《月界旅行》，原著二十八章，被鲁迅"截长补短"，变成了十四回的章回体小说。又比如，梁启超翻译的凡尔纳科幻小说《十五小豪杰》（今译《十五少年漂流记》）是根据森田思轩的日文本翻译而成的。而日文本是英文本翻译而来的，也就是说，到梁启超这儿，已经转译了三次，梁启超不但把它改成了章回体，还在每一章回的末尾加上了自己的点评，可谓把舶来品中国化做到了极致。

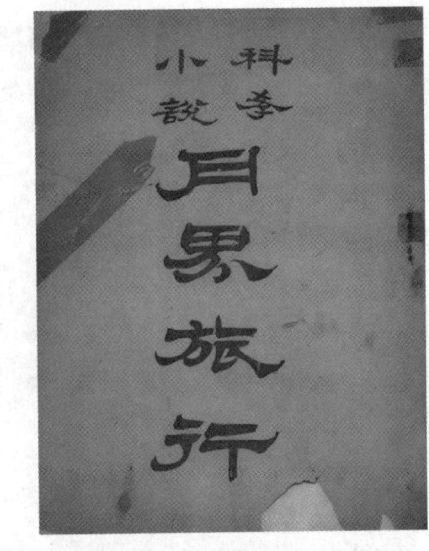

图片55 鲁迅翻译的《月界旅行》

在大量引进科学小说的基础之上，知识分子开始写作属于中国自己的科学小说。以现在的眼光看，晚清时标注为科学小说的作品大体上可分为两类，一类是介绍当时已经存在的科学知识，以普及科学知识为目的的科学启蒙小说；另一类是描写未来社会、幻想科技发展前景的科学幻想小说。事实上，当时就有人注意到了两种小说的区别，把第二种小说标注为"理想小说"。

理想小说大体上又可以分为两大类。一类是"科学+制度"，主要以漫游的形式，幻想几十年后的情形。陆士谔（1878—1944）的《新中国》是这一类的代表作。

1910年，三十二岁的陆士谔看到改良小说社的征文，便开始构思写作，最后写成了一部两万字的小说《新中国》。

图片56、57 陆士谔与《新中国》

《新中国》又名《立宪四十年后之中国》，在书中，作者以第一人称"我"写道："元旦节，我喝了两斤花雕昏昏欲睡，睁眼时竟然来到四十年后，于是在友人李友琴①的带领下，开始游历这个全新的中国。"

这时的中国，无论是政治、军事，还是经济、文化，都已是世界第一强国，且民风淳朴，黄赌毒之类全然禁绝。有此变化，全仗两件事：一是宣统八年，立宪了；二是大发明家苏汉文研究出两样新事物，一种是医心药，专治心中有疾者，另一种是催醒术，专治那些整日昏昏沉沉无所事事的人。

在游历中，陆士谔对未来的上海做了详尽的描写。因为他是医生，经常要到各处出诊，对上海的地理位置非常熟悉，所以陆士谔在《新中国》中提到的三大工程与现实中的延安东路隧道、地铁一号线、南浦大桥等地点方位惊人的吻合。

最为后世称道的是，陆士谔在小说中写道："宣统二十年，开办万国博览会，为了上海没处可以建筑会场，特在浦东辟地造屋……现在浦东地方已兴旺得与上海差不多了。中国国家银行分行，就开在浦东呢。"这与现实是何等契合啊，以至于2010年温家宝总理在上海世博会国际论坛开幕式上的演讲中专门提到了陆士谔和他的《新中国》。

值得关注的不只是书中三十多个预言已经实现了二十多个，还有书

---

① 现实中作者的妻子。

中表达的种种观点。最重要的一点是书中多次提到"人类演进，事业日新"。这是进化论的思想。正因为有这种思想，在新中国成了世界第一强国之后，作者并没有说可以就此止步，而是提出了更多更高更全的目标。

与《新中国》相类似的理想小说，还有海天独啸子的《女娲石》、萧然郁生的《乌托邦游记》、我佛山人（吴趼人）的《新石头记》、包天笑的《世界末日记》等。

理想小说的第二种类型是"科学+战争"，主要以战争的形式，幻想强大的中国依靠种种高科技武器克敌制胜。碧荷馆主人的《新纪元》是这一类的代表。

《新纪元》发表于1908年，作者碧荷馆主人的本名已无从得知。故事是这样的：

1999年，中国大皇帝批准议院通过废去年号改用黄帝纪元的提案，并由内阁拟就敕旨，通电同种诸国准备改元。

中国改元使欧美各国大为惊恐。同为白种人的独、弗等国公举英驻南海海军提督鲁森为各国海军总督，封锁越南洋面，广布水雷、暗伏雷艇，做好迎击中国的准备，于是一场决定黄、白人种优劣的世界大战在南海展开。

中国军队统帅黄之盛在天津做好战斗部署后，即启航南行，用海战

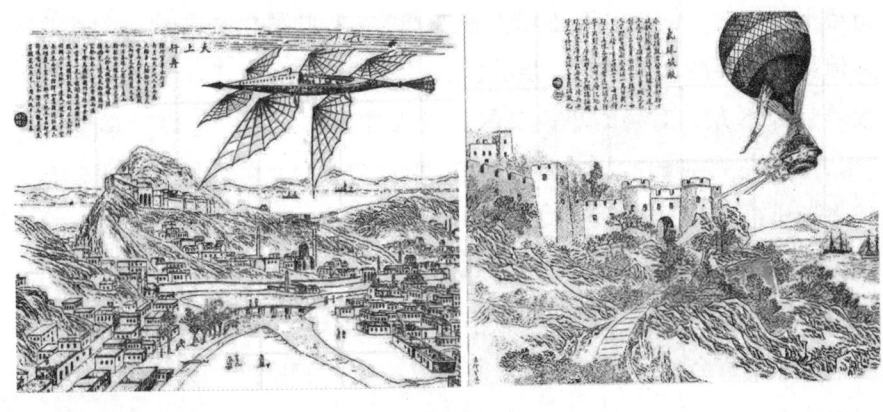

图片58、59　《新纪元》插图，很有时代特色

知觉器、洋面探险器、洞九渊等先进设备排除水雷,避开雷艇,并用流质电射灯等新式武器大败德军提督显利率领的先锋队,进军巫来由海峡。鲁森又惊又恨,公然使用被万国弭兵会禁用的绿气炮,但被中国以"化水为火"的科学密法烧得全军覆灭,鲁森也被俘虏。接着双方又在锡兰、孟买上空展开空战,在苏彝河展开电战,最后中国用日光镜、消电药水取得全面性的胜利,迫使白种诸国请和,接受十二条和款,承认黄种诸国采用黄帝纪元。然此举又引起白种科学家不满,拟思复仇雪耻……

《新纪元》用的是章回体,仍使用神魔小说里"放法宝"的观念去看待未来的高科技战争。并预测未来世界是一个黄白对决之局。

与《新纪元》类似的理想小说还有陆士谔的《新野叟曝言》、包天笑的《空中战争未来记》等。

此外,理想小说还有两种类型,一种是"科幻+科技",比如高阳氏不才子的《电世界》,淋漓尽致地展现了作者对于电的想象;另一种是"科幻+讽刺",比如吴趼人的《光绪万年》,讲世界末日降临,皇帝终于下令立宪。

显然,以今天的眼光来评判一百年前的科幻小说本身就不够公平。要知道,他们只是写自己想写的小说,何况那个时候,全世界都还没有科幻小说这个名目呢。

文艺创作不可避免地带有时代特征。晚清科幻小说是在国弱民贫的情势下创作的,因此,在主题上首先表现为呼吁科学救国,其次是批判迷信陋习,唤醒民族意识,培养民族自豪感等。但由于作者本身的科学素养良莠不齐,对科幻小说又缺乏较为准确的定位,是以,难免出现"用力过猛"的现象。一方面,不切实际地夸大科技的作用,科技至上论泛滥无比;另一方面,古典神魔小说影响巨大。于是,清末科幻小说呈现出一幅科技与魔法相交织的光怪陆离的画面。

事实上,在清末出现的理想小说不过数十篇,许多还是未完成的残卷。当辛亥革命一声炮响,送走了溥仪,迎来了共和,国人发现,想象中的和平、民主、自由、繁荣等并没有自然而然地到来,失望之余就连幻想也不要了。于是科幻小说迅速没落,这一拨科幻小说被迅速遗忘,消失在历史的烟尘里。如果不是后世科幻复兴,科幻人出于寻根认祖的目的,于故纸堆里翻捡出晚清时数十篇带有浓烈科幻色彩的理想小说,那么它们可能会永远被历史的尘埃所埋没。

### 三、抗战时期

辛亥革命之后,民国的建立并没有带来人们盼望已久的和平盛世,外有强敌压境,内有军阀混战,内政外交纷扰威胁如昔,严重的失落感使人们转而沉迷于享乐与麻醉,"鸳鸯蝴蝶派"小说因此大为兴盛。所谓的理想科学小说被基本抛弃。

1912年,鲁哀鸣在武汉出版的《极乐地》是这一时期的一个代表。在小说中,白眼老叟率众起义,却被国民政府残酷镇压,兵败后逃到一个叫做"极乐地"的海岛上定居。岛上没有政府,科技发达,人民安居乐业、关系非常融洽,俨然乌托邦。结合1912年辛亥革命后的国情,不难明白鲁哀鸣为什么要这么写。

新文化运动再次高举"民主"与"科学"的大旗,掀起了从文学界到思想界的狂飙。这一波科学风潮却没有带出科幻写作的风潮,究其原因,主要在于此次引进的科学与晚清有所不同:晚清以自然科学为主,天然地带有趣味性,容易引人联想和想象,而新文化运动时期引进的以社会科学为主,大多艰深晦涩,专业人士之外,不为普通老百姓所懂。因此,在30年代之前,带有科幻色彩的小说数量不多,风格也与晚清科幻小说极其类似。比

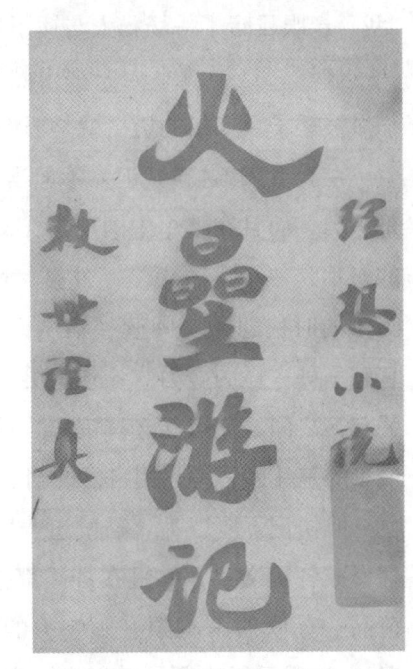

图片60　1925年出版的《火星游记》

如，1923年，叶劲风的《十年后的中国》写了1931年中国人如何利用先进的发光器战胜来犯的入侵者。又比如，1924年，徐卓呆的《万能术》中，特异功能者陈通光在"吃饭总长"的指挥下，不仅毁灭了中国，而且毁灭了地球和宇宙。

进入30年代，中国的国情进一步恶化。1932年，东北军不放一枪一炮退入关内，拱手将东三省让给日本，举国震惊。是年老舍（1899—1966）三十三岁，已经在中国文坛占有一席之地。在"九一八事变"后，中国军事与外交种种的失败，使老舍看到了现世的浑浊，既绝望又愤懑。于是，提笔写下了一生中唯一的科幻小说——《猫城记》。

一架飞往火星的飞机坠毁了，只剩下"我"幸存下来，却被一群长着猫脸的外星人带到了他们的猫城，开始了艰难的外星生活。猫人也有历史，拥有两万多年的文明，在古代他们也与外国打过仗，而且打胜过，可是在最近五百年中，自相残杀的结果是他们完全把打外国人的观念忘掉，而一味地内斗导致了文明的退化。上上下下都以"迷叶"为食。"我"亲眼目睹了一场猫人与矮子兵的战争，以猫国全城覆没而结束。

显然，这个故事大家都很熟悉。猫人就是中国人，迷叶就是鸦片，猫城被矮子兵入侵的历史就是旧中国那段不堪回首的历史。

在我看来，《猫城记》不但当时是另类，在老舍八百万字的创作史上是另类，而且在整个中国现当代文学史上也是一个另类。《猫城记》刻画的，不是一个人，不是一件事，而是整个民族在腐朽中衰败、在堕落中沉沦的时代悲歌。阅读《猫城记》不会是一次愉悦的体验。字里行间，它有一种古怪的魔力：让你想笑，又笑不出来；让你想哭，又哭不出来；哭与笑之间，你只能选择沉思。写作，让人笑，不难；让人哭，也不难；最难的是让人思考，用自己的脑子思考。而这些，《猫城记》都做到了。

但切记不要以为《猫城记》只是描写的旧中国。《猫城记》被广泛地翻译成各国文字，并且在各国都很受欢迎，被认为是科幻讽刺小说中的精品。苏联的一本颇有影响力的杂志《新世纪》连载了老舍的《猫城记》，连载后又出版了单行本，发行了七十万册。《猫城记》所揭露的是人性丑恶的一面，是人类社会的通病，各个文明腐朽与堕落时莫不如此，《猫城记》也就具有了世界普遍意义。

值得注意的是，同样是在1932年，英国人阿道司·赫胥黎出版了《美丽新世界》，这部描写可怕未来的科幻小说被誉为"世界三大反乌托邦小说"之一。《猫城记》与之相比，毫不逊色，可惜，《猫城记》之后，老舍再无科幻写作。

1935年，筱竹创作的《冰尸冷梦记》于《科学世界》杂志发表，

图片61 充满沧桑感的封面

讲述一个民国人注射了某种安眠药，一觉睡到两百年后的2135年，被现代科技复活，我们得以从他的视角，来观察22世纪的发达文明。作者同时使用了"人体冷冻"与"时空跨越"两大科幻元素，意识可谓非常超前，逃离现实的欲望也表现得极为明显。

顾均正是另一位民国时期必须提到的作家。1902年，顾均正出生在浙江嘉兴。中学毕业后，边教书边自学英语，陆续翻译了数篇安徒生的童话。1923年，考入上海商务印书馆编译所理化部，开始了编辑生涯，后转至开明书店，任编校部主任，负责自然科学和少年儿童读物，编辑、创作和翻译了数量惊人的科普作品。就是在这个过程中，他接触到了凡尔纳和威尔斯等人的作品，遂有自己创作类似作品的念头。1926年，顾均正在《学生杂志》1月刊上发表了《无空气国》，讲述了C君在无空气国的历险，详细描写了在没有空气的情况下，人们是如何生活的。这是顾均正尝试写作的第一篇科幻小说。

1937年，上海沦陷。顾均正和很多有骨气的文人一样，坚守"孤岛"，继续自己的工作。1939年4月到7月，《中美日报》"现代科学"专

栏连载了一篇名为《在北极底下》的小说，卡梅隆发现了埋藏在冰层下方的"磁北极"，准备以毁掉磁北极为要挟，要世界各国支付使用费用。1939年5月到6月，《中学生活》连载了《和平的梦》，讲述了"极东国"与美国之间的战争，极东国试图用无线电波篡改美国人的意志。同年6月到8月，《科学趣味》开始连载《伦敦奇疫》，描述了纳粹德国用化学武器在伦敦制造的灾难。这三篇小说都署名"振之"。这个意有所指的"振之"不是别人，正是顾均正。在日军占领的上海，发表现实指向如此明显的小说，在当时是极其冒险的行为，其拳拳爱国之心溢于言表，亦是上海孤岛文学不可或缺的一部分。

1940年1月，上海文化生活出版社出版小说集《在北极底下》，标注"科学小说"，包括《和平的梦》《伦敦奇疫》和《在北极底下》三篇。据叶永烈考证，这是中国科幻史上第一部科幻小说集。①

对于自己为何要写科学小说，《在北极底下》一书的序言中，顾均正说得很明确："在美国，科学小说差不多已能追踪侦探小说的地位，无论在书本上，在银幕上，在无线电台，为了播送威尔斯的关于未来战争的科学小说，致使全城骚动，纷纷向乡间避难。这足以说明科学小说深入人心，也不下于纯文艺作品。那么我们能不能，并且要不要利用这一类小说来多装一点科学的东西，以作普及科学教育的一助呢？我想这工作是可能的，而且是值得尝试的。本集中所选的三篇小说，便是我尝试的结果。"这种说法，反映出顾均正"科学救国"的思想，也与之前鲁迅所认为科幻有科普功能的观点高度一致，而且对于新中国成立后中国的科幻之路也有着至关重要的影响。

在该书序言的结尾处，这样写道："……觉得科学小说这园地，实有开垦的可能与必要，只是其中荆棘遍地，工作十分艰巨。尤其是科学小说中的那种空想成分怎样不被误解，实是一个重大的问题，希望爱好科

---

① 2014年，日本学者上原香在《论顾均正对美国科幻的吸收融合——以〈在北极底下〉为例》的论文中指出，《和平的梦》《伦敦奇疫》和《在北极底下》三篇小说均在美国科幻杂志上有原型，顾均正翻译之后加以大幅度的增删，是译著，而非纯粹的原创。

学的同志大家来努力!"后世中国科幻所经历的种种,都与"空想成分"有关,足见顾均正的睿智与远见。

1940年1月,《科学趣味》第二卷连载了顾均正的新作《性变》,讲一位教授为了阻止女儿与男友的恋情,竟为女儿做了变性手术。这在今天看来是平淡无奇的事情,在当时却是惊世骇俗的想法。

据悉,顾均正共创作了六篇科幻小说,是第一个系统创作科幻小说的中国作家。

1943年,还是武汉大学学生的熊吉出版了长篇科幻小说《千年后》,描写千年之后,火星的科技最为发达,但一切都由政府规划。于是,出现了独立党,打响了反抗火星政府的第一枪。水星、战神星、地球等星球都纷纷卷入了这场战争,最终独立党获取了胜利,火星人民获得了自由。不用说,作者的言外之意,尽在小说里。可惜,这书没有什么影响力,熊吉后边的遭遇也不得而知。

图片62 《在北极底下》:中国第一部科幻小说集

再说回顾均正。说来有意思,顾均正与朋友索菲创办杂志《科学趣味》并发表科学小说的同时,在大洋彼岸,"美国科幻教父"坎贝尔入主《惊人科幻小说》——这标志着美国科幻进入黄金时代。然而,顾均正却没能成为中国的坎贝尔。因为,那个时候,中国正在战乱之中,中国科幻只有他一个孤独的先行者,而一个人是不可能形成黄金时代的。

1950年,开明书店与青年出版社合并,顾均正被任命为副社长兼副总编,继续为新中国的科普事业殚精竭虑,编辑、翻译和创作了数量惊人的科普作品。出版有《顾均正科普创作选集》。1980年12月,顾均正在北京去世,安坐于科幻与科普星空之上,享年七十八岁。

## 第二节　作为科学的门徒

1949年，中华人民共和国成立，这是划时代的大事件。一百五十年以来，中国终于可以在自己的国土上摆脱战乱，走上工业化之路。社会环境迅速稳定，教育迅速普及，科普事业纳入国家规划，这些都是有利于科幻文学发展的社会大背景。

新中国成立之初，深受苏联的影响。科幻也不例外。事实上，科学幻想小说一词就翻译自俄文，"科幻"是科学幻想的缩写。这也是后世有人将科学幻想小说直译为英文，却发现与根斯巴克发明的词语"science fiction"不一致的原因。1952年苏联著名作家阿·托尔斯泰的《加林的双曲线体》翻译出版时，后记里提到这是幻想的小说。1954年，中国青年出版社的一套苏联文集，包含别利亚耶夫和叶菲列莫夫等人的作品，已经用的是科学幻想小说的名讳了。1956年6月，苏联作家胡捷的《论苏联科学幻想读物》一书由中国青年出版社出版，更给中国科幻作家提供了理论上的营养。由于苏联科幻界推崇凡尔纳，因此，1957年至1962年间，中国青年出版社翻译俄文版《凡尔纳全集》并隆重出版。

在对科幻的定位上，中国也学习苏联，认定科幻从属于科普，而科普归于儿童文学范畴。因此，从一开始，科幻文学就被打上了科普和儿童两道深深的烙印。科幻没有科普的功能吗？有，但不是唯一的功能，而且，科幻能普及的并非已知的科学事实，而是对科学的兴趣以及科学的精神。科幻不属于儿童吗？属于，但不是只属于儿童，儿童只是科幻读者群的一部分。说科幻是科普文学，说科幻是儿童文学，就像说蔬菜就是大白菜一样，是不全面的。然而历史事实如此，官方对科幻的定位直接影响了今后数十年间科幻的创作、发表和评论。

1950年，张然在天津知识书店出版了《梦游太阳系》，这是可以考证到的新中国第一篇科幻小说。郑文光1954年暑假在《中国少年报》上发表《从地球到火星》时第一次使用科学幻想小说的说法。《从地球到火星》的发表激发起北京地区青少年天文观测热潮,成为社会新闻。

当时,一些少儿杂志和科普杂志的编辑热心发展科幻,在一时找不到作者的情况下,几位编辑自己上阵创作。这种局面自然难以维持,于是编辑们就硬性邀请一些科普和儿童文学作者来创作科幻,戏称为"抓壮丁",最终形成了一支不大的科幻创作队伍。

图片63 《梦游太阳系》更像是梦境中的科普

受国家政策的影响,这时的科幻作品基本上都是少儿科幻。不仅主人公多选择少年儿童,用儿童视角来写,而且文笔浅显,结构简明,不涉及复杂的成人世界。加上多数作家都是业余创作,在科幻方面的创作时间有限,创作数量也有限,以短篇为主,最长的作品也只有两三万字。从某些角度讲,甚至不如晚清的科幻小说。萧建亨对这个时期的作品做了高度概括:"无论哪一篇作品,总逃脱不了这么一关:白发苍苍的老教授,或戴着眼镜的年轻工程师,或者是一位无事不晓、无时不知的老爷爷给孩子们上起课来。于是误会——然后谜底终于揭开;奇遇——然后来个参观;或者干脆就是一个从头到尾的参观记,一个毫无知识的'小傻瓜',或是一位对样样都好奇的记者,和一个无事不晓的老教授一问一答地讲起科学来了。参观记、误会记、揭开谜底的办法,就成了我们大家都想躲开,但却无法躲开的创作套子。"

但是，并不能因为以上种种不足而否定新中国早期的科幻创作。

其一，虽然我认为少儿科幻不等于科幻，但少儿科幻也是科幻的一个重要组成部分，少儿科幻中照样有经典作品，其影响照样深远。

其二，受当时社会大环境的影响，科幻作家大多只创作少儿科幻，在少儿科普期刊上发表，即便写了成人化的科幻长篇也找不到地方发表。萧建亨就是一个例子（详见后文）。因此，不能完全根据现有作品来评判作者的水平。

其三，少儿科幻的盛行也培养了一大批科幻读者，后世科幻复兴时，有不少作者就是当年的读者。

新中国成立初期，中国科幻还只是一株稚嫩得不能再稚嫩的幼苗，这株幼苗本该得到精心呵护，事实却恰好相反。50年代还算长势良好，60年代起就开始风不调雨不顺了，全国上下连正常的工作和生活都无法保障，更不要说什么创作了。60年代中期至70年代中期，部分科幻作家因种种罪名受到冲击，这些罪名大多与他们写过的科幻有关。

## 一、早期郑文光

郑文光，1929年4月9日出生于越南海防，祖籍广东中山县。

1951年，郑文光回到北京，进入中国科协科普局担任《科学大众》杂志编辑。1954年，新创刊的《中国少年报》需要科幻小说，找郑文光帮忙。他就虚构了几个小孩，偷了一只火箭船，飞到火星去，绕着火星转了一圈。这篇名叫《从地球到火星》的作品，是新中国出现的第一篇有影响力的科幻小说。

此后两年间，他在各种儿童、青少年期刊上先后发表了《第二个月亮》《太阳探险记》《征服月亮的人们》等作品，这些作品于1955年由上海少年儿童出版社辑成《太阳探险记》一书出版。这是新中国第一部科幻小说集。

郑文光的科幻小说创作，引起了社会各界的重视。小说被选入1955年出版的《儿童文学选集》中，中国作家协会吸收他为会员，并将他调到作协工作。他开始了职业作家的生涯。1957年,他的科幻小说《火星建设者》在世界青年联欢节上获得了"科幻小说奖"。在那次联欢节上,全世界获奖的科幻小说一共只有三篇。

但是,对比国外作品,郑文光对自己的作品并不满意。他认为,自己写的科幻小说实际上是挂着科幻小说名义的科普读物,水平不高,它们之所以受到欢迎,只是说明少年儿童太需要类似的读物了。

图片64 《太阳探险记》:新中国第一部科幻小说集

于是,在《太阳探险记》之后,他把写作方向重新转回科普作品上,先后出版了大型科学文艺读物《飞出地球去》(1957)、科普译文集《宇宙》(1958)。1956年底,郑文光成了《文艺报》和《新观察》的记者。作为记者,他走南闯北,欣赏了祖国的大好河山,见识了各地的风土人情,也写了许多报告文学和特写。

60年代中期,郑文光不得不停止创作,下到家乡农村务农。他决定彻底放弃文学。70年代初他回到北京,进入中国科学院北京天文台从事天文学史研究,任副研究员。在此期间,郑文光出版了三部学术专著,其中,《中国天文学源流》获得"中国科学院科研成就奖"。他还参加了当时国内最重要的天文史工程的编纂工作。

## 二、专职作家:迟叔昌

迟叔昌,也写作迟书昌,1922年出生于哈尔滨。1935年赴日本留学,毕业于日本庆应大学经济系。回国后先后在青岛大生胶厂和贸易公司做事。1955年，迟叔昌在某编辑部任抄稿员，正好抄写到凡尔纳的科幻小说译文，被其魅力所吸引，开始尝试自己创作小说。在编辑叶至善（于止）的指点和修改下，迟叔昌发表了处女作《割掉鼻子的大象》。随后，迟叔昌发表了科学文艺和翻译作品，成为了职业作家，包括《三号游泳选手的秘密》《大鲸牧场》《起死回生的手杖》《冻虾和冻人》《人造喷嚏》《机械手海里的兵器》等作品。

迟叔昌的科幻小说涉及多门自然科学前沿，以生物学为长项。从他的作品可以看出物资匮乏时期的影响。

《割掉鼻子的大象》是迟叔昌最出名的作品，说记者去采访一个丰收的新农场，在街上见到没有鼻子的"大象"。后来才知道，那是"奇迹72号白猪"，通过不断刺激其脑下垂体，猪的长宽高都增加了五倍，体重是原来的一百二十五倍，一头猪十二吨半。

60年代，身为天津作协专业会员的迟叔昌失去了工作。他只好于1975年东流日本，在日本庆应大学任教，并兼任日本索尼公司中日协作事业首席顾问等职。1996年去世。业余时间，迟叔昌参加了日本的中国科幻小说研究会，为沟通两国科幻文学界的关系做出了不少贡献。

图片65 《割掉鼻子的大象》很能反映那个时代的科幻特征

顺道介绍一下，迟叔昌的儿子迟方自幼年就在父亲的影响下学习创作科幻小说，1979年开始发表科幻、科学童话等科学文艺作品，出版有科幻小说单行本《外星人来犯》《琼岛仙踪》《小清河上的警报》《火凤凰》等。他还有许多短篇作品，不少作品获奖。更有意思的是，迟方的儿子迟迅也走上了科幻小说与科学童话的创作道路。

### 三、早期童恩正

童恩正，1935年8月27日在湖南宁乡出生。1956年童恩正考入四川大学历史系，次年，在《红领巾》杂志第七期上发表了第一篇小说《我的第一个老师》，开始了自己的写作生涯。

1959年，他写作了第一篇科幻小说《五万年以前的客人》，第二年发表在《少年文艺》第三期上。这年夏天，童恩正跟着四川大学冯汉骥教授到巫山县大溪去参加一处新石器时代墓葬的发掘工作。这次考察令童恩正感受格外强烈，他回到成都以后，在一个星期的时间内写出了《古峡迷雾》，于1960年由上海少年儿童出版社出版。

科普作家董仁威在《浪漫之旅》中这样评价：

> 《古峡迷雾》的出现，在中国的科幻小说史上，是一个有转折意义的事件。与此前科幻相比，《古峡迷雾》以小说的形式出现，文情并茂，在主题构想、情节安排、人物刻画和意境描绘等诸多方面都展现了小说和科学幻想的魅力，吸引了众多的读者。这篇小说的问世，犹如石破惊天，予人以震动和清醒剂的感觉，为中国科幻小说揭开一个新篇章。

毕业之后，童恩正一边

图片66 《古峡迷雾》很有时代特征的封面

忙于考古工作，一边写出了《电子大脑的奇迹》《失踪的机器人》《失去的记忆》等科幻小说。1963年，他完成了《珊瑚岛上的死光》，却没有出版社愿意出版。

"文革"中，童恩正因为《古峡迷雾》的情节受到批判，他有口难辩。

### 四、早期萧建亨

萧建亨，也写作肖建亨。1930年出生在江苏苏州。1953年，他从南京工学院毕业后被分配到北京一家大型电子管厂。因积劳成疾，1955年回乡休养。在此期间，他创作了他的第一篇科学文艺作品——电影剧本《气泡的故事》，获得了我国第一次（也是唯一的一次）"全国科普电影文学剧本征文"二等奖（一等奖空缺）。从此以后，萧建亨全身心地投入创作之中，并且在苏州发起成立了我国第一个科学文艺创作研究小组。

随后萧建亨陆续创作了《钓鱼爱好者的唱片》《奇异的机器狗》《布克的奇遇》等一系列颇受好评的中短篇科幻小说。但萧建亨在科幻上有更高的追求。在50年代中期，他写出了两部长篇科幻小说——《彩色陶罐的秘密》和《冰海猎踪》。然而，当时对科幻小说的定位为儿童和科普，这两篇成人化的长篇科幻小说被许多出版社推来推去，无法出版，成为中国科幻史上的遗憾。

1957年，萧建亨就曾在《文汇报》上撰文，并在和编辑的来往信件中大声疾呼：应该恢复科幻小说的本来面目，文艺刊物应给科幻小说以一席之地。但可惜，这种呼吁却如石沉大海，

图片67 初版《布克的奇遇》

根本改变不了社会的成见。

饶是如此，萧建亨的科幻小说还是受到了广大少年读者的热烈欢迎。以《布克的奇遇》为书名的科幻小说多人集（中国少年儿童出版社出版）在1962年9月出版后，累计印数超过了一百万册。后来，《布克的奇遇》又被收入《中国新文学大系》，并获得了"1953—1976年第二次全国少年儿童文艺创作"二等奖，1984年又被收入中等师范学校语文课本，成为我国第一篇被选入教材的科幻小说。

"文革"中，萧建亨停止了写作。为了生活，他不得不背上电工包去当临时工，攀电杆，钻天棚。

### 五、早期刘兴诗

刘兴诗，1931年5月8日出生于武汉，1944年他以优异的成绩考入重庆南开中学。1950年考上了北京大学地质学系。1956年大学毕业，先后在北京大学、华中师范学院、成都理工大学任教，主讲地质学、史前考古学和果树古生态环境学。

刘兴诗早在1944年就发表过作品。50年代初，就读北大时开始科普创作。60年代初，他被四处"抓壮丁"的编辑找到，请他写科幻小说。1961年，刘兴诗发表了生平第一篇科幻小说《地下水电站》。这一年，他三十岁。

刘兴诗的早期科幻着重强调改变环境、改变生活。《北方的云》是中国最早写到天气控制的科幻小说。故事中的"我"是北京天气管理局的一个天气调度员，工作就是按全国各地的需要，控制这些地区的天气。一场地震使内蒙古沙漠地区陷于干旱，必须及时对该地区进行人工降雨。故事由此展开。

在1966年之前，刘兴诗一共写了六篇科幻小说，但在往后十年间，刘兴诗因为这六篇科幻小说吃尽苦头，发誓决不再写任何文章。

### 六、其他作家

叶至善（1918—2006），叶圣陶的儿子，一生以编辑为职业，在五十年的编辑生涯中，为少年儿童编写了大量优秀的作品。叶至善写科幻小说常用"于止"的笔名发表，以《失踪的哥哥》最为有名。

王国忠（1927—2010），笔名石焚，一生以编辑为职业，主编了影响巨大的科普丛书《十万个为什么》，还主编了《少年科普佳作选》《儿童科普佳作选》《幼儿科普佳作选》等。他的科幻小说以《黑龙号失踪》最为著名。

还有林彬、郭以实、杨子江、杨志汉、崔行健、梁仁寥、鲁克、徐青山、陶本芎、王天宝、冷虹、李永铮、苏平凡、嵇鸿等人。

"十年浩劫"中"浩劫"二字是对"文革"十年最好的写照。作为当事人，刘兴诗有过最为切身的体会，其著作《中国科幻百年回顾》中描写了那段特殊日子科幻作家的生存状况。

这十年对中国科幻的影响是致命的。它无情地打断了正逐渐成熟的科幻作家的创作，形成了一段无法修补的断裂。

## 第三节　短暂的春天

1976年10月，"四人帮"被粉碎。从1977年起，科普和科幻创作都有回暖的迹象，旧作被翻印，国外的科幻也开始引进。就在很多人都还持观望和怀疑态度的时候，1978年5月，全国科普创作座谈会在上海召开。高士其、郑文光、叶永烈、萧建亨等作家悉数到场。劫后重逢，作家们都很兴奋，同时会议也给了大家创作的信心，作家们相约共同为繁荣中国的科学文艺创作作出贡献。

从1978年开始，国内许多科技出版社、科普刊物或创刊，或恢复正常出版，科幻小说成为这些新刊物的组稿重点。老一批作家纷纷重新执笔写作，一批新作者也被吸引到科幻创作中来，作品发表量和影响力与日俱增，呈现出井喷的壮观景象。

当时，科幻文学界先后涌现了五个专门的发表园地：北京的《科幻海洋》（海洋出版社主办）、天津的《智慧树》（新蕾出版社主办）、成都的《科学文艺》、黑龙江的《科学时代》以及黑龙江的《科幻小说报》，被业内人士称为"四刊一报"。专业科幻园地的数量超过了苏联、日本和英国的同期水平，发行量均在几十万册之间，在世界上名列前茅。

同时，大量主流文学刊物包括《人民文学》《当代》《小说界》《北京文学》《上海文学》《新港》《四川文学》等都曾经在那个时候发表过科幻作品。童恩正《珊瑚岛上的死光》和魏雅华《温柔之乡的梦》都获得过全国性的主流文学奖项。

据统计，1981年发表的科幻作品有三百多篇，约为1976年到1980年这五年的总和，科幻作者的队伍也从1978年的三十多人，扩大到两百多人。

图片68　《科学文艺》是历史的见证

图片69　《科幻海洋》是历史的见证

这段时期被称为"中国科幻的第二次高潮",也有学者称之为"中国科幻的黄金时代"。

然而,这黄金时代来得艰难,去得却很容易。几乎是在科幻崛起的同时,就已经埋下了没落的祸根。要想明白个中缘由,还得从对科幻的认识谈起。

50年代,官方对科幻的定位是科普与儿童,但这种定位显然极大地束缚了科幻的创作。1977年起,一部分作家继续写少儿科普类科幻,并且获得了巨大的成功,然而更多的科幻作家开始尝试写作成人化的科幻。同时,科幻理论也发生了变化。首先是童恩正在1979年6月的《人民文学》上发表了《谈谈我对科学文艺的认识》,指出科幻无法以普及具体的科学知识为目的,至多只能普及一点"科学人生观"。随后,童恩正又写了一系列的文章阐述自己的观点。童恩正的说法立刻引起了广泛反响,郑文光、萧建亨等先后撰文表示支持。

科幻小说不再以科学普及为中心价值,这导致了一些人(主要是科普界)对科幻的不信任。不少人撰文指责童恩正的科幻新理论背离了科幻的科学属性。

本来文学创作中,合理的批评和质疑不但不会阻碍创作,反而会促进创作。问题是1982年之后,对于科幻到底是属于文学还是属于科学的争论开始升级。这种升级,一方面表现为对作家个人的无端指责,叶永烈的《世界最高峰上的奇迹》和魏雅华的《温柔之乡的梦》是重点批判对象;另一方面表现为越来越多的人参与到了对科幻的批评当中,甚至上纲上线。

1983年,对科幻的批判进一步升级,直接将科幻"姓文"还是"姓科"的学术争论定性为科学与反科学之争,是科幻创作中思想政治倾向之争。当时正在开展反对精神污染的运动,科幻被强行拉进这场运动,定性为"精神污染",受到最正面的直接打击。一些文章批评科幻"散布怀疑和不信任"。"资产阶级自由化思潮和商品化的倾向,正在严重地侵蚀着我们的某些科幻创作。""极少数科幻小说,已经超出谈论科学的范畴，在政治上表现出不好的倾向。"科幻出版领域风声鹤唳，噤若寒蝉，相关杂志纷纷停刊，科幻作家纷纷封笔。

1978年至1983年，是中国科幻的黄金时代。一批科幻作家在这短短六年里，写出了他们成名作与代表作，其中有不少作品达到了世界级水平，在多年以后依然有老读者在回忆、新读者在欣赏、研究者在研讨。对中国科幻而言，这是一笔无比宝贵的资源。

黄金时代的科幻作家除了将在下文重点介绍的主力作家外，在校大学生也是写作科幻的重要群体。事实上，这一特征也延续到了现在。黄金时代主力作家共同的特点是：其一，他们大多是真正的科学家，即使不是科学家也从事过多年科普工作，对于科学有着最为真切的体会和认识；其二，他们的人生阅历都很丰富，对生活对社会对人生都有深刻的思考，他们对于科幻的中国化厥功至伟，从这个角度上讲，他们是无法超越的。

## 一、新中国科幻之父

粉碎"四人帮"以后，郑文光被时代的精神所激励，再度鼓起热情投入创作，迎来了他科幻小说创作的黄金时代。在不到四年的时间里，他发表了四部长篇小说和数十部短篇小说，而且篇篇都堪称优秀。

1979年，郑文光出版了长篇科幻小说《飞向人马座》。这是新中国出版的第一部长篇科幻小说。在这部激动人心的小说中，中国人第一次飞出了太阳系，去遥远的宇宙深处探险。

在总结了《飞向人马座》的成功与不足之后，郑文光再接再厉，创作了《太平洋人》，讲述了在未来某年，人类发现一颗小行星存活着两个原始人。在小说的最后，原始人在现代科技的帮助下苏醒过来，而研究工作还将继续下去。

《太平洋人》不但受到读者热烈欢迎，而且评论界高度评价，被认为是硬科幻小说的代表作。

郑文光说："《飞向人马座》和《太平洋人》真实地表达了我创作前

图片70、71 新旧两版《飞向人马座》

二十年的痛苦追求,刻意地表达宇宙与人性的和谐美。我真诚地相信这种美好可以战胜世间的一切艰难险阻。"

郑文光也写了直接反映现实生活的软科幻。《地球的镜像》《古庙奇人》《命运夜总会》是其中的优秀者。

《地球的镜像》(1980)的故事很简单:宇航员来到一个有智慧生物居住的星球——乌伊齐德。可是,当人类宇航员登上这颗星球时,却只看到乌伊齐德人留下的全息影像。影像里记录的是中国几千年悲壮的历史……

但如果仅仅是看到过去真实的场景还只是比较肤浅的写法,郑文光的伟大之处在于,他不仅使读者看到了历史,看到了现在,还让读者看到了未来,看到了发展的必然。正因为《地球的镜像》有历史深度,作品发表后,这篇小说不仅受到了国内读者的欢迎,也受到了外国读者的瞩目。它被翻译成英、日、瑞典三国文字。

但这几篇"直接反映现实生活"的科幻小说一定程度上与欧美新浪潮运动中的科幻小说一样,在向主流文学靠近的同时,失去了科幻所特有的"本性",虽然在文学上取得了很大成就,却不被科幻评论界认可,受到了广泛的批评。这使郑文光不断反思,进而将软、硬科幻作品的特点融为一体,创作出《大洋深处》《海豚之神》《神翼》《战神的后裔》等"软硬兼施"的科幻小说来。

在1980年的夏天,郑文光完成了《大洋深处》。他在小说中成功地塑造了洛威尔教授和洛丽两个真实可信的典型形象。同时,《大洋深处》又具有硬科幻小说的优点——大胆的科学设想。那些为人们所熟知的科幻题材:飞碟、魔鬼三角和火山洞窟,郑文光都赋予了新的解释。关于物质——场——物质的转换是一个极具魅力的设想。

正当郑文光的创作渐入佳境时,清除精神污染运动骤然开始,郑文光为维护年轻科幻作者与中国科幻的发展,挺身而出,进行斗争。然而,1983年4月27日,他突发脑溢血,瘫痪了。

郑文光没有倒下。在他妻子陈淑芬女士的照料下,他坚持锻炼并逐渐恢复了少量写作。在与疾病抗争的生活中,他一直保持着乐观的态度。他做过各种恢复创作的尝试,与其他人合作发表过小说和论文。他还多次在家中接待青年作者,热情地为他们的专辑作序,为中国科幻的繁荣摇旗呐喊,为扶持文学新人殚精竭虑。

2003年6月17日,一代宗师在同疾病顽强搏斗了二十年后,离开了人世,安坐于科幻星空之上,享年七十四岁。

郑文光的科幻小说,无论从思想的深刻性,还是从艺术的成熟性,抑或是科学幻想的大胆方面,都可以毫无愧色地进入中国和世界优秀的文学作品之林。美国、英国、日本、港台地区和泛美华人地区都对郑文光的文学活动给予过高度评价。他的作品曾经被翻译成英、法、德、日、捷克等多种文字。郑文光,作为中国科幻小说的代表作家之一,已经冲出了亚洲,走向了世界。

郑文光还是中国科幻文学理论的主要探索者。早在20世纪50年代,他就撰写过研究凡尔纳和鲁迅科学文艺思想的文章。20世纪80年代之后,他与童恩正、叶永烈、金涛等人共同提出的科幻文学新观念,实现了中国科幻从儿童读物和科普读物领域的全面突围,为中国科幻文学的更大发展奠定了理论基础。

郑文光的一生,是为中国科幻文学事业开拓的一生。他在科学和文学两个领域中的出色工作,已经被载入科学文化和科学传播工作的史册。1998年,他因对科幻文学的重要贡献,获得了中国科幻领域"终身成就奖"。

人们尊称郑文光为"新中国科幻之父"。

### 二、后期萧建亨

粉碎"四人帮"以后,萧建亨被调到苏州市文化局创作室工作,他的创作进入一个新的阶段。在他写出《密林虎踪》《不睡觉的女婿》《重返舞台》《万能服务公司》等依旧深受广大少年儿童喜爱的作品的同时,他开始创作成人化的科幻小说。1979年发表在《科学文艺》创刊号上的《金星人之谜》就是一例。这篇科幻小说,与其说是在普及宇宙中生命普遍存在的哲学观念,倒不如说是作者对人的智慧和友谊、对探索精神的一曲赞歌。《搏斗》也是一篇很有价值的成人科幻作品,发表在小说集《冰下的梦》中。

发表在《人民文学》杂志上的《沙洛姆教授的迷误》与《乔二患病记》是萧建亨对科幻文学最突出的贡献。《沙洛姆教授的迷误》写沙洛姆教授用智能机器人做照顾流浪儿的实验,但居然有流浪儿宁愿放弃已经"安排"好了的舒适生活环境,离家出走,继续流浪,这让沙洛

图片72　连环画版《沙洛姆教授的迷误》

姆教授无比迷惑。表面上是表现"光子大脑机器人"无法代替有感情的人，实际上是在为恢复人的价值、恢复人的自由意志而大声呼唤。《乔二患病记》则是对现实生活中那些整天混迹于会场、不讲实效的官僚主义者的直接鞭挞，开创了我国讽刺科幻小说的新路。

这些作品一经发表，即在国内外引起了巨大反响。日本的一家科幻杂志立即以《萧建亨特集》为名，翻译了《金星人之谜》和《沙洛姆教授的迷误》，并作出了高度评价。

清除精神污染运动之后，萧建亨不再写科幻，改为创作纯粹的科普作品。晚年定居美国。

### 三、后期童恩正

1978年，童恩正重新拿起笔来，改写了《古峡迷雾》和《珊瑚岛上的死光》，并将它们改编成了电影剧本。他还写了《雪山魔笛》《追踪恐龙的人》《宇航员的归来》《辉辉的小伙伴》《世界上第一个机器人之死》等科学幻想小说。

童恩正在1963年写的科幻小说《珊瑚岛上的死光》，终于发表在1978年的《少年科学》上，轰动全国，获得"第一届全国优秀短篇小说奖"，并且立即拍摄了中国第一部科幻电影，受到主流文学和广大社会热烈欢迎，热情伸开双臂拥抱接纳。

《珊瑚岛上的死光》讲述了一个科学家在现实中的幻灭，科学本身并无正义与邪恶之分，关键看使用者。原子技术可以为人类发电，但也能以核武器的形式威

图片73 中国为数不多的科幻电影之一

胁人类的生存。世界上是不存在世外桃源的，任何人都会不可避免地卷入到正义与邪恶的斗争中去。后来，这篇小说还被改编成连环画、广播剧，在社会上产生了广泛影响。

1981年，童恩正应邀前往美国进行学术交流，异域的一切激发了他的创作冲动。回国后，他开始在《智慧树》上连载《西游新记》。童恩正说，与此前的民族风格相比，这是"另一次新的尝试"。小说描写孙悟空、猪八戒、沙和尚三个神话人物去美国留学，学习科学的故事。"这三位习惯于小农经济社会的主角一旦处于当代资本主义社会之中，长期接受东方传统教育的出家人突然置于尖端科学的熏陶之下，其冲突、矛盾是可想而知的，无穷的笑料自然滚滚而来。"《西游新记》连载了两年多，到1983年才连载完，大受读者欢迎。

此时，清除精神污染运动开始，《西游新记》的单行本计划被搁置，直到1992年才得以出版。童恩正不得不停止了科幻创作，一门心思地搞考古研究。实际上，在考古界，童恩正也拥有极大的名气。他先后发表过三十多篇考古学论文，其中许多论文获得过各级各类奖项。

1991年，童恩正赴美讲学，后移居美国。在美国期间，他担任了多所大学的教授，并在学术上卓有建树，著述颇丰。1997年4月，童恩正患肝病在美国住院治疗，因换肝手术失败猝然离世，安坐于科幻星空之上。

### 四、后期刘兴诗

粉碎"四人帮"后，刘兴诗就迫不及待地打破了自己的誓言，写出了他最著名的作品——《美洲来的哥伦布》。早在1963年，刘兴诗在英国学者莱伊尔的著作中看到有关"马丁湖独木舟"的记载时，就萌生了创作念头，终于在1979年成文。

《美洲来的哥伦布》讲述一位苏格兰青年，为了证明四千年前的印第安人曾凭独木舟从美洲驶到欧洲，独自一人在无任何现代化设备可以借凭的条件下，驾独木舟横渡大西洋。这篇既无神秘事件，又无高新科技发明的小说能获得成功，得益于考古科学本身的魅力。而且，它还是一篇科学主题和社会主题结合得很好的作品。

此后，刘兴诗还陆续发表了《一根臂木》《失踪的航线》《喂，大海》

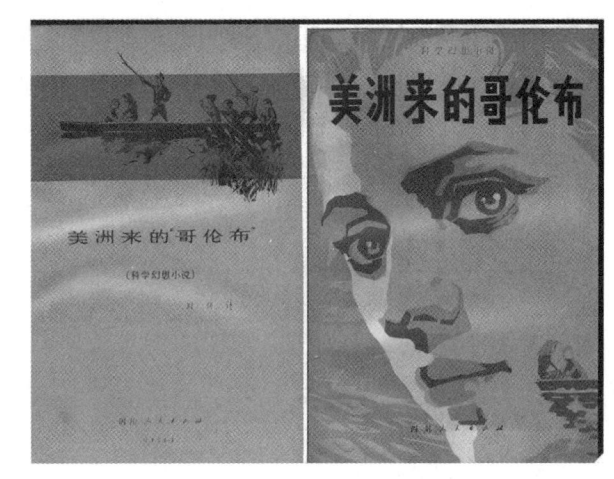

图片74、75　《美洲来的哥伦布》：考古科幻的经典

《海眼》《雪尘》《航道上的磷光》《陨落的生命微尘》《王先生传奇》等作品，大多和地质、环境、历史、考古有关。《辛佰达太空浪游记》在刘兴诗的作品中显得很特别，在这部科幻小说中，刘兴诗第一次让主人公离开了地球。

刘兴诗的科幻小说与别的科幻小说有明显的不同。这与他与众不同的科幻观有关。他认为，优秀的中国科幻应该具备文学性、科学性、民族化和联系现实四个要素。

在清除精神污染运动中，个性耿直的刘兴诗为科幻据理力争，结果成了重点打击对象。但刘兴诗是个执着的人，当科幻在1990年代初开始复兴时，他就又开始了科幻写作，笔耕不辍，一直写到现在，写出了《雾中山传奇》《美梦公司的礼物》《中国足球幻想曲》《三六九狂想曲》《月船传说》《柳江人之谜》《修改历史的孩子》《天空的逃亡者》《天空的访问者》《天空的迷途者》等作品。现在的刘兴诗笔法更狂放，视野更广阔。

刘兴诗是唯一在中国科幻第一次高潮、第二次高潮和第三次高潮都进行了科幻创作的作家。除了科幻外，刘兴诗还写了大量的童话和科普作品。在本职工作中，也颇有建树。

已经九十多岁的刘兴诗依然精神矍铄，不但继续写作、上山考察，还参加各种科普与科幻活动。作为科幻前辈，他大力提携新人，多次协助出版社组织科幻稿件。他历经风雨，已经看淡生死。他严肃地说："当我安然归西时，必定是我在山野跨出最后一步，在书桌前爬完最后一个格子的时刻。"

### 五、科幻代言人：叶永烈

叶永烈，1940年8月30日出生在浙江温州。就读北京大学化学系时，叶永烈尝试给《科学小报》写了篇科普类文章，很快被采用。从此他不断地给这家报纸投稿，十九岁时把为《科学小报》写的文章结集出版，名为《碳的一家》。这是他的第一本书。二十岁时，他参加了《十万个为什么》的编写工作，是最年轻、也是写得最多的作者。到第五版《十万个为什么》时，叶永烈共为该书写了五百多篇科普小品。《十万个为什么》一次次修订再版，总印数超过一亿册。

1963年，叶永烈大学毕业后到上海科教电影厂任编导。1976年春，叶永烈发表了第一篇科幻小说《石油蛋白》，标志着中国科幻在中国大陆掀起第二次高潮。

实际上，在写了《十万个为什么》之后的第二年，也就是1961年秋，叶永烈已完成了另一部新著——《小灵通漫游未来》，只是找不到地方出版。1978年，少年儿童出版社慧眼识珠，出版了《小灵通漫游未来》。这是"文革"后出版的第一

图片76　《小灵通漫游未来》这本书创造了中国科幻的奇迹

本科幻小说，立即引起轰动，一下子印了一百五十万册，又马上加印了一百五十万册，成了当时最为畅销的书。后来，叶永烈又创作了《小灵通再游未来》和《小灵通三游未来》。

《小灵通漫游未来》获得巨大成功的原因是多方面的，其结果也是多方面的。一方面，叶永烈使科幻第一次进入畅销书行列，培养了大批科幻读者。在多年以后，问起对科幻毫不关心的人，他们也知道叶永烈。但另一方面，《小灵通漫游未来》的畅销将"少儿"和"科普"两个标签更加牢固地烙印在了科幻头上。若说50年代是由官方定位的，那么80年代就是由市场定位的。

《小灵通漫游未来》之外，叶永烈最出名的作品就是"科学福尔摩斯"系列。这一系列包含《黑影》《长生梦》《如梦初醒》《球场外的间谍案》《纸醉金迷》等中短篇小说。主角是一对公安搭档，金明是智慧型的，戈亮是力量型的，两人联手，运用科学知识，破获了一个又一个奇案。像这种惊险推理科幻小说，还是系列，在80年代初还很少见，因此大受欢迎。此外，《腐蚀》《世界最高峰上的奇迹》《爱之病》等短篇科幻小说也堪称优秀。还有《白衣侦探》《魔术般的工厂》《农厂里的奇迹》《未来市的学校》等长篇，总字数达两百万。他还先后主编了《中国科幻小说》《中国科幻小说世纪回眸》《中国惊险小说选》《中外科幻小说欣赏辞典》《世界科幻名作文库》等。叶永烈的科幻小说无论是作品的数量，还是作品所开拓的题材领域，在中国均无人能敌。

清除精神污染运动开始后，叶永烈转向纪实文学的创作，写出《历史选择了毛泽东》等数十部长篇。

2020年5月15日，叶永烈在上海去世，安坐于科幻星空之上。

## 六、跨界能手：魏雅华

魏雅华，1949年生于陕西西安。1962年毕业于陕西省工业师专机械系电机专业，1979年开始发表作品，并迅速成为科幻领域里的一员猛将。

1981年，《北京文学》1月号上刊载了魏雅华的科幻小说《温柔之乡的梦》，该小说随后被《小说月报》《小说选刊》《新华文摘》等争相转载，一时洛阳纸贵。

《温柔之乡的梦》描写的是一位科学家娶了一位绝对服从阿西莫夫"机器人三原则"的高级机器人丽丽为妻。然而，物极必反，妻子的过分温顺，助长了科学家的坏脾气，科学家变得粗鲁、蛮横而自私。在一次酗酒之后他毁掉了极为重要的科研成果，以至于被判巨额罚款。大难之后，科学家痛定思痛，终于明白"绝对服从"的可怕，于是决定与机器人妻子离婚。

《温柔之乡的梦》突破了早期科幻的种种局限，突出了人物形象，以当代女性主义的视角观察男权社会，是对男权社会的一个巨大讽刺，在当时引发了极大的争议。该小说获该年度"北京文学奖"，并被纳入中国"最佳科幻小说经典作品"之列，在美国、德国、日本、马来西亚等国家和中国台湾、香港等地区以多种文字版本出版，蜚声海内外。

魏雅华趁热打铁，推出续篇《我决定与我的机器人妻子离婚》。在小说中，科学家作为人的代表，受到了机器人代表丽丽、机器人律师陈冰的批判与控诉。

魏雅华的科幻小说反思社会，反思文化痼疾，对现实的鞭挞显得严厉而真切。在《神奇的瞳孔》中，他发明的眼镜能看穿贪官的嘴脸。在《天窗》中，自然灾害发生后普通人束手无策，只有精神病人才保有真知。魏雅华也是各大奖项的常客，《女娲之石》《远方来客》《天火》都曾经获奖。

清除精神污染运动开始后，魏雅华成了敏感人物，形势迫使他改弦更张，进入主流文学。十年间他创作颇丰，获奖无数。90年代初，魏雅华的注意力从文学领域转到经济领域。作为时政经济评论家，他依然是风云人物。

### 七、工程师作者：王晓达

王晓达，本名王孝达，1939年8月8日生于江苏苏州一知识分子家庭。1961年毕业于天津大学机械系，他被分配到成都，先后在成都汽车配件厂和成都工程机械厂当技术员。后来他被调到成都大学当老师。为了劝学生读书，王晓达写了一篇科幻小说《波》。这篇处女作先以手抄本的形式流传，后在1979年4月的《四川文学》全文发表，引起全国轰动。从那之后，工程师王孝达成了科幻作家王晓达，写了二十多年科幻小说。那一年，王晓达四十岁。

在王晓达的科幻作品中，影响最大的就是《冰下的梦》。小说的主人公是军事记者张长弓：

图片77 新版《冰下的梦》

张长弓随专家组到西非共和国解决技术难题，西非缺水，中国决定去南极"搬运"冰山。在南极，张长弓无意中掉进了一个神秘的冰下基地，一伙纳粹分子在基地里利用先进的科技，对捕获的人进行改造，使其成为听话又能干的"BOYS"。张长弓因为先前的事故，加装了钛合金头盖骨，因而没有被改造。于是开始以"双重身份"在基地生活，一边探寻基地的秘密，一边探寻逃出基地的办法……

《冰下的梦》的故事如抽丝剥茧一般逐步展开，巧妙地运用倒叙、插叙和故事套故事的手法来设置悬念、营造氛围，把故事情节在跳跃的时空和更为宽阔的场景中展开，使读者开卷阅读就欲罢不能。

1981年，《太空幽灵岛》出版。自此，王晓达完成了"陆海空"三部曲，奠定了他在科幻界的地位。随后，他在三四年内陆续发表了《莫名其妙》《复活节》《无中生有》《记忆犹新》《艺术电脑》《捕风捉影》《方寸乾坤》《无线电光》《黑色猛犸车》《电人历险记》等十多篇科幻小说，成为当时科幻界的风云人物。

清除精神污染运动开始，王晓达被迫停止科幻创作。20世纪90年代初，科幻开始复苏，王晓达又以《诱惑——广告世界》《神秘的五号楼》《猩猩岛奇遇》等科幻作品重出江湖。此外，他还写论文、编教材，写了近百篇科学小品和科普文章。

2021年2月24日，王晓达在成都去世，安坐于科幻星空之上。

此外，金涛的《月光岛》、郑渊洁的《震惊世界的紫薇岛暴动》、董仁威的《分子手术刀》、孟伟哉的《访问失踪者》、程嘉梓的《古星图之谜》、宋宜昌的《祸匣打开之后》、尤异的《我和机器人》等都是那个年代值得阅读和记忆的作品。

### 八、科幻编辑和学者

为中国科幻添砖加瓦的除了作者之外，还有一批科幻编辑和学者。他们的贡献也不该被遗忘。

饶忠华（1933—2010），出生于江苏。1951年参加编辑工作，同时从事科普创作。主编《科学画报》长达十四年之久（1972—1986），编发了许多科幻小说。饶忠华关心科幻，不单单在自己杂志上发表，还积极参加了《科幻海洋》的编辑工作。他还和林耀琛一起主编了三本著名的科幻小说年度选集《科学神话》（1980，1981，1982）。在年选的序言中，饶忠华指出：科幻小说不同于普通小说，后者仅有一个人文构思，而前者在人文构思之外，另有

图片78 《科学神话》：影响深远的科幻年选

一个科学幻想的构思。任何科幻作品都必须有两个构思,而杰作则是两者结合的典范。"两个构思"理论在中国科幻创作方面具有相当重要的理论价值。

王逢振(1941— ),著名学者。国际美国研究会常务理事。他曾在外贸系统工作,无意中看到外宾掉落的《温室》和《异乡异客》,由此爱上科幻,难以自拔。他熟稔外语,与布莱恩·奥尔迪斯、弗雷德里克·波尔等英美作家建立了直接联系,对中外科幻的沟通起到了桥梁作用。他大量翻译外文科幻,撰写科幻论文,对丰富科幻的内容、提升科幻的地位起到了不可磨灭的作用。他还是一位优秀的科幻编辑,80年代到90年代,他编

图片79 《魔鬼三角与UFO》畅销一时

辑了十多本科幻选集。其中与金涛一同主编的科幻小说译文集《魔鬼三角与UFO》和苏联科幻小说集《在我消失的日子里》影响力最大。21世纪后,他和星河一起,坚持每年出版当年科幻年度精选。

吴定柏,浙江定海人。上海外国语大学英语学院教授、博士。出版数十种学术著作,其中与科幻相关的有《星球鸭》《美国科幻小说选》《美国科幻名篇赏析》(上、下两册),发表中文论文有《美国科幻定义的演变与主流文学合流的现状》等,在美国出版的主编书籍有《中国科幻小说》等。

郭建中，1938年出生，曾任之江学院外语系主任，享受国务院特殊津贴。出版科幻方面学术著作数十部，翻译和主编"外国科幻小说译丛"（五十余册）和《科幻之路》（六卷），获1991年世界科幻小说协会颁发的"恰佩克翻译奖"和1997年北京国际科幻大会科幻小说翻译奖——"金桥奖"。

## 第四节 一枝独秀——《科幻世界》的传奇

在中国第一次科幻高潮中，北京和上海是中心。在第二次科幻高潮中，四川成都和黑龙江崛起，与前两者共同构成科幻四大重镇。清除精神污染运动之后，其他三处的科幻几乎归零，唯有四川成都还保留有一线血脉。正是这一线血脉，在困境中艰难求生，保存了中国科幻的力量和希望，竟然在1990年代初掀起了中国科幻的第三次高潮。

1979年，《科学文艺》在四川成都诞生，成为当时"四刊一报"之一。1984年，四川省科协提出，如果《科学文艺》想继续干下去，就得自负盈亏。在民主选举主编中，杨潇当选，从此走上历史舞台。

杨潇，1948年出生于山西。就任主编时，《科学文艺》内外交困。杨潇大刀阔斧地进行改革。十五人的编辑部，她挥刀砍去一半。随后，又出版了一套识字卡片和一套科幻故事集《科幻365夜》，赚了一笔钱。解决了自身的生存问题，他们决定同天津《智慧树》①共同开展"银河奖"评选活动，建立中国科幻的奖励机制。

1986年，第一届"中国科幻银河奖"在成都举办。吴显奎《勇士号冲向台风》、魏雅华《远方来客》、王晓达《陶博士和电子锁的悲剧》、刘兴诗《失踪的航线》、吴岩《白痴》、宋宜昌《禁锢》等获奖。要知道，在颁奖前夕，《智慧树》宣布停刊，是《科学文艺》一家杂志独自组织和承办了"银河奖"的颁发，使这次颁奖显得格外悲壮。在逆境中，杨潇

---

① 郑文光主编，新蕾出版社主办。

和她的团队没有放弃，将"银河奖"一届一届地颁发下去，最终使"银河奖"成为中国科幻的一面旗帜，中国科幻作家都以获得"银河奖"为荣，获奖者大多已经成为了现在中国科幻创作的中坚力量。

1989年5月，杨潇受国际科幻专业协会之邀，赴圣马力诺参加世界科幻大会。只身与会的杨潇向大会提出申请，世界科幻协会1991年年会在中国成都举办，得到了大会的欣然同意。

图片80　1986年第一届"中国科幻银河奖"由《科学文艺》杂志社在成都举办

然而事情比想象中还要复杂。先是有人怀疑编辑部与境外组织有说不清道不明的关系，这事儿好不容易解释清楚，部分协会成员国又因政治原因抵制科幻大会在中国举办。1990年，杨潇一行三人为节省经费，从北京乘火车，经过八天八夜的漫长旅程，横越欧亚大陆，到达荷兰海牙，在当年世界科幻大会上为中国申辩。经过杨潇一行的努力，国际科幻专业协会再次以压倒性票数通过了在中国成都举办科幻年会的决议。

1991年世界科幻协会年会如期在成都举行。会议由四川省外事办公室和四川省科协联办，由《科学文艺》杂志社承办。大会开得隆重而热烈。在闭幕式上，国际科幻专业协会当届主席、英国出版家爱德华说，世界科幻协会1991年成都年会是历届年会中最成功的一届。

对外宣传的同时，对杂志本身的改造也在同步进行。1989年，《科学文艺》杂志曾更名为《奇谈》，但定位模糊，于是编辑部向社会征集刊名。有三个读者不约而同地建议他们集中力量搞科幻文学，并建议将刊物更名为《科幻世界》。杨潇意识到，重点打造科幻文学，他们的杂志可以成为中国大陆地区唯一的科幻杂志，创造出中国科幻杂志的第一品牌。于是，1991年，在世界科幻协会年会举办的同年，《科幻世界》亮出了崭新的刊名。

大会之后，编辑部酝酿着新一轮改革。他们和香港漫画家阿恒联系，辟出版面来刊登科幻漫画。1993年，新版《科幻世界》正式亮相，当年的订阅量一举突破三万的生死关。

郑军在《第五类接触：世界科幻文学简史》中这样评价说："大陆科幻事业的第三次高潮可以从一九九一年科幻世界杂志社主办国际科幻大会算起，也可以由一九九三年《科幻世界》改版为面向中学生的刊物算起。这两个事件都大大恢复了科幻文学在中国的影响力。"

图片81　1991年1月第一期《科幻世界》

从那以后，《科幻世界》走上了良性发展的道路：订阅量增加，吸引了优秀的作者投来作品，优秀的作品引来更多的读者。1994年订阅量突破十万册，1995年为十五万册，接下来几年订阅量直线上升。

1997年，科幻世界杂志社在北京举办国际科幻大会。这次大会，主办方是中国科协，中央媒体进行了大规模的报道，狠狠地为中国科幻高歌了一曲。

1999年7月，《科幻世界》刊登了王麟描写记忆移植的科幻作品《心歌魅影》。7月7日，当年高考作文题目出来了："假如记忆可以移植"。这一事件让《科幻世界》声名大噪，2000年的订阅量达到历史性的三十八万册，成为世界上销量最大的专业科幻杂志！

杨潇总结说，《科幻世界》的成功靠了三道：天道酬勤、道法自然、得道多助。2002年，杨潇五十四岁，从社长的位置上功成身退，把《科幻世界》的接力棒完全交给了年轻人。

这批年轻人中，有全国科幻迷的头儿——姚海军。

姚海军1966年5月30日出生在黑龙江伊春市红旗林场。初中时，一本《奇异的机器狗》将姚海军带进了科幻世界，从此再也没有离开过。1986年，还在读技校的姚海军意识到，当时中国科幻界的资源零星分散在全国各地，应该建起一座沟通编辑、作者、读者的桥梁。于是，姚海军成立了中国第一个科幻爱好者组织——中国科幻爱好者协会。许多后来科幻界的风云人物都是会员。1988年，姚海军用最原始的方法，手刻蜡纸，用油印机出版了第一期属于科幻爱好者的《星云》杂志。"星云"这两个字还是已经瘫痪的郑文光所写。

1989年，姚海军技校毕业，被分配到红旗林场当工人。他在业余时间继续办《星云》杂志。郑军在《中国科幻之路》里写道："《星云》成了沟通中国科幻界作者、编辑、研究者、读者之间的最重要渠道，形成一种凝聚力，也间接促进了中国科幻圈的形成。"在《星云》的带动下，20世纪90年代中期，全国各地都出现了一批自己创作、自己编辑、自己印刷、自己寄送的科幻迷杂志：河南的《银河》、山东的《第十号行星》、四川的《上天梯》和《宇宙风》、云南的《科幻乐土》和《科幻文摘》、北京的《立方光年》、天津的《超新星》等。这些科幻迷杂志寿命或长或短，最终都没有坚持下来，却也在科幻星空之上留下了模糊的影子。

图片82　科幻迷杂志《星云》影响深远

20世纪90年代后期，《星云》完成了它的使命，悄然落幕。在十余年中，《星云》杂志每年一般出三期，共三十余期。

1998年，姚海军应邀来到四川成都，加入了科幻世界杂志社。这一年，姚海军三十二岁。

姚海军最开始干的是打杂的活儿，随后被调入编辑部，正式成为编辑，并逐渐成为主要编辑。但真正使姚海军成名的还是他主导的"视野工程"。姚海军有一个理论，参考美国，科幻发展会经历从杂志时代到图书时代的变迁，目前科幻图书市场还是空白。于是，在姚海军的大力倡导下，"视野工程"于2003年启动，迄今为止，已经出版了国内国外科幻图书两百余本。

2006年，姚海军任科幻世界杂志社副总编兼《科幻世界》杂志主编。

杨潇和姚海军是科幻世界杂志社众多优秀编辑的代表。科幻世界杂志社对于中国科幻的贡献之一，就是培养了一批目光敏锐、具有市场洞察力的科幻编辑。这些编辑，即使离开了编辑的工作岗位，也在为中国科幻事业作贡献。

2007年，科幻世界杂志社在成都举办2007中国（成都）国际科幻·奇幻大会。这是一次真正的幻想嘉年华，中、美、俄、英、日等国近百位科幻奇幻作家、编辑、学者、宇航员以及不可计数的科幻迷参加了大会的各项活动，国内外数十家媒体进行了密集的深度报道。不遗余力地宣传科幻，也是科幻世界杂志社为中国科幻所做的第二大贡献。

科幻世界杂志社的第三大重要贡献便是培养了不可计数的中国科幻迷。在它培养的读者中，年纪最大的一批人已经迈上工作岗位。其中有一些人工作于编辑、记者、影视等文化传播岗位上。他们编辑科幻小说、报道科幻新闻，为中国科幻可持续发展作出了直接贡献。

科幻作者是科幻繁荣必不可少的条件。科幻世界杂志社的第四大重要贡献就是培养和团结了一大批科幻作者。[①]

截至2022年，科幻世界杂志社两大主刊《科幻世界》《科幻世界·译

---

① 详见下一节。

文版》继续雄踞国内科幻杂志的龙头地位。

## 第五节　新生代

从1991年杂志更名开始，《科幻世界》成了中国科幻作品的主要发表园地。创刊于1994年的山西省太原市《科幻大王》杂志是另一个发表园地，虽然发行量相差很多，但在科幻界内部也有一定的影响力。此外，很多科技类、少儿类刊物如《少年科学》《青少年科技博览》《中学生百科》《青少年科苑》《大科技》《科学大观园》《课堂内外》《少年发明与创新》《大众软件》等杂志都长期开办科幻专栏，发表科幻小说。它们是中国科幻发表园地的外围阵地。

据郑军统计，1999年，中国大陆共出版科幻图书二百七十六种。目前，大陆科幻图书[①]出版稳定地保持在每年一百部以上，基本相当于美国科幻图书出版在50年代的水平。

90年代初中国科幻第三次复兴，一大批优秀的科幻小说作家井喷似的出现。他们被称为"新生代作者"[②]。其中有四个人作品数量较多，作品质量也普遍优秀，在读者中产生了广泛而持久的影响。他们四个被称为中国科幻新生代"四大天王"。

### 一、新生代"四大天王"

#### 1.光恋：何夕

什么样的恋爱最令人绝望？男人和女人在宇宙深处相遇了，相爱了，但是，他们一个是物质人，一个是反物质人，一旦相互接触，就会泯灭

---

① 包括原创、译作、合集科幻作品。
② 这个称呼暗含着一层意思，即上一代科幻作者是"中生代作者"，而晚清和民国的科幻作者大概可以叫做"古生代作者"了。

为能量。然而他们又是那么想相互接触啊！这种恋爱是不是最令人绝望的？其实，这是何夕的科幻小说《光恋》的情节，发表在1992年的《科幻世界》上，获得了当年的"银河奖"。

何夕，原名何宏伟，生于1971年12月，自幼爱好科幻，1991年开始涉猎科幻小说创作，并用何宏伟的本名发表作品。他说，是"对科学现象的好奇，至今未泯的童心，以及讲故事的欲望"使他走上了创作科幻之路。1991年，他发表了自己的处女作《一夜疯狂》。随后，以每年一到两篇的速度稳定地创作与发表作品。

在以何宏伟的名字发表的作品中，值得一提的有：《本原》（1995）实际上是一篇故事性科普，量子论里的反决定论思想贯穿了这篇作品；《盘古》（1996）用现代科技重新演绎神话故事，一个巨人被培育出来，制造他的目的是拯救一百八十亿年后的宇宙，文中表现出对神话精神的向往。

此后，因为个人原因，何宏伟暂停科幻创作。1999年复出，他正式启用"何夕"这个笔名发表作品。这个笔名出自杜甫诗句"今夕复何夕，共此灯烛光"。用"何夕"作为笔名是因为他姓何，"顺带抒发自己面对时间这个永恒命题时的迷惑"。

1999年，何夕创作了三篇风格迥异、思想深刻的小说：《异域》《田园》和《祸害万年在》。

《异域》堪称何夕的代表作：科学家蓝江水发现了"时间尺度守恒原理"。根据这个原理，人们可以任意改变某个指定区域内的时间快慢程度。蓝江水同时也意识到了运用这个原理可能会给人类带来危害，所以秘不外传。但他的学生西麦为解决人类的饥荒问题，应用该原理建造了西麦农场。农场时间比正常时间快四万多倍，十多分钟就能收获一次。正常时间二十年后，西麦农场时间九十万年后，农场出现故障，一队特警奉命前往调查。他们发现，农场里的玉米高如森林，然而某种动物已经在九十万年的时间里进化为拥有智慧的妖兽……

小说告诉读者：科学上有了新的发现，它的应用在带来好处的同时也潜藏着巨大的危险。姚海军这样评价:"妖兽是一种象征,象征着神圣的自然法则。它蛰伏于人类进化的历程中,等待着我们在向自然无度索取时被唤醒。"

进入21世纪,何夕依然保持了写作速度不快、但篇篇质量都可以保证的习惯。2000年的《爱别离》写艾滋病的治疗,2001年的《故乡的云》是何夕唯一写到宇航的故事。

2002年的《六道众生》又是一篇经典之作:科学家金夕发明了"非法跃迁"技术,能够修改阿伏伽德罗常数,结果"创造"出另外五个地球。于是地球人满为患的问题得到了解决,多余的人通过"众生门"被"发送"到新地球。但随着时间的流逝,六个叠加在一起的地球开始互相干扰,而且一个名为"自由天堂"的非法组织在一个来无影去无踪、自称为"神"的家伙的控制下,开始在每一个地球上争夺统治权。幸好,还有一个人具有在六个地球自由穿梭的本领⋯⋯

《六道众生》是《异域》的精神姊妹篇,都是为了解决人类面对的危机而提出科学的解决方案,只不过一个是时间,一个是空间,但这些解决方案最终都导致了新的危机。

2003年的《伤心者》是何夕另一部值得关注的科幻小说。故事很贴近现实,就发生在今天。数学天才何夕发现了"微连续理论",因为是纯理论,又太超前了,没人理解,在当今这个追求实际利益的社会又没有实用价值,根本就出版不了。因为执着于自己的学术,女友弃他而去,种种打击令他最终疯掉。然而两百年后,科学家从微连续理论中受到启发,完成了统一场论,并实现了时间旅行⋯⋯《伤心者》和前面提到的《田园》也是精神姊妹篇,表达了一个共同的主题:"现在所有人都盯着那棵巨树上漂亮的花和叶子,并徒劳地想长出更漂亮的花和叶子来超过它,却没有一个人注意到那不起眼的树根。"

此外,何夕还发表了《缺陷》《审判日》《天生我材》《我是谁》《假设》《十亿年后的来客》《人生不相见》等作品。

纵观何夕的作品,题材十分广泛,几乎没有重复的,构想大都新颖而独特,并且大量借鉴流行小说的技法,读起来悬念丛生,很有吸引力。他对于科学有着深刻而透彻的认识。他也是将科幻中国化做得比较好的作者,在他的小说中,处处能见到悲天悯人的情怀。

2015年,何夕出版了他的第一部长篇科幻小说《天年》,描写了地球遭遇二叠纪尘云所引发的全球性危机。这部末日题材的科幻小说获得了2016年"银河奖最佳长篇小说奖"暨"全球华语科幻星云奖最佳长篇小说"银奖。

### 2. 亚当回归:王晋康

小儿子很喜欢听故事,当父亲的讲了很多。以前讲的都是别人写的,这天晚上,父亲决定自己编一个:有一个宇航员叫王亚当,在太空中飞行了两百年后回到地球,发现地球早就不是当年的模样。最大的改变就是人人脑子里都植入了第二智能,在智力得到大幅度提升的同时,也改变了人类自身,他们称自己为"新智人"。但仍然有少数人抵制第二智能,包括第二智能的发明人。这少数的反对派把希望寄托在了王亚当身上……父亲讲完,觉得故事还不错,就写了下来,加工润色一番后寄给了《科幻世界》。这个名叫《亚当回归》的故事不但得到了发表,而且为父亲获得了1993年"银河奖"。从此,四十五岁的他走上了科幻之路。

王晋康,1948年11月24日出生于河南南阳。1978年以优异成绩考入西安交通大学,1982年毕业,分配到南阳油田石油机械厂,曾任该厂研究所副所长,高级工程师。

四十五岁开始写科幻一炮而红,说意外,其实也不意外。实际上,在20世纪50年代,少年时代的王晋康便开始接触科幻作品,凡尔纳、郑文光、叶永烈的作品他都会拿来品读。"从此,我开始对科幻产生了无穷的好奇心和浓厚的兴趣,后来甚至达到痴迷的程度。"王晋康后来回忆说。

王晋康阅历丰富,又有极好的科学与文学素养。在整个90年代,他以每年两到四篇的速度发表作品,是那十年中发表数量可观、质量也有保障的核心科幻作家。

早期王晋康主要写短篇,涉及的题材非常广泛,值得关注的作品有:《科学狂人之死》讲科学狂人与物质传输;《天火》讲"文革"中一个科学天才的悲剧;《追杀》讲追捕外星间谍;《生命之歌》讲机器人与人类的关系;《义犬》讲智力提升者与普通人之间的矛盾和冲突;《西奈噩梦》讲一个人试图改变历史,却把自己变成了敌对的民族;《生死平衡》质疑当前医学,提出了广受争议的"平衡医学理论";《七重外壳》设想当机器可以虚拟一切的时候,如何区分虚拟与现实;《三色世界》提出假设,如果黄种人比其他人种更容易成为超能者,世界将会怎样;《解读生命》思考面对进化自外星的生命,我们会以怎样的方式进行解读;《养蜂人》篇幅极短,内涵极深,是关于群体智慧的佳作。王晋康获得了九届"银河奖"后宣布退出"银河奖"的评选,将获奖的机会让给年轻人。科幻世界杂志社出版有《王晋康科幻小说精选》四卷本。

进入21世纪,王晋康从石油机械厂退休,有了更充裕的时间写作。他继续写作短篇《替天行道》《新安魂曲》《水星播种》《关于时空旅行的马龙定律》等,还将部分早期作品改编为长篇,如《生死平衡》《类人》《豹人》《追杀K星人》《时间之河》等,同时也直接写作长篇并取得了丰硕的成果。

《蚁生》以王晋康年轻时下乡当知青的经历为背景,真实地再现了当年那段一言难尽的历史。农场里,青年颜哲被人诬告,命悬一线,不得不利用父亲研制的"蚁素"控制了整个农场的人,建立了一个小小的乌托邦,自己和女友充当了管理这个小乌托邦的神,最终,却因与人类本性格格不入而走向破灭。在这部小说中,科学幻想的成分融入了现实世界。小说中,那些匪夷所思的事件仿佛真的发生过一样。

《十字》[①](2009)是王晋康的集大成之作。作者描写了病毒学家梅茵在旁人眼里是个慈善家,暗地里干的事情却和生物恐怖分子相差无几。当消失已久的天花病毒在中国大规模流行之后,人们发现始作俑者正是

---

① 再版时更名为《四级恐慌》。

图片83 王晋康的代表作

梅茵。然而,梅茵却宣称这是为了全人类的未来……到底梅茵是主动献身科学的殉道者,还是阴毒狠辣的生物恐怖分子呢?作者通过一个极有张力的故事,把人道主义和科学思想融会贯通,最终为保障人类及多样生物的合理存在找到了一条理想的出路。《十字》获得2010年世界华人科幻协会首届"全球华语科幻星云奖最佳长篇科幻小说奖"。

"活着"三部曲是王晋康晚年创作的集大成者:《逃出母宇宙》(2014)是王晋康首次尝试末日题材,描写宇宙坍缩时地球遭遇危险,谁料坍缩导致人类智力暴长,在短短一百年时间里取得了巨大的科技进步,竟想出种种逃离地球的方案;《天父地母》(2015)是《逃出母宇宙》的续集,新的危险是人类智力急剧衰退,而之前人类送到某外星上的子嗣却茁壮成长起来,当他们重返地球时,竟然毫不犹豫地消灭了人类;《宇宙晶卵》(2019)是三部曲的终结,九艘亿马赫飞船离开地球,奔赴太空,开始了"智慧保鲜之旅",他们想要找到宇宙的中心,最终找到的却是生命的本源……

王晋康经常戏称自己的科幻作品为"红薯味儿"的科幻。在富含民族特性的同时,富有浓厚的哲理意蕴。语言典雅流畅,结构精致,构思奇巧,善于设置悬念,作品具有较强的可读性,是严肃文学和通俗文学很好的结合。

### 3. 乡村教师:刘慈欣

在一个愚昧落后的乡村里,有一个身患绝症的教师,用自己最后的生命之火，为这个乡村的孩子打开了知识的大门；在银河深处，一场星际战争刚刚结束，获胜的碳基文明为确保胜利，决定在硅基文明周围修建隔离带，隔离带内的所有恒星将被摧毁。乡村教师死了，碳基舰队来到太阳系，对地球文明进行等级测定，他们随机抽取的对象恰好就是那几个学生。他们能通过测试，使地球文明得到延续吗？这个叫《乡村教师》的故事，将中国最原本的现实与宏大的宇宙战争有机地结合在一起，为刘慈欣赢得了2001年"银河奖读者提名奖"。

刘慈欣，出生于1963年6月23日，祖籍河南，山西阳泉长大，1988年毕业于华北水利水电学院水电工程系，后在山西娘子关电厂任计算机工程师。刘慈欣长期关注科幻并尝试写作，1999年发表第一篇作品《鲸歌》，同年以《带上她的眼睛》第一次获得"银河奖"一等奖，此后连续九年获得"银河奖"。

早期刘慈欣的创作集中在短篇上。《流浪地球》（2000）讲述太阳提前老化，地球人为求生存，倾全球之力建造行星发动机，驱动地球，离开太阳系，开始在宇宙中流浪，寻找新家园的悲壮之旅。《全频带阻塞干扰》（2001）讲述北约向俄罗斯发起全面战争，为拯救祖国，年轻的宇航员将太空站"万年风雪号"撞向太阳，制造出全频带阻塞式干扰，为地球上的战友争取到了宝贵的反击机会；《中国太阳》（2002）讲述一个中国民工水娃最终踏上飞出太阳系的梦想之旅。此外，《梦之海》《朝闻道》《天使时代》《吞食者》《光荣与梦想》《地球大炮》《思想者》《赡养上帝》《镜子》《欢乐颂》《赡养人类》《魔鬼积木》《白垩纪往事》等中短篇也为读者所称道。

2003年1月，刘慈欣的第一部长篇科幻小说《超新星纪元》由作家出版社出版。这是个噩梦般的故事：所有的大人都因为突如其来的超新星辐射死去，整个地球只剩下孩子。这些孩子肩负传递人类文明的重任，但他们钟爱的是游戏。于是，在南极的冰天雪地里，由各国孩子组成的军队开始了血腥搏杀……

2004年，刘慈欣的第二部长篇科幻小说《球状闪电》通过对"球状闪电"的研究，发现了宇宙的奥秘，宏原子和量子玫瑰的设定，让读者着迷。

但真正使刘慈欣声名达到顶点的，还是"三体"系列的写作与出版。《三体》2006年5月到12月在《科幻世界》上连载，当时就引发了读者的狂热追捧，于是出版了单行本。

位于半人马座的三体星，因为同时围绕三颗恒星旋转，轨道极其复杂，导致三体星的气候变化极为剧烈，同时难以预测。即便如此，在这样一颗星球上，居然也诞生了生命。经过两百多次的毁灭与重生，他们终于进化到宇航阶段。这时，他们发现了四光年外的地球，一颗生存环境远比三体星优越的行星。于是，他们决定入侵地球。有意思的是，地球上"三体组织"居然非常支持他们的入侵行动……

2008年，《三体2：黑暗森林》由重庆出版社出版：三体人在利用魔法般的科技"智子"锁死地球人的科学之后，庞大的宇宙舰队杀气腾腾地直扑太阳系。面对前所未有的危局，地球人组建起庞大的太空舰队，同时，利用三体人思维透明的致命缺陷，制定了神秘莫测的"面壁计划"，精选出四位"面壁者"，秘密展开对三体人的反击。三体人自身虽然无法识破人类的诡谲计谋，却依靠由地球人中的背叛者挑选出"破壁人"，与"面壁者"展开智慧博弈……

2010年12月，在万众期待中，刘慈欣推出了"三体"三部曲的最后一部《三体3：死神永生》。在极短的时间内就售出十万本，出版社不得不紧急加印，以满足读者狂热的购买需求：

云天明的脑袋被送往太空深处，在三体人那里，他窥见了宇宙的秘密，讲了三个童话警告人类；程心被选为新一代执剑人，但过于善良的她无法执行任务，遂使人类文明与三体文明之间的战略平衡被打破；然而这一切都不重要，更高一级的歌者文明向太阳系投放了二向箔，于是整个太阳系变成了一幅中国水墨画……

刘慈欣的科幻小说成功地将极端的空灵和厚重的现实结合起来，同时注重表现科学的内涵和美感，努力创造出一种具有中国特色的科幻文

图片84、85、86　《三体》典藏版

学样式。刘慈欣获得了极大的赞誉，有人称他为"中国科幻第一人"，有人说他仅靠一人之力就把中国科幻提高到了世界水平。刘慈欣拥有数量众多的忠实粉丝，他们自称为"磁粉"。2010年，刘慈欣获得世界华人科幻协会首届"全球华语科幻星云奖最佳科幻作家奖"。刘慈欣自己倒很谦虚，说自己不过达到了美国科幻黄金时代的水平，而他的科幻之路还只是走到中途。

2014年12月，《三体》（*The Three-Body Problem*）由华裔科幻作家刘宇昆翻译为英文，由美国著名出版公司托尔出版社出版发行。《三体》英文版一推出就受到美国主流媒体关注，并广受好评。《纽约时报》称，"三体"系列"有可能改变美国科幻小说迷的口味"。《三体》英文版入围了2015年"星云奖"和"雨果奖"，并最终于2015年8月22日荣获由世界科幻大会颁发的"雨果奖最佳长篇小说"。刘慈欣创造了一个前无古人的奇迹，他不仅是第一个获得"雨果奖"的中国人，也是第一个获得"雨果奖"的亚洲人，还是有史以来第一个长篇翻译作品获得"雨果奖"的人。

2015年8月，《黑暗森林》（*The Dark Forest*）在美国上市，翻译为周华（Joel Martinsen）；2016年9月，《死神永生》（*Death's End*）在美国上市，翻译为刘宇昆。这两本书均由托尔出版社出版发行，受到美国读者的热烈欢迎。截至2021年，《三体》英译本在美国卖出了两百万册，其中纸质图书和电子图书各占一半，超过了新中国成立以来中国所有外销美国图书的总和。

此外，"三体"系列已经翻译为三十多种语言，在韩国、越南、土耳其、法国、德国、日本等四十个国家出版发行，并先后获得包括2017年美国"轨迹奖最佳长篇科幻小说奖"、2020年第五十一届日本"星云奖海外长篇小说部门奖"等在内的多项大奖。

2019年，根据刘慈欣同名原著小说改编的科幻电影《流浪地球》在春节上映，大受好评，最终在内地就取得46.55亿元票房，成为开启"中国科幻电影元年"的里程碑。2023年，《流浪地球2》全面升级，再次刷新了由《流浪地球》创造的各项记录。此后，有更多的科幻影视在开发中。

### 4. 没有答案的航程：韩松

生物从昏迷中醒来，发现自己不再记得以前的事情，便向自己发问：这是什么地方？我是谁？发生了什么事？我怎么会来到这里？可是一切的问题都没有答案。接着，生物遇到了同类。同类也失去了记忆。他们一起拼命回忆，企图将往事连接成一个完整的故事，然后他们大概记起他们身处宇宙飞船之中，外面是茫茫星空。但他们到底是谁？到底发生了什么事？这一切都不得而知。而且，飞船驾驶舱有三把座椅，第三者是谁？又在哪里？他们猜测着，幻想着，最终开始相互残杀，即便连自己是谁都不知道……这是一次《没有答案的航程》，诡异、惊悚，同时发人深思。这是"四大天王"之一的韩松发表在1994年《科幻世界》上的作品。

韩松，多数时间用本名发表作品，有时也用小寒、小青、金小京等笔名。1965年8月生于重庆。毕业于武汉大学英文系、新闻系，获文学学士学位及法学硕士学位。1991年，他以优异的考试成绩进入新华社，历任新华社记者，《瞭望东方周刊》杂志副总编、执行总编，新华社对外新闻编辑部副主任兼中央新闻采访中心副主任等职。在此期间，他撰写了大量报道中国文化和社会动态的新闻和专访,还参加过中国第一次神农架野人考察。

韩松是"四大天王"中最早发表作品的,早在1988年,他还是个大学生,那时《科幻世界》还叫《科学文艺》,他就发表了短篇科幻小说《天道》,并获得当年"银河奖"。

1991年,韩松的《宇宙墓碑》获得了台湾《幻象》杂志主办的"全球华人科幻小说征文"大奖。这篇科幻小说,独辟蹊径,描写了散布在各个星球的宇航员墓碑,通过这一独特到极点的视角,写出了人类在宇宙面前的卑微与渺小,同时又蕴藉着伟大。

2000年,黑龙江人民出版社出版了韩松的第一部长篇小说《2066年之西行漫记》①。在小说中,他预言了西方的金融危机将由崛起的中国来拯救,而且在美国"9·11"事件前一年,预言了纽约世贸大厦被恐怖分子的飞机撞毁。

他最为人称道的小说,是2004年由上海科学普及出版社出版的长篇科幻小说《红色海洋》。这部四十万字的作品内容极其庞杂,从遥远的过去一直写到十万年后的将来:一个叫海星的水栖人刚刚出世,在母亲的哺育下成长。这时的海洋已被严重污染,全部变为了红色。人类文明已经严重倒退,海星就是要在这个时代重建文明。但这个文明极具颠覆性,与我们习惯的文明相去甚远。事实上,它揭露出的是文明面纱下真实而残酷的现实。吴岩在《红色海洋》序中对这部书进行了极高的评价:"笔者相信《红色海洋》不但将被列为最近二十年内中国最优秀的科幻文学作品之一,也将被列为最近二十年最优秀的主流文学作品之一。"

2010年12月,韩松出版了又一部长篇——《地铁》。这部小说依然"妖风阵阵",散发着浓郁的韩松特色。在小说里,韩松对于地铁这一城市文明的新生物予以了科幻化描写,使其成为人类文明演化的承载体与观察者。此后,韩松又出版了《高铁》(2012)、《轨道》(2013),与《地铁》构成了"交通工具"三部曲。

① 再版时更名为《火星照耀美国》。

图片87 《红色海洋》能够出版本身就是奇迹

2016年，《医院》出版，并与《驱魔》（2017）、《亡灵》（2018）组成"医院"三部曲。这一次，韩松将目光对准了"医患关系"和"科技发展"：主人公出差C市时突发疾病被送入医院，经历了就诊、看病、住院和手术的艰辛过程，见证了医患关系在技术时代的剧变。在遭遇一系列荒诞而又意味深长的事件后，他最终发现来到的其实是一个"药时代"，整座城市甚至整个世界就是一座医院，人生就是在接受和拒绝治疗中进行艰难的选择。

韩松的作品极富文学情趣，结构精巧，内蕴深远。他的写法很接近主流文学，但他不是新浪潮的继承人，因为他一个人就掀起了中国科幻的新浪潮。韩松的作品多次获得"银河奖"，2010年，韩松获得世界华人科幻协会首届"全球华语科幻星云奖最佳科幻作家奖"。国外媒体也谈论过韩松科幻文学的成就，并给予过高度评价。

思考和写作是韩松的最大乐趣。除了新闻报道和科幻小说，他还著有中国科幻文学领域最富于批判力的理论著作《想象力宣言》，集生动曲折的考察记述、引人入胜的文史考证和瑰丽的科学幻想于一体的报告文学《鬼的现场调查》等。此外，韩松还有很多构思奇特的作品在网络上流传，例如《美女狩猎指南》《春到梁山》《逃出忧山》《柔术》等。韩松从来不在乎作品发表与否，更不注重个人名望。每日的写作本身，就是他的享受之源。

## 二、其他新生代作者

新生代作者最大的特点就是年龄差距很大，五零后、六零后、七零后，年龄相差三十年的人全都在90年代开始写作科幻，共同营造出中国科幻第三次高潮。尽管年龄差距很大，与黄金时代作者相比，新生代作者还是具有如下共同的特点：

其一，新生代作者大多从小就是科幻迷，对于科幻有种近乎宗教的虔诚。他们体会过科幻独特的美，深信科幻有着超越一般类型文学的价值。

其二，与第二次高潮中很多科学家写科幻相比，新生代作者真正从事科学工作的很少。他们的本职工作遍及各行各业，因而有着截然不同的人生阅历，写出来的东西更是各不相同，使科幻呈现出更多元的色彩。但也因此表现得良莠不齐，有些作者笔下的科幻甚至不如80年代初。

其三，新生代作者中，只有星河是专职作家，其他——包括刚才提到的"四大天王"——全部是业余作者，创作时间有限，作品还是以中短篇为主。

其四，因为《科幻世界》一枝独秀，新生代作者大多在《科幻世界》上发表作品，科幻世界杂志社也很重视培养和团结作者，从而在事实上形成了一个"科幻世界作者群"。但在《科幻世界》之外，同样有作者在写作和发表作品，大概可以称作"非科幻世界作者群"。

其五，去儿童化成为这个时期很多科幻作家的共识，但同时，有很多儿童文学作家写作少儿科幻并获得了成功。在交往上，两类科幻作家几乎毫无交集，就像一个是火星人一个是金星人。

吴岩，1962年12月2日出生在北京，满族人。1978年开始写作，1979年9月，吴岩在《少年科学》上发表了他的第一篇科幻小说《冰山奇遇》。1981年，吴岩进入北京师范大学心理学系后，获得心理学学士、教育学硕士、管理学博士学位。1986年毕业并留校任教。在那之后，吴岩在本职工作之外，一边进行科幻创作，一边进行科幻教学。在创作方面，他先后出版作品集《星际警察的最后案件》（1991）、《抽屉里的青春》（1999）、《出埃及记》（2004）和长篇小说《心灵探险》（1996）、《生死第六天》（1996）以及译文集和科幻卡通、科学童话等作品。在科幻教学上，从1991年2月到2001年2月，在北京师范大学开设本科课程"科幻小说评介与研究"，在当时为全国唯一。杨鹏、星河等科幻作者曾经参加过这门课程。

2000年后，吴岩把精力主要放在了科幻理论方面，这一年他跟台湾作家吕应钟在台北出版《科幻文学概论》。2003年9月开始，受文学院之托，他在北京师范大学文学院中国现当代文学专业中开设科幻方向，招收研究生，至今为全国唯一。同年同月，他在北京师范大学文学院开设科幻文学理论研究、中西科幻的比较研究、科幻名著选读等研究生课程，为科幻的理论研究和市场推广培养后备力量。

从2004年开始，吴岩主持国家社会科学基金项目"科幻文学的理论和体系建设"，这是国家社科基金至今唯一的科幻项目。他先后主编了三套科幻理论丛书，分别是"科幻新概念理论丛书""科幻文学理论和学科体系建设丛书"和"西方科幻文论经典译丛"，包含了数十部作品。他还主编了"年度最佳科幻作品集"和"世界著名科学家科幻译丛"。个人学术著述方面，吴岩出版了《科幻文学概论》（与吕应钟合著，2001）、《科幻文学入门》（与吕应钟合著，2006）、《科幻文学论纲》（2011）、《科幻应该这样读》（2012）、《科幻六讲》（2013）、《追忆似水的未来》（2014）《科学幻想——青少年想象力与科学创新培养教程》（2020）等。吴岩被誉为"中国科幻理论研究第一人"，对推广科幻、提升科幻的品质和地位起到了不可替代的作用。

2020年，吴岩出版了长篇少儿科幻新作《中国轨道号》，以半自传半虚构的方式，描述了20世纪70年代初中国发展载人航天的故事。该书获得第十一届"全国优秀儿童文学奖科幻文学奖"。

吴岩还积极组织和参与国际国内各类与科幻有关的学术及社会活动。

2010年，吴岩参与组建世界华人科幻协会，并担任协会会长。

星河，原名郭威，1967年出生于北京，毕业于建筑学专业。90年代初，他选修了吴岩的"科幻小说评介与研究"课程，从此走上科幻之路。1995年，他在《科幻世界》上发表短篇科幻《决斗在网络》，是中国第一篇有影响的赛博朋克作品。1996年的长篇科幻《海底记忆》虚构了海洋智慧种族和人类的冲突。1997年的长篇科幻《残缺的磁痕》以"地磁极倒转"为题材，抒发了英雄主义情怀。

主要短篇作品有《带心灵去约会》《梦断三国》《同室操戈》《命殒天涯》《握别在左拳还原之前》《时间足够你爱》《潮啸如枪》等。星河还出版了长篇科幻小说《网络游戏联军》《月海基地》《太空城》《寻找记忆》《时空死结》等。

1998年，星河应聘到北京作协，成为合同制作家，是目前少有的几位专业科幻作家之一。星河还是《我们爱科学》杂志科幻专栏编辑和漓江出版社《中国年度最佳科幻小说选集》主编。星河发表的科幻小说及科普作品已达数百万字。近年来，他曾先后获得国家"五个一工程奖""宋庆龄文学奖""冰心文学奖""陈伯吹文学奖""银河奖"等多种奖励。

郑军，1969年出生，1990年毕业于天津师范大学教育系。1997年开始发表作品。1999年成为自由撰稿人，专职从事科幻小说创作和科幻理论研究工作。

2000年以后，郑军开始创作一系列以"未来中国和世界"为背景的长篇科幻小说。这些故事的背景均不超过创作时间十年，专注于展示现实中的科技进步，以及由此带来的中国社会和世界的变化。迄今为止，这个系列已经有《生命之网》《寒冰热血》《神秘世界》《惊涛骇浪》等长篇出版。在《寒冰热血》中，中国私营公司从南极将冰山"搬运"到非洲赚取大钱。"搬运冰山"并非郑军的首创，但郑军的贡献在于他详实地描写了搬运冰山的过程，使整个构思显得真实可信。另外小说的人物是真正的中国人，具有典型的中国式思维。可以说，整部小说都散发着中国味儿。

2012年，《决战同温层》出版。2013年，郑军出版了备受争议的"星战后传"三部曲，包括《不朽神皇》《星海孤魂》和《苍穹作证》。2014年和2015年，《人形武器·黑帮》和《人形武器·白狐》获得了当年"全球华语科幻星云奖最佳长篇小说"银奖。2020年，郑军出版"临界"系列，共九部，对自己之前的多部作品进行改写与整合，再合并出版。

图片88 《第五类接触：世界科幻文学简史》：国内第一部科幻文艺史专著

此外，郑军还是中国科幻评论家、宣传家以及特邀编辑。在中国内地（大陆）、香港、台湾几十家杂志上发表过评介科幻文艺的文章数百篇，上百万字。他创作的《科幻小说的预言与真相》一书由东方出版社于2003年出版。2010年，他出版了《第五类接触：世界科幻文学简史》，这是国内第一部科幻文艺史专著。2012年，《光影两万里——世界科幻影视简史》出版，这是国内第一部系统介绍科幻电影的专著。他还参与过多套科幻丛书的编辑工作。

柳文扬，人称柳公子，1970年生于北京，毕业于北京工业大学。90年代初开始在《科幻世界》等杂志上发表作品，曾以《外祖父悖论》《毒蛇》《去告诉她们》《一线天》《废楼十三层》等作品多次荣获"银河奖"。他曾长期为《科幻世界》写构思新巧的封面故事。2000年到2003年担任《科幻世界》子刊《惊奇档案》的主笔。出版作品有短篇小说集《闪光的生命》，长篇小说《神奇蚂蚁》《蓝色铁骑》《解咒人》《天域·海城》等。

柳文扬擅长运用白描手法，文字简单朴素又生动鲜明，有很强的表现力。2007年7月1日，柳文扬因患脑瘤去世，年仅三十七岁。柳文扬英年早逝，科幻界哀叹天妒英才，至今为人追思。他的小说《一日囚》和《闪光的生命》先后被改编为DV剧，在网络上颇受好评。

大角，原名潘海天，生于1975年3月23日，毕业于清华大学建筑系。1994年写作以来，曾五次获得"银河奖"，包括1996年的《克隆之城》、1998年的《偃师传说》、1999年的《黑暗中归来》、2001年的《大角快跑》和2004年的《饿塔》。此外，《星星的阶梯——猴王哈努曼》《永生的岛屿》《命运注定的空间》《倦了世界的歌》等作品也颇受读者欢迎。潘海天的科幻小说以诗意著称，有着飞扬的想象力、纯美的语言和悠远的意境。2000年后，奇幻崛起，潘海天投身奇幻，并成为本土奇幻"九州"创世七天神之一，后致力于科幻奇幻的影视化工作。

赵海虹，女，1977年出生于浙江。1996年在《科幻世界》杂志发表处女作《升成》，获"光亚杯"校园科幻故事大赛一等奖，迄今在《科幻世界》等刊物发表科幻小说和翻译作品数十篇。已先后出版个人选集四部，包括《桦树的眼睛》《时间的彼方》《不枯竭的泉》《云上的日子》；长篇《水晶的天空》（2011）；译著四部，阿尔弗雷德·贝斯特的两部经典长篇科幻小说《群星，我的归宿》和《被毁灭的人》是其翻译的代表作；另有多篇科幻文学评论发表。曾六次获得"银河奖"，其中《伊俄卡斯达》获1999年"银河奖"特等奖。此外，还曾获第六届"宋庆龄儿童文学奖"、第六届"全国优秀儿童文学奖""浙江省青年文学之星"等文学奖项。其作品中国化、生活化，感情真挚细腻，一度被称为"科幻公主"。代表作品还有《痴情司》《永不岛》《宝贝宝贝我爱你》《若耶城的生与死》等。现任教于浙江工商大学。

凌晨，女，本名余蕾，还有柴郡猫、林晓等笔名，1971年出生在北京，毕业于首都师范大学。短篇小说《信使》《猫》《潜入贵阳》分别获得1996年、1998年和2004年"银河奖"。中篇小说有《深渊跨过是苍穹》《睡豚，醒来》《黑暗隧道》等。长篇小说有《月球背面》《幻岛激流》《鬼的影子猫捉到》《神山天机》等。其中《鬼的影子猫捉到》以一只猫的视角，描述了猫、外星人与人之间的友谊故事。随着故事情节展开，人性被审视，人的灵魂被拷问，人类三观被颠覆……凌晨出身于宇航世家，宇航题材经常出现在其科幻小说中，其作品磅礴大气，刚柔相济。2016年，凌晨出版了短篇小说集《离开地球表面》。2021年的"开心机器人"五部曲是专为孩子们写的少儿科幻。

张之路，著名作家，1945年生于北京，首都师范大学物理系毕业。现为中国作家协会儿童文学委员会副主任、中国电影集团一级编剧、国务院授予的有特殊贡献的专家。1976年开始发表作品，以各类儿童文学为主。2005年获得"中国安徒生奖"，2006年获得"国际安徒生奖提名奖"。在张之路众多儿童文学中，科幻只占极少的部分，包括《霹雳贝贝》《非法智慧》《极限幻觉》《魔表》等。其中《霹雳贝贝》被改编为电影，受到了广泛的欢迎，一度为被认为是中国科幻电影的代表作。

杨鹏，笔名雪孩、征士，1972年生于福建龙岩。1997年毕业于北京师范大学中文系，文学硕士。社会科学院文学研究所研究员、杨鹏公司首席执行官。杨鹏的主攻方向是少儿，包括科幻、奇幻、童话等不同类型的小说。他在国内众多少儿刊物上发表作品三百多万字。主要作品有《杨鹏科幻系列》《杨鹏幻想文集》《装在口袋里的爸爸》《来自未来的幽灵》《地球保卫战》《蝙蝠少年》《外星鬼远征地球》《校园三剑客》等。作为编剧，他有中国第一部科幻话剧《带绿色回家》、动画片《电视怪兽》《八仙过海》等。各类作品均多次获奖。杨鹏现在是迪斯尼公司中国签约作家。

潘家铮（1927—2012），出生于浙江绍兴，毕业于浙江大学土木工程系，是中国水电水利科学技术发展的重要奠基人之一，是中国科学院和中国工程院两院院士，同时也是新生代作者中唯一写作科幻的院士级科学家。他的科幻小说构思巧妙、大胆，科学性严密、人情味浓，文笔生动凝练，语言幽默风趣，选材和描写不落俗套，读起来令人惊心动魄、遐想联翩。他说："我本人在科幻创作中的努力，就是想使科幻小说本土化、世俗化和教育化。想达到寓教于读、寓教于乐的效果，使年轻人在看过一篇科幻小说后，除开拓思路外，还能在脑子里留下一些感慨或引发一点思考。"2000年出版的《潘家铮院士科幻作品集》分为四册，包括《蛇人》《吸毒犯》《地球末日记》和《UFO的辩护律师》，收集了潘家铮的短篇、中篇科幻作品共三十篇，约八十一万字。

此外，杨平（《MUB黑客事件》）、绿杨（原名李钜康，《鲁文基科幻系列》）、刘维佳（《来看天堂》《高塔下的小镇》）等也值得关注。主流文学作家梁晓声的《浮城》、王小波的部分作品（如《2010》《白银时代》）、军旅作家乔良的《末日之门》、李凯军与任志斌合写的"黑火"三部曲、宗良煜的《红色舰队》等也值得一提。学者江晓原、刘兵、戴锦华和严锋等人对科幻予以了特别的关注，在推广科幻方面起到了别人无法替代的作用。

## 第六节　更新一代

21世纪，曾经是很多科幻作者笔下的未来。当2000年真的到来时，人们发现，很多幻想并没有自动实现。但有一个科幻作者笔下的东西几乎是在一夜之间遍及中国乃至全世界，那就是互联网。互联网的出现，使整个中国乃至整个世界变得邻近，"咫尺天涯"在这个网络时代有了全新的含义。

正如互联网改变其他事物一样，互联网也改变了科幻。零星分散在全国各地的科幻迷依靠互联网联系在了一起，他们组建科幻迷团队，开办数量众多的网站，[①]发表作品，推广科幻资讯，探讨科幻创作与理论，忙得不亦乐乎。由商业机构掌控的大型文学网站如起点、龙之天空等也先后建立，科幻是其重要的组成部分，但与在传统媒体上发表的科幻小说有较大的区别，因此引发了延续至今的争议。

经过十多年的发展，大大小小的科幻迷网络团队有的解散，有的合并，有的实体化，有的商业化。目前坚持下来的比较固定的科幻迷团队主要有上海的科幻苹果核（丁丁虫）和上海浦东新区科幻协会（顾备）、成都的赛凡科幻空间（孙悦）和八光分文化（杨枫）、北京的未来事务管理局（姬少亭）和《科幻文汇》（李雷）、深圳的科学与幻想成长基金会（马国宾）等。

进入21世纪，奇幻崛起，带走了一部分作者，更带走了一部分读者。同时，在21世纪初，娱乐方式进一步多样化，尤其是泛滥的网络游戏对科幻的主要消费群大、中学生极具诱惑力，带走了更多的科幻读者。因此，在2002年到2005年之间，科幻经历了一次低潮。受此影响，先后有《科幻迷》《科幻画报》《科幻·文学秀》《世界科技博览》《世界科幻博览》《科幻时空》《科幻海洋》《幻想1+1》《幻王》《幻想小说》等十几家科幻刊物的创办或复刊都因为这样那样的原因停止了。

也就是在低潮开始的时候，科幻世界杂志社及时调整出版策略，一方面创办了《科幻世界译文版》和《飞·奇幻世界》两个子刊，另一方面，开始了规模宏大的图书出版计划——"视野工程"。"世界科幻大师丛书""世界奇幻大师丛书""世界流行科幻丛书""中国科幻基石丛书""星云系列"五大系列，截至2021年年底，已经出版了图书近四百本。在引进的图书中，既有黄金时代的经典，也有眼下欧美最为流行的作品，对开阔读者的视野、拓展科幻图书市场发挥的作用不可估量。同时，"中国科幻基石丛书"和"星云系列"也使中国科幻从杂志时代开始进入图

---

[①] 如科幻桃花源、清韵论坛、太空疯人院、大江东去等。

书时代。

科幻世界杂志社之外，一批重量级出版社加入科幻的出版和发行队伍中。其中，百花文艺出版社创办"科幻文学馆丛书"，已出版三十余种，包括《如何创作科幻小说与奇幻小说》《拉美科幻文学史》等作品；新星出版社于2013年推出"幻象文库"，先后出版了雷·布雷德伯里自选集（四卷）、沃尔夫的《新日之书》、科幻佳作集《大师的盛宴》《微宇宙的上帝》《未来的序曲》等科幻图书一百二十多部，极大地填补了国内科幻小说的空白；中国科普作家协会科幻专业委员会联合山东教育出版社打造了"科幻文学群星榜"，囊括了老中青几代作家具有代表性的科幻佳作，目前已经出版五十多部。

随着科幻越来越热门，尤其是在刘慈欣和郝景芳获得"雨果奖"之后，民营文化公司也加入进来。其中，博峰文化深入挖掘中国科幻的市场价值，出版了一系列个人短篇集和多人短篇集，还有数量众多的长篇小说，到2021年底，已经出版一百五十多部；读客图书则系统地引进了阿西莫夫的"银河帝国"系列、西蒙斯的"海伯利安"四部曲和赫伯特的"沙丘"六部曲以及其他世界著名科幻小说四十余部。八光分文化创办的"光分科幻文库"既抓国内原创，又抓国外新作，填补空白，业已出版三十多部。

与科幻图书的兴盛相比，科幻杂志进一步式微。《科幻大王》创办于1994年，在很长一段时间里是《科幻世界》之外科幻小说的发表阵地，但它一直生活在《科幻世界》的阴影里，销量和口碑平平。2007年，山西科技传媒集团收购了《科幻大王》，更名为《新科幻》，于2011年推出最新版，但始终没有起色，不得不于2014年12月宣布停刊。

值此艰难之时，2016年，百花文艺出版社创办了《科幻Cube》（后更名为《科幻立方》），坚持成人化与文学化的科幻之路，力图在《科幻世界》之外找到新的办刊方向。几年下来，业已培养了一批新的读者和作者。2019年，百花奖设立科幻文学奖，将《科幻立方》上发表的作品纳入评奖范围，开了国内主流文学大奖评选科幻作品的先河。2021年，百花文艺出版社又创办《科幻立方·文库本》，以口袋书的形式，出版国内原创中篇科幻小说，努力挖掘中国科幻出版新的可能。与此同时，八光分文化与人民文学出版社联合出品科幻MOOK《银河边缘》，大部分内容选自美国《银河边缘》杂志，同时也发表中国原创科幻。未来事务管理局与美国科幻奇幻作家协会、美国堪萨斯大学冈恩科幻研究中心联合创办了科幻MOOK《不存在》。

从90年代开始，随着科幻创作的复苏，科幻理论研究工作逐渐发展起来。进入21世纪，越来越多的硕士论文、博士论文选用科幻课题。部分科幻迷成长起来，成为科幻理论的研究者。如重庆大学的李广益、四川大学的姜振宇和姜未禾、中国社会科学院的任冬梅、中国科普研究所的王卫英、天津师范大学的吕超、天津艺术职业学院的刘健（笔名吕哲）、清华大学的贾立元（笔名飞氘）、西安交通大学的王瑶（笔名夏笳）等。部分学者留意到科幻的崛起，开始研究科幻。他们的研究，使中国科幻从自发走向自觉，极大地提升了中国科幻的影响力。

2010年注定成为中国科幻史上一个值得记忆的年份。在这一年里，筹备已久的世界华人科幻协会在成都成立。这个协会由科普与科幻元老董仁威联合姚海军和吴岩打造而成，它建立起了跨越地域和职业的联系，把编辑、作者、出版社、科幻迷、理论研究者，把包括中国内地（大陆）、香港、台湾，以及北美和欧洲等地区的点状分布的科幻力量第一次历史性地整合在一起。2010年8月8日，世界华人科幻协会在成都颁发了第一届"全球华语科幻星云奖"。截至2023年，"全球华语

图片89　第一届"全球华语科幻星云奖"颁奖现场

科幻星云奖"已成功举办十四届。虽历尽坎坷，但"全球华语科幻星云奖"已经成为全球华语科幻界最高奖项。2021年，协会又创办"全球华语少儿科幻星云奖"，将发展少儿科幻作为下一阶段的任务，实现从少儿到成人的科幻全覆盖的历史性目标。

与此同时，各个地方纷纷创办科幻赛事与科幻奖项，大有你方唱罢我登场之感。有的奖项只办了一两届就偃旗息鼓，有的奖项则一直坚持下来。比如，深圳科学与幻想成长基金创办的"晨星奖"与"晋康奖"，成都赛凡科幻空间创办的"未来科幻大师奖"，成都八光分文化创办的"冷湖奖"。奖项的起起伏伏，显示了当前中国科幻总体向上走的态势，也反映出其中的不确定性。同时，新的科幻机构也在不断涌现。比如，民办大学重庆移通学院大手笔创办科幻学院，截至2022年已经形成重庆钓鱼城、重庆綦江、山东蓬莱、山东泰山共四所规模空前的科幻学院。

随着科幻小说的热度渐渐高涨，科幻电影也逐步成为热门。无数的电影公司将拍摄科幻电影作为自己的下一个目标。尤其是2019年，电影《流浪地球》获得46.55亿元的超高票房，开启了"中国科幻电影元年"之后，这种趋势就更加明显。他们有的自己原创，有的冲进中国原创科幻小说中，翻拣挑选，一时之间，科幻小说的影视改编权成为最炙手可热的交易。然而，与已经趋于完备的中国科幻小说相比，中国科幻电影还只能说是刚刚起步。两者之间的关系，是相辅相成，抑或是反之，还要等待时间的检验。

在科幻杂志与实体书之外，网络文学中，也出现了一批专门写网络科幻的作者。他们没有科幻包袱，写起科幻来更加地随心所欲，产量惊人，同时擅长各种营销与包装的技巧，非常吸引读者。其中，猫腻（《间客》）、方想（《卡徒》《师士传说》）、我吃西红柿（《吞噬星空》）、pries（《残次品》）、彩虹之门（《地球纪元》《重生之超级舰队》）、智齿（《文明》《寻找人类》）、一十四洲（《小蘑菇》）、卧牛真人（《修真四万年》）、烟雨江南（《天阿降临》）等值得关注。网络科幻是中国科幻的新生力量，泥沙俱下，但朝气蓬勃。

中国科幻的蓬勃兴起，引起了一部分主流文学作家的注意。他们也开始创作他们理解的科幻小说。毕淑敏（《花冠病毒》，2012）、龙一（《地球省》，2018）、王十月（《假如末日无期》，2018）、王威廉（《野未来》，2021）、李宏伟（《国王与抒情诗》，2017；《引路人》，2021）是其中的佼佼者。他们是中国科幻的闯入者，为科幻带来了新鲜的风和雨。

中国科幻的蓬勃兴起，也引起国外同行的注意。每年"银河奖""全球华语科幻星云奖"等重要奖项颁发时，他们都会关注并报道。一部分中国科幻作者的科幻小说业已系统性地翻译为英文、日文、法文和意大利文等在国外出版和发表，其影响力，正逐渐走出国门，为世界所熟知。中国科幻对外翻译与推介，已经成为中国文化崛起并走向世界的历史进程的重要组成部分。

2000年之后，新生代作者出现了分化，有的不再写作，有的改写其他类型的小说，但更多的坚持下来，继续写作，在新世纪里继续成为中国科幻的中坚力量。与此同时，一批更年轻的作家登上了科幻舞台。这批普遍是八零后个别是九零后的作者被称为"更新代"。与"新生代"作者相比，他们有如下特点：

其一，更新代作者受游戏和动漫的影响巨大，有些作品直接就是某款游戏或者动漫的同人作品。一部分作者受欧美文学的影响较大，另一部分作者受日本文学的影响较大。

其二，在更新代作者中，女性作者的比例进一步提高，在读者中的影响力也在同步增长，并且早就超过了半边天的水平。"她科幻"成为潮流。

其三，更新代作者普遍接受过高等教育，文字功底普遍比新生代作者强。他们有的致力于从传统科幻中发掘新的思路，有的致力于新式科幻的发掘。

其四，网络对更新代作者的影响巨大，网络已经成为他们生命不可分割的一部分。他们掌握了大量的信息，追求与世界同步，对于科技有着第一手的、独特的感受。因此，他们笔下的科技与故事结合得更为紧密与自然。

其五，更新代作者写科幻，但并不局限于科幻。他们往往是左手科幻，右手奇幻，甚至还要留一手去写武侠、推理和恐怖。他们在几个领域活动，更加追求娱乐。他们没有科幻包袱，自我营销的意识更为强烈与有效。

更新代作者没有历史包袱，能够轻装上阵。但显然，他们更大的优势在于他们的年轻。也许阅历还不够丰富，思想还不够深邃，但只要一直走下去，就会和中国科幻一样，"鲜花自会在路旁开放"。2023年第八十一届世界科幻大会举办地已经正式确定为四川成都，这是一个"世界科幻走向中国、中国科幻走向世界"的历史契机。

迟卉，女，1984年生于吉林省。2003年7月以笔名发表《独子》后一直写作各种各样的幻想题材。2006年10月加入科幻世界杂志社担任编辑，先后担任《科幻世界》"校园之星""回声""不可信词典"等栏目的主持人。代表作有《归者无路》《虫巢》《伪人算法》《大地的裂痕》《雨船》等。2010年出版长篇科幻小说《卡勒米安墓场》，属于国内少见的太空歌剧，很受读者的欢迎。此后，陆续出版了《坠入苍穹》（2012）《羽毛计数者》（2013）等作品。2015年，《伪人2075·意识重组》获得第六届"全球华语科幻星云奖最佳长篇小说"银奖。其作品女性意识强烈，富有感染力，往往有独特的构思与精妙的故事。

钱莉芳，1978年出生于江苏无锡，是一所中学的历史教师。钱莉芳自小喜欢写作，崇拜钱钟书，希望有一天能凭自己的笔为自己赢得荣誉。2004年，其创作的长篇科幻小说《天意》出版，取得全国性的轰动，风靡一时，总销量达到十五万，创造了自1983年以来长篇科幻小说的历史纪录，并直接引领了中国科幻的图书时代。《天意》以科幻的手法讲述了一代名将韩信的故事，历史细节逼真考究，故事情节曲折离奇，整个故事充满了戏剧张力。2011年，钱莉芳出版了《天命》，以科幻的方式，重述了汉代之前的中国历史，悬念丛生，同时又有着论文一般严谨的构思。

图片90 《天意》是历史科幻

飞氘，原名贾立元，生于1983年，北京师范大学文学院在站博士后，主攻科幻文学和比较文学。目前已经在专业杂志上发表多篇学术论文。在小说创作方面，已发表数十万字的科幻、奇幻文学作品。短篇科幻小说《一个末世的故事》被翻译成意大利文，收录进世界科幻奇幻年选集ALIA。根据自己同名小说改编的科幻电影剧本《去死的漫漫旅途》还荣获了第二届"扶持青年优秀电影剧作计划奖"。出版短篇小说集《纯真及其所编造的》（2011）、《讲故事的机器人》（2011）、《中国科幻大片》（2013）、《去死的漫漫旅途》（2016）等。2021年，出版论文集《"现代"与"未知"：晚清科幻小说研究》，被誉为"国内目前最好的科幻研究之一"。

江波，男，1978年1月15日出生，清华大学微电子专业研究生毕业。2003年发表处女作《最后的游戏》，迄今已发表中短篇科幻小说二十篇，其中《移魂有术》被改编为悬疑科幻电影《缉魂》。"银河之心"三部曲是江波倾心打造的太空歌剧，包括《天垂日暮》（2012）、《暗黑深渊》

（2013）和《逐影追光》（2016）。《机器之门》（2018）与续篇《机器之魂》（2020）展示了作者对人机关系的独特思考。江波的作品内容丰富，语言简洁，风格冷峻，想象汪洋恣肆，充满硬科幻独有的艺术魅力。2022年，出版短篇科幻小说集《未来史记》，对人工智能的未来有着深入而细致的思考。

陈楸帆，生于1981年，广东汕头人，拥有北京大学中文系中国语言文学专业和艺术学院影视编导专业双学位，目前从事互联网工作。其作品风格较为多元化，游离于现实与虚构的夹缝中，视角独特，注重语言的节奏感及结构上的形式感，题材涉猎广泛，具有较浓厚的宗教思辨意味。代表作有《诱饵》《坟》《宁川洞记》《递归之人》《鼠年》《G代表女神》《巴鳞》《恐惧机器》以及中篇小说《深瞳》等。2012年出版短篇集《薄码》。2013年，描写近未来的《荒潮》获得"全球华语科幻星云奖最佳长篇小说"金奖，翻译为英文在美国出版。2020年，出版个人短篇集《异化引擎》，继续讲述作者对于人类异化的思考，其中部分小说是与人工智能合写的，引人关注。2022年，陈楸帆与人工智能专家李开复合著的《AI未来进行式》出版，以"科技+科幻"的讲述方式，描绘了二十年后在人工智能等科技影响下的人类世界。

陈茜，女，生于1986年，毕业于中央民族大学博物馆专业，目前在上海市图书馆做文献修复工作。大二开始走上写作生涯，为《科幻大王》杂志一线作者。文笔精练，思想活泼，想象力旺盛，为同时代人中少有。刘慈欣说："陈茜是一名真正以科幻方式思维的作者，她有阿西莫夫的风格。"其主要作品有《达尔文的黑匣子》《捕捉K兽》《迅行十载》《小错误》《黄金窗》《量产超人》《重建游戏之地》等。2013年出版个人作品集《记忆之囚》。2014年获得"全球华语科幻星云奖最佳新人"金奖。2022年，出版个人选集《量产超人》。

夏笳，原名王瑶，1984年生于西安。2002年考入北京大学物理学院大气科学系。2006年于中国传媒大学攻读电影史论硕士学位，从事科幻电影方面的研究。2010年9月进入北京大学中文系，攻读比较文学与世界文学博士学位。2014年毕业，现于西安交通大学任教。2004年以《关妖精的瓶子》获科幻"银河奖最佳新人奖"，此后发表科幻小说数十篇。代表作有《卡门》《永夏之梦》《百鬼夜行街》《中国百科全书》《2044春节旧事》。多篇作品被翻译为英、日、法、俄、波兰、意大利等多种语言。2014年6月，在《自然》上发表了一篇英文科幻小说 Let's Have a Talk，成为全中国第一个登上 Nature 杂志的文科生。夏笳不仅创作小说，还从事科幻理论研究，在专业期刊上发表了多篇学术论文，同时她还致力于科幻小说的翻译、影视剧策划和科幻写作教学。

宝树，原名李俊，生于1980年。2011年，出版"三体"系列的同人作品《三体 X：观想之宙》，迅速蹿红。随后的几年时间，先后发表了《在冥王星上我们坐下来观看》《安琪的行星》《穴居进化史》《人人都爱查尔斯》《三国献面记》《我的高考》《我的科幻世界》等多篇科幻小说。宝树擅长在已有的构思上巧妙地加入自己的想法，从而使他笔下的科幻有了别样的风景。已经出版短篇集《古老的地球之歌》（2012）《时间狂想故事集》（2015）和《我们的科幻世界》（2022）。2013年出版的《时间之墟》讲述整个地球进入时间循环，故事狂放而颇有寓意，荣获第五届"全球华语科幻星云奖最佳长篇小说"金奖。2020年，宝树与阿缺合著的《七国银河》上市，讲述了战国七雄延续到大宇航之后在整个银河系征战杀伐的故事。

张冉，1981年生于太原。2004年从北京交通大学计算机系毕业后，历任《经济日报》中国经济网编辑、记者、评论员、评论部主任，2007年获第十七届"中国新闻奖"二等奖。他用笔名"朱邪多闻"在网络上创作多年，代表作有《星空王座》《末世之爆笑僵尸王》。2012年转战科幻即以《以太》摘得"银河奖",声名大噪。此后发表多篇科幻小说,主要有《起风之城》《太阳坠落之时》《没有你的小镇》《晋阳三尺雪》《永恒复生者》《野猫山》等。生活阅历足够丰富使张冉笔下的科幻多变而真实,也不乏思想的深度。2015年出版短篇集《起风之城》。2015年10月凭借作品《大饥之年》荣获"全球华语科幻星云奖最佳中篇小说"金奖。

郝景芳,1984年生于天津,毕业于清华大学。2007年以《祖母家的夏天》闯入科幻世界。其后以不紧不慢的速度写作了《迷路》《领会》《谷神的飞翔》《书写穿透时间的沙》《星潮·皇帝的风帆》《光速飞行》《遗迹守护者》《看不见的星球》《九颜色》《弦歌》《生死域》等科幻小说。其作品"身上散发着诗意的纯粹的光芒,却又不失对现实细致入微的观察与体认"(陈楸帆语)。已经出版短篇小说集《星旅人》(2011)、《孤独深处》(2016)、《去远方》(2016),长篇小说《流浪玛厄斯》(2011)和《回到卡戎》(2012)。科幻之外,还出版了文化散文《时光里的欧洲》(2012)和长篇现实小说《生于1984》(2016)。2016年8月21日10点,第七十四届"雨果奖"在美国举办颁奖典礼,郝景芳凭短篇小说《北京折叠》获得"最佳短中篇奖",成为第一个获得此奖的中国人。在《北京折叠》中,为了解决人口众多、贫富差距等问题,北京被分为三个截然不同的空间。2021年,郝景芳出版了《宇宙跃迁者》,讲述2080年,人类文明与外星文明接触的故事,这是她打造"折叠宇宙"系列的第一部。

更新一代,新作者与新作品层出不穷,表现出空前的活力,有人是流星,很快把创作重心转向别处,也有人坚守下来,会一直在科幻的星空闪耀出自己的旋律。这里再列举一部分,挂一漏万,重点是体会更新一代的生命力:今何在(《我的征途是星辰大海》)、马伯庸(《寂静之城》)、拉拉(《春日泽·云梦山·仲昆》)、罗隆翔(《星舰联盟》)、梁清散(《新新日报馆》)、谢云宁(《穿越土星环》)、刘洋(《火星孤儿》)、阿缺(《云鲸记》)、灰狐(《固体海洋》)、糖匪(《奥德赛博》)、索何夫(《出巴别记》)、顾适(《赌脑》)、王侃瑜(《云雾2.2》)、周敬之("星陨"六部曲)、顾备(《觉醒》)、七月(《群星》《小镇奇谈》)、马传思(《奇迹之夏》)、吴霜(《不眠之夜》)、王元(《人性回廊》)、程婧波(《去他的时间尽头》)、段子期(《重庆提喻法》)等也值得关注。

## 第七节 渐近线——港台地区科幻小说史

长期以来，中国港台地区游离于内地（大陆）之外，它们的科幻也循着自己的发展轨迹前进。与内地（大陆）相比，港台地区的第一个特点是出版市场狭小。台湾书店以租书为主，两千多家租书店遍布台湾，主要为大、中学生提供服务。也就是说，一本书只要印到两千册，就能满足整个台湾的市场需要。第二个特点是商业气息浓厚。香港是中西文化交汇的地方，长期保持浓厚的商业气氛，产生大量商业化作家。台湾也大体如此。因此，就注定了在港台写科幻是一件孤独的事，写的人少，几乎形不成科幻圈，同时又必须大量写作，以量取胜，动辄几十卷上百卷地写，这样才能维持基本的收入。

### 一、香港科幻

二战之后，香港主要翻译西方的科幻名著，包括《基地》《火星之沙》《双星》等。1957年，香港亚洲出版社出版了旅港作家赵滋蕃的一套"科学故事丛书"，包括《飞碟征空》《太空历险记》《月亮上看地球》三本，可以看做是香港本土最早的科幻小说。

进入60年代，倪匡挑起香港科幻的大旗。

倪匡，本名倪聪，字亦明，原籍浙江宁波，1935年出生于上海。1957年到香港定居，做过工人、校对、编辑，是个自学成才的职业作家。

早期倪匡写作了大量武侠小说和杂文。1962年，在金庸的鼓励下，倪匡开始用笔名"卫斯理"撰写科幻小说。第一篇名为《钻石花》，其实是一个武侠故事，直到系列的第三部《妖火》，才真正是倪匡风格的科幻小说。此后，"卫斯理"系列陆陆续续出版了一百四十三本之多，《头发》《老猫》《笔友》《蓝血人》《蜂云》《玩具》《后备》《血统》《透明光》等是其中的优秀之作。倪匡撰写的"亚洲之鹰罗开""浪子高达""原振侠""年轻人""非人协会"等系列也与科幻有关。此外，倪匡还写了大量的武侠小说和四百部以上的电视电影剧本，自诩"自有人类以来，汉字写得最多的人"。

"卫斯理"系列曾经以盗版的形式大量出现在内地的书店，对内地科幻也有相当大的影响。当欧美科幻引进之后，倪匡的小说受到质疑，被认为不是正统的科幻小说。我认为，评价倪匡的小说，需要用历史的眼光全面地看待。首先，倪匡的小说中，科幻只是一部分，就连最著名的"卫斯理"系列中，也有完全不属于科幻的。因此，不能把倪匡的小说与科幻小说等同起来。其次，倪匡的科幻小说创作于60年代，那个时候很多新颖的想法经过几十年的流传，到现在已经不新颖了，成俗套了，但这俗套最初往往就是倪匡发明的。再次，倪匡是在进行商业写作，有一个基本的创作模式。年轻的时候这套模式很管用，年纪大些，模式反而成了束缚，于是晚期倪匡的作品重复啰唆的现象十分严重。事实上，倪匡真正优秀的作品都写于60年代。倪匡创作的科幻小说今天仍然拥有大量读者，

图片91 "卫斯理"系列的影视作品非常多

充分说明了它们的生命力。

后继的作者宇无名、周显、梁科庆等人的作品都或多或少带有卫斯理的痕迹。倪匡给予中国科幻最大的贡献，应该是在华人世界里培育了成千上万的科幻爱好者。刘慈欣曾经这样评价倪匡："从来没有哪一个中国人把科幻之火燃得如此之广，他那一维的科幻像一支飞箭，强有力地洞穿了市场。"这是极为公允而妥帖的评价了。

倪匡之妹亦舒，原名倪亦舒，以写言情小说著称。或许是受了其兄的影响，亦舒也有科幻题材作品问世，如《朝花夕拾》《天秤座故事》《绮惑》等。尽管只是随兴而为，但其独特的女性视角，细腻精巧的语言风格，再加上不羁的想象力，使其笔下的科幻自有特色。

2001年，台湾交通大学科幻研究中心叶李华创办"倪匡科幻奖"，旨在表彰著名科幻小说作家倪匡之终身成就，提倡中文科幻小说创作与欣赏，并促进华人世界对科技想象力之重视。此奖对于中文科幻小说的创作起到了极大的促进作用。可惜，因为种种原因，2011年停办，甚为遗憾。

2022年7月3日，倪匡去世，安坐于他自己的星空之上。

90年代初，黄易扛起了香港科幻大旗。

黄易，本名黄祖强，1952年出生，香港中文大学艺术系毕业。他的早期短篇小说，如《幽灵船》《超脑》等都是很传统的科幻作品，发表在《科幻世界》的前身《科学文艺》上。

后来，黄易认为西方科幻重技术而轻人性，遂自创"玄幻"小说，其宗旨主要是把东方玄学与传统科幻融合在一起。后来，"玄幻"这个名称扩散开去，成为一类相似作品的代名词，其影响力极大，但与黄易的定义已经相去甚远。

黄易的玄幻代表作是"凌渡宇"系列，包括《月魔》《上帝之谜》《光神》《浮沉之主》《诸神之战》等十二部中长篇作品。在"凌渡宇"系列中，计算机、网络、深海考察等尖端科技领域和传统玄学较好地结合在一起，创造了奇特的叙事效果。

后来黄易尝试超长篇玄幻写作，先后创作了六十万字的《星际浪子》、一百万字的《大剑师传奇》和两百万字的《寻秦记》。这其中，《寻秦记》以时光旅行来到战国末期的特种兵项少龙为主角，以现代人的身份亲历秦国统一中华的全过程，后来改编成电视剧和游戏，影响了后世的穿越文与穿越剧。黄易知识庞杂，文笔和思想性均超过倪匡，想象力也不遑多让。但黄易的创作重心始终在更为商业化的武侠创作上，玄幻或者科幻对他而言，不过是顺手为之。2017年4月5日，黄易去世，安坐于他自己的星空之上。

图片92 《寻秦记》的热播，引发"穿越"热潮

倪匡与黄易的商业科幻之外，香港的其他科幻人也在进行探索。在80年代，香港科幻步入繁荣。

杜渐，原名李文健，生于1935年。1987年，杜渐在《商报》开辟了一个名为"怪书怪谈"的专栏，推广正统科幻文学。他先后翻译了数十部西方科幻小说，又撰写了一套上下册的《世界科幻文坛大观》，还创作了大量科幻小说，包括《逃出恐龙世界》《基因再造计划》《宇航历险记》《超脑终极战》《即食面谋杀案》等。他还长期担任《科学与科幻》杂志主编，竭心尽力推广科幻，发掘科幻人才。

李逆熵，原名李伟才，1955年出生，在天文台从事科学工作，业余时间从事科普工作。他先后发表了十多部科普作品。他也很喜欢科幻小说,对西方科幻名著了如指掌。1987年,他编译了一本西方科幻小说集《最后的问题》。1988年,他又把在《读者良友》杂志上发表的科幻导读和赏析文章结集成《超人的孤寂》,是比较早的科幻理论专著。1996年,他又出版了《挑战时空——漫游奇妙的科幻世界》来介绍科幻。1999年,他自己的第一本科幻小说集《无限春光在太空》终于问世。

总的来说,香港科幻大多是科幻与武侠、奇幻等门类杂交的边缘化作品,科幻色彩比较淡。但不能就此否认香港科幻小说的文化蕴藉与价值。倪匡、黄易、杜渐、李逆熵、谭剑等人为中文科幻的繁荣作出了重要贡献。

### 二、台湾科幻

同中国大陆和香港一样,台湾科幻首先源自于50年代对西方科幻小说的大量引进。1968年,由女作家张晓风创作的《潘渡娜》发表在《"中国"时报》上,这是台湾科幻界普遍承认的第一篇标准的科幻小说。

稍后,黄海和张系国几乎同时开始科幻创作,被称为台湾科幻的两大元老。

黄海,本名黄炳煌,1943年1月1日出生于台湾省台中市。早年因为校对、翻译科幻小说的文稿,接触到西方科幻小说,1968年底开始撰写以太空旅行为背景的一系列小说,并于次年结集,以《一零一零一年的太空之旅》之名出版。长篇科幻小说《鼠城记》是黄海的代表作。此外,《永康街共和国》和《千年烽火奇幻游》也值得关注。

1980年,黄海转入儿童科幻小说、科幻童话的创作,并连获大奖。此外,黄海还经常到高校主持科幻讲座,并于2007年出版《台湾科幻文学薪火录》,记录了台湾科幻几十年的发展历程。2014年,出版科幻评论著作《科幻文学解构》,获得当年"全球华语科幻星云奖最佳科幻评论"金奖。后又有《纳米魔幻兵团》(2014,微观世界的魔法机器)、《冰冻地球》（2017，气候变化与世事变迁）、《歌丽美雅》（2018，美国没落以后的美洲世界）等作品陆续出版。

张系国，1944年出生于重庆，在台湾长大，是台湾著名工程师和控制论专家。1970年，张系国发表《超人列传》，轰动一时。《超人列传》用幽默诙谐的语调，对科技发展扭曲人性的阴暗未来作了警示性的描写。

1976年开始，张系国以"醒石"为笔名，在台湾《联合报》副刊主持科幻小说精选专栏，为台湾科幻的发展大声疾呼。

1976年到1980年，张系国以"星云组曲"为总题，先后创作了十篇科幻小说，包括《龙》《望子成龙》《岂有此理》《剪梦奇缘》等。《星云组曲》于1980年10月出版，奠定了台湾科幻小说发展的基本类型。

此外，张系国以"呼回世界"为背景，创作出太空剧式的长篇科幻小说"城"系列，包括《五玉碟》《龙城飞将》《一羽毛》三部。该系列在太空中构造了一个近乎中世纪的社会，把中国传统文化的种种弊端摆在这个舞台上讽刺鞭笞，别有趣味。

1977年，吕应钟创办了《宇宙科学》，是台湾第一份专业科幻杂志，刊登了不少科幻理论文章。一年后该刊停办，但其对台湾科幻的影响极大。1990年，在张系国的筹划下，《幻象》在台湾创刊。该刊每期多达三百页，内容十分丰富。不过由于经费和发行问题，该刊也仅坚持了两年便停刊了。

90年代以来，台湾科幻作者中，作品数量最多、影响最大的当属苏逸平。苏逸平毕业于美国华盛顿大学机电系，从事过影视、软件开发、旅游等工作，人生阅历十分丰富。1997年，苏逸平利用业余时间创作了《穿梭时空三千年》，连载于台湾《"中国"时报》，引起轰动，从此一发不可收拾。短短两三年里，创作了一批以"时光英雄葛雷新"为主角的科幻小说，成为台湾科幻界耀眼的一颗超新星。

综上所述，台湾科幻文学的文学素养普遍较高，早在70年代就形成了自己的文化圈子，切磋交流，相互扶持。因此无论是作品的数量还是质量，抑或是理论总结，都达到了一个很高的层次。

但进入21世纪后，杂志和图书市场受到互联网的冲击，严重萎缩，再加上别的种种因素，能坚持科幻写作的人少之又少，伊格言（《零度分离》）、李伍薰（《3.5强迫升级》）、平宗奇（《智能型人生》）是其中的代表人物。

### 三、渐近线

80年代中期开始，香港科幻界、台湾科幻界便与内地（大陆）科幻界建立起联系。进入21世纪后，互联网的普及更方便了联系。内地（大陆）、香港和台湾的科幻有渐渐合流的趋势。2010年，在澳门注册的世界华人科幻协会成立，香港科幻作家、台湾科幻作家和内地（大陆）科幻作家都一起参加到这个跨职业跨地域的科幻协会之中，并共同角逐华人科幻最高奖——"全球华语科幻星云奖"。

# 第四章　来自莫斯科的恐龙
## ——俄罗斯（苏联）科幻小说史

世界哪个国家的科幻受欧美科幻的影响最小？答案是俄文科幻。在整个20世纪，俄文科幻历经了"俄罗斯帝国——苏联——俄罗斯联邦及苏联疆域"这样一个历史进程，独立于欧美科幻之外，自行发展。虽然形式和内容发展变化极大，但总体上讲，其如恐龙一般宏大和激情的风格一脉相承，并在很长一段时间内对东欧科幻及新中国早期科幻有着极大的影响。

俄文科幻擅长描绘新技术新疆域，中国曾在50年代和80年代两次大规模引进俄文科幻，甚至"科学幻想小说"这个名称也翻译自俄文。对于中国，俄文科幻别有一番意义。

## 第一节　自由地飞——苏联建国前科幻小说史

俄国最早的科幻雏形可追溯到1769年德米特里耶夫·马莫诺夫的《高尚的哲学家》。小说讲述了一个庄园主在一个微型太阳系里改造自己庄园的故事。瓦里·列夫申的《贝莱沃城最新旅游记》（1784）讲述了飞往月球的星际旅行。奥多耶夫斯基的《4338年：彼德堡书信》（1840）第一次试图在小说中描述科技发展的趋势。当然，许多19世纪的俄国大作家，如车尔尼雪夫斯基和陀思妥耶夫斯基等，都在他们的作品中运用了科学幻想的成分。同时也出现了一批乌托邦小说，如普林斯·米哈伊尔·

舍谢尔巴托夫的《奥菲之旅》、齐科列夫的《既非事实也非幻想》等。

19世纪和20世纪初，是俄国科技大发展时期，出现了许多杰出的科学家，如化学家门捷列夫、物理学家列别杰夫、生物学家巴甫洛夫和发明家波波夫等。这些都为俄国科幻的发展提供了现实基础。1902年，罗德力克发表的小说《自身推进的彼得堡——莫斯科地下铁道》"与其说是小说，更像是一个工程提案"，想象宏大，技术细节遍布全文，比之后世科幻也不遑多让。亚历山大·波格丹诺夫则在科幻小说里预言了革命的到来，并提倡社会主义。他写于1908年的《红星》中，受到压迫的火星人起来革命，很快创造出一个乌托邦社会。

然而，真正开创俄罗斯科幻文学的作家还是康斯坦丁·齐奥尔科夫斯基。

齐奥尔科夫斯基，1857年9月17日生于俄国伊热夫斯科耶镇①。齐奥尔科夫斯基从小活泼伶俐，爱读书，喜欢思考问题，尤其爱不着边际的幻想。十岁的时候，他滑雪得了严重的感冒，几乎失去听觉。后来主要靠自学，读完中学和大学数理课程。1873年，十六岁的齐奥尔科夫斯基独自来到莫斯科读书。有一次，他看到了凡尔纳写的《从地球到月球》一书，立即被书中动人的情节所吸引，久久不能忘怀。他下定决心要为实现这一目标而努力，于是，他便努力钻研起有关这方面的学问。1880年，齐奥尔科夫斯基前往卡卢加省波罗夫斯克县立学校任教并开始研究工作。研究课题有金属气球（飞艇）、流线型飞机、气垫火车和星际火箭的基本原理等。但是齐奥尔科夫斯基的研究太超前了。当时，宇航被认为是一件难以实现的事情，官方禁止在学术期刊上进行讨论。齐奥尔科夫斯基没有办法，就尝试着学习凡尔纳，写到宇宙中旅行的小说。

齐奥尔科夫斯基的第一部长篇《在月球上》写于1878年，但也无法出版，直到1892年才在莫斯科《环球》杂志上连载。像很多早期科幻小说借助梦境来讲述故事一样，《在月球上》也是借一名少年的梦境，描述了在月球上的旅行，介绍了月球的重力、岩石、温度、天象等方面的知识。

---

① 今属梁赞州。

那段时间，齐奥尔科夫斯基先后创作了三部长篇和四部故事集，里面充满了各种奇妙的发明创造，然而无一得到出版。1917年十月革命后，社会环境宽松了，齐奥尔科夫斯基于1920年创作出他最知名的科幻小说——《在地球之外》。

图片93 "宇航之父"——齐奥尔科夫斯基

《在地球之外》的故事发生在2017年及随后的数年里。一群来自不同国家的科学家和技工乘坐自己设计并建造的火箭飞船到太空去旅行。他们先是绕地球飞行，然后降落在月球上，随后继续飞行到火星附近，最后返回地球。在他们勇敢探索精神的鼓舞下，地球上的人们也大批移民到外层空间，住进环绕在地球轨道上的温室城市。本书预见了火箭飞船里的飞行生活，描绘了太空城移民社会的画面，讲述了月亮上、小行星上和太阳系空间中的种种奇妙现象，在那个连火箭都没有的年代，真是非常超前了。有意思的是，作者把这些外国科学家取名为伽利略、牛顿、富兰克林，而领头的是苏联科学家伊万诺夫。

也是在十月革命以后，齐奥尔科夫斯基开始了科研活动的新阶段。一生中，他共写了五百八十篇论文，其中四百五十篇是十月革命后发表的。1903年，他在《利用喷气装置探索宇宙空间》这一著作中，提出了火箭在自由空间运动的基本原理，推导出了火箭运动的数学公式，这就是著名的"齐氏公式"。他提出了燃气涡轮发动机方案，解决了航天器在行星表面着陆的理论问题，研究了大气层对火箭飞行的影响，首次探讨了从火箭到人造地球卫星的诸多问题。1929年，他还创造性地提出了多级火箭构造设想，为后世火箭的发明和发展提供了强有力的理论支持。

1932年，他七十五岁时，苏联政府为表彰他的杰出贡献，授予他"劳动红旗勋章"。三年后，他因病辞世，安坐于科学与科幻星空之上。

墓志铭上镌刻着他的名言:"地球是人类的摇篮,但是人类不能永远生活在摇篮里,开始他将小心翼翼地穿出大气层,然后便去征服太阳系。"

他留下的科学遗产,为世界航天事业的发展奠定了扎实的基础,因此被世人尊为"宇航之父"。

## 第二节  沉重的肉身与飞扬的梦想
### ——苏联前期科幻小说史

1917年11月7日,列宁领导的俄国布尔什维克推翻沙皇统治,建立了世界上第一个苏维埃政权。此后,苏维埃政权宣布退出第一次世界大战,同时在全国建立各级苏维埃政府机构。新生的苏维埃引起了帝国主义国家的恐慌,他们发动联合武装干涉,并且支持高尔察克、邓尼金、尤登尼奇等白卫军发动武装叛乱。苏维埃政权在以列宁为核心的布尔什维克党的正确领导下,粉碎了帝国主义国家的武装干涉和国内反革命势力的武装叛乱,度过了最为艰难的时期。

为了加强各民族人民的团结,建设社会主义,俄罗斯联邦、外高加索联邦、乌克兰、白俄罗斯于1922年底成立苏维埃社会主义共和国联盟,简称"苏联"。

苏联是一个革命催生的新事物,而当时在世界学者中流行的是费边社的改良理论,所以很多学者对它抱有深深的怀疑。苏联打破了旧帝国的制度,还没来得及建立属于自己的新制度,在新制度的建立过程中,又不可避免地显现出种种问题。正是这些问题,促使一些学者设想:如果这些问题继续这样下去,在未来会放大成什么样子呢?他们这样想了,还动笔写了,于是一系列后世归纳为反乌托邦的小说问世了。

马雅可夫斯基(1893—1930)是苏联著名诗人和剧作家,1929年的剧本《臭虫》采用了科幻的手法,讲述了一个冷冻保存生命的故事。在剧本中，主人公于五十年后的1979年醒来，发现这时苏联已经建立起了共产主义。遗憾的是，这位来自旧时代、向往新社会的工人，却无法在完美的共产主义生活。他最终被当成怪人放入动物园供大家观赏，后来还死于酗酒。

米哈伊尔·阿法纳西耶维奇·布尔加科夫（1891—1940）一生命运多舛，创作了许多作品，以充满荒诞与幻想的《大师和玛格丽特》最为优秀。在科幻方面，布尔加科夫于1925年出版了短篇小说《孽卵》和《狗心》。《孽卵》叙述了一个连鸡蛋和蛇蛋都分不清的国营鸡场场长为在一个月内振兴共和国的养鸡事业，利用天才科学家发现的"神奇光束"孵鸡，结果孵出大量巨蟒和鳄鱼，使得恶兽横行，殃及百姓，祸及首都的故事。而《狗心》则是人与狗互换心脏之后发生的荒诞故事，成了人的狗参加了社会政治活动，爱上了一个美女，还渴望和她结婚。高尔基曾高度评价《孽卵》，称其必将会进入世界文学史。

这一时期，最为杰出的科幻作品是扎米亚京的《我们》。

叶夫根尼·伊万诺维奇·扎米亚京，1884年2月1日生于俄罗斯顿河河畔的列别姜镇。1902年进入彼得堡工学院攻读造船工程学，其间积极参加革命活动，两次被流放。

1912年，扎米亚京发表了《外省小城》，备受文学界关注。1914年创作了《老远的鬼地方》却遭查禁。1917年秋，他追随高尔基投入革命后的文化建设工作，于1920年开始《我们》的创作。

扎米亚京的不少作品如《岛民》和《洞窟》等均可归入科幻小说之列，而最成功之作便是《我们》。作品以日记体的形式写成，运用象征、荒诞、幻想、意识流等手段，描写一个发生在26世纪的幻想故事，包含着对人类未来的深沉思考。

大统一王国由大恩主领导，人们高度统一，都没有姓名，只有编号。主角的编号是D-503。这个王国的人们连作息都严格按照王国下发的《作息时间戒律表》来进行，包括性对象。王国发一种粉红色的小票，让人们凭票进行性生活。比如今天男号码D-503的性对象就是女号码O-90。但是D-503也偷偷地看点禁书，发现古人居然还生活在自由之中，也就是说还生活在无组织和野蛮之中。

这个大恩主领导的大统一王国充满着很多科学的创造发明。比如，他们已经用科学来写诗歌了，把数学法则融入诗歌之中。

有一天D-503遇到了I-330，不由自主地爱上了她，并稀里糊涂地参与到了推翻大统一王国的计划中。最后，计划被国家护卫局侦破。I-330被送进了一种叫作"气钟罩"的刑具里处死，而D-503等人被捆在手术台上接受了切除幻想的手术……

D-503在日记的最后一页坚定地写道："40号横街上已经筑起了一堵临时高压大墙。我希望胜利会属于我们。我不只是希望，我确信，胜利属于我们。因为理性必胜。"

《我们》完成于1923年，由于作品与当时的主流意识形态不符，在苏联国内无法出版。有一份手稿辗转到了国外，被翻译成英文于1924年出版，随后出现了法语及捷克语等译本，使得《我们》和扎米亚京的名声广为流传。然而这一切使扎米亚京在苏联国内的处境恶化，他不得不退出苏联作协。1931年，被禁止写作的扎米亚京上书斯大林要求出国，经高尔基从中斡旋得以批准。扎米亚京从此流亡国外，1937年客死巴黎。《我们》一书直到1989年才解禁，得以在苏联境内出版。

从文学上讲，《我们》还比较粗糙，情节很松散，作者的重点在对政治制度的抨击上。然而《我们》并非只是写苏联的未来，一切的集权统治都是如此。阿道司·赫胥黎的《美丽新世界》是在《我们》的直接影响下写成的，乔治·奥威尔在写《1984》之前也阅读过上述两部作品，而这三部作品合起来被称为"世界三大反乌托邦小说"。

关于《我们》的解读很多，其中大部分都被抹上了强烈的政治色彩，有着明确的政治诉求。乔治·奥威尔在《评叶·扎米亚京的〈我们〉》一文中的分析很可能更接近扎米亚京的本意：很有可能的是，扎米亚京并非有意以苏维埃政权为特定的讽刺目标。他写时大约在列宁去世前后，不可能想到斯大林的独裁，而1923年苏联的状况并非谁都会反抗，因为生活正变得太安全和舒适了。扎米亚京所针对的，似乎并非任何一个特定国家，而是工业文明不言自明的目标。他别的书我一本也没读过，不过从格列布·斯特鲁韦那里，我了解到他在英国待过几年，并写过一些尖锐的讽刺英国生活的作品。从《我们》看来，他显然强烈倾向于尚古主义。他1906年坐过沙皇政府的牢，1922年又坐过布尔什维克的牢，是在同一所监狱的同一条走廊上，他有理由讨厌他在其中生活过的政治体制，但他的书并非单纯为发泄不满。实际上，它是对"机器"进行的研究，人类有欠思量地把这个魔鬼从瓶子里释放出来，却无法将其重新纳入瓶中。

总结起来，乔治·奥威尔表达了这样一种观点：不管是什么社会制度，如果管理得不好或者基本追求出了问题，都会使人窒息。

苏联成立后，积极推动文化建设。在20年代，国家创办了大量的杂志，作为政府宣传的喉舌。杂志的兴起对苏联科幻文学起到了极大的推动作用，这包括1924年创刊的冒险杂志《星际战争》和1925年创刊的《世界探索者》。这些杂志虽然不是专业的科幻杂志，却开设了专栏，大量发表苏联人写的科幻小说。在此期间的代表作家是阿·托尔斯泰。

阿列克谢·康斯坦丁诺维奇·托尔斯泰（1882—1945）是一位跨越了沙俄和苏联两个历史时期的俄罗斯作家，简称阿·托尔斯泰，因为和列夫·托尔斯泰同姓，也被叫做"小托尔斯泰"。1882年12月29日，出生于萨马拉一贵族家庭。1901年进入彼得堡工学院，后中途离校，在象征主义影响下开始文学创作。他写过抒情诗、童话、短篇小说、戏剧，还以战地记者身份上过前线，获得过"斯大林奖"。科幻方面他有两部长篇载入史册。

《阿爱里塔》（1923）描写工程师罗希和红军战士古谢夫到火星上去发动革命、建立共产主义制度的故事，而阿爱里塔是火星统治者图斯库柏的女儿，她背叛了自己的父亲。《加林的双曲线体》（1927）是一本科幻惊险小说，也被翻译为《大独裁者》，在资本主义国家潜伏的"红色侦探"，发现加林发明了一种威力巨大的死光，金发碧眼的荡妇、密探、国际骗子、金融家和其他犯罪分子都卷入其中，因为加林想借助死光的威力，把他的意志强加给欧洲，以便建立起一个法西斯社会。

1928年到1937年，苏联先后胜利地完成了第一、第二个"五年计划"，其重点是发展重工业和国防工业，苏联建立了独立完整的国民经济体系，实现了社会主义工业化。苏联由落后的农业国转变为强盛的工业国。苏联成为欧洲第一、世界第二的工业强国。国防实力大大加强，人民的生活大大提高，教育科学文化事业成绩辉煌。

受到上述事实的影响，30年代苏联科幻文学有了新的发展，一系列科幻作者写出了自己的成名作和代表作。这就是苏联科幻史上第一波高潮。这次高潮起于30年代初，结束于第二次世界大战，有如下特点：

其一，所有科幻作者都是跨越沙俄与苏联两个时代的人，对于时代变迁有着切身的感受。因此，他们的写作也不可避免地沾染有那个时代和那个社会的种种特征。

其二，大部分科幻作家同时也是专职科学家，是各种学科的专家与学术带头人，因此，他们写出的科幻极其重视科学性。但这是一把双刃剑，既能吸引喜欢科学的读者，也能把看重文学性的读者排斥开。

亚历山大·别利亚耶夫1884年3月16日出生于俄国的斯摩棱斯克，他从小就喜欢幻想，是凡尔纳和威尔斯的粉丝。他相信人能飞上天去。苏联版《别利亚耶夫选集》的序言里说："在亚历山大·别利亚耶夫的一生中有一件稀奇古怪的事，简直就像他写的作品一样。那还是童年时代的一天，他爬到了草棚屋顶上，纵身跳向空中。他想飞翔，他相信会飞上天去的。在这纵身一跳中，没有任何语言，只有飞跃起来的刹那间显现出来的无限快乐，表现出了他心灵中的向往，反映出了他身上最主要的东西。"当然，别利亚耶夫没有飞上天空，而是落到了地上摔坏了，这一摔给他的脊椎造成了严重的后遗症。

别利亚耶夫学习过法律、音乐，在十月革命后又多年从事儿童工作。1920年，他的脊椎后遗症发作，躺在病床上整整三年之久。在这三年里，别利亚耶夫顽强地和病魔抗争，读了很多书，包括很多写满拉丁文的医学和生物学书。他在杂志上看到了复活死人器官的试验，受到启发，开始创作生平第一部长篇科幻小说。

图片94 《陶威尔教授的头颅》很早就被引进了中国

1925年，读者在一本名叫《世界猎人》的杂志上读到一部题材新颖、内容惊心动魄的科幻小说：《陶威尔教授的头颅》①。书中的主人公陶威尔教授致力于复活死人的器官，乃至起死回生的试验，他的试验成功了，而他的助手窃取了他的成果，教授成了助手的试验品。当他从死亡中回到人世时，只剩下了头颅，只有思想还活着，过着残缺不全的生活，继续进行科学探索。

《陶威尔教授的头颅》大获成功后，别利亚耶夫发表了许多短篇，他幻想的领域在逐渐扩大，从"阅读机器"到"雪人"，从"野马"到"大熊星座"。从这一时期起，他创造了一个"科学奇人"的形象，于是一系列冠以"瓦格纳教授的发明"的短篇在十年间陆续问世了。可以说，别利亚耶夫的大胆幻想在这一系列创作中发挥得淋漓尽致。瓦格纳教授发明了不睡觉的方法，用大脑的两个半球同时进行两件工作，利用催眠术加快人学习知识的速度，利用地球引力制造无动力飞行的飞毯，把自己

---

① 也翻译为《道尔教授的头颅》。

变成可以无孔不入的幽灵,把死人的大脑移植给大象……别利亚耶夫利用他一系列看起来十分荒唐的发明为素材向读者介绍了许多生动有趣的科学知识。

1928年起,别利亚耶夫开始了长篇科幻小说的创作,他"确信自己找到了对于人们非常重要的东西。他开始懂得这样的书是非常重要的,因为这种人类最深邃的想象能够帮助人们在现实中克服困难,同恶势力进行斗争,自己也变得更美好"[①]。

这一时期最优秀的作品是《水陆两栖人》(1928)。这一部作品的主题是"改善人类",使人具有更多、更强的能力,从而获得更广阔的活动空间:科学家萨尔瓦多给伊赫江德尔成功地装上鱼鳃,使他既有肺又有鳃,既能在陆上生活又能在海里畅游。伊赫江德尔长得英俊、潇洒,对现实社会一无所知,他与海豚、鱼类为友,他也以纯洁、胆怯的心灵追求爱情与美。然而,现实社会的恶势力布下罗网,伸出黑手,他们要把他据为己有,让他成为捕捞珍珠的最佳工具。

1929年别利亚耶夫完成的《世界主宰》一书是一部社会内容极为深刻的作品。主人公施蒂纳是一个妄图独霸世界的科学狂人,他想借助自己的"思想发射机",奴役人的灵魂、感情和意志,使科学成为达到个人目的的手段。作者在本书中对"善与恶""黑暗与进步"等一系列问题进行了带有哲学色彩的思考。

30年代,别利亚耶夫创作了许多火箭和宇航题材的作品,其中《跃入苍穹》(1933)描写一批银行家、神父、花花公子、游手好闲的太太小姐为了躲避即将来临的革命,乘一艘飞船逃离地球,妄图在金星上找到一个新"世外桃源"。但到金星之后,他们又难以忍受那里的生活,后来不得不重新返回地球。书中详细地介绍了"苏联宇航之父"齐奥尔科夫斯基的宇航学说,对火箭、宇航生活和天文现象进行了详尽而科学的描写。

别利亚耶夫的最后一部作品《飞人阿里埃尔》(1941)是一部最有诗

---

① 里亚普诺夫和努捷里曼的《别利亚耶夫和他的科学幻想作品》。

意的童话。这是他儿时梦想的升华，是他卧病在床时的渴望，也是他一生中最大的追求：人能自由自在地在空中飞翔，不用机器，也无须长出翅膀。最有趣的是，在这部作品中，作者在赋予主人公奇妙的"飞天"能力的同时，对种种弄虚作假的"特异功能"进行了辛辣的讽刺。

1942年1月6日，也就是在完成《飞人阿里埃尔》后不久，别利亚耶夫与世长辞，安坐于科幻星空之上。他在短暂的十五年时间里，共创作了十七部长篇科幻小说、几十篇中短篇科幻作品，其成就之大，令人赞叹。

图片95 别利亚耶夫最后的杰作《飞人阿里埃尔》

别利亚耶夫的作品题材广泛，内容生动，除了对未来进行大胆的幻想外，还形象地传播了大量的科学知识，在苏联和许多国家享有盛誉，他是苏联科幻小说的奠基人，被誉为"苏联科幻之父"，也是和凡尔纳、威尔斯比肩的科幻大师。

别利亚耶夫的科幻小说的魅力在于他在作品中所体现的哲理思考。这些思考是建立在自然科学、社会科学结合基础上的，是对人类历史进程的认真反思。正因为如此，他的作品具有很强的穿透力，让你回味无穷。

齐奥尔科夫斯基曾写信给别利亚耶夫："有一些人从事设想和计算，另一些人很好地证明了这些设计，而第三种人用小说的形式把它叙述出来。这些全部需要，全都可贵。"

弗拉基米尔·奥布鲁切夫①（1863—1956）是苏联地质学家和地理学家，苏联科学院院士，以研究西伯利亚和中亚细亚的地质和地理闻名

① 也翻译为 B.A.奥勃鲁契夫。

于世。

1924年，他出版了《地心世界猎奇记》，讲述几位科学家和工程师组成的考察队，乘"北极星号"船到北冰洋去探险，无意中进入地心世界"普洛托尼亚"。那里有河流、湖泊、火山和植被，还有一个小太阳。那里由于气候适宜，地表上早已绝灭的生物得以存活下来。

长篇科幻小说《萨尼柯夫发现地》是奥布鲁切夫的代表作，从1913年就开始构思，但十月革命之后才完成，于1926年出版。

根据北冰洋岛屿的地质结构，以及因地质演进而产生的变化，奥布鲁切夫大胆地假定在北极地带存在着一片令人向往的陆地，一个北极探险家在北冰洋的冰块中间找到了这片土地，他们发现这里的气候非常温暖，丛生着茂盛的寒带植物，还有绝种的野兽、大量史前动物和原始人类。这部科幻小说因为作者精深的学术知识而极具科学性，在当时取得了极大的成功，唤起了读者对古生物学的向往与追求。

奥布鲁切夫提出科幻必须合乎情理和具有教育意义的观点，影响了整个苏联科幻界，也影响了包括新中国在内的众多国家。这种观点在初期有利于科幻的宣传和推广，但它僵化成教条时，就成了科幻发展的桎梏。

格里戈里·阿达莫夫，1886年生于乌克兰赫尔松市一个农民家庭，自1930年起成为一名专业作家。他以《为了工业化》报社记者的身份，走遍全国各地，由此对科学技术领域的各项成就产生了浓厚兴趣。事实上，格里戈里·阿达莫夫的名字广为人知，完全归功于他后来创作的一系列科幻小说，这些作品被认为是在"近距离瞄准科学幻想"。

1934年在杂志《知识就是力量》上，阿达莫夫发表了自己的科幻小说处女作《迪耶戈》。随后问世的短篇小说《事故》(1935)、《太阳绿洲》(1936)分别描写了未来在极地以及卡拉库姆[①]进行的动力工程学研究。以短篇小说《地下的征服者》为基础，阿达莫夫创作了他的第一部科幻

---

① 土库曼斯坦境内大沙漠。

长篇小说《地下的胜利者》（1937）。小说的主题是开发利用新能源，描写了一艘地下考察船的探险旅行以及地心深处的发电站的建设过程。作品发表后得到了奥布鲁切夫院士的高度评价。

紧紧接着，阿达莫夫写出了自己最著名、最成

图片96  《两个大洋的秘密》（又翻译为《海底擒谍》）剧照

功的作品：长篇小说《两个大洋的秘密》（1939）。《两个大洋的秘密》描写了"苏维埃科学技术的奇迹"——"先锋号"潜艇从列宁格勒至符拉迪沃斯托克、穿越大西洋和太平洋的一次远航。这部小说首次提出"脉冲爆震发动机"的原理。与战前很多作品一样，这部小说鲜明地体现了时代精神：潜艇指战员与精心伪装的帝国主义特务奸细作斗争，最终不负重托，圆满完成了党和政府布置的任务。1956年，小说被改编成同名电影，影片同样受到了热烈的欢迎。

1940年，阿达莫夫着手创作了一个新长篇《驱逐统治者》，描写了苏联科学家通过海底水利工程来改变北极水文系统，引入大西洋暖流、融化万年坚冰，开辟北方新航道的故事。书名中的"统治者"即指北极寒冰。在施工过程中，某帝国主义国家派遣特务潜入基地，试图炸毁海底工程。当然，英勇的苏维埃侦查员与警惕的苏维埃人民决不会让外国特务的阴谋得逞。为搜集创作素材，阿达莫夫专门去北极地区做了旅行考察。1941年初，长篇小说的部分章节以《在未来的北极》为题发表，但由于卫国战争爆发，小说的出版计划被搁置。1946年长篇小说《驱逐统治者》终于出版，遗憾的是，格里戈里·阿达莫夫此前已于1945年辞世。

谢尔盖·别利亚耶夫（1883—1953），毕业于尤里耶夫大学医学系，

图片97 《平格尔的奇遇》也可以叫《平格尔流浪记》

是个职业医生。从20年代起，别利亚耶夫致力于科幻小说创作，写过多部在苏联很有影响力的作品。代表作是《平格尔的奇遇》（1945）。这部小说讲述了一位英国青年平格尔因为家庭贫穷，不能继续读书，在国内又找不到工作，只好漂泊到海外。在流浪时期，他曾经在一个神秘的生物学家那里工作，因此经历了许多意想不到的奇遇。该书介绍了很多病毒学方面的知识和作者在这一领域的设想。这本书颇受好评，知名度不在亚历山大·别利亚耶夫作品之下，以至于读者经常会把这两位作者混为一谈。

同时期值得关注的其他苏联科幻小说还有下面这些：《猎取猛犸的人》（波克罗夫斯基）、《星球来客》（马尔迪诺夫）、《黑海宝藏》（斯图季特斯基）、《月球航行》（奥斯特罗乌莫夫）、《奇妙的破冰船》（萨克拉托）、《在两个太阳的照耀下》（马斯洛夫）、《客星之谜》（戈列维契）、《金刚石》（罗萨霍夫斯基）等。

## 第三节 两个人的森林
## ——苏联后期科幻小说史

第二次世界大战的爆发与结束，改变了全世界的面貌，也包括苏联的。苏联在付出了惨烈的代价之后，终于赢得了卫国战争的胜利。但对轴心国的胜利并没有马上给世界带来和平，当苏联红军与英美联军在柏林会师的时候，几乎就注定了后世几十年里的世界格局是美苏争霸。

战争是残酷的，但战争也间接地促进了科技的发展，从原子弹到密码机，从电脑到火箭，都可以说是战争催生的。二战结束后，科技发展的势头并没有停住，为了在随时可能爆发的第三次世界大战中获胜，全世界都加入了科技竞赛。后来这种竞赛演变为单纯的军备竞赛，无数的科技产品被竞相发明出来，以至于在一段时间内，现实的科技发明赶上了科幻。这一点，在英美，成了新浪潮运动的缘由之一；而在苏联，却恰恰相反，促成了60年代科幻黄金时期的形成。

弗拉基米尔·加科夫等人在《科幻小说百科全书》中称苏联科幻小说黄金时代开始于1957年"院士作家"叶菲列莫夫在杂志《青年技术》上发表《马醉术》。这并非偶然，要知道，同年10月4日，苏联在拜科努尔发射场发射了世界上第一颗人造地球卫星。四年之后的1961年4月12日，宇航员加加林乘坐"东方一号"宇宙飞船从拜科努尔发射场起航。这两件宇航史上的大事，同时也是苏联科幻界的大事，它们不但极大地振奋了苏联的民族精神，而且极大地激发了科幻作者的创作热情。

在60年代，一般苏联科幻小说第一版的发行量在十万到十五万册之间，在数天内销售一空。其读者群包括各个年龄段，从十二至八十岁，其中一半的读者是十五至二十五岁的青少年。一半的读者具有小学中学文化水平，另一半则是具有高学历的读者。因此，科幻小说的读者群包括了儿童、学生、工人、教师、军人、工程师、医生、经济学家、新闻从业人员、作家、各个领域的科学家等等。

同以前一样，苏联科幻黄金时期有许多科学家参与了科幻小说的创作，包括医生、工程师、数学家、物理学家、天文学家、地理学家，乃至语言学家。这使得他们笔下的科幻作品的科学性无与伦比，相比之下，文学性就较差。同时，这一批科幻作家大多是苏联成立后出生的，对于苏联有种天然的认同感。另外，50年代后政治气氛较以前宽松，这使得科幻创作能够更自由地发挥，讽刺性与思考性的作品大量出现，而这是在上一次科幻高潮时所没有的。

这个时期有名的科幻作家很多，但以斯特鲁格特斯基兄弟影响最大。

亚历山大·卡赞采夫（1906—2002，简称阿·卡赞采夫）生于切利诺格勒。大学毕业后当过总工程师，曾在莫斯科从事科学研究和设计工作。卫国战争期间，他当过兵及团级军官，领导过一个很大的科学研究所。

卡赞采夫是从写科幻电影剧本开始他的文学生涯的。1940年，他的《熊熊燃烧的岛》出版，并获得了极大成功，接着他又写了《北极桥》。战后，他创作了大量科幻作品。1976年在波兹南召开的第三次全欧科幻作家会议上，他荣获国际科幻奖。1977年至1978年，苏联青年近卫军出版社出版了他的三卷科幻小说选。卡赞采夫的主要作品有《水下太阳》

图片98、99、100、101　《太空神曲》是一曲气势磅礴的星际赞歌

《太空神曲》《月亮的路》《风暴世界》等。

《太空神曲》（1973）是卡赞采夫的代表作，描写了世界大同时代的宇航探险，气势磅礴。里面不但有三代宇航人的爱情，失去归宿的航程有了新的归宿，还有太空中真空能的利用、打开祖先的记忆、冰冻大洋、外星智慧生物、袖珍地球等当时非常新颖的点子。

伊万·叶弗列莫夫（1907—1972）是苏联科学院院士，极负盛名的生物学博士和古生物学家，以发掘戈壁沙漠中的恐龙遗骸而著名。二战末期，叶弗列莫夫在探险中不幸患上热病，健康受到严重损害，无法继续野外考察，于是转而写作科幻小说，成为鼎鼎大名的"院士作家"。

伊万·叶弗列莫夫科学基础扎实雄厚，科学史知识渊博，对地质、历史和哲学也颇有研究，所以他的科幻作品内涵丰富，可读性又强，是苏联科幻界中的重量级实力派代表人物。他在1943年发表了处女作《月下秃峰》之后，写过不少长篇，其中包括古代小说和探险小说，以及数部精彩的科幻小说。其主要作品有《奇妙的生命之水》《巨蛇座的心脏》《虹流海湾》《星船》《地狱的火焰》等。

《仙女座星云》（1957）是叶弗列莫夫的代表作，小说描写了地球在已经实现了共产主义的时候，恒星际飞船"坦特拉号"的太空历险故事。

图片 102　叶弗列莫夫与他的作品

故事大气磅礴，又曲折多变。

瓦莲蒂娜·茹拉夫廖娃（1933—2004）1956年毕业于阿塞拜疆医学院药理学系。茹拉夫廖娃毕业后当医生，业余从事科幻小说的创作，1958年发表了两篇科幻小说——《穿越时间》和《第768次试验》。由于科幻创作获得极大成功，她后来放弃了医生的职业，成为了职业科幻作家，1963年成为苏联作协会员。她的科幻小说探索了人类的潜力，尤其是人类的心理、思维和才能的潜力。

《天外陨石》（1960）是茹拉夫廖娃的代表作。小说涉及合成最高级形式的生物物质的问题、人类操纵生物-电子运行过程的能力，以及掌握使生物物质和非生物物质结合起来一起运作的能力等。小说描述外星宇宙飞船里的"大脑"是一个生物-电子自动装置。在这个装置里，活的细胞替代了电子管。

此外，《第768次试验》（1958）、《一颗金刚石的故事》（1959）、《远征巴纳德恒星》（1960）也值得关注。

安那托里·德聂泊罗夫（1919—1975，简称阿·德聂泊罗夫）是位数学家，1941年毕业于莫斯科大学物理系，是苏联科学院院士。1958年开始发表科幻小说，他的作品属于典型的硬科幻，但同时风格多变，想象也十分大胆。《蟹岛噩梦》（1958）讲述运用进化论自行快速进化的机器螃蟹；《麦克斯韦尔方程》（1960）写纳粹残余利用心理刺激开设智能公司的故事；《在我消逝的世界里》（1961）是关于经济学的科幻小说；《长生不老的公式》（1962）则探讨了生死问题，写得浪漫美好。

2010年1月，科幻电影《阿凡达》正在全世界热映，不断刷新着票房的世界纪录，但麻烦事儿也随之而来。在俄罗斯，一个叫"彼得堡和列宁格勒州共产党人"的组织发表了严正申明："我们认为《阿凡达》是显而易见的剽窃，侵犯了社会主义知识产权，并把苏联的科幻书籍和电视创意据为己有。"该组织认为，詹姆斯·卡梅隆剽窃了苏联科幻作家斯特鲁格特斯基兄弟的作品。该组织表示，应该把卡梅隆投入大牢，而不是让他参加奥斯卡颁奖典礼。声明说，卡梅隆的电影是美国奥巴马政府为改善小布什执政期间受损的国家形象而制定的"虚伪计划"的一部分，打算通过关注环保问题树立一个良好的"山姆大叔"形象。该组织要求，只要卡梅隆踏入俄罗斯机场就应将其逮捕，还应把抓捕范围扩大到国际刑警组织所有成员。

大概是"树大招风"的缘故，近年来热映的科幻电影都曾被指责抄袭。先撇开其中的是是非非，我们这里关心的是新闻中提到的斯特鲁格特斯基兄弟[①]。

哥哥阿卡迪·斯特鲁格特斯基1925年8月28日生于黑海边上的石油城巴顿，弟弟鲍里斯·斯特鲁格特斯基1933年4月15日生于列宁格勒。他们出身书香世家，母亲是个教师，父亲是列宁格勒历史博物馆的艺术史家。哥哥在第二次世界大战时参加了军队，曾被送进一所军事语言学院学习，专攻日语，在对日情报上的作为不得而知，但工作之余翻译了不少日本名著。弟弟是学天文的，毕业后进入列宁格勒近郊的普尔科沃天文台工作，该天文台被誉为"俄国的格林威治"。

斯特鲁格特斯基兄弟，一个学的是文学，一个学的是科学，合起来正好满足了科幻文学性与科学性兼顾的要求。

1957年，斯特鲁格特斯基兄弟开始科幻写作，长篇处女作《紫云之国》于1959年出版。1964年出版的《神仙难为》确立了兄弟俩一线科幻作家的地位。书中描写了一群来自地球的星际探险家们来到一个外星文明进行科学考察的故事。按照规定，他们不得影响当地的文明进程，但目击当地犹如中世纪一般的黑暗现象后，探险家们无法容忍自己仅仅处在旁观者的位置上。这部作品因为有影射苏联现实的嫌疑而广受争议。在1968年的《火星人第二次入侵》中，火星人仅仅凭借谎言就征服了彼此勾心斗角的人类，极具讽刺性。1972年出版《路边野餐》，外星人神秘

---

① 也翻译为斯特鲁加茨基兄弟。

造访地球后离去，留下六个高辐射、高污染的造访区，人类"潜行者"在造访区刀口舔血，然而造访区不过是外星人一次无心的路边野餐的结果。1979年，苏联导演安德烈·塔科夫斯基将它改拍成电影《潜行者》，成为20世纪经典科幻影片之一。

斯特鲁格特斯基兄弟笔下的很多故事都发生在"正午世界"，也叫"漫游者世界"。1962年的《正午：第22世纪》是这一世界的开篇之作。正午世界的主要特征包括社会与科技高度发达、大众具有高度创造力，以及社会成熟程度非常显著的增长。例如，这个世界中没有任何金钱激励，但每个人都仍然从事自己感兴趣的职业。正午世界中的地球由一个由世界顶尖科学家与哲学家组成的全球性专家委员会管理。

这些故事中，一个重要的主线就是高级的人类文明如何秘密地操纵那些欠发达文明的发展。人类特工被称为"开拓员"。同时有些人怀疑，有一个被称为"漫游者"的宇宙文明正在"开拓"人类自身。这一系列共包含十部小说以及数部相关作品，涉及十七颗星球，八个种族，与美国的"星际迷航"系列可以媲美。知名作品包括《人烟之岛》（1971）、《行星收容所》（1971）、《从地狱来的家伙》（1974）和《蚁巢里的甲虫》（1979）等。

斯特鲁格特斯基兄弟作品描绘的正午世界，显然就是共产主义社会。一般而言，像这种乌托邦似的科幻小说很容易令人感觉乏味，但正午世界不一样。斯特鲁格特斯基兄弟的每一部作品中都有新的情节、新的道义上的复杂案件、新的而且永远独特的题材，其结局通常不落俗套，却又在情理之中。

图片103　根据《人烟之岛》改编的同名科幻电影

当然，不是所有斯特鲁格特斯基的故事都发生在正午世界。其中最值得关注的《周一从周六开始》及其续集《特洛依卡传说》发生在苏维埃时代，另一些则发生在未指明的世界。

回到开头那则新闻，卡梅隆真是抄袭了斯特鲁格特斯基兄弟的作品吗？俄罗斯《共青团真理报》认为"无风不起浪"。该报编辑部将影片和《正午：第22世纪》的内容进行比较后发现，《阿凡达》与该书最主要的相似点在于两个故事都发生在22世纪的"潘多拉星"，这两个地方也都温暖而潮湿，树林茂密。此外，小说中的潘多拉星居民叫NAVE，而影片《阿凡达》中则叫NAVI，发音相仿。电影和小说的主要不同之处在于影片中NAVI人高马大，三米多高，蓝色皮肤，有尾巴；而小说里的NAVE人与常人不同之处在于锁骨处有两个窝，还可以和昆虫交流。抄袭之说，也就见仁见智了。

1991年10月12日，哥哥阿卡迪逝世，安坐于科幻星空之上；2012年11月19日，弟弟鲍里斯逝世，安坐于科幻星空之上。

时至今日，斯特鲁格特斯基兄弟创作的二十多部科幻小说仍然在出版和发行，无数的爱好者和写作者从中汲取了丰富的营养。1998年，俄罗斯出版了一部当代知名科幻作家的三卷选集，名为《学徒时代》，该选集经鲍里斯·斯特鲁格特斯基同意，其中的每篇作品都是斯特鲁格特斯基作品的续集。俄罗斯科幻网站在2001年的科幻迷票选中，选出俄国最佳七十本科幻小说，斯特鲁格特斯基兄弟的作品占了四分之一，而且前十名中有七本是这两兄弟的作品，足见他们受欢迎的程度。

## 第四节　世纪乐园——苏联解体前后的俄文科幻小说史

美苏争霸进入第四个十年，苏联渐渐体力不支，落了下风。在国际上，深陷阿富汗泥潭；在国内，经济陷于停滞。1985年，戈尔巴乔夫上台后进行了一系列所谓的政治和经济改革。对苏联科幻而言，布尔加乔夫和扎米亚京的作品终于得以在国内出版，但科幻新作却甚少。

戈尔巴乔夫的改革并不成功。内部的腐化堕落、矛盾重重，外部北约组织围追堵截，庞大如恐龙的苏联在建国六十九年之后的1991年宣布解体。在一夜之间，联合国的花名册齐刷刷地冒出了十多个国家的名字。苏联成为历史，俄罗斯继承了苏联的大部分国土和经济实力，但国力经此剧变，一蹶不振。至于科幻，直到苏联解体后很久也没有复苏过来。

在苏联解体前后，还在坚持写作和出版科幻小说的科幻作家中，以季尔·布雷乔夫名气和影响最大。

季尔·布雷乔夫[①]，原名伊戈尔·福谢沃洛多维奇·莫热依科，1934年10月18日生于莫斯科，自幼兴趣广泛，大学专业是外语，曾在缅甸建筑工地担任翻译工作，后来在莫斯科东方研究院工作，长期主持东南亚部，撰写了多种有关缅甸与东南亚历史地理、文化习俗的专著，获地理学博士学位。本职工作之外，他涉足多个领域，取得了令人瞩目的成就。年轻时，季尔·布雷乔夫兼任记者，足迹遍及全国，发表大量游记，后分类汇编成书。季尔·布雷乔夫还出版过不少史地、科普方面的知识读物。

布雷乔夫会走上科幻创作之路，与他的女儿有关。年近三十，他的女儿出生，取名阿丽萨，于是开始琢磨女儿长大之后会遭遇到什么，遂提笔写下以女儿为主角的一系列科幻小说。孩子长到五岁时，布雷乔夫写了一组科幻小说，共七个短篇，总题目为《出不了事的小女孩》，讲给孩子听。作品随即以笔名"季尔·布雷乔夫"发表于1965年第11期的《冒险世界》，大受欢迎，又转载又出单行本又收入多种集子。布雷乔夫欲罢不能，继续创作，结果写了四十年，出版了六十多部科幻小说。

布雷乔夫的科幻小说主要有两大系列，一是写给青少年看的"阿丽萨"系列，二是写给成人看的"帕弗雷什"系列。

阿丽萨是"阿丽萨"系列中的主人公。她生活在21世纪80年代，体

---

[①] 也翻译为基尔·布雷切夫。

质特强、智力超常，掌握多种语言包括宇宙语，游历过不少外星球。但阿丽萨并非超人，依旧那么天真烂漫，活泼可爱，只是往往孩童式地歪打正着可以建立奇功。

星河曾经说"阿丽萨"系列是具有奶油香味的儿童科幻作品："从科幻文学上看，作者没有极力地去注释科技的发展，而是真正根据文学的规律，将科学所能展现的未来转换成弥漫的视觉空气，一层层地将小读者包围起来。那些在其他科幻作品中震撼人心的发明，在布雷乔夫的作品中却像是衣服和食物一样，随意放置在孩子们的左右上下，让他们伸手投足便可以触及。"

图片104 "阿丽萨"系列中的一本

这个系列的代表作有《地球女孩外星历险记》（1974）、《一百年以后》（1978）、《入地艇》（1989）、《大战微型人》（1992）、《独闯金三角》（1994）等。

"帕弗雷什"系列所有作品的主人公都是宇宙飞船医生帕弗雷什。这个人物最初出现于长篇小说《最后的战争》（1970）中。布雷乔夫在序言中说，小说"在原则上是反战的。我在书中竭力展示，将军们发动战争使老百姓无辜死亡，但到头来'胜利者'也难保命"。这个系列代表作有《地球女子的太空日记》（1973）、《蝙蝠龙》（1975）、《劫持奇才》（1979）等。

布雷乔夫的科幻作品人物形象鲜活生动，故事情节曲折离奇，融科学、幻想、童话、神话为一体，很自然地融入了各个方面的知识，能使读者在轻轻松松的气氛之中享受阅读的乐趣。

两大系列之外，布雷乔夫也不乏杰作，长篇《外星连环案》（1984）

不仅情节扑朔迷离，环境诡异多变，而且人物性格描写奇特而可信。布雷乔夫的科幻小说有六十多部，不但在苏联科幻界，就是在世界科幻小说界也是独树一帜的，曾被大量翻译为多国文字。

2003年9月5日，布雷乔夫因病逝世，安坐于科幻星空之上。

在苏联解体前后，布雷乔夫一直占据着苏联科幻文学主流。除了他之外，还有亚历山大·格罗莫夫、瓦西里·戈洛瓦乔夫、弗拉基米尔·瓦西里耶夫等。这些作家在苏联时代成长，所以创作模式仍然是苏联式的。

## 第五节　恐龙涅槃——俄罗斯科幻小说史

进入21世纪，俄罗斯文学经历了惊诧和震荡，逐渐走入了繁荣和兴旺。只不过它的价值坐标中，商业效益替换了原有的意识形态度量。私营出版公司迅速网罗和推出优秀作家及作品，以此带动了以商业出版为目的的职业作家队伍的蓬勃发展。

在俄罗斯文学这个偌大的棋盘上，科幻类算是跳跃得最快的棋子。在苏联解体后，大批西方作品得到翻译出版，满足了科幻书迷对西方经典的渴求，也激活了新一代作家的创作，再度拓展了他们的想象空间。可以说，21世纪初俄罗斯科幻文坛上活跃的作家大都是在苏联解体后的90年代崛起和成长的，他们的作品也更接近西方的构架和模式，创作也变得更为多元。同时，也有科幻作家努力守护俄语科幻自身的价值。

瓦西里·戈洛瓦乔夫，1948年出生于布良斯克州茹科夫卡市，成年后在部队服役，退役后，到第聂伯罗彼得罗夫斯克市设计院任工程师。戈洛瓦乔夫1966年初涉科幻，1988年开始专门从事科幻文学创作。如今他以大量优秀作品在俄罗斯科幻文学史上占据了重要一席。他著有十五部长篇和数十部中篇小说，曾多次再版，每次印数都达数十万册，长篇《斯棉尔什-2》接近一百万册，长篇《截听器》《时代之鞭》《邪恶转折》

《第三级卸载》《打破常规》《斗士》《妖魔钝化》《天涯》等都同样是世界畅销书。他曾经在1999年到2002年连续四年获"星桥奖"。代表作《妖魔古墓》（2000）讲述了25世纪初期，贡扎列斯·达西利瓦指挥的"锐眼号"边防巡逻舰艇奉命巡逻，在人马座星系边区收到神秘信号，于是前往一颗陌生的星球，遭遇非人智慧生物创造的机器人的故事。小说构思巧妙，悬念迭起。

图片105 《妖魔古墓》看上去有些像星际版的《鬼吹灯》

奥列格·吉沃夫1968年生于莫斯科，上学的时候放荡不羁，大学都没读完就辍学。吉沃夫曾从事过多种职业，早年曾主编过科幻杂志《如果》。1997年，他以"愚人踪迹"三部曲一跃成为最受欢迎的科幻小说家，这套作品也获得了商业成功。2002和2003年，吉沃夫两度获得评论家团体颁发的"金银细工奖"。他的其他作品还有《出局》《怠工者》《梦的解析》《年轻勇猛者得以求生》等。2003年，埃斯科摩出版社编辑出版了他的两卷本小说精选集。代表作《太阳系的最佳舰组》（1998）描写曾经在历次星战中立下赫赫战功的F攻击舰组面临着一场新的挑战——地球经理会蒙蔽股东大众，出卖了F攻击舰组，同时凶神恶煞的外星人袭来。F攻击舰组如何挽回荣誉、赢得公正的评判和地球的最终和平？它为俄罗斯和整个人类展示了一个可能而又可怕的未来，也许人类已经注定要走到那样一个结局。

亚历山大·格罗莫夫，1959年8月7日生于莫斯科，曾就读于莫斯科能源大学高等技术专业，多年从事宇宙考察仪的研制工作，对天象观测

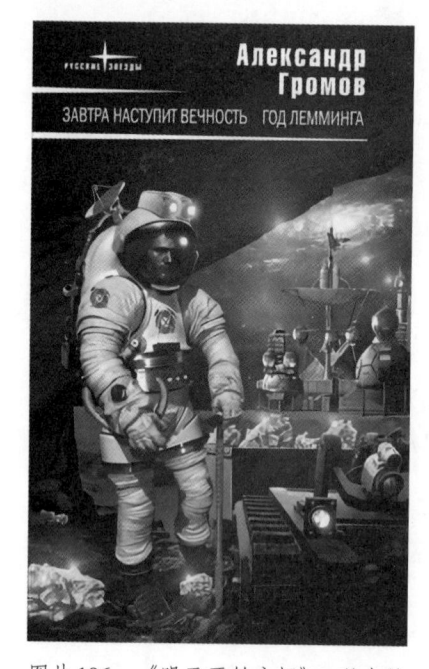

图片106 《明天开始永恒》：现在就是未来

颇有研究。1991年发表处女作《零工》，1995年出版长篇小说《软着陆》，继而开始专业写作生涯。他随后出版的长篇小说包括《虚空占有者》（1997）、《旅鼠之年》（1997）、《吃水线》（1998）、《恒星守护者》（1999）、《一千零一日》（2000）、《乌龟的翅膀》（2001）等，逐渐确立了俄罗斯科学科幻与新浪潮科幻作家群体的领军地位。格罗莫夫曾获得俄罗斯科幻界颁发的多个奖项，其中包括"别利亚耶夫奖""西格马·F奖""金银细工奖"等。

格罗莫夫喜欢情景场面的精雕细刻，并不时佐以详尽的科学明证，为作品增添了生气和活力，也为他在读者圈内创下了好名声。2002年，格罗莫夫出版的《明天开始永恒》可算是这种风格的代表作。按照主人公的说法，月球基地、隐形轨道站、自外星运送贵金属的宇宙梯和通向遥远星球的天门……这一切，实际在今天早已存在，只是藏匿在常人无法窥见的地方。

德米特里·格鲁克夫斯基，1979年6月12日出生于莫斯科，毕业于耶路撒冷大学，拥有新闻学和国际关系双学位，长期在包括欧洲新闻电视台、德国之声和今日俄罗斯等欧洲各国媒体工作，精通法语、德语、西班牙语、希伯来语等六国语言，曾探访过世界许多国家，参加过北极探险，也曾深入发生过切尔诺贝利事件的废墟进行拍摄。格鲁克夫斯基出版的首部长篇小说《地铁2033》（2005）在俄罗斯成了畅销书，并被改编为同名电脑游戏，在游戏界名气颇大。

《地铁2033》里，近未来爆发了核战，整个世界都笼罩在辐射之下，布满辐射尘的地表已为各种变种生物所占据。幸存的人类躲在莫斯科废弃的地铁2033站里苟且偷生。阿尔乔姆是在

图片107　改编自《地铁2033》的同名电脑游戏

核战前夕出生、在地铁中长大的，他的兴趣是收集战前的风景明信片，梦想地表的模样。一天，一起突如其来的事件迫使阿尔乔姆踏上旅途，前往其他的站台求援，以拯救地铁2033站以及最后的人类。

格鲁克夫斯基为"地铁"系列写了两部续作：《地铁2034》（2009）和《地铁2035》（2015），继续讲述核战后阿尔乔姆和地铁的故事。

谢尔盖·瓦西里耶维奇·卢基扬年科，1968年4月11日生于苏联哈萨克斯坦，毕业于喀山医学院心理医学专业。当他还是喀山医学院的学生时，就已表现出对科幻创作的浓厚热情：他创办了阿拉木图科幻爱好者俱乐部；他杜撰出一系列有关"时间停滞的魔岛"的科幻探险故事，一度被UFO研究者们信以为真，好几年都被列入了他们的《俄罗斯不明事件勘查手册》。

卢基扬年科的小说第一次被发表纯属意外。1988年，一个朋友背着他，偷偷把他的一个短篇小说寄给了哈萨克斯坦的《曙光》杂志。小说很快就被发表了，名字叫《毁坏》。从此，卢基扬年科开始主动给杂志投稿。其中，描写外星人组织优秀少年来玩生存游戏的小说《四十岛骑士》（1992）为他赢得了最初的荣誉，获得了1995年"鲁玛塔之剑桥奖"。

卢基扬年科早期作品接近罗伯特·海因莱因，但是，他很快就写出了具有个人特色的作品，他将其称为"刚性行动幻想"，即将幻想与当下

图片108　《幻影迷宫》是赛博朋克

图片109　《星星是冰冷的玩具》关于星际政治

人们的现实生活有机地融合起来。

1996年出版的《幻影迷宫》属于赛博朋克，虚构了"潜手"列昂尼德形象。他的优势是能够在虚拟空间和现实世界随意往来。借助大脑潜意识的某种缺陷，他使自己变成一个虚拟世界的超人。故事情节与电脑网络的发展环环相扣，多维度展现了虚拟世界的想象空间，读来似真似幻，引人入胜。在网上发表时即引发了轰动。

1997年出版的《星星是冰冷的玩具》中，人类步入星际时代，却不幸沦为银河委员会的仆从；与此同时，名为"几何学家"的神秘文明从银河深处出现。一方面，一些地球人想与几何学家取得联系，以推翻银河委员会的统治；另一方面，银河委员会也对与几何学家相似的地球人类产生疑忌，决定先下手为强，干掉地球，然后又出现了更为强大的"暗影族"……这部太空歌剧以宇宙为舞台，演绎不同种族和文明的碰撞冲突，充满了作者对于苏联解体后社会变迁与人类文明发展的全面思考。

2005年出版的《创世草案》中，主角基里尔下班回家，忽然发现自己被所有人遗忘了。原来，是他穿越到了另一个平行世界里。卢基扬年科当

然不会停留在这一迪克式开头，俄罗斯议员拜托基里尔去往名为"阿尔坎"的平行世界，那是三十五年后的俄罗斯。议员期待借助阿尔坎的先进科技，

图片110　《创世草案》改变历史的种种可能

改变俄罗斯的现状。然而，阿尔坎事实上是三十五年前积贫积弱的苏联，也渴望着借助外力来改变现状……两相对比，再想想现实里的俄罗斯，意味深长。

同新世纪很多科幻作家一样，卢基扬年科也写奇幻，代表作是大名鼎鼎的"守夜人"四部曲系列。

1999年，卢基扬年科成为俄罗斯著名文学奖"精英奖"中最年轻的获奖者，同年获得"艾立塔奖幻想文学发展贡献奖"；2000年，获得"星桥奖幻想文学杰出贡献奖"；当选为2003年欧洲科幻大会"年度最佳作家"；2006年，俄罗斯科幻大会，卢基扬年科获选"年度最佳作家"。

如今已经写作近三十部小说的卢基扬年科被公认为"俄罗斯科幻文学之父"。我们可以对他、对俄语科幻有更多的期待。

# 第五章　海那边的风景
## ——日本科幻小说史

日本与中国一衣带水，隔海相望。日本科幻还在萌芽期就被引进中国，并对清末科学小说的兴起造成影响。当日本科幻大繁荣时，又以小说、漫画、动画片和动画电影等多种形式，影响了中国科幻的创作。有意思的是，日本相当关心中国科幻的发展，即使中国科幻还处在幼稚期，处在写了作品都找不到地方发表的空白期，都有日本的学者在研究中国科幻。要知道，中国科幻并没有大量地翻译并被引进日本。相反，中国大量地翻译并引进日本科幻，在书店里、在电视上、在电影院、在网络上，都不难发现日本科幻的影子，但甚少有人研究日本科幻。且让我们一起去看海那边的风景，看看在那个岛国，科幻是怎样兴盛起来的。

有两点需要事先说明：首先，日本科幻的定义比国内的要广得多，在他们那里，科幻奇幻混杂在一起的现象十分普遍；其次，日本的动漫产业十分发达，哪部科幻小说红火了，立刻会被改编成漫画、动画片、动画电影乃至于电子游戏，也有漫画和动画片直接就是原创科幻，其中不乏经典之作。但本书是科幻小说史，因此以科幻小说为主，科幻漫画和科幻动画片只在必要的时候提及。

## 第一节　在预制房屋中成长
### ——萌芽期以及早期日本科幻小说史

历史上日本同中国关系十分紧密，日本文化受中国文化的影响巨大而深远。但日本是一个善于把外来事物同化为本民族文化的国度，在发展科幻这件事情上，也同样如此。日本文化史上有相当多的幻想性作品，神话故事与民间传说十分丰富。然而，真正意义上的科幻还是由西方在坚船利炮的掩护下传入的。

1853年，美国海军准将马修·佩里率舰队驶入江户（东京）湾，用火炮迫使还处在中古时代的日本接受现代生活。1868年，日本开始明治维新，大量有关科技的图书得到出版，同时，也翻译了大量的科幻小说，凡尔纳和威尔斯的作品极受欢迎，甚至获得了与莎士比亚同等的好评。

受此影响，一部分日本作家开始创作民族主义极为浓厚的科幻小说。在这批早期作家中，押川春浪算是最出名的一个。

押川春浪（1876—1914）原名押川方存，是明治后期的通俗小说家，出生在日本爱媛县松山市，1900年在东京专门学校（现在的早稻田大学）学习期间，就发表了轰动一时的《海底舰队》。《海底舰队》是一本描写未来战争的冒险小说，预言了四年后的日俄战争。同时，《海底舰队》又叫《武侠舰队》，第一次把"武"和"侠"两个字组合成词，引进中国后，被梁启超用来指代类似《水浒传》一类的小说，武侠小说自此诞生。押川春浪的写作速度惊人，作品涵盖科学小说、言情小说、历史小说、冒险小说、军事小说等类型，在当时影响极大。他的小说也被大量引进中国，《新舞台》《千年后的世界》《新日本岛》等对中国清末科学小说的兴盛有不小的作用。

但在早期萌芽之后，日本科幻小说并没有大行其道。除了个别作品科幻味儿较浓，多数作品科技色彩很淡，被淹没在推理与恐怖之中。20

世纪20年代，一批杂志创刊，其中有些长期刊登科幻小说。这一时期，海野十三是必须记住的名字。

海野十三（1897—1947）原名佐野昌一，生于德岛市，毕业于东京早稻田大学理工系。在他成为作家之前，曾在一家电气试验所当研究员。海野十三最初只写推理小说，1928年后才开始写科幻小说，且数量颇丰。海野十三是学理工的，作品深受雨果·根斯巴克的影响，企图利用科幻小说来教育读者接受科学。他虽然创作了大量的军事小说、冒险小说和侦探小说，但最突出的成就依然是科幻小说，故有"日本科幻小说之父"的美称。著名作品有《俘囚》（1934）、《地球盗难》（1936）、《十八小时音乐浴》（1937）、《漂浮的飞行岛》（1938）、《4D世界被困记》（1946）等。海野十三擅长写人体改造和外星入侵，其作品风格独特、结构诡异，以奇崛的文字彻底打通科幻、推理两大体系的经络，以科幻之意趣创作推理，以推理之谜题传播科学，几乎每篇小说都做到了独出机杼、不落俗套，读来饶有兴味。

1945年，日本战败，二战结束，美军再次进驻日本，美国科幻以一种特殊的方式进入日本。原来，美军士兵从国内带了大量廉价杂志到日本作消遣之用，其中就包括很多科幻杂志。当时日本正值纸荒书荒，美国士兵把大批科幻书籍杂志廉价卖给了大城市的旧书店，这样日本读者就感受到了美国科幻的魅力。一部分日本学者接触到美国科幻，惊呼赞叹，于是组织人手，主动翻译和介绍美国科幻。

1950年4月，诚文堂新光社出版了《怪奇小说丛书·惊奇故事》，登载从美国《惊奇故事》杂志中选译的作品，是日本最早的海外科幻丛书。它一共出了七卷。

1954年12月，日本最早的专业科幻杂志《星云》（森道社）创刊，创办者中，有日本科幻界元老矢野彻。矢野彻（1923—2004）以"日本第一位科幻爱好者"而闻名。二战结束后，矢野彻负责烧锅炉，从美国大兵手里得到了他们看过的美国杂志，从此迷上了科幻。1953年，矢野彻应邀出席美国举行的第十一届世界科幻大会，回国以后，他积极从事翻译工作，翻译了《星船伞兵》《严厉的月亮》和《沙丘》等一百多部名家名著，还执笔创作科幻广播剧以及儿童科幻和长篇小说。此后，矢野彻常年从事科幻小说的编辑工作，参加科幻组织的活动，自己也写科幻，对于科幻在日本的生根发芽，起到了不可替代的作用。

由于种种原因，《星云》只出版了一期就停刊了。后来，为了纪念这本日本最早的专业科幻杂志，日本科幻大会将奖项命名为"星云赏"。

1955年的《世界空想科学小说全集》（室町书房）和《少年少女科学小说选集》（石泉社）、1956年的《最新科学小说全集》（元元社）、1958年的《科幻小说系列》（讲谈社），以及阿西莫夫、克拉克、海因莱因等人的科幻小说翻译丛书，大都被迫半途而废，以至于当时出现了科幻出版难以成功的流言。由此可见，发展科幻，在哪里都不容易啊。

这个时期，其实连科幻的名目都还没有出现，通常叫做"科学小说"或者"空想科学小说"。科幻小说名称的确立是在1957年，那一年，日本第一个科幻迷团体诞生了。

1957年，以柴野拓美为中心，矢野彻、光濑龙、星新一等人共同创建了"科学创作俱乐部"[①]。

柴野拓美（1926—2009）是日本科幻界的开拓性人物。进入科幻界之前，柴野拓美是日本东京某高中的数学教师，和日本另一位科幻界人物星新一在UFO研究会相识，并一同创办了《宇宙尘》。在柴野拓美的组织下，日本第一届科幻大会于1962年在东京举行，与会的科幻迷有两百余人。1965年，在柴野拓美的大力推动下，日本科幻爱好团体联合会创立了，这一组织当时由十四个科幻迷团体组成，主要任务就是每年定期召开日本科幻大会，并于会上决定日本两大科幻奖项之一——"星云赏"的归属。1977年，柴野拓美正式辞去教师职务，专职从事于科幻著述事业。柴野拓美的作品主要集中于翻译和研究性文字上。他出版的翻译作品有六十余册，单独结集出版的评论集也有十余册。作为"日本科幻迷之父"，他不仅在国内享有极高的声誉，国际上他也是大名鼎鼎。

---

① 后更名为"宇宙尘"。

1957年5月,日本第一本科幻迷杂志《宇宙尘》创刊。第二期上发表了星新一的处女作《高潮诱发器》,得到了日本推理小说名宿江户川乱步的认可,转载到《宝石》上,成为星新一第一篇发表在商业杂志上的作品。后来,从《宇宙尘》中走出了更多的作家、翻译家和理论研究家,可谓人才辈出。

在日本原创科幻处于一片荒芜时,《宇宙尘》的出现有着不可估量的作用。它使分散的科幻迷得到聚集,也使科幻作家找到了发表的园地,有力地推动了日本科幻的发展。

1957年还有一件大事。12月,早川书房的编辑福岛正实和都筑岛夫策划的《早川科幻系列》出版。这是规模庞大的科幻小说出版计划,初期以引进欧美科幻名著为主,后期也出版日本原创科幻。到1974年11月最终卷为止,该系列一共出版了科幻小说三百一十八卷,大部分是翻译美国、英国、德国和苏联的科幻小说,但也有五十部日本科幻作品。

50年代,日本科幻的数量很少,多数作品属于对西方科幻的简单模仿,这被后世学者称为"在欧美建造的预制房里长大"。在这一时期,主流作家安部公房(1924—1993)写作的科幻小说值得注意。

安部公房生于东京,在中国沈阳度过小学和中学时代,1948年毕业于东京大学医科专业,50年代初即在文坛崭露头角。他在日本文学史上的地位极高。据说,大江健三郎获得"诺贝尔文学奖"后曾有如下表示:"如果安部公房先生健生,这个殊荣非他莫属,而不会是我。"在科幻方面,安部公房著有《红茧》《铅蛋》《第四冰河期》《他人的脸》《箱男》等。其中《第四冰河期》(1959)描写两极冰川融化后地球被水淹没,主人公是一个研究电脑系统的专家,最终他发现只有采用基因工程令婴儿长出鳃,才能够拯救人类。

## 第二节　光怪陆离的梦
## ——1960—1980日本科幻小说史

60年代是日本科幻的黎明期。

1959年12月,早川书房创办了日本第一本专业科幻杂志《SF杂志》。第一任主编是被称为"科幻鬼才"的福岛正实。这是科幻迷期待已久的杂志,不仅包括小说和评论,而且还提供与科幻相关的各种新闻。可是,《SF杂志》前三期全是翻译作品,第四期开始才有日本作家登场,却是清一色的推理小说。

不是编辑不想发表科幻小说,而是找不到原创科幻小说发表。为了鼓励日本原创科幻的创作,1961年,早川书房和东宝电影公司共同举办了"空想科学小说大赛"①。第一届大赛结果发表在《SF杂志》第八期上,第一名是山田好夫的《地球利己主义》,第二名是眉村卓的《下级顾问》,第三名是丰田有恒的《时间炮》。此外,小松左京的《给大地以和平》获得了"鼓励奖"。1962年第二届科幻大赛中,小松左京、半村良、筒井康隆等人出现在了获奖名单里。同年,光濑龙、眉村卓、平井和正等人在《SF杂志》上发表了作品。还是在这一年,今日泊亚兰的《光之塔》由东都书房出版,是日本作家出版的第一部长篇科幻。至此,日本科幻第一代作家全部出道。

从一开始,日本就很注重原创科幻的创作与推广。1964年8月,早川书房就开始出版日本作家创作的长篇科幻丛书《日本科幻系列》。首先推出的就是小松左京的《复活之日》。截至1969年,《日本科幻系列》共出版十五卷,其中收录的很多作品直到现在都被人津津乐道。

1964年9月,东京创元社开始《创元推理文库科幻部门》的出版,也加入到系统翻译海外科幻的行列,它前后出版了三百多卷外国科幻作

---

① 后更名为"早川科幻大赛"。

品。1965年5月，福岛正实编辑了日本第一本科幻指南书《SF入门》。1967年，盛光社推出了《少年科幻系列》，大受欢迎，此后多家出版社出版了少年科幻丛书。少年科幻丛书的定位很明确，也为日本科幻的后继发展培养了力量。早川书房的《少年科幻丛书》于1973年推出，前后出版了三百四十卷。1969年1月，早川书房出版了日本第一部《世界科幻全集》，共三十五卷，再次让日本读者全方位地领略了优秀科幻的风采。

60年代的日本科幻，一方面继续接受欧美科幻的影响，另一方面也逐渐摸索出具有日本特色的科幻模式，并最终构建出属于自己的科幻世界。

日本科幻作家兼评论家石川乔司曾经这样描述60年代的日本科幻界："星新一和矢野彻开辟了道路；小松左京如同万能推土机一样整平了土地；光濑龙乘坐直升飞机进行测量；眉村卓用货车运来资材；筒井康隆一边吹着口哨，一边飙车；福岛正实是描绘包括这一切的蓝图的工程负责人，也是科幻王国大学的学长；丰田有恒则是科幻王国大学第一届优秀毕业生……"

进入70年代，日本科幻开始飞跃。

早川书房继续在科幻出版中领跑。1970年8月，《早川科幻文库》正式出版，是第一种以文库本的形式出版科幻的丛书。文库本是日本特有的一种出版形态，其特点是价格低廉、外形小巧、方便携带、随时随地都可以拿出来看。文库本是以普及为目的而出版的作品集，《早川科幻文库》从1970年至1991年出版了九百四十部，对于科幻的普及功不可没。三年后，早川书房又推出了《早川日本作家文库》，重版60年代日本科幻杰作。早川书房在前开路，其他出版社也紧跟而上，先后有《角川文库》《新潮文库》《讲谈社文库》等丛书开始收录日本本国的科幻作品。其中，《角川文库》对日本科幻的普及发挥了很大的作用，不但收录了第一代作家的作品，也积极出版了70年代才出道的第二代日本科幻作家的作品。

1973年，发生了一件日本科幻界的大事件——小松左京的《日本沉没》由光文社出版，狂销四百万册，创造了二战后日本小说销售纪录。《日本沉没》引发的轰动，意味着日本科幻已经走出了小众自娱自乐的圈子，为广大的普通读者所接受，日本科幻开始在普通市民阶层普及开来。

在科幻小说出版繁荣的同时，科幻杂志也继续发展。

科幻迷杂志《宇宙尘》发掘出不少新人，连载了不少重量级的作品，很多作品随后都被商业科幻杂志连载或者直接出版。广濑正的长篇《负数与零》就是先在1965年的《宇宙尘》上连载、1970年才由河出书房新社出版的。随后，该出版社又出版了广濑正的《赤伊斯》和《爱神——另一种过去》。这三部科幻都是关于时间的，可以讲，广濑正堪称时间题材的魔术师。广濑正靠着这三本书获得了日本文学最高奖"直木奖"的提名。但不幸的是，天妒英才，1972年，广濑正突然去世。

早川书房的《SF杂志》在商业科幻杂志中继续称雄，无论是销量还是质量，都是其他杂志望尘莫及的。1973年，盛光社的《奇想天外》创刊，专门刊登推理和科幻，但1974年第十期出版后就停刊了。同年，角川书店的综合性文学杂志《野性时代》创刊。创刊号上刊登了半村良的长篇传奇科幻《黑暗中的家谱》，其风格与此前的正统科幻有所不同，引起了很大的反响。从70年代后半期到80年代，《野性时代》也是日本科幻作家的主要活动舞台之一。

对于这个时期的日本科幻，筒井康隆概括为"科幻的浸透和扩散"。这句话也是1975年在神户举行的日本科幻大会的主题。这实际上意味着日本科幻已经摆脱欧美科幻的影响，开始独立自主，做自己光怪陆离的梦了。

筒井康隆，1934年9月24日生于大阪，父亲是一位动物学家。筒井康隆是家中的长子，有三个弟弟。1946年他转校时进行了智商测验，高达178，作为天才儿童被转入特别教室接受天才教育。然而他经常逃学，喜欢看电影，是个标准的"不良少年"。1953年进入同志社大学文学部，其间他热衷于心理学和表演，被选为日活剧团的新演员。1957年毕业后，他进入一家设计公司工作,同时开始文学创作。

也许是他出身于科学家家庭又从事文学创作的缘故,筒井康隆很自然地走上了科幻小说创作之路。1961年,他自己开设了一个设计公司,与父亲、弟弟合办了一份空前绝后的科幻迷杂志 Null,还在上面发表了自己的科幻处女作《帮助》。

1965年,筒井康隆来到东京,开始专职写作。筒井康隆是非常高产的作家,长短篇小说均有四十部以上,风格跨越很大,擅长诙谐讽刺,所获日本文学类和科幻类奖项不可胜数,有"日本现代科幻之父"的美誉。科幻之外,他还撰写了大量推理小说,在日本推理小说史上也有一定的地位。纯文学作品《文学部唯野教授》获得过"川端康成文学奖"。写作之外,筒井康隆兴趣广泛,还参与话剧、电影、电视的改编和演出,是一个喜欢突破自我局限的人。

1967年发表的《穿越时空的少女》描写十七岁的少女芳山和子意外获得穿越时空的超能力,她用这种超能力一次又一次"修补"自己和周围人的人生,又一次又一次因为修补而遭遇到新的意外……这部小说温婉大气,出版至今销量超过两百万册,影响极为广泛,曾经七次被改编为电影,以2006年细田守导演的同名动画版最为著名。后世《蝴蝶效应》等好莱坞电影都能见到《穿越时空的少女》的影子。

1993年的《红辣椒》①描写精神治疗师千叶敦子与天才科学家时田浩作一起研发出"PT仪",利用这个新发明,他们可以进入患者梦境进行精神疾病治疗。但他们的新发明被不明人士偷走,从此研究所里就发生了一系列让人毛骨悚然的怪事……这部科幻小说从梦境的角度讲述故事,包含了科学、梦境、电影、神话、宗教、同性恋等多种元素。2006年,被著名动画导演今敏改编成动画电影《盗梦侦探》,荣获诸多大奖,声名大噪。克里斯托弗·诺兰执导的经典科幻电影《盗梦空间》也受其影响。

1974年的《黑血狂奔——耶斯克列曼度之谜》获得次年日本"星云赏最佳长篇小说"。此外,《噩梦的真相》(1964)、《无尽的多元宇宙》

---

① 也翻译为《盗梦侦探》。

图片 111、112　两部根据筒井康隆作品改编的动画电影

（1967）、《日本以外全部沉没》（1973）、《法子和云界》（1992）也值得一提。

星新一，本名星亲一，1926年9月6日生于日本东京。星新一大学读的是东京大学农学部园艺化学系，毕业后进入东京大学研究院研究微生物。1956年，星新一做生意失败，加入了UFO研究会，认识了柴野拓美。第二年，他们一起创办了《宇宙尘》。同年，他发表处女作《高潮诱发器》，很快跃登文坛。

星新一以写微型小说著称于世。微型小说看似简单，其实非功力深厚者不能为之。星新一的微型小说简练质朴，清新隽永，诗意浓郁，被誉为"小说中的俳句"。他的作品中绝无雕琢堆砌之辞、绮丽华美之章，连日本的中小学生都能毫不费力地看懂。而这种质朴文风的形成，正是作家殚精竭虑、苦心经营的结果。

一生之中，星新一发表的微型小说作品逾一千篇，堪称世界纪录创造者。其中有相当数量的科幻小说。《喂——出来》（1961）、《人造美人》（1961）、《包你满意》（2007）等是其中的代表作。

其实，星新一也写有长篇科幻小说，1964年，《梦魇的标靶》是星新一的第一部长篇，故事讲述的是来自异次元的侵略。此外，他还写了大量的推理小说、幽默小说、散文和随笔。1974年，日本新潮社出版了《星新一作品全集》，达十八卷之多。

1976年，他荣获"日本推理作家协会奖"。1981年日本讲谈社创办了文学季刊《微型小说园地》，并在该刊设立"星新一微型小说文学奖"，每年举办一次。1993年，在他完成第1001则极短篇作品后，宣布停笔。之后他的病情迅速恶化。1997年12月30日，因间质性肺炎病逝，安坐于科幻星空之上。

光濑龙，本名饭塚喜美雄，1928年3月18日生于东京。1951年毕业于东京教育大学理学部，后进文学部修读哲学，离开大学后曾在中学任教。《宇宙尘》创立时，他也是组织者之一。

1961年，光濑龙在《宇宙尘》上发表了《派遣军归来》，次年又在《SF杂志》上发表了《晴海1997年》。1967年转为职业作家，之后陆续发表了以"星际文明史"为主题的短篇科幻小说。这些小说后来收录在《墓碑铭2007年》《落日2217年》《理想国5100年》等文集中。

光濑龙在《返回黄昏》中，以茫茫宇宙为背景，满怀忧愁地描写了令人战栗的人类未来，堪称一部宏伟壮丽的宇宙叙事诗。作品问世后引起极大震动。光濑龙写于1967年的《百亿之昼，千亿之夜》以"永恒的宇宙"为主题，是光濑龙的代表作。在这部小说中，希腊哲人柏拉图、印度王子悉达多、拿撒勒的耶稣察觉到世界即将破灭。于是，在跨越数千亿年的宇宙中，在纪元之前，在无法想象的遥远未来之后，他们为了人类的存亡，向那无可匹敌的力量发起了挑战……后世学者这样评价："围绕着时间、空间、创始、终结、神明、人类，这本书在巨大的尺度上构造出了一座雄伟壮丽的日本SF小说的金字塔。"该小说被萩尾望都改编为同名漫画。

光濑龙的科幻小说常被称为"时间支配者"式的作品，他善于以诗的笔调创作，喜欢描写人类无法抗衡时间的流逝、同时又在面临因时光流逝有可能被毁灭时努力争取生存的主题，其作品被认为具有广阔和深刻的构思。

1999年7月7日，光濑龙逝世，安坐于科幻星空之上。

小松左京，1931年1月28日生于大阪，本名小松实，京都大学文学部毕业，笔名中的"左京"是取于当时居住的京都市左京区。读大学时他就用笔名在漫画杂志上发表漫画作品。1954年大学毕业之后，小松左京做过经济杂志《原子》的记者，在父亲的工厂中帮过工，为无线电新闻相声的脚本做过执笔。之后便遇见了早川书房的科幻大赛。

小松左京参加了前两届科幻大赛，虽然名次不靠前，但两次获奖给了他继续创作科幻小说的信心。1962年，他在《SF杂志》上发表了处女作《蜀仙回乡记》。1966年发表的长篇科幻小说《无尽长河的尽头》，将神话故事和宇宙科学串联到一起，使他获得了世界声誉。之后，他撰写了各种各样的科幻小说，有力地推动了日本科幻的发展，人称"日本科幻推土机"。

小松左京渊博的知识和绝妙的故事技巧使他的作品题材和风格均呈多样化。《复活之日》（1964）、《继承者是谁？》（1968）、《野性之口》（1968）、《结晶星团》（1973）、《再见，朱庇特》（1983）、《首都消失》（1985）等大多是当年"星云赏"的获奖作品。

小松左京最为著名的作品还是他1973年创作的《日本沉没》。小松左京花了九年时间来写这部描写日本列岛因地壳大变动而沉入海底的小说，一方面《日本沉没》有着详实到令人惊讶不已的科学根据，可与硕士论文相匹敌；另一方面，小说中即将沉没的日本遭遇的一切，深刻揭示了日本的种种社会矛盾，将日本人内心的恐慌完全激发了出来。与很多灾难科幻不同，小说最后，主人公并没有能够力挽狂澜，日本最后还是不可避免地沉没，日本人从此过上了失去故土的生活，绝望到底。因此，《日本沉没》出版后轰动日本社会，销出四百万册，创下了日本战后第一

图片113　2006版《日本沉没》电影海报

畅销书的纪录，并荣获1974年"日本推理作家协会奖""星云赏最佳长篇奖"，后来又几次改编为电影，并被翻译为多种语言。2006年，小松左京跟谷甲州合著的《日本沉没Ⅱ》出版，描写日本沉没后，日本人在世界各地流离失所、挣扎求存的生活，获得次年的"星云赏"。

小松左京与星新一、筒井康隆合称为日本科幻的"御三家"。1993年，日本群马县的天文爱好者将发现的小行星以小松左京的名字命名。2007年，他被授予城西国际大学名誉博士。

2011年7月26日，小松左京逝世，安坐于科幻星空之上，享年八十岁。

梶尾真治，1947年12月24日出生于日本九州熊本市，福冈大学经济学部毕业。虽然学的是经济，但他少年时期就十分喜欢科幻，初中时就开始试着创作科幻小说。梶尾真治于1971年发表了处女作《献给美亚的珍珠》，这部关于时间的科幻小说一炮而红。

成名之后，梶尾真治继续努力创作短篇小说，多方尝试各种题材，其中值得关注的作品有：《地球是原味酸奶味的》[1]（1978）、《另一个查理·戈登》[2]（1983）、《时尼的肖像》（1990）、《吹原和彦的轨迹》[3]

---

[1]　获"星云赏"，对人类自恋的绝妙讽刺。
[2]　日本版《献给阿尔吉侬的花束》。
[3]　爱情可以使人成为义无反顾的勇士。

（1994）、《黄泉归来》① （1999）、《回忆爱玛侬》② （2000）。

2015年，梶尾真治出版了"怨仇星域"三部曲，包括《诺亚方舟》《伊甸园》《应许之地》，主要讲述：

在未来，太阳耀斑即将爆发，地球即将毁灭，艾迪森总统带领三万人乘坐世代飞船"诺亚方舟号"偷偷逃离，去往一百七十光年之外的行星"应许之地"。被抛弃的其他人发现真相后，赌上性命，尝试进行生存概率极低的星际传送，目标地也是行星"应许之地"。人们付出了惨重的代价来到"应许之地"，通过几个世代的努力，将异星重建为文明社会"新伊甸"。同时，对"诺亚方舟号"的憎恨，也在这片土地上传承。"新伊甸"全民军事化，等待将"诺亚方舟号"上的乘客赶尽杀绝。在地球毁灭多年后，人类的两支后裔终于相遇，数百年的积怨一触即发……

梶尾真治的作品不仅以抒情见长，对于硬派、幽默讽刺派、冒险战斗派都十分拿手，幽默中充满"人类还有救"的温暖，色调不灰暗，内容总是很感人。

山田正纪，1950年1月16日出生于日本爱知县名古屋市，毕业于明治大学政治经济学专业。

1974年7月，山田正纪在《SF杂志》上发表了处女作《神狩》，次年获得"星云赏最佳短篇小说"。在小说中，"我"应邀对在神户的某处石室中发现的神秘古代文字进行研究，不料却卷进了人与神的历史纠葛之中。神一直在干预人的生活，当人找到了上升至更高等级的方法后，神却毫不留情地抹杀了这种可能性。了解到这些，"我"毅然加入了"神狩"的队伍。《神狩》对于人与神的关系作了与众不同的思考。

《神狩》之后，山田正纪成为日本科幻文坛第一线的常客，《地球·精神分析记录》（1978）、《宝石窃贼》③ （1980）、《最后的敌人》（1982）、

---

① 死者因为亲人的思念重回人世。
② 遇上有三十亿年记忆的神奇女子。
③ 反抗神对人的饲养。

《艾达》①（1994）、《机神兵团》（1995）都是"星云赏"的获奖作品。

显著的成绩奠定了山田正纪作为硬派科幻作家的地位，但他的脚步没有停留下来。迄今为止，山田正纪已经出产一百二十余部作品，总册数超过一百六十本，内容涉及科幻、推理、动作冒险、历史、犯罪、神秘、恐怖等诸多领域，是当之无愧的多产型全能作家。

图片114　《神狩》：对神念念不忘

此外，在这一时期，眉村卓（《消逝的光环》，"泉镜花奖"）、半村良（《异雨》，"直木奖"）、梦枕貘（《吞食上弦月的狮子》）、田中光二（《异星人》）等人和作品也值得关注。

## 第三节　黑与白之歌
## ——1980—1990日本科幻小说史

80年代是日本科幻的混乱期。

早川书房依然是科幻出版的中坚力量。1980年，颁给年度最优秀科幻作品的"日本SF大赏"设立。该奖项由早川书房推荐候选作品，得到了德间书店的支持，进一步夯实了早川书房在科幻界龙头老大的地位。第一届大奖授予了堀晃的硬科幻作品集《太阳风交点》。

1983年，早川书房开始出版《新锐科幻小说》，主要刊登第三代作家的作品，例如新井素子的《……绝句》、神林长平的《安抚你的灵魂》、

---

① 人类讲述的故事能够在量子层面影响平行宇宙进而影响现实世界。

谷甲州的《艾利努斯戒严令》等。

与之对应的是，盛光社的《奇想天外》在复刊后出版了六十七卷，再度于1983年停刊。而德间书店于1979年创办的《科幻冒险季刊》坚持到了1993年夏季，还是被迫停刊。此外，《SF宝石》（1979—1981）、《星日志》（1979—1987）和《一切》（1981—1985）也曾吸引了不少读者。

80年代初，由科幻电影《星球大战》和《第三类接触》引发的科幻热潮还在继续，不少出版社都加入科幻出版的行列中，科幻市场迅速扩大，漫画、动画、电影、游戏等新媒体也加入进来。但科幻市场扩大的同时，却带来一个问题，那就是科幻变得越来越"浅薄"。

1982年9月，菊地秀行依靠暴力传奇《魔界都市（新宿）》成名。同年，田中芳树出版《银河英雄传》第一卷，梦枕貘发表了《幻兽少年》，栗本熏的《魔界水浒传》和笠井洁的《吸血鬼战争》在《野性时代》上连载……80年代成名的这批科幻作者所写的东西已经和前辈不一样了。

第一代作者处于黎明期，科幻作为一个文学门类尚未确立；第二代作家处于从黎明期到兴盛期的过渡阶段，他们或多或少都受过欧美科幻的影响，有着比较浓厚的历史责任感；而对第三代作者来说，科幻是"生来就有"的一个文学门类，他们没有历史包袱，开始想怎么写就怎么写。于是，无限制的暴力和色情，无原则无逻辑的想象在科幻小说里盛行。这引起了老一辈的不满乃至责难，创作和推广正统科幻成为他们新的历史责任。然而书店里卖得最火爆的还是暴力传奇。

80年代中期，赛博朋克在美国兴起，这股风潮迅速传到日本。以早川书房为中心，日本掀起了赛博朋克的出版高潮，到处都是对赛博朋克作品的介绍。但同时也引发了很多人去思考"科幻"究竟是什么的问题。

科幻味儿的丧失，最终受伤害的是科幻本身。日本科幻在80年代中期经历一次低潮，从70年代后半期开始到80年代初期活跃在通俗小说杂志上的日本科幻几乎消失了。但同时，在主流文学中，出现了不少采用科幻手法写作的作家，主流文学向科幻靠拢的现象贯穿了整个80年代，与欧美科幻向主流文学靠拢的新浪潮运动恰好相反。村上春树就是代表。

1988年，日本科幻重新兴盛起来。第一代作家半村良时隔数年后发表了超能力科幻大作《岬一郎的抵抗》，眉村卓开始连载青春科幻《不定期超能力者》和《退潮之时》，星新一也出版了新的短篇集《无常的故事》。年末，讲谈社创立了面向少女的丛书《讲谈社X书库·少年之心》。

在日本科幻史上，第三代日本科幻作者起到了承上启下的作用。他们极大地拓展了科幻的边界和疆域，同时又破坏了科幻有别于其他类型文学的核心价值。如果说他们共同谱写出一首科幻之歌的话，那就是"黑与白之歌"。

田中芳树，本名田中美树。1952年在熊本县出生。日本学习院大学研究院的日本语文博士。1975年，发表处女作《寒泉亭杀人》，从此走上创作之路。

田中芳树的作品题材丰富，在科幻、冒险、悬疑、历史各领域都有佳作，以壮阔的背景、细密的结构、华丽的笔致闻名。科幻方面的代表作为《银河英雄传说》。1982年，《银河英雄传说》第一卷《黎明篇》发表，田中芳树成为了日本文坛无人不晓的名字。《银河英雄传说》是卷帙繁富的太空歌剧，前后写了五年，共计十卷，两百万字，分别是《黎明篇》《野望篇》《雌伏篇》《策谋篇》《风云篇》《飞翔篇》《怒涛篇》《乱离篇》《回天篇》和《落日篇》。该系列讲述银河宇宙三分天下，以"黄金狮子"莱因哈特为统帅的银河帝国与以"魔术师"杨威利为首的自由行星同盟之间波澜壮阔的

图片115　《银河英雄传说》，无数银英迷的挚爱

银河战争史。

虽然田中芳树笔下的时空是虚构的，但所描写的人物世界却十分真实。每一个角色都充满着血肉感，交织出一幕幕扣人心弦的真实历史场面。

另有《亚尔斯兰战记》，十二卷史诗奇幻。

田中笔下故事的发展遵循着历史发展的规律，"杀"起手下的角色来，毫不手软，哪怕是最重要的主角，也"当死则死"，不会有奇迹发生，因此被誉为"杀尽众人的田中"。

村上春树，1949年1月12日出生于日本兵库县，毕业于早稻田大学戏剧专业。大学时期参加过学生运动，后多年经营爵士酒吧。村上春树深受菲茨杰拉德等美国作家的影响。1979年，凭借小说《且听风吟》成名，代表作是《挪威的森林》。

村上春树的小说充满幻想色彩，其中一部分是科幻小说。《世界尽头与冷酷仙境》创作于1985年，获得当年"谷崎润一郎文学奖"。小说以两条平行的线索发展。一个世界是以当代大都市为场景的"冷酷仙境"，在这个仙境中，情报大战正如火如荼。与此同时，小说的另一个世界是一个山川寂寥、村社井然、鸡犬相闻的桃花源，被称为"世界尽头"。原来，小说的主人公被分裂为两半，各在一个世界中。小说表达了对于高度发达的现代文明的反思。

此外，《寻羊冒险记》《舞！舞！舞！》《海边的卡夫卡》等也可以看作科幻。

## 第四节 转动万花筒
## ——1990—2010日本科幻小说史

1990年，是"异世界奇幻年"。以《大陆小说》《集英社文库CO-BALT系列》《角川SNESKERS文库》和《富士见奇幻文库》等丛书为舞台，异世界、冒险、传奇和虚拟现实小说纷纷出版。事实上，头一年，广义的奇幻小说新人奖——"日本奇幻诺贝尔大奖"就设立了，对奇幻的兴盛起到了至关重要的推动作用。

奇幻从科幻中分离出去，这本身是好事，但由此造成的冲击也很大。1992年1月，德间书店的《科幻冒险》暂时停刊，从秋季起改为季刊，到1993年夏，还是不得不停刊。这个创刊于1979年的老牌科幻杂志，与《SF杂志》共同支撑起日本科幻大厦的重要支柱，此时完全坍塌。同时倒下的，还有诸多专业科幻杂志。不但商业杂志停刊，就连创立于1970年的《早川科幻文库》也不得不历史性地停下来。

1994年，书店里风光无限的是虚拟现实小说。1995年，最大的话题则是恐怖小说的兴起，以至于很多科幻小说不得不以恐怖小说的名义发表。1997年，日本科幻界最大的事件是以《书籍杂志》第三期上刊登的座谈会为开端的"科幻是不是垃圾"的争论。这场争论吸引了众多与科幻有关的人士参与，针对贯穿整个90年代的"科幻之冬"进行了激烈的讨论。

日本科幻的龙头老大早川书房再次出手。1998年2月，《SF杂志》迎来了总第500期。早川书房将第499期与第500期合并，出版了纪念特大专辑。这次庆祝活动，回顾了日本科幻艰难的发展史，坚定了继续走下去的信心和决心。

1999年，为发掘新人才，日本SF作家俱乐部在德间书店的支持下设立了"日本科幻新人奖"。同年，早川书房出版了一系列成熟作家的力作，例如神林长平的《战斗妖精·雪风》、谷甲州的《惠理子》、森冈浩之的《如果梦之树可以再接新枝》。2000年，小松左京设立了"小松左京奖"，专门用于选拔具备创作潜能的新人。这些都为日本科幻的复苏创造了条件。

2001年，进入新世纪的日本科幻界开始出现明显的世代交替现象。老一辈科幻作家相继去世，活着的也几乎不写作了，而新锐科幻作家却异常活跃。

2002年，早川书房开始出版《早川科幻系列·日本选集》，结束了很长时间以来没有日本科幻丛书的局面，而第五代作者成为该选集的主力。飞浩隆的《废园天使》、小林泰三的《看海的人》等作品就是这样跟读者见面的。第二年，早川书房开始推出《早川日本作家文库·新一代作家真小说》，冲方丁的《壳中少女》、小川一水的《第六大陆》等被选入第一批丛书。到2005年，日本科幻的元气基本上恢复了，在这一年，当今日本科幻骨干作家的力作相继出版，包括小川一水的《老威尔的行星》、藤崎慎吾的《南与那国岛》、濑名秀明的《笛卡尔的密室》和池上永一的《香格里拉》等。

早川书房是日本科幻的龙头老大，是中流砥柱，其地位无比崇高，可以讲，一部日本科幻史就是早川书房的兴衰史，没有早川书房，就没有日本科幻的今天。但还有一点必须注意，那就是科幻迷及科幻迷组织在推动日本科幻发展上起到了至关重要的作用。现在日本约有一百个科幻爱好者团体出版各自的读者杂志，资格最老的当然是《宇宙尘》，最为流行的是《探索者》。

2007年，日本科幻界迎来了一次世纪狂欢，第六十五届世界科幻大会在日本横滨举行，这是首次在亚洲国家举办世界科幻大会。这次大会，来自世界各国的科幻作家与科幻迷齐聚一堂，参加了大会举办的各种活动。以这次大会为契机，日本向世界推出了日本科幻，中国、韩国、美国在那之后都开始翻译和介绍日本科幻。可以说，一度混乱、绝望的日本科幻迎来了崭新的发展阶段，这就像万花筒，前一秒还凌乱不堪，轻轻一转，已是五彩斑斓的景象。

万花筒也是对日本科幻的总体描述。精致、细腻、唯美、温情、恢弘、热血、梦想、忧伤、抑郁、哀怨、残酷、惨烈、悲壮……哪一个词语最能概括日本科幻呢？哪个词语都不能够。它们只是日本科幻的一部分，就像万花筒里华丽的小纸片，一旦转动起来就能呈现出与众不同、光怪陆离的日式科幻世界！

小林泰三，1962年8月7日出生于日本京都府，毕业于大阪大学基础工业部，毕业后一直在三洋电机的研究部门从事移动通信的研发工作。

1995年，小林泰三的夫人想参加第二届日本恐怖小说大赛，但眼看大赛的截止日期就要到了，连个像样的开头都还没有，小林泰三实在看不过去，好心地用三天时间写了一篇——获得第二届"日本恐怖小说大赛短篇奖"的《玩具修理者》就这么诞生了，而小林泰三自己也从此一发不可收拾，开始在日本幻想文学领域绽放出他独有的夺目光彩。

《玩具修理者》(1995)讲述了一个修理死亡孩子的惊悚故事。文中对于活体解剖过程的详尽描写充分显示出小林泰三的风格，然而在恐怖的表象背后，小林泰三却是在追问"究竟什么是人类"这个问题。《人兽工艺师》(1997)和《脑髓工厂》(2006)延续并深化了同样的风格和主题。

写于1996年的《醉步男》显示了小林泰三在纯科幻领域的功力。这篇小说巧妙地借用了《万叶集》的日本古代传说，描写了主人公犹如醉酒，不知身在何方，彷徨于无限时空之中，在极力烘托诡异气氛的同时，充分展现了作者对量子理论指导下的时间、意识以及因果关系等概念的深刻理解。

1998年发表的《看海的人》延续了《醉步男》的风格与主题。海之村的少女和山之村的男孩相恋了，而阻挡在他们之间的是时间。海边一个星期，是山上的一年；山上的一生，连海边的一年都不到。时间在不同地方流逝的速度不一样的科学论断，在这个故事里得到了最为形象的展示。贯穿其中的，还有最为纯粹的爱。

2001年，小林泰三出版了他的第一部科幻长篇《AΩ》。这篇小说描写等离子生命体"力"追逐名为"影"的敌人来到地球，双方在地球上展开了一场场充满想象力的鏖战……这篇小说被《SF杂志》读者选为"2001年度最佳科幻小说"的第一名，显示出读者们对于小林泰三的世界中科学幻想故事的认同。

所谓"小林泰三的世界"是指小林泰三的作品有着极其鲜明的特征：一方面，充满尖端的科技理论与严密的逻辑分析；另一方面，又极其擅长刻画、渲染恐怖怪异的惊悚气氛——尖端科技与恐怖气氛结合在一起，也就成了小林泰三的世界。

长篇方面，小林泰三还有：《谋杀爱丽丝》（2013），以科幻与黑暗的笔法重写《爱丽丝漫游奇境记》；《关于那个人的备忘录》（2015），没有记忆的英雄与能篡改记忆的杀人魔之间的对决；《谋杀克拉拉》（2016），梦境进入现实，现实进入梦境，意想不到的结局；《奥特曼F》（2016），应圆谷株式会社之邀写的奥特曼小说，获2017年"星云赏"；《没人会特地去杀僵尸》（2017），病毒僵尸加密室推理，口味超重。

2020年11月23日，小林泰三因癌症不幸离世，安坐于科幻星空之上。

神林长平，本名高柳清，1953年7月10日出生，新潟县新潟市人，长冈工业高等专门学校毕业。1979年，《与狐共舞》入选第五届"早川科幻奖"，从此走上科幻创作之路。

1983年，《御言师》在第十四届"星云赏"短篇类别中获奖。1984年，《敌人是海贼》在第十五届"星云赏"长篇类别中获奖，描写人类与猫形外星人搭档，与名为"海贼"的星际罪犯斗智斗勇的故事。后来，神林长平为《敌人是海贼》写了六部续作。其中，1998年出版的《敌人是海盗？A级的敌手》在第二十九届"星云赏"长篇类别中获奖。

1985年，神林长平的代表作《战斗妖精·雪风》在第十六届"星云

图片116 漫画版《战斗妖精·雪风》

赏"长篇类别中获奖。故事描述人类与神秘的外星生物"迦姆"在菲雅利行星上的战争。主角深井零少尉是战术战斗电子侦察机 SUPER SYLPH"雪风号"的驾驶员,受命搜集战场上的战术情报……"战斗妖精·雪风"系列不但有宏大的战争场景,还有详实的种族和机械设定,在青少年中掀起了阅读狂潮,后来被改编为漫画和动画片,在更广泛的范围引起轰动,被誉为"日本科幻的划时代之作"。

2002年,神林长平出版了《战斗妖精·雪风》的修订版,加入了作者对人类性与机械性两者的关系深入的哲学思考。属于这个系列的还有《战斗妖精·雪风 GOOD LUCK》(1999)和《战斗妖精·雪风 不破之矢》(2009),继续讲述人类与迦姆的战争。

1985年出版的《棱镜》包含七个互相关联的故事,分别描写少年、女孩、机器人、恋人、刑警等角色的遭遇,表现了多元连锁反应的世界,是神林长平另一部值得关注的作品。

濑名秀明,本名铃木秀明,1968年1月17日出生在日本静冈。1986年,考入日本东北大学药学部。

1995年,还在攻读博士学位的濑名秀明出版了他的长篇处女作《寄生前夜》。

二十五岁的圣美突然间出车祸去世,她的丈夫永岛利明固执地将圣美的肝脏带到实验室进行原代培养,然后发生了一系列恐怖事件。原来,在圣美体内,一直为人体辛勤工作的线粒体经过万亿年的进化——它们

的进化速度是细胞的十倍——突然间拥有了群体智慧，成了一个有智慧的意识。她不甘心寄居在细胞里，被细胞奴役，决定发起

图片117　1998年3月游戏《寄生前夜》在日本和美国推出

反击，成为细胞，成为这个世界的新主人。她一步步成长，一天天强大。起初她只能感受圣美的感受，逐渐她能操纵圣美的行动……

《寄生前夜》写得恐怖而又无比真实，有着扎实的科学设定，无怪乎刚一出版就一鸣惊人，发行量达到一百六十万本。它获得了1985年第二届"日本恐怖小说大赏"，与贵志佑介的《黑屋吊影》并称日本两大恐怖小说。随后改编为同名游戏，被广大玩家奉为PS游戏的永恒经典。再后来又多次被改编为同名影视剧，可谓是经久不衰，在世界范围内都有影响。

1996年，从日本东北大学获得药学博士学位后，濑名秀明担任了宫城大学护理学部常任讲师。1998年，濑名秀明又凭借描写人类最终进化的长篇小说《脑谷》获得了第十九届"日本SF大赏"。

2006年，濑名秀明被聘为东北大学工学部教授。同时在科幻写作上继续发力，濑名秀明先后出版了《八月的博物馆》《21世纪的机器人》《彩虹天象仪》《笛卡尔的密室》《仙境科学》等十几部科幻小说，其中几部与机器人有关，还在2008年出版了《濑名秀明之机器人学科论文集》。其创作数量和质量都维持在较高水平上。

森冈浩之，1962年3月2日出生于日本兵库县，毕业于京都公立大学文学部。在过了一段枯燥平淡的上班族生活后，森冈浩之决定开始写作。1991年，以短篇《如果梦之树可以再结新枝》入围第十七届"日本SF比

赛",次年3月发表在《SF杂志》上,从此出道。

1994年,森冈浩之的《太空》获得第五届"SF杂志读者奖"。然而,森冈浩之真正的杰作还在后面。1996年,长篇《星界的纹章Ⅰ：帝国公主》开始在杂志上连载。三个月之后,应读者的强烈要求,"星界的纹章"三部曲,包括《星界的纹章Ⅰ：帝国公主》《星界的纹章Ⅱ：微型战争》《星界的纹章Ⅲ：回归异乡》,由出版社于1996年4、5、6按月出版。到1997年1月,"星界的纹章"三部曲累计销量已达二十万册,是当时最畅销的科幻小说。1997年,《星界的纹章》获得《SF杂志》第四届"1996年最佳作品"国内部分第一名。1997年,《星界的纹章》获得第二十八届"星云赏"。

图片118 漫画版《星界的纹章》

《星界的纹章》是一部描写战争的太空歌剧。在遥远的未来,人类在银河系中建立了五个星间国家,其中的"亚布人类帝国"对全体成员的身体进行基因改造,短时间内成为五个星间国家中最为强大的存在。马汀行星出身的少年杰特,因缘际会下成为亚维贵族,在前往翔士修技馆学习的路上,认识了帝国公主拉斐尔。这时亚维人类帝国遭到了四国联合的挑战,这将成为人类历史上最大也是最后的战争……《星界的纹章》气势宏大,设定细腻,故事中涉及的五个星间国家各有细致的社会构成,先后被改编为漫画和动画片,在更大的范围受到欢迎。

之后,森冈浩之又创作了续篇"星界的战旗"系列,继续讲述星间五国之间的恩怨情仇,同样大受欢迎。这一系列已经出版了六部,目前还没有完结,无数的星界迷翘首以盼新作出版。

小川一水,1975年生于日本岐阜县。他原本是写纪实文学的。1996

年，《先通知白杨宫殿》获得集英社的"纪实文学赏"之后，他忽然动了写科幻的念头，于是把获奖的采访题材拿出来，用科幻小说的方式重写一遍，居然大获成功。从此，小川一水便在科幻的道路上越走越起劲，越走越顺当。

2003年《第六大陆》以论文般的严谨描写2025年到2037年人类登上月球并在月球上建立基地和城市的全过程，其目录为：1.事前调查及计划草案（2025）；2.物资、器材的搬入及场地平整（2029—2033）；3.建筑完工检查及运用说明（2036—2037）。日本科幻作家兼评论家增田淳说："从小川的作品中可以明显感觉到他是个狂热的科学爱好者、摩托爱好者、枪械爱好者、机器爱好者，以至于在读他作品的时候几乎都能闻到一股浓厚的'机油的气味'。"这一点在《第六大陆》有着深切的体现。在月球上建造基地都需要哪些物资，运送物资到月球上需要发射多少枚火箭、耗费多少金钱，月球基地采用什么建筑材料，计划容纳人数多少，选址在月球的什么位置，诸如此类的问题，小川一水给出了一整套解决方案。知道的，知道它是科幻小说，不知道的，还以为这是真实存在的项目书呢。

小川一水是个相当高产的作家。中短篇的数量极多。其中，2005年《老威尔的行星》描写了热木星上一种与众不同的气态生命，它们难以繁衍但是寿命极长，以知识的传承为生存的基本目的，并不关注彼此之间的交往，当人类与它们交往时，发生了奇妙的情感变化。《幸福之匣》（2005）、《漂流者》（2006）、《加尔纳夫卡迷宫》（2007）、《星港管制员》（2012）、《双星·飓风·离乡人》（2019）等都大受好评。

长篇方面，描写人类干预外星文明的"引导之星"四部曲（2002），描写大灾难之后文明重生的"复活之地"三部曲（2004），描写人类与智能机器纵贯数十万年的时空大战的《时砂之王》（2007），描写外星观察者视野下的古罗马衰亡史与现代文明的崛起的《风之邦，星之渚：雷兹司芬特兴亡记》（2008），都非常有小川一水的特色。

2009年，小川一水开始超长篇小说《天冥之标》的创作，到2019年完结。这部鸿篇巨制写作历时十年，全书共分成十卷十七册，字数达三百多万字。2015年，一种来自于太阳系外的"冥王斑病毒"给人类带来莫大的灾难，并使人类社会分裂，持续几世纪的宿怨终于导致了地球文明的毁灭。少数的幸存者不得不走向宇宙深处。2803年，当人类的几支后裔再度与"冥王斑病毒"相遇时，他们惊讶地发现，瘟疫还在，历史即将重演，假如他们不做出改变的话……《天冥之标》囊括了末日灾难、机器人及仿生人、外星智能、人体改造、太空移民、宇宙战争等几乎所有类型的现代科幻元素，堪称"科幻小说的满汉全席"。被认为是继田中芳树《银河英雄传说》后又一部在浩瀚星空演绎人类未来千年的科幻史诗，汪洋恣肆，又博大精深。

图片119　超长篇《天冥之标》卷帙浩荡

野尻抱介，1961年出生于日本三重县，早年从事程序员和游戏设计师等职业。1992年，三十一岁的野尻抱介以《维斯的盲点》投身科幻创作，随后创作了大量场面宏大、构思精巧的宇宙题材科幻小说"火箭女孩"系列，包括《女高中生，脱离！》（1995）、《天使是结果》（1996）、《和我在月亮上相遇》（1999）、《魔法使与兰德夫》等，广受好评。

但真正让野尻抱介成名的是《太阳篡夺者》。2000年，《太阳篡夺者》短篇版发表，就因为篇幅不长，语言精练，但内容却丰富到让人眼花缭乱，获得当年的"星云赏最佳短篇奖"。随后，野尻抱介将它扩写成长篇，再次出版，并于2003年获得"星云赏最佳长篇奖"。像这种短篇获奖，扩成长篇再获奖的例子，在世界科幻史上极其罕见，想来也只有如

《安德的游戏》这种寥寥无几的经典中的经典，《太阳篡夺者》的质量可见一斑。

《太阳篡夺者》是一部宏大的太空歌剧，讲了这样一个故事：

水星突然出现异动，一番观察，科学家们发现，有外星人在将水星拆解成碎片，加工后送到太阳附近建造"戴森球"。它建成后将把太阳完全包裹起来，而地球将遭遇永远的冰河纪，人类肯定会灭亡。然而，以人类现有的技术，根本无法阻止外星人的恒星工程，但也不能坐以待毙呀，于是人类在极为困难的情况下，与太阳篡夺者展开了激战……

图片120 《太阳篡夺者》场面宏大

日本作家谷川流评价说，《太阳篡夺者》是"以奇特的想象开始，以更加奇特的想象结束，明知是虚构，却总觉得具有不可辩驳的说服力"。这是中肯之言。

野尻抱介的科幻小说属于典型的技术流，和亚瑟·克拉克的风格相近。2002年《轻飘飘的泉水》、2007年《大风筝与蜘蛛丝》、2008年《沉默的飞碟》、2011年《唱歌的潜水艇PIAPIA》……野尻抱介已经多次获得"星云赏"，我们有理由对他期待更多。

其他值得关注的作者和作品还有：平井和正（《改造人·布鲁斯》）、河野典生（《驶向草原的机关车》）、冲方丁（《壳中少女》）、川又千秋（《火星人先史》）、栗本薫（《豹头王传说》）、有川浩（"图书馆战争"系列）、飞浩隆（《废园天使》《具象之力》）、简井百合子（《献给火星的二重奏》）、菅浩江（《博物馆行星》）、贵志祐介（《来自新世界》）、新井素子（《底格里斯与幼发拉底》）、伊藤计划

（《虐杀器官》《和谐》《尸者的帝国》）、宫内悠介（《盘上之夜》）、圆城塔（《自指引擎》）、林让治（《进化的设计者》）、藤井太洋（《基因设计师》）等。

# 第六章　在星辉斑斓里放歌
## ——其他国家科幻小说史

就像世界不止美国一个国家一样，世界科幻也不只有美国科幻。但如同美国势力遍及全球一样，美国科幻的影响也遍及全球每一个角落。于是在美国之外的很多国家里，都呈现出这样的局势：美国科幻大举入侵，本土科幻举步维艰。各个国家的有识之士都意识到发展本土科幻刻不容缓，于是他们在星辉斑斓里尽情放歌，唱出属于自己的旋律。

## 第一节　美国的影子
### ——英国、加拿大、澳大利亚

### 一、英国科幻小说史
#### 1. 主流作家的科幻杰作

当美国还什么都不是的时候，英国是日不落帝国、世界霸主；当美国成长为世界霸主之后，英国至少是美利坚合众国的影子，霸主的影子。国际局势与国家关系如此，在科幻上也是如此。

玛丽·雪莱和威尔斯对于科幻的贡献前文已经详加叙述，这里不再啰唆。除他们之外，值得一提的英国作家还有：陆军中校乔治·汤姆金斯·切斯尼爵士，他于1871年出版的《杜金战役》（*Battle of Dorking*）描写了未来的战争；主流作家埃德温·A.阿博特于1884年写的《平面国：

多维世界传奇》（*Flatland: A Romance of Many Dimensions*），描述了如果世界是二维的，生活会变成什么样子，其中张扬的想象力令人叹为观止；博物学家约翰·理查德·杰弗里斯写于1885年的《伦敦毁灭之后》（*After London*），属于后毁灭题材的开山之作；比威尔斯大十一岁的乔治·格里菲斯写于1898年的《垄断雷电》（*A Corner in Lightning*）开创了20世纪初盛行的疯狂科学家企图用新式发明征服世界的故事的先河。

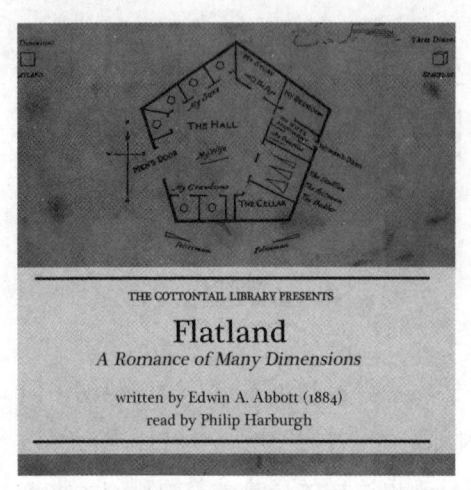

图片121 《平面国：多维世界传奇》对二维空间有着惊人的描述

在主流作家方面，罗伯特·路易斯·史蒂文森（1850—1894）是这一时期的代表。史蒂文森以《金银岛》享誉世界，写于1886年的《化身博士》则为史蒂文森在科幻史上留下了光辉的一笔。

《化身博士》的英文原名为《杰基尔博士和海德先生奇案》（*The Strange Case of Dr. Jekyll and Mr. Hyde*），讲述杰基尔博士发明了一种药剂，一旦喝下，他就会将内心的邪恶完全释放出来，变成可怕的海德先生，在黑夜里游荡，寻找一切作恶的机会，而药效一过，他又会变回白天那个温文尔雅的善良科学家……这部小说是心理学题材的开山之作，对双重人格的成功塑造和耸人听闻的故事手法，使该小说在多年以后仍然魅力无穷，曾被多次改编为音乐剧、电

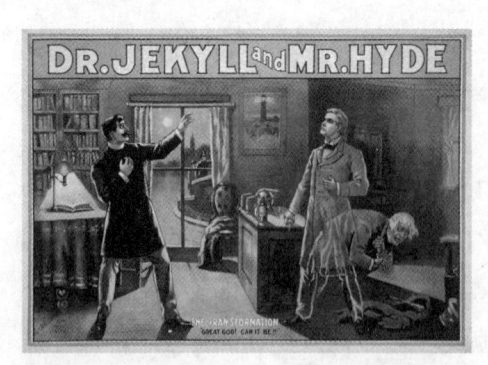

图片122 《化身博士》内含对人性的深切思考

影和游戏。化身博士杰基尔已经和玛丽·雪莱笔下的弗兰肯斯坦博士、威尔斯笔下的莫罗博士一起成为热衷于科学实验而最终成为自己实验牺牲品的典型人物。

英国科幻有一个与美国科幻很不一样的地方，就是美国科幻在很早的时候就被主流文学排除在外，而在英国从未严肃地将科幻小说从主流文学中排除出去。对英国作家来说，任意转变文学倾向，写上几部科幻小说是很容易的事儿。正因为如此，在史蒂文森之后，我们能看到一大串主流作家的名字。

1907年的"诺贝尔文学奖"获得者约瑟夫·鲁德亚德·吉卜林（1865—1939）出生于印度孟买。他作品众多，其中有两部作品属于科幻：《夜班邮船》（1904）描写了一包邮件的旅行，而这包"邮件"是一艘激光推进的小汽艇，作者在这篇小说中详尽地描述了有关航空学的未来及其对生活和政治的巨大冲击力；《易如ABC》（1912）描述了一种能控制人的镭射武器，但作者的重心不是科技而是社会学，他所描述的是对于人口过剩这一问题的国际反应，以及人们对于人群拥堵的心理感受。吉卜林是个讲故事的天才。詹姆斯·冈恩在《科幻之路》第五卷中这些写道：假如他在这种发展中的文学样式中所写作的作品与H.G.威尔斯一样多，他也许会与这个比他年轻一岁的"科幻小说之父"竞争。

柯南·道尔（1859—1930）不是纯粹的主流作家，也不靠科幻扬名。毫无疑问，他的名气主要来自于"福尔摩斯"系列。然而，道尔的作品有不少与科幻沾边，如《炼金》《电椅的兴起》《恐怖谷》《洞穴中的巨兽》《高天的恐怖》等。但真正使柯南·道尔在科幻史上留名的，还是他写于1912年的长篇科幻小说《失落的世界》（The Lost World）。在这部小说里，主人公查林杰，一个性格暴戾的怪才教授，统率一支探险队奔赴南美高原考察，他们发现那里似乎被时间所遗忘，巨大的恐龙和原始人生活在一起。道尔运用娴熟的推理技巧，使得这部小说悬念丛生，极具阅读快感。这部小说对后世的影响极其深远，查林杰教授才华横溢而又性格暴戾的形象成了很长一个时期的经典科学家形象，而生活着史前动物的"失落的世界"也启发了后世如《金刚》等作品。

　　查林杰教授后来还在其他道尔的科幻小说中登场。在《有毒地带》(*The Poison Belt*, 1913) 中，由于彗星带来的毒气污染，查林杰教授预言了人类濒临毁灭的威胁，并积极建造了地下避难所；在《迷雾之国》(*The Land of Mist*, 1926) 里，查林杰教授一本正经地讨论通灵学说；在《地球痛叫一声》(*When the World Screamed*, 1929) 中，查林杰教授提出了一种奇怪的理论：我们所生存的地球乃是一个生物。

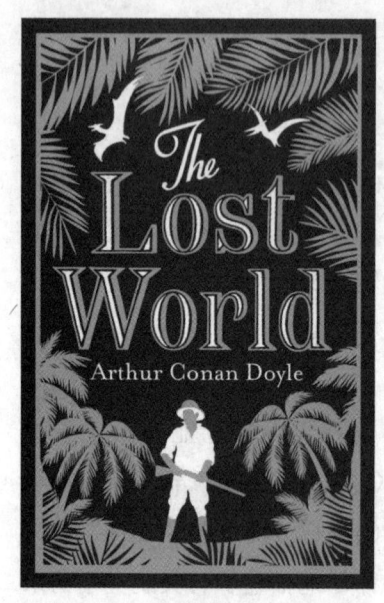

图片123　《失落的世界》虚构了一个原始人与恐龙共存的地区

　　阿道斯·伦纳德·赫胥黎（1894—1963），前半生在英国度过，后半生在美国生活。他爷爷是鼎鼎大名的进化论学者、"达尔文的斗犬"托马斯·赫胥黎。他是个高产的作家，共写作了五十多部小说、诗歌、哲学著作和游记，其中科幻方面最著名的作品是出版于1932年的长篇《美丽新世界》(*Brave New World*)。

　　福特纪元632年即公元2532年的社会，是一个人从出生到死亡都受着控制的社会。在这个"美丽新世界"里，由于社会与生物控制技术的发展，人类已经沦为垄断基因公司和政治人物手中的玩偶。这种统治从基因和胎儿阶段就开始了。

　　在这个社会，人类经基因控制孵化，被分为五个种姓（以希腊字母为序），分别从事劳心、劳力、创造、统治等不同性质的社会活动。人们习惯于自己从事的工作，视恶劣的生活和工作环境与极高的工作强度为幸福。因此，这是一个"快乐"的社会。这种"快乐"还有别的措施保障，比如睡眠教学，催眠术被广泛用来校正人的思维，国家还发放叫做"索麻"的精神麻醉药物让人忘掉不愉快的事情。

《美丽新世界》以美国梦的实践为基础，矛头主要指向所谓的科学主义，描绘了科学主义的反乌托邦。在书中，福特纪元代替了公元纪元，也就是说，美国汽车大亨亨利·福特代替了上帝。因为福特发明了生产汽车的流水线，使生产力飞速发展，这种生产方法在有助于提高生产效率的同时，也使工人变成了流水线上的工具，完全失去了作为人的尊严。赫胥黎运用达尔文进化论，将高效的福特流水线推广到全世界。现在看来，人类距离《美丽新世界》并不遥远。

图片124 现在看来《美丽新世界》更可能变成现实

乔治·奥威尔（1903—1950）1903年生于英属印度，1950年死于肺结核。在奥威尔短暂的一生里，他以敏锐的洞察力和犀利的文笔审视和记录着他所生活的那个时代，甚至做出了许多超越时代的预言。因此，他被称为"一代人的冷峻良知"。代表作有寓言小说《动物庄园》和科幻小说《一九八四》。

西元1984年4月4日，世界呈现大洋国、欧亚国、东亚国三国鼎立的局面。这三个国家相互交战频繁，并且敌友时常易位。大洋国是个独裁国家，党的权威至高无上，运用极权体制、愚民教育、政治神话、无处不在的秘密警察，以及操之在国的资讯系统，垄断一切传播渠道，严格监控人民的行动、言谈、生活与思想。

主角温斯顿·史密斯在大洋国的真理部工作。这个部掌管新闻、娱乐、教育和艺术，名为真理部，实为谎言部。他的工作是修改历史和变更各种资料，以配合党的实际需要……

在这部作品中，奥威尔描绘了一个极权主义达到顶峰的可怕的社会，在这个社会中思想自由是一种死罪，独立自主的个人被消灭干净，每一个人的思想都受到严密的控制，掌握权力的人们以追逐权力为终极目标并对权力顶礼膜拜。

图片125 据说《一九八四》写出来后一九八四就不会变成现实了

《一九八四》先后被译成了六十多种文字，销量超过四千万册。而小说中预言的极权也不断地被历史所印证。小说中，奥威尔创造的"老大哥""双重思想""新话"等词都已收入权威的英语词典，由他名字而来的形容词——"奥威尔式"（Orwellian）、"奥威尔主义"（Orwellism）经常出现在各国记者笔下，足见其作品影响之深远。

根据2007年9月4日英国国家档案馆解密的资料，因被怀疑是共产主义者，奥威尔自1929年起一直被军情五处和苏格兰场特别科严密监视，直至1950年逝世。这个消息有助于更加全面地理解《一九八四》。

《美丽新世界》《一九八四》和《我们》合称"世界三大反乌托邦小说"。

威廉·戈尔丁（1911—1994）生于英格兰康沃尔郡。他最著名的作品是出版于1954年的长篇小说《蝇王》（Lord of the Flies）。

《蝇王》讲述世界发生了核战，一群唱诗班的少年流落荒岛，为了生存，在文明与野蛮之间，按照生命的本能进行抉择的故事。《蝇王》完稿时命运不佳，曾先后遭到二十一家出版社的拒绝，直到1954年才出版。然而使人意外的是，该书一经问世即获得极大成功，立刻成为那个时代大、中校园里的畅销书，深受青少年读者的欢迎，享有"英国当代文学的典范"的地位，并曾在1963年和1990年两度被搬上银幕。

由于戈尔丁的小说具有清晰的现实主义叙述技巧以及虚构故事的多样性与普遍性，阐述了今日世界人类的状况，于1983年获得"诺贝尔文学奖"。

图片126 《蝇王》核战背景下的人性炼狱

从20世纪初到50年代，值得注意的英国科幻作家还有：M.P.希尔（1865—1947）写了许多关于未来战争的故事，如《黄祸》《黄潮》《龙》等，入侵者大多来自东方；J.D.贝雷斯福德（1873—1947）写过八部科幻作品，《纯真无邪的人们》描述了一个纯女子的社会；C.S.刘易斯（1898—1963）以《纳尼亚传奇》闻名于世，他也写过科幻小说"空间"三部曲，包括《沉寂的星球》《皮尔兰德拉星球》和《黑暗之劫》；哲学家威廉·奥拉夫·斯特普尔顿（1866—1950）创作的科幻小说"宇宙"三部曲也富于哲学思想，包括《最后和最初的人》《最后的人在伦敦》和《造星主》，不但极大地丰富了外星智慧生物的种类，也激励了一代人去思考人类的终极问题。

## 2. 一代大师

当20世纪二三十年代美国科幻杂志风起云涌的时候，英国也试图复制美国的成功，然而在英国，大众杂志的创办却从未呈现过繁荣景象。

一个重要原因就是"美国佬的杂志"作为货船的压舱物——其数量之大可以想象——被运到英国，摆在零售商店廉价出售。许多英国作家只好在美国杂志上发表自己的作品。

1933年，英国成立了"星际学会"，这是一个包含科学家、作家和科幻迷的组织。1937年，更为纯粹的科幻组织"科幻小说协会"成立了，同年还创办了杂志《奇妙故事》，但只出版了十六期就停刊了。英国人创办的其他科幻杂志也多数如此短命。

50年代后的情况稍微好一些，出现了一批寿命长一点的科幻杂志，本土科幻读者群也在形成。许多英国作者仍然瞄准美国市场进行写作，但已经有作者开始为本土读者写作。在此期间，老一辈的作家还在写作，一批年轻的科幻作家也登上了历史舞台。

亚瑟·查理斯·克拉克[①]（*Arthur Charles Clarke*）1917年12月16日生于英国萨默塞特郡。二战期间，他在英国皇家空军担任雷达新技术的指导员。工作之余，为科技杂志撰写相关文章，其中包括1945年在论文《地球外的中继站》中详细论述的卫星通信的可行性——这建议现在已变成现实，卫星通信已被广泛使用。

二战结束后，克拉克继续进入大学深造，在伦敦的英皇学院学习，获得了物理和数学学士学位。同时，他加入了英国天文学会，并在1946年至1952年间担任英国星际学会主席，先后出版了《星际飞行》和《太空探索》等书和论文，大力宣传太空旅行。

但是，克拉克更突出的成就在科幻小说方面。1946年处女作《弹孔》载于《惊奇故事》4月号上。1951年，他出版了两部关于太空旅行的长篇《太空序曲》和《火星之沙》，树立了克拉克科幻作家最初的名声。次年，克拉克成为全职作家，全身心地投入科幻创作。

1953年，克拉克出版了《童年的终结》（*Childhood's End*），讲述外星人来了，人类的童年结束了。在这部作品中，作家讨论了当宇宙中的生命想干涉地球文明进程时发生的情况，人类的各种本性在外星生物面

---

[①] 也翻译为阿瑟·克拉克。

前暴露无遗。

1973年的长篇科幻《与拉玛相会》（*Rendezvous with Rama*）是克拉克十分重要的一部作品，它描写了一艘外星探测器"拉玛"突然来到太阳系，人类对其进行探测，发现其中没有任何智慧生物，但种种迹象又暗示了智慧生物的存在。最后，在人类对拉玛依然一无所知的情况下，拉玛飞向了麦哲伦星云。克拉克最感兴趣的话题是人类在宇宙中的地位。在他看来，肯定存在着高于人类的生命形式，这种形式人类根本无法理解，于是，最好的文学表现手法就是神秘主义。这一点，在《与拉玛相会》中得到了淋漓尽致同时又极有分寸的展现。《与拉玛相会》荣获"星云奖""雨果奖"和"坎贝尔奖"三重桂冠。后来，克拉克与金特里·李合写了三部不算成功的续作。

图片127 《童年的终结》外星人善恶未定

1979年，"雨果奖"和"星云奖"双奖作品《天堂的喷泉》（*The Fountains of Paradise*）描写了人类建造"太空电梯"的故事，并探讨了宗教的问题。在作品的结尾，人类已将所有的卫星都互相连接并与地球相连，形成了一个巨大的环。

但真正使克拉克扬名世界的，是在1968年，他和斯坦利·库布里克合作拍摄了电影《2001：太空之旅》

图片128 《与拉玛相会》用神秘主义来写外星人

图片 129  《天堂的喷泉》使"太空电梯"的概念风靡世界

图片 130  神秘主义贯穿《2001：太空之旅》

（*2001: A Space Odyssey*，也翻译为《2001：太空奥德赛》或者《2001：太空漫游》）。该影片成为科幻电影的经典，创造了当时的票房纪录，并于1968年获得"奥斯卡最佳视觉效果奖"。在影片公映的同时，克拉克出版了同名小说，据说是因为在某些地方库布里克与克拉克意见不一，因此库布里克最终没有署名。

《2001：太空之旅》从远古写起，开头写古猿"望月"受到天启，学会了使用工具；接着写，人类在月球上发现了神秘的石碑；第三个故事里，人类来到木星探索，却遭遇了电脑的背叛，神秘的石碑再次现身……人类的过去与未来在此得到了完美的统一。

1982 年和 1987 年，《2010年：太空之旅之二》和《2061年：太空之旅之三》分别问世，也都被拍成电影。1997 年，克拉克出版了"太空之旅"系列的终结篇——《3001：最终的太空之旅》。

除了长篇科幻，克拉克的短篇科幻也脍炙人口，比如《地光》（*Earthlight*, 1951）、《神的九十亿个名字》（*The Nine Billion Names of God*, 1953）、《星》（*The Star*, 1955）、《遥远的地球之歌》（*The Songs of Distant Earth*, 1958）、《热爱宇宙》（*Love That Universe*, 1961）、《太阳帆船》（*The Wind from the Sun*, 1964）等等。经典作品太多，不胜枚举。

由于克拉克在科幻创作和科学研究中所做出的巨大贡献，他曾获得过许多国家颁发的学术奖项。他获得过三次"雨果奖"和三次"星云奖"，以及1986年，荣获象征终身成就的"星云科幻大师奖"。此外，他还曾获得"卡林加奖""马可尼奖""查尔斯·林德伯格奖""杰出公众服务奖章"以及"AIAA宇宙通信"等十多种科学奖项。1989年，英国女王伊丽莎白二世因为克拉克就"英国对斯里兰卡文化兴趣方面的服务"而授予他英国高级勋爵爵位。1994年，克拉克因其在1945年提出的有关全球卫星通信的贡献而被提名"诺贝尔和平奖"。1995年，获美国国家航空航天局"杰出公共服务奖"。

在数十年的科幻创作和科技研究中，克拉克积累了丰富的经验，并把这些经验总结为"克拉克基本定律"。这三条定律首先在《未来的轮廓》（1962）一书中提出。

> 定律一：一个德高望重的杰出科学家，如果他说某件事是可能的，那他可能是正确的；如果他说某件事是不可能的，那他也许是非常错误的。
> 定律二：要发现某件事情是否可能的界限，唯一的途径是跨越这个界限，从不可能跑到可能中去。
> 定律三：任何非常先进的技术，初看都与魔法无异。

有趣的是，阿西莫夫和克拉克之间有一个"公园大道协定"。据传，当时两人同乘一辆出租车在纽约游玩，出租车驶过著名的公园大道时，克拉克要求阿西莫夫承认自己是世界上最好的科幻小说家，并同意承认阿西莫夫排第二；而阿西莫夫却要求克拉克承认自己是世界上最好的科普作家，也同意承认克拉克排第二。然后，克拉克在自己的新书致谢中写道：根据阿西莫夫—克拉克协定之条款，世界第二科普作家将这本书献给世界第二科幻小说家。

但他俩这样说的时候，似乎忘了海因莱因。因为，克拉克与海因莱因、阿西莫夫在科幻史上称为"世界科幻三巨头"。

1956年，克拉克对海底探索发生兴趣，遂移居斯里兰卡首都科伦坡，并长期居住在那里。1962年，克拉克患上了脊髓灰质炎，经过治疗，基本恢复。但到了1988年，脊髓灰质炎后遗症发作，从此只能坐在轮椅上。2000年，克拉克受封英国爵士，由于克拉克行动不便，英国王室派高级专员亲临斯里兰卡授予其爵位。

2008年，克拉克宣布脱离英国国籍，正式成为斯里兰卡公民。同年3月19日，克拉克在斯里兰卡去世，安坐于科幻星空之上，享年九十岁。他在临终前刚完成最后一本书《最后的定理》的校对工作。《新科学家》杂志上的讣告这样写道："亚瑟·克拉克爵士去世，我们失去了太空时代前的最后一个有远见、最雄辩的梦想家。"

克拉克的墓地在斯里兰卡首都科伦坡公墓，已经成为全世界科幻迷朝圣的地方。墓碑上，遵照克拉克的遗嘱，写着如下内容："亚瑟·克拉克下葬于此。他从未长大，但他从未停止成长。"

### 3. 英国的新浪潮运动

1965年，迈克尔·莫考克出任英国科幻杂志《新世界》的主编。这时正值科幻低潮，《新世界》奄奄一息。莫考克试图变革，他摈弃原有的传统，力求创新，在杂志上推出一系列新型的科幻作品。这些作品，极力表现近未来，重视心理学、社会学、政治学，甚至神学对人类社会生活的影响，在写作手法上也刻意接近主流文学。莫考克不但这样主张，也亲自实践，写下了《瞧这个人》[①]（Behold the Man, 1966）等一系列实验性的科幻作品。

---

① 也翻译为《走进灵光》。

在莫考克的引导下，一批英国作家加入这一类型的科幻写作之中。一时之间，《新世界》不但起死回生，而且俨然成了那个时代科幻的领头羊。这场运动很快从英国传播到美国，在大西洋两岸掀起了实验性科幻的写作、发表和讨论的高潮。一批美国作家争先恐后地向《新世界》投稿，要知道，在此之前，只有英国作家向美国杂志投稿——这是英国科幻史上光辉灿烂的一页。

1968年，女编辑朱迪思·梅里尔将部分作品结集出版，题为《英国时尚科幻小说集》，第一次将这类小说命名为"新浪潮"科幻作品。

在英国，巴拉德和奥尔迪斯是新浪潮运动的代表人物。

詹姆斯·格雷厄姆·巴拉德（James Graham Ballard）1930年11月15日生于中国上海，珍珠港事件后，十一岁的他被日军羁押在浙江龙华集中营，直到二战结束。1946年，巴拉德回到英国，到剑桥大学攻读医学。

50年代初，巴拉德进入加拿大的英国皇家空军服役，同时开始创作科幻小说。他深受超现实主义绘画和早期流行艺术的影响，因此心理学、暗淡未来的情感意义以及被毁掉的技术等成为他的写作重点。

《时间的声音》（The Voices of Time, 1960）是巴拉德最重要的早期作品，以启示录的方式描写了人类面对可怕的变化。巴拉德对传统科幻小说不感兴趣，1962年，他正式开始使用"内宇宙"①这一术语来描写他所迷恋的内心世界。巴拉德说："在近未来要发生的巨变不是在月球或火星，而是在地球上；人们需要探索的是内宇宙而不是外层空间。唯一真正的异类星球是地球。"所以，他在这一年发表了《唯一真正的异类星球是地球》（The Only Truly Alien Planet is Earth）。

巴拉德最著名的长篇当推"毁灭"三部曲，它们充分反映出巴拉德作品的主题——退化的文明和被束缚的自我意识。《沉没的世界》（The Drowned World, 1962）是三部曲中的第一部，讲述太阳突然爆发磁暴，摧毁了范艾伦带，导致两极冰雪融化，全世界重返诺亚时代。第二部作品

---

① 也翻译为"内层空间"。

图片131 《沉没的世界》讲述地球被淹没后的故事

《燃烧的世界》（*The Burning World*, 1964）讲述在海面出现了一种分子膜，限制了海水蒸发，引起了全球性干旱。人们跑到海边，争夺最后的一点儿水。第三部《结晶的世界》（*The Crystal World*, 1966）讲述一个反物质星系正与银河系相互碰撞，其结果是时间消失了，整个地球陷于结晶状态。这三部作品中，灾难不是重点，重点是在巨大灾难中人们的表现。作品本身晦涩难懂，充满意向性、隐喻性、讽刺性和意识流，读者不知所云，根本无法理解。但是，与读者和美国的评论家相反，英国的评论家却给这些作品以极高的评价，主流文学界也因此对科幻刮目相看。

巴拉德被认为是最具英国特色的科幻小说作家。他所创造的内宇宙已经成为新浪潮的象征。

巴拉德还有一系列优秀的短篇，包括《岁月倒流》（*Time of Passage*, 1964）、《终端海滩》（*The Terminal Beach*, 1964）、《淹死的巨人》（*The Drowned Giant*, 1964），收录在十八本作品集中。1984年，巴拉德出版了自传体小说《太阳帝国》，三年后由大导演斯皮尔伯格将其搬上银幕，获得"奥斯卡金像奖"。

2009年4月19日，巴拉德去世，安坐于科幻星空之上。

布赖恩·W.奥尔迪斯（Brian W. Aldiss）1925年8月18日生于英国诺尔福克郡。第二次世界大战期间，奥尔迪斯应征入伍，到过印度、缅甸和印度尼西亚。

1948年奥尔迪斯退伍复员，回到英国，结婚生子，并开始试着写作。1954年奥尔迪斯在《科学幻想》杂志上发表了他的处女作《犯罪记录》(*Criminal Record*)。

1957年，奥尔迪斯出版了他的第一部短篇科幻小说集《太空、时间和纳撒内尔》(*Space, Time and Nathaniel*)。两年后，他的第一部长篇科幻小说《永不停止》(*Never Stop*)也顺利出版。从此，他的科幻创作进入了成熟期，先后出版了《解放了的弗兰肯斯坦》(*Frankenstein Unbound*, 1973，雪莱有同名诗剧)等二十余部优秀的长篇科幻小说。

《温室》(*Hothouse*, 1962，也翻译为《丛林温室》)是奥尔迪斯最著名的作品，也是英国科幻小说新浪潮运动的代表作。在这部作品中，他用奇伟的想象力构造了智能植物称霸地球的"后地球时代"。一个被超智慧蕈菇掌控的少年，在游历世界之后面临着的是与飞人一起飞往银河中心还是留在地球上的抉择。几乎是在《温室》的单行本在英国出版的同一时间，美国出版了这部作品的删节本，书名改为《地球的漫长午后》(*Long Afternoons on Earth*)。1967年美国才出版全文，但早在1962年这部作品就已获得了"雨果奖"。

1982年，奥尔迪斯出版了长篇科幻小说《海利科尼亚1：春》(*Helliconia Spring*)获得"坎贝尔奖"和"英国科幻协会奖"。小说中，作者以惊人的想象力描写了距离一千光年的星域，名为"海利科尼亚"的行星有两颗母恒星，特殊

图片132　《地球的漫长午后》别具一格的末日小说

图片133、134、135　"海利科尼亚"三部曲奠定了作者世界级大师的地位

的轨道让它的每一个季节拉长到两千五百年。人族与其宿敌"法艮"还有其他种族的命运随着季节的变化而出现翻天覆地的变化……该书既有浓浓的新浪潮风格，又不失黄金时代勇于创造的味道，出版后深受欢迎，再版四十余次，先后翻译成十二国语言。

奥尔迪斯趁热打铁，先后出版了《海利科尼亚2：夏》（*Helliconia Summer*, 1983）和《海利科尼亚3：冬》（*Helliconia Winter*, 1985），进一步巩固了自己科幻大师的地位。

奥尔迪斯的成就不仅在长篇方面，他在短篇创作上也相当成功，出版了好多短篇集。《沙里瓦树》（*Sariwa Tree*）获得了1965年第一届"星云奖"的短篇奖，《整个夏季的超级玩具》（*Super-Toys Last All Summer Long*）启发库布里克写出了《人工智能》（*AI*）的剧本，2001年在库布里克逝世后由斯皮尔伯格拍摄成电影。

英国的评论家普遍认为，奥尔迪斯不仅继承了威尔斯和斯特普尔顿的思辨式科幻的传统，还在弥补主流文学与科幻文学之间的鸿沟方面做出了不可替代的贡献，更有人将其称为"英国科幻小说的教父"。

奥尔迪斯也是一个了不起的科幻研究家。他的《亿万年大狂欢：西方科幻小说史》（*Billion Year Spree: The History of Science Fiction*, 1973）是研究科幻小说的权威著作。在这本著作中，奥尔迪斯嬉笑怒骂，对科幻大师和作品进行了深入的针砭。把玛丽·雪莱的《弗兰肯斯坦》作为世界上第一部科幻小说的说法就出自该书，并得到了全世界的广泛认可。

他独自或与人合作编辑的一系列选集都在科幻史上有着重要的位置。他还同美国科幻作家哈里森一起创立了"约翰·W.坎贝尔奖"。一系列令人瞩目的成就为奥尔迪斯赢得了多种科幻奖，包括"朝圣奖""雨果奖""伊顿文学奖""国际幻想大奖"和"科幻大师奖"。2004年，奥尔迪斯入选"科幻奇幻名人堂"。他还积极参与各种科幻组织和活动。1979年，奥尔迪斯曾到访中国，受到邓小平的接见。1991年，他又再度来到中国，参加在成都举行的世界科幻协会年会，为推动中外科幻文化交流做出了重要贡献。

图片136 《亿万年大狂欢：西方科幻小说史》：很个性化的科幻批评史

2017年8月19日，奥尔迪斯在牛津家中病逝，安坐于科幻星空之上，享年九十二岁。

### 4. 其他

罗伯特·布鲁斯·蒙哥马利以埃德蒙·克里斯平这一笔名主编了英国系《最佳科幻小说》，从1955年到1970年，共出了七卷。特德·卡内尔从1964年开始出版《科幻小说新编》精装系列小说，到1972年他逝世时共出了二十一卷。

金斯利·艾米斯（1922—1995）1954年以《幸运的吉姆》获得"愤怒的年轻人"的美名，却在1959年普林斯顿基督教徒高斯论坛上大事宣讲科幻文学。第二年，艾米斯将他的讲座整理出版为科幻理论专著《地狱的新地图》（New Maps of Hell）。他的讲座与专著使科幻小说确立了文学地位，进而使科幻小说进入大学的讲坛，成为一门课程，得到了其相应的学术地位。其他学者也开始研究科幻。那之后，艾米斯全身心地投入到科幻界。作为编辑，他与人合作编选了六卷名为《光谱》的选集。作为作者，他先后出版了《变化》《俄国式捉迷藏：一部情节剧》《反死亡同盟》《孙上校：一场詹姆斯·邦德式的冒险》《绿色的人》等。

图片137 《发条橙》也由库布里克导演搬上大银幕

安东尼·伯吉斯（1917—1993）也算是主流作家写科幻的典型例子，在写过五部主流文学小说之后，于1962年推出了《发条橙》（A Clockwork Orange），描写技术对人性的改造和善恶的自我选择问题，后来被斯坦利·库布里克拍成同名电影，享誉世界。

石黑一雄，1954年生在日本，五岁时移民英国，获得英国国籍。1983年创作了大量主流文学作品，先后获得过"布克奖""诺贝尔文学奖"和"大英帝国勋章"等多个国际大奖。他的部分作品使用了科幻题材：《别让我走》（Never Let Me Go, 2005），讲克隆人沦为人类的器官捐献者，探讨了克隆人的权利问题，后来被多次改编为电影、电视剧；《克拉拉与太阳》（*Klara and the Sun*, 2021），描写了陪伴型机器人克拉拉与病入膏肓的女孩乔西之间的故事，从机器人的视角重新审视和看待我们这个世界。

约翰·布鲁纳（1934—1995）十七岁就开始创作科幻，先后发表了一百五十多个短篇科幻、五十多部长篇科幻和十二部历史小说，代表作是《站立桑给巴尔》（*Stand on Zanzibar*），该小说着眼于人口过剩问题，曾获得"雨果奖"以及其他六项奖。1975年的《电波骑士》（*The Shockwave Rider*）在电脑尚未普及之前就预见了电脑病毒的出现，我们熟知的"蠕虫病毒"一词即出自此书。

詹姆斯·怀特（James White, 1928—1999）把外星人和内科医生糅合在一起，开始写作"太空医院"系列小说。这家空间医疗站坐落于远离银河系的一个地方，来自不同星球不同种族的医生在那里研究外星人的一系列生物方面的问题。这一系列既包括短篇，也包括六部长篇，共同塑造了一大批有魅力的人物形象。

伊恩·M.班克斯（Iain M. Banks, 1954—2013），生于苏格兰，就读于斯特林大学，主修英语文学、哲学和心理学。1987年涉足科幻小说领域，创作了一系列以文明宇宙为背景的太空歌剧，反响巨大。《时代》周刊称其为"英国同时代作家中最有想象力的小说家"。"文明"

图片138 《武器浮生录》是"文明"系列中的一部

系列为读者描绘了一个人类与机器共生的星际乌托邦，一个无政府主义的社会。作品主要有：《腓尼基启示录》（*Consider Phlebas*, 1987）、《游戏玩家》（*Player of Games*, 1988）、《武器浮生录》（*Use of Weapons*, 1990）。

道格拉斯·亚当斯（Douglas Adams, 1952—2001），英国广播剧作家、音乐家和科幻作家。代表作是"银河系漫游指南"系列（*The Hitchhiker's Guide to the Galaxy*, 1979）。这个系列起初是十二集广播剧，受到听众欢迎才改编成小说的。

地球被毁灭了，因为要在它所在的地方修建一条超空间快速通道。主人公阿瑟·邓特活下来了，因为他有一位名叫福特·派法特的朋友。这位朋友表面上是个找不着工作的演员，其实是个外星人，是名著《银河系漫游指南》派赴地球的研究员。两人开始了一场穿越银河的冒险，能够帮助他们的只有《银河系漫游指南》一书中所包括的无限智慧……

《银河系漫游指南》充满英式幽默，一边对经典科幻作品进行辛辣的嘲讽与解构，比如书中一再提到的《银河系漫游指南》解构的其实是"基地"系列里边的《银河百科全书》，一边以嬉皮士的方式进行新的建构，建构出独属于亚当斯的科幻宇宙。这种解构与建构并存，想象力之丰富令人叹为观止，以至于被西方科幻读者奉为"科幻圣经"之一。在欧美幻想排行榜上，《银河系漫游指南》经常与托尔金的《指环王》争夺第一的位置。

图片139　电影《银河系漫游指南》海报

亚当斯再接再厉，《宇宙

尽头的餐馆》(*The Restaurant at the End of the Universe*, 1980)、《生命、宇宙及一切》(*Life, the Universe and Everything*, 1982)、《拜拜，多谢你们的鱼》(*So Long, and Thanks for All the Fish*, 1984)、《基本上无害》(*Mostly Harmless*, 1992)等续作小说陆续出版，同样受到读者欢迎。

这一系列小说先后被改编成广播剧、电视剧、舞台剧和电脑游戏，甚至印有相关图案的浴巾——小说中的重要道具——也一度热销。

由于该系列小说的突出成就，国际小行星管理委员会甚至将一颗小行星命名为阿瑟·邓特。而小说中所说的"生命宇宙及一切的答案是42"则成了科幻迷的暗号，国内国外都有以"42"命名的科幻迷组织。

查尔斯·斯特罗斯（Charles Stross, 1964— ）是进入21世纪后英国科幻的代表人物。他出生在英格兰的利兹，从小便立志当科幻作家，于布莱福德大学进修计算机科学硕士。斯特罗斯从1998年开始写作，出版了近二十本书，并多次获奖，作品兼具新浪潮与黄金时代的特征，代表作有《奇点天空》(*Singularity Sky*, 2003)、《末日奇点：钢铁朝阳》(*Iron Sunrise*, 2004)。两部作品都是技术性狂欢，浩大磅礴，又有社会性思考。此后，他既写独立小说，又写系列小说，佳作频发：2005年，《混凝土丛林》(*The Concrete Jungle*)荣获"雨果奖"；2006年，《促进剂》(*Accelerando*)荣获"轨迹奖"；2007年，《导弹间隙》(*Missile Gap*)荣获"轨迹奖"；2010年《重写》(*Palimpsest*)和2014年《等高线》(*Sequoia*)均获得"雨果奖最佳长中篇小说奖"。

伊恩·麦克唐纳（Ian McDonald）1960年3月31日，1982年发表处女作《死亡之岛》(*The Island of the Dead*)登上文坛，作品中描写非洲的"Chaga"系列作品被誉为"具有开创性的小说"，他也成为当代科幻小说的先锋人物。2000年前后，麦克唐纳开始创作科幻，即以《坦德莱奥的故事》(*Tendeléo's Story*, 2000)获得"西奥多·斯特金纪念奖"，出手不凡。此后，《诸神之河》(*River of Gods*, 2004)、《新巴西》(*Brasyl*, 2006)

和《苦行僧之屋》(The Dervish House, 2009)均获得年度"英国科幻协会奖"。2007年,描写外交官用智能粉末与妻子交往的爱恨情仇的《精灵的妻子》(The Djinn's Wife)获"雨果奖"和"英国科幻协会奖最佳短篇小说"。麦克唐纳的作品多描写第三世界国家在技术发展和社会变革下的图景,进而思考诸多的科技与社会话题。

图片140 《月球家族》:近在咫尺的太空歌剧

本着"我喜欢在我们家门口写一部太空歌剧的想法",麦克唐纳创作了"月球家族"三部曲,包括《月球家族1:新月》(Luna: New Moon, 2015)、《月球家族2:狼月》(Luna: Wolf Moon, 2017)和《月球家族3:月出》(Luna: Moon Rising, 2019)。《月球家族》描写22世纪的月球,空气、水、碳和数据四元素成为基本量价物,五大支柱产业分别被来自中国、巴西、俄罗斯、加纳和澳大利亚合称为"五龙"的家族所掌控,他们彼此以婚姻合约结盟,同时不同家族之间也保持着敌对和警惕。与此同时,地球方面也一直没有放弃对月球的控制与渗透……故事紧张激烈,被媒体誉为"月球上的《权力的游戏》"和"太空版《教父》"。

麦克唐纳认为:"我觉得科幻小说并不是预言未来会发生什么,它更像一个地图,告诉我们可以去到的地方是哪里。不会告诉你目的地在哪里,它只会告诉你有哪些路,当中会碰到什么样的障碍。科幻小说的精神就是没有一个固定的未来。"

## 二、加拿大科幻小说史

与英国相比,加拿大科幻几乎没有连续的科幻史。加拿大全国百分之八十左右的人讲英语，百分之二十左右的人讲法语，又与美国濒临，关系交好，因此美国科幻进入加拿大几乎通行无阻。全世界的科幻都能感受到美国科幻的强势存在，而在加拿大，这种存在几乎成了唯一。美国科幻黄金时代"四大才子"之一的范·沃格特出生在加拿大，为了能更好地融入美国科幻而移民就是明证。这里跳过加拿大零星的科幻史，重点介绍近现代活跃的加拿大科幻作家。

玛格丽特·阿特伍德（Margaret Atwood）1939年11月18日出生于加拿大渥太华，1962年获哈佛大学文科硕士学位，曾任加拿大作家协会主席，是加拿大现当代最著名的小说家和诗人，被誉为"加拿大文学女王"，其作品包括小说、诗歌与批评散文，迄今已在全球三十五个国家出版，并获得多项国际级大奖。在她的作品中，有几部是科幻。

《使女的故事》（The Handmaid's Tale）发表于1985年，获得了第一届"亚瑟·克拉克奖"。这部作品描写大灾难后，北美地区出现了原教旨主义宗教徒创立的基列共和国，一方面强化教育，一方面暴力镇压，要求所有信众严格按照教义生活。女性在基列共和国里，只是生育的工具。因为大灾难后，很多女性无法生育，所以，强制女性生育，是基列共和国的基本国策。小说中对于女权有着详细而深入的描写，并且与后来的现实有着镜像般的关系，被誉为"反乌托邦"的代表作。

"疯癫亚当"三部曲也是后启示录式的反乌托邦小说，包括《羚羊与秧鸡》（Oryx and Crake, 2003）、《洪水之年》（The Year of the Flood, 2009）和《疯癫

图片141　《使女的故事》被拍成了电视剧，广受好评

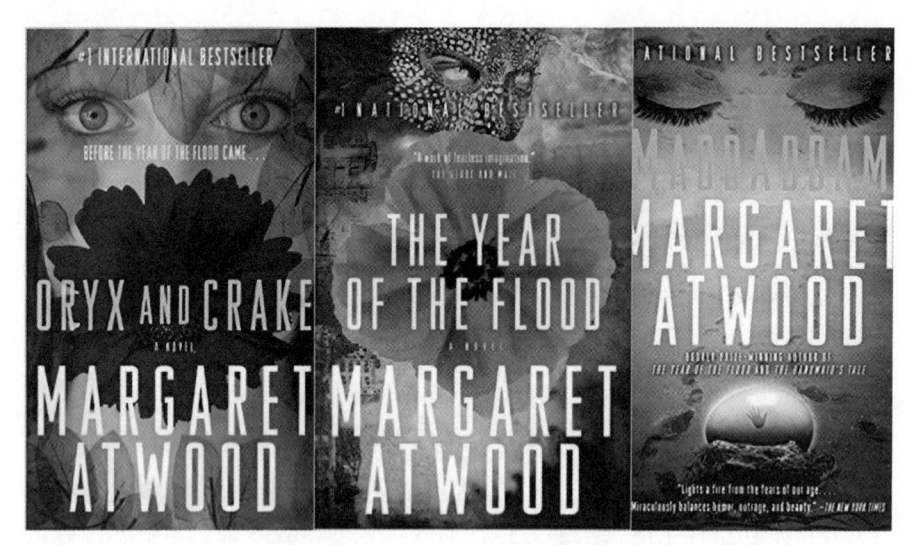

图片142、143、144　"疯癫亚当"三部曲充分展示了作者对科技阴暗面的担忧

亚当》（MaddAddam, 2013）。这三部作品的故事发生在同一时期，每本书的主人公不同，风格和主题也有所不同，但角色会在三部作品中互相串门，使其相互联系，最终形成一个整体。"疯癫亚当"三部曲中，生物黑客"秧鸡"出于改良现实的初衷，试图将人类"低能化"，即创造出能自发进行光合作用而且没有爱恨生死的欲望的新型基因物种"秧鸡人"；极端宗教组织"上帝园丁"则疯狂反对一切包括基因技术在内的技术；瘟疫如大火般吞没了一座又一座城市，最终摧毁人类社会，作为秧鸡唯一的朋友，"雪人"一方面要在废墟上照顾秧鸡人，一方面要探寻这个世界为什么会变成现在这个样子；他发现那场瘟疫似乎与秧鸡紧密相关。"疯癫亚当"三部曲主要表达作者对未来世界滥用生物技术以及科技对人的严重异化的极度担忧。

彼得·沃茨（Peter Watts）生于1958年1月25日，不列颠哥伦比亚大学博士，是专攻海洋哺乳动物的生物学家。在从事了十多年的动物保护工作之后，沃茨发现自己其实是在为不同的利益集团卖命，于是把注意力转到了科幻创作上。2000年，沃茨出版了自己的处女作《海星》（Starfish），这是一部以深海为主要故事背景的硬科幻作品，其对深海环境和海洋动物的描写大受赞扬。之后，他顺势推出续集《大漩涡》（Maelstrom）和《太古菌反扑》（Behemoth），共同构成"裂谷人"三部曲，奠定了沃茨在科幻界中的地位。2006年，长篇《盲视》（Blindsight）对外星人的生理结构有非常独到的想象和描述，对吸血鬼这样的传统概念进行了新的诠释，同时小说涉及语言学、生物学、神经学、心理学等各种学科，获得了日本"星云赏最佳海外长篇"。此后，沃茨为《盲视》写了两部续作《上校》（The Colonel，2014）和《模仿》（Echopraxia，2015），涉及人类族群的终极进化。

罗伯特·查尔斯·威尔森（Robert Charles Wilson）1953年12月15日生于美国，后长居加拿大多伦多。二十二岁时，他发表了第一篇短篇科幻小说。1994年，自从长篇小说《隐匿之地》（A Hidden Place）入围"菲利普·迪克奖"之后，威尔森便逐渐确立起自己在科幻文坛的地位。《穿越时空的巨石碑》（The Chronoliths，2001）获得"坎贝尔纪念奖"，讲述了人类科学家在地球观察到一颗外星球上的外星人，只能观察，没有其他任何办法联系它们。2005年，《时间回旋》（Spin）从群星消失写起，描写来历不明的生物将地球包裹起来，使得地球上的时间流逝要比地球外面慢上数亿倍，用不了多少年，就可以看到太阳的毁灭。该小说一举夺得2006年"雨果奖"的殊荣。后续作品《时

图片145 《时间回旋》中地球遭遇了奇怪的入侵

间轴》(*Axis*, 2007) 和《时间旋涡》(*Vortex*, 2011) 也值得推荐。

罗伯特·J.索耶 (Robert J. Sawyer) 1960年4月29日出生于多伦多, 从小就受到美国科幻的熏陶。索耶1981年开始发表短篇科幻小说。1988年, 随着长篇处女作《金羊毛》(*Golden Fleece*) 的出版, 他一下子成为科幻界备受关注的新人。

他的第二部长篇《远望》(*Far-Seer*, 1992), 以及随后出版的《化石猎人》(*Fossil Hunter*, 1993) 和《异族》(*Foreigner*, 1994) 共同构成了著名的"恐龙文明"三部曲。这个三部曲描写在某个外星球上, 恐龙已经进化到中世纪的水平, 恐龙中的"哥白尼"发现了星球的秘密, "哥伦布"发现存在别的大陆和别的恐龙族群, "弗洛伊德"发现了恐龙存在潜意识, 并且这潜意识与漫长的进化史息息相关。"恐龙文明"三部曲专为青少年所写, 颇具可读性和启迪性, 在商业上也大获成功, 曾入选纽约公共图书馆"最佳青少年丛书"。

1994年,《纪元的终结》(*End of An Era*) 继续写恐龙, 不过乘坐时间机器回到了恐龙时代, 进行实地考察, 对恐龙的巨大化还有恐龙的灭绝提出了作者自创的假说。

索耶对神学题材非常感兴趣。《终极实验》(*The Terminal Experiment*, 1995) 中, 主人公彼得·霍布森的研究指向了科学的边界之外、被宗教气息所包裹的终极谜题, 即人死亡之后是否有灵魂存在?《终极实验》既有高

图片146 《终极实验》试图解读人类灵魂的奥秘

技术惊险小说的曲折与紧张，又有一流科幻小说所必需的新颖构思及富有启发性的思考，充分体现了索耶的独特魅力，最终为他赢得了1995年的"星云奖"。

2000年的《计算中的上帝》（Calculating God）将索耶对于宗教的思考推到极点。索耶坚信科学可以应付一切挑战，如果在复杂而有序的宇宙背后确实存在一个能够左右和干预一切的"上帝"，那也只会是一个实体化的物理学范畴的"上帝"。

"尼安德特人"三部曲（The Neanderthal Parallax Trilogy），包括《原始人》（Hominids, 2002）、《人类》

图片147　《计算中的上帝》：即使是上帝也要科学化

（Humans, 2003）和《混血儿》（Hybrids, 2003），主要描写平行世界里，尼安德特人没有灭绝，而是成为了他们那一个世界的文明主宰，当他们发现我们这个由现代智人统治的平行世界后，双方的冲突不可避免地爆发了……涉及了人口过剩、环境保护、种族冲突等多方面的话题。

此外，索耶还有《星丛》（Starplex, 1996）、《人性分解》（Factoring Humanity, 1998）、《未来闪影》（Flash Forward, 1999）、"WWW"三部曲（Wake, 2009; Watch, 2010; Wonder, 2011）、《触发》（Triggers, 2012）、《红星蓝调》（Red Planet Blues, 2013）、《量子之夜》（Quantum Night, 2016）等作品，每一部都有可圈可点之处。

作为土生土长的加拿大人，索耶不仅七度荣获"极光奖"（加拿大科幻小说的最高荣誉），而且获得过"雨果奖"和"星云奖"，还是历史上唯一一位将美国、日本、法国和西班牙四国的科幻最高奖项揽入囊中的作家，被誉为"加拿大科幻界的教长"。

作家之外，学者达科·苏恩文（Darko Suvin）值得特别推荐。1934年7月19日出生于南斯拉夫，1968年移民加拿大，成为蒙特利尔市麦基尔大学英语和比较文学教授，此后致力于科幻的研究，并成为世界上数一数二的科幻小说理论家。他的学术著述极为丰沛，代表作包括《科幻小说变形记：科幻小说的诗学和文学类型史》（*Metamorphoses of Science Fiction: On the Poetics and History of a Literary Genre*, 1979）和《科幻小说面面观》（*Positions and Presuppositions in Science Fiction*, 2011）。在一系列的著述中，达科·苏恩文提出了"科幻文学认知疏离理论"，认为科幻是具有科学认知、疏离现实、无神鬼仙怪又充满新奇性三重特征的文学亚类型。这种理论对于科幻是一种全新的认知，是科幻确立自身价值的一次重要努力。同时，在他看来，现如今的科幻已经走向死胡同，科幻需要的是重新寻找严谨的科学思维、具有超越时代的创新前进性和引导人类社会的实践功能，对于当下的科幻创作，有着高屋建瓴的指导意义。

### 三、澳大利亚科幻小说史

澳大利亚的情形与加拿大有些相似，美国科幻能够毫无阻碍地进入澳大利亚，很不利于澳大利亚本土科幻的发展。但同时，澳大利亚科幻也能轻松进入美国——虽然数量很少。好几次世界科幻大会由澳大利亚举办不是毫无道理的。

19世纪末20世纪初是澳大利亚科幻的萌芽期。这个时期澳大利亚科幻文学的一个常见题材就是"种族入侵"，大部分入侵者来自中国，对当时积贫积弱的中国来说，这事儿显得极为不可思议。

在70年代以前，澳大利亚科幻作品以太空歌剧为主，模仿的痕迹很重，没有什么值得称道的作品，但也有少数作品例外。A.贝特拉姆·钱德勒（A. Bertram Chandler，1912—1984）在澳大利亚科幻界有着特殊的地位，他的创作寿命长达七十年，从20世纪初的萌芽期，一直写到20世纪80年代的黄金时期，主要作品有《带回昨天》（1916）、《归途》（1976）、《黑暗前沿》（1984），他的代表作是"环形世界"系列小说，以活力四射、才华横溢的格利姆指挥官为主角。钱德勒是唯一有幸作为嘉宾被邀请参加世界科幻大会的澳大利亚作家。

为鼓励本土科幻创作与出版，澳大利亚联邦科幻小说协会于1969年创立了澳大利亚科幻成就奖——"迪特玛奖"，奖励澳大利亚的最佳科幻出版物。该奖项是以墨尔本科幻俱乐部的创始人马丁·詹姆斯·迪特玛·詹森命名的。此外，旨在挖掘新人的"澳大利亚/沃盖尔奖"也是澳大利亚科幻界的重要奖项，由《澳大利亚人报》创办，由沃盖尔面包公司赞助年度奖金。

1975年是澳大利亚科幻进入黄金时期的年份。已经是重要主流作家的乔治·特纳（George Turner）从这一年开始创作科幻小说，此后他创作了一系列的科幻小说，其中有《受宠爱的儿子》（1978）、《昨天的人们》（1983）、《大海和夏天》（1987），以及《基因战士》（1994）。其他澳大利亚科幻作家也在70年代写出了自己的成名作与代表作，并逐步获得了国际声誉。

1990年之后，一批有才华的作家加入写作科幻的队伍当中。其中格雷格·伊根（Greg Egan，1961— ）是毫无疑问拥有国际声誉的重要作家。他从不参加任何科幻会议，从不给读者签名，也从没有见过他的照片，但他的作品数量多又极富创意，取代乔治·特纳成为澳大利亚科幻界执牛耳者，代表作有《爱抚》（*The Caress*，1991）、《自我学成史》（*Learning to Be Me*，1991）、《黑暗之数》①（*Dark Integers*，2007）、《水晶之夜》（*Crystal Nights*，2008）、《授时因子》（*Zeitgeber*，2019）以及一系列备受赞誉的短篇小说。

在出版上，澳大利亚本土出版商越来越热衷于出版科幻作品，也有专业科幻杂志《虚空》，另外，许多主流报刊都有科幻专栏，用于刊发短篇科幻。进入80年代，将散落在各种科幻专栏的短篇科幻小说汇编成册成为优秀编辑热衷的事儿。

1999年，澳大利亚出版了两部研究本土科幻的著作。一部是由澳大

---

① 获"星云赏最佳海外短篇"和"阿西莫夫读者选择奖"。

利亚科幻评论家罗素·布莱克福德等主编的《奇异的星座：澳大利亚科幻的历史》，另一部是由科幻作家保尔·柯林斯等主编的《澳大利亚科幻与奇幻MUP百科全书》。这两部作品概括了澳大利亚科幻创作和发展的全貌。除此之外，科幻作家达米恩·布罗德里克也在1995年编辑了《星光下的阅读：后现代科幻小说》，对澳大利亚科幻小说进行了赏析和推介。

## 第二节　欧洲的巨头们
## ——法国、德国、意大利

### 一、法国科幻小说史

提到法国科幻，谁都会想到儒勒·凡尔纳。但是除了凡尔纳，你还会想起谁？[①]

凡尔纳的辉煌掩盖了法国科幻界其他人的成就。事实上，在凡尔纳之前，西拉诺·德·贝尔热拉克的《月球旅行记》(1659)、伏尔泰的《米克罗梅加斯》(1750)、路易斯—塞巴斯蒂安·梅尔西埃的《2500年回忆录》(1771)、雷斯蒂夫·德·拉·布勒托纳的《南方的发现》等小说也饱含了浓烈的科幻色彩。

与凡尔纳同时代的作家中，也不乏写作科幻小说的。天文学家卡米耶·弗拉马里翁的《无限故事：流明——在无限中一颗彗星的历史》(1872)和《世界末日》(1894)属于推测幻想作品。阿尔伯特·洛必达的作品中，描绘未来图景的插图与小说正文交相辉映，从数量上讲他的创作并不比凡尔纳少，但因为模仿痕迹过重而为人所诟病。1879年，他创作的《萨蒂南·法拉杜勒极其奇妙的漫游》在出版时就声称"这个作品让男主人公进入了所有已知，甚至是连儒勒·凡尔纳也不知道的国度里"。还好，洛必达也在《二十世纪》《电生命》《二十世纪的战争》等小

---

[①] 关于凡尔纳，本书第一章已经有过详尽的介绍，这里不再赘述。

说中，证明了自己既有丰富的想象力，同时也不乏幽默感。

《科幻小说百科全书》称19世纪80年代到20世纪30年代为"法国科幻小说真正的黄金时代"。当时法国的一批流行杂志经常刊载一些预言推测性的中篇小说和长篇连载小说。维利耶·德·利尔—阿达姆的《未来的前夕》(1886)，莫雷斯·勒纳尔的《给老人的新身体》(1908)，里吉斯·莫萨克的《窒息的城市》(1934)，雅克·斯匹兹的《拯救地球》(1935)、《炼狱的眼》(1945)等都是其中的优秀者。

第二次世界大战的爆发终结了法国科幻的繁荣期。

战后，鲍里斯·维昂等法国知识界的精英创办了"读书人俱乐部"，推广科幻小说。但他们的声音太过微弱，而且这个时候的法国科幻市场几乎全部被美英科幻所占领。

从1951年到1964年，"人造丝幻想"系列出版了一百一十九部，大多数是美国作品。紧随其后的是1954年开始出版的"未来的世界"系列。1953年，著名的美国科幻杂志《银河科幻小说》和《幻想与科幻杂志》开始发行法文版。它们长期为美国科幻提供了销量，但同时也为新兴的法国作家提供了发表园地。

这一时期也涌现出大批法国科幻作家。其中最有个性的法国科幻作家莫过于菲利普·屈瓦勒（Philippe Curval）。屈瓦勒生于1929年，原名菲利普·特龙谢。从50年代开始，屈瓦勒就活跃在法国科幻界，当过书商、杂志编辑、摄影师、年代记编者以及作家。他的第一篇作品发表于1955年，那之后他创作了二十多部科幻小说。《空间断路器》获得1963年的"儒勒·凡尔纳奖"，《倒行人》被认为是1974年最好的科幻小说，《勇敢的旧世界》获得了1977年的"阿波罗奖"。屈瓦勒是一个相当自觉的法国科幻作家，始终以极高的标准要求自己，而且从来不模仿美国科幻的模式。

杰勒德·克莱因（Gérard Klein，1937—　）也是这一时期的重要作家。他1955年开始科幻创作，早期作品受雷·布雷德伯里的影响很大，但很快他找到了自己的创作风格。从1956年到1962年，克莱因出版了四十多部精致优美的科幻小说，到1977年达到了六十多部，同时也使自己成为一个具有说服力的文体批评家。1969年，克莱因编辑了"别处和明天"科幻小说系列，其中收录了当时盛行的新浪潮科幻，引起了法国科幻界的效仿，被科幻研究者认为是"克莱因对法国科幻小说最伟大的贡献"。克莱因做过相当长一段时间的专职编辑，他的编辑工作改变了法国科幻界对于科幻的认识。

此外，丹尼尔·多瑞德的《行星表面》和米歇尔·居依的《时间分析》也值得一提。主流作家有时也会涉猎科幻，罗伯特·默尔的《海豚日》（1967）和《梅利威尔》（1972）、克劳德·奥利耶的《在厄普西隆上的生活》（1972），以及皮埃尔·布勒《猿猴世界》（1963）是其中的佼佼者。

皮埃尔·布勒（Pierre Boulle）1912年2月生于法国阿维尼翁。1939年，二战爆发，布勒加入在印度支那的法国军队。法国本土失陷后，他逃到新加坡，加入了自由法国力量，以"彼得·约翰·儒勒"的英国假名潜伏在中国、缅甸和中南半岛与日寇作战。1943年，他在越南境内被俘，并被判处终身监禁。1944年获救并回到法国。战后获得了"法国十字勋章"和"抵抗运动勋章"。1949年，贫困潦倒的布勒开始写作生涯。1954年，他完成了《桂河大桥》一书，三年后，同名电影《桂河大桥》获得了巨大成功，一举荣获第三十届"奥斯卡金项奖"七个奖项。布勒创作于1963年的《猿猴世界》[①]在世界科幻史上也有一席之地。《猿猴世界》描写记者尤利斯·梅鲁跟随科学家到猎户座的参宿四行星进行考察，他发现在这个星球上居住的人类已经变得和动物没什么区别，而类人猿成了这里的统治者。原来多年前人类沉湎于现状，不思进取，聪明的类人猿模仿并学会了人类的一切，于是它们把无能的人类驱逐，取代人类成了星球的统治者……主人公受邀参观猴子实验室那部分尤其令人震撼。《猿猴世界》站在更高的层次上来审视人类自身，将人与猿猴的位置对调，给人强烈的心理冲击，具有极强的警示作用。该小说于1968年被好莱坞改

---

① 也翻译为《人猿星球》《猿猴统治的世界》。

编成电影《人猿星球》，获得巨大成功，并催生了四部续集和两部电视连续剧，21世纪后又有三部前传电影《猩球崛起》，影响进一步扩大。1994年2月1日，皮埃尔·布勒在巴黎逝世，享年八十一岁。

70年代，英美科幻新浪潮运动风起云涌，也影响到了法国，菲利普·K.迪克对法国科幻的影响尤为巨大，一度达到无处不在的地步。一批科幻作家欣然接受新浪潮运动的理念和方式，进行科幻创作。米歇尔·热里的《游

图片148　《猩球崛起》海报

移不定的时间》和安德烈·吕埃朗的《隧道》是其中的优秀者。然而，原本就文化氛围浓厚的法国科幻把新浪潮运动的优点和缺点都发挥到一种极致，他们热衷于科幻文本的探索，热衷于诗意的、实验性的作品的创作，一些作者喜欢表达极其荒诞的个人世界，一些作品带有强烈的奇幻色彩，但他们却全然忘记了科幻的本质，导致读者和编辑都逐渐厌倦了他们。于是到了80年代，法国科幻出现了严重的危机，偌大一个法国，每年的科幻出版物仅有六部。

为了应对危机，出现了"新古典科幻小说"的创作流派。这一流派试图弥合新浪潮与传统科幻，既追求古典科幻小说常有的那种异域的情调和生动的冒险，也追求对现代科技和人文主题的思考。这批作家包括：著有长篇系列丛书"冰公司"（1981）的G.J.阿诺德，著有小说《菲尼克斯》（1986）的伯纳德·西莫内，撰写了《秃鹰》（1986）和《阿根廷》（1989）的约尔·乌桑等。他们拥有很多读者，而且也赢得了众多的奖项。

但危机并没有彻底解除。90年代后，与科幻有关的出版物、杂志和专栏的范围不断缩小，有的彻底消失。发表阵地的萎缩使原本就濒危的法国科幻更加岌岌可危。尽管还有科幻作家在执着地写作科幻，但有相当一部分优秀的科幻作家迫于生计，转入电影剧本、恐怖小说和主流文学的写作。

《科幻小说百科全书》[①]这样评价法国科幻：

> 法国科幻小说的历史虽长，但从未得到认真对待。过去几百年间，这段历史只是偶尔迸发出一些热情的火花，近年来由于越来越多的人热衷于英美科幻，法国科幻小说的中心不得不从作者转向读者，从主动变得被动。尽管法国科幻在20世纪70年代显得生机勃勃，出现了一些非凡的作家，但真正属于法国本土的科幻小说流派尚未形成。

## 二、德国科幻小说史

德国科幻小说的起源可以追溯到17世纪。1634年，天文学家开普勒创作了《梦》，虚构了登月和月球上的生活，有学者认为这才是世界上第一部科幻小说。此后出版了一些包含乌托邦元素的冒险小说。

18世纪与19世纪早期也出现了很多科幻雏形。亨利希·舒克（1771—1848）写的《布莱克兄弟》中展现了一个秘密社会，小说第三部的背景是24世纪，人类普遍成了外星人的家畜。E.T.A.霍夫曼写于1816年的《睡眠精灵》讲述了一个叫卡普勒的医生根据人的样子制造了一个机器人。该作品再版多次，在当时影响很大。但是库尔德·拉斯维茨（1848—1910）才是德国科幻乃至幻想文学的创始人。

拉斯维茨是德国著名哲学家和历史学家，1895年11月开始创作小说《在两个行星上》。书中描绘了一支火星人探险队的先遣部队来到地球，在北极上空建造了空间站的故事。拉斯维茨的书中第一次出现了空间站

---

[①] 罗贝尔·卢伊和雅克·尚邦编撰。

的形象，他将空间站描述为一个直径一百二十米的轮子，在北极点上空六千一百一十五千米处不停地旋转着，而空间站需要的所有能量都来自太阳，想法极其超前了。拉斯维茨笔下的火星人就像传说中的天使，不但科技发达，而且长相俊美，道德高尚。1897年，这本书出版。一代青年怀着好奇和兴奋，被这个故事征服了。这里就包括火箭专家冯·布劳恩，他在孩提时代受到这本书的启发，成年后开创了属于他的航天故事。十年时间里，本书先后被翻译成瑞典语、挪威语、丹麦语、荷兰语、波兰语以及匈牙利语等九种语言，对后世的外星人创作有着深远的影响。巧合的是，威尔斯也在1895年开始连载《世界大战》，次年出版单行本。两个作者笔下的火星人呈现出截然相反的形象，一个善良到极点，一个凶恶到极点。时至今日，科幻小说和科幻影视里还活跃着这两个极端的外星生物。20世纪30年代，纳粹政府曾禁止《在两个行星上》的出版，因为有"民主的"嫌疑。直到1948年，拉斯维茨100周年诞辰时，本书才重新印行。为了纪念他对德国科幻文学做出的杰出贡献，后世人们成立了"库尔德·拉斯维茨奖"。如今，"库尔德·拉斯维茨奖"已经成为德国科幻文学界的最高奖项。

20世纪初，受凡尔纳的影响，德国出现了奇异旅行小说热，而"一角钱小说"成为发表这些小说的主要阵地。罗伯特·克拉夫（1869—1916）被称为"德国的儒勒·凡尔纳"。他的代表作有：《乘坦克环游世界》（1906）、《乘飞机环游世界》（1908）、《空中统治者》（1909）、《尼赫里特探险》（1909）、《新大陆》（1910）等。F.W.马德尔（1866—1947）专写青少年冒险小说，他的作品既有乌托邦元素又有幻想元素，代表作有《遥远的世界：一次行星旅行的故事》（1911）、《黄铜城》（1924）等。

两次世界大战之间，一种特殊的德国科幻小说"未来科技幻想小说"形成了。最受欢迎的作者是汉斯·多米尼克（1872—1945），他有二十多部作品，卖出了好几百万本。他的作品多是以技术为导向的冒险故事，很受读者欢迎，但明显的种族主义也为人所诟病。保罗·阿尔弗雷德·穆勒（1901—1941）用笔名洛克·梅勒出版了很成功的系列科幻小说

"科嘉——大西洋底来的人",讲述了传说中的大西洲人计划用先进技术控制再度出现的新大西洲,有一百五十部之多。另一个系列"梅耶恩"也有一百二十部,其写作速度之快,堪称"写作机器"。

主流作家中,也有人涉足科幻创作。弗列德里希·福雷斯卡撰写的《德让斯欧,或被盗的人类》讲述超人进入遥远的未来,发现未来社会已经被法西斯主义者和种族主义者破坏得一塌糊涂。在1931年写这样的科幻小说是要有相当的勇气的。与福雷斯卡相反,瓦伦·伊尔灵在《乌托邦里斯》(1930)中,描述了一个贤明者领导的乌托邦似的社会,工人打败了资本家。而保尔·古尔克的《图则布37》(1935)讲述了在一个绿色然而陌生的糟糕透了的未来社会里,被剥夺一切且完全用混凝土建成的自然,奋起反击导致这一切的人类,算是比较早的环保题材科幻小说。

二战的爆发与结束,完全改变了德国的面貌。一堵柏林墙,将德国一分为二,科幻也由此走上了不同的发展道路。东德主要受苏联侧重自然科学前景的科幻小说风格影响,西德则受到注重人文关怀的欧美科幻小说的熏陶。这两种不同的风格在柏林墙的两侧都得到了发展,产生了一批优秀的作者和作品,同时这两者彼此之间也在暗暗地透过柏林墙互相交流。

西德方面,先是受恐怖的战争尤其是原子弹爆炸的影响,出版了一批后灾难小说。50年代初,沃尔特·恩斯廷(1920—2005)走上历史舞台,从此彻底改变了德国科幻的局面。他先以笔名"克拉克·达尔顿"写出了一系列颇受欢迎的冒险科幻小说。1961年,当他在默维格出版社担任编辑时,与编辑K.H.希尔(1928—1991)合作创办了平装本科幻丛书《佩利·罗丹》,每周发行一次,首次出版就发行了二十万册。书中主角佩利·罗丹本身是一个地球人,却不慎卷入银河帝国的政治中。他建立自己的小团体,并使其成为太阳帝国的成员……后来,越来越多的作家加入写作佩利·罗丹的故事中,先后有一千六百多篇相关科幻小说得到发表。

《佩利·罗丹》创造了科幻出版的奇迹。第一,由一个来去自由的团队集体创作的系列小说居然能坚持四十年之久，这本身就是一个奇迹。第二，虽然这个系列不被文学界看好，但有成千上万的爱好者加入"佩利·罗丹"大会，一起争论作品中的世界、故事和命运。第三，批评家从来没有放弃过对"佩利·罗丹"系列的攻击，他们不但批判它文学色彩不浓厚，语言粗制滥造，还谴责它带来了"声名狼藉的法西斯主义"。但这些批判丝毫没有阻碍"佩利·罗丹"从德国走向世界，它的译本先后在英国、法国、比利时、荷兰、芬兰、意大利、日本、巴西、美国和中国等出版。就影响力而言，"佩利·罗丹"系列绝对是德国科幻的龙头老大。

60年代，赫伯特·W.弗兰克（1927—2022）脱颖而出。他出生在奥地利，青年时期在维也纳读书，1950年获得博士学位，后来到慕尼黑大学任教，主要教控制论和美学，是计算机艺术方面的先驱。从1950年开始，他一边写科普作品，一边写科幻小说，出版过二十多部长篇小说，短篇小说不计其数，先后获得"德国科幻奖"两次、"库尔德·拉斯维茨奖"三次，2016年获得"欧洲科幻大师"称号。他的代表作有《寄生物》（1956）、《大厦》（1960）、《3000年乐园》（1976）、《超人学校》（1980）等。

70年代，作为主流作家的卡尔·埃默里（1922—2005）受《莱博维茨的赞歌》的启发，开始写作科幻。在《国王计划》（1974）、《帕索城的陷落》（1975）、《在雷尔马克的炮火中》（1979）等作品中，作者将时间旅行、西方文化的没落以及替代世界这一类主题进行了重新演绎。

与西德相比，东德的科幻毫不逊色。第一部东德科幻小说是鲁德维格·图尔克（1898—1975）创作于1949年的《金球》。但五六十年代东德科幻的质量不高。从70年代开始，政治风气略为宽松，东德科幻开始复苏。这一时期出现了好几个合作撰写科幻的作家小组，"西蒙·兹维斯坦"是其中一个，包含了安格拉·斯坦姆勒、卡尔汉兹·斯坦姆勒和埃里克·西蒙三个作家。他们主要的科幻作品有《歪斜的直线》《一个宇宙乌托邦》《一个行星的小说》《做梦大师》等。在一次对德国科幻小说读者进行的民意测验中,他们被评为"最受欢迎的科幻小说作家"。他们的作品被翻译成俄语、波兰语、捷克语、保加利亚语、匈牙利语、日语等。

这个组合中的埃里克·西蒙是东德为数不多的优秀科幻作家兼编辑。他1950年生于德累斯顿,曾在德累斯顿大学学习低温物理学,并获得物理学学位。1970年开始创作。他的主要成就在短篇上,曾两次获得"拉斯维茨奖"。他的短篇收录在《第一次时间旅行》《外星球》以及《月球幽灵,地球访客》三部作品集中,并被翻译为多国语言在其他国家发行。作为编辑,他曾在新柏林出版社长期担任科幻小说编辑,从1980年到1986,共编撰了五卷科幻年刊《光年》,既有小说也有评论。1988年,他还和另一个编辑奥拉夫·斯皮特尔(1953— )一起撰写了东德科幻概念和意义等方面的百科全书《德意志民主共和国的科幻:作品和作家词典》。

80年代堪称东德科幻的黄金时期,首批科幻小说的版本就有五万种之多,销量之大简直叫他们的西德同行羡慕。学者罗滕施泰纳指出:"两德中,实际上东德似乎在创作不同凡响的科幻作品方面潜力更大。"

1989年柏林墙被轰然推倒,两德统一,本来就已经有互相渗透趋势的德国科幻小说迅速成长起来,很快就形成了属于自己的独有风格,一批科幻新人走上历史舞台。

亚历山德·克罗格,原名赫尔姆·鲁柴克,生于1934年,在采矿和能源工业领域工作了多年。他在写专业论文的同时,撰写了大量科幻小说、评论以及游记。他写的十五篇科幻小说发行总量达一百六十万份,还被翻译成匈牙利语、波兰语、俄语等多种语言文字。代表作有《汤姆·沙德的无声世界》(1996)、《相遇在17区域》(1996)等。他的作品故事生动,富有情趣,与现实世界有着密切的联系。

进入21世纪,弗兰克·施茨廷走上了科幻的前台。施茨廷1957年5月28日生于科隆,当过广告公司的创意总监、作曲家、音乐制作人,阅历丰富,1990年开始写作。

1995年,施茨廷出版了历史悬疑小说《死亡与魔鬼》,二十五万册的销量让他一举成为畅销书作家。2000年的政治惊悚小说《悄无声息》描写某恐怖组织实施名为"悄无声息"的暗杀计划，目的是要"在一瞬间，让全世界停止呼吸"，而主角欧康诺必须与光赛跑，才来得及阻止这场灾难。该小说被媒体誉为"对这即将结束的世纪所捕捉到的精彩瞬间"，获得2002年的"科隆文学奖"。

接下来，施茨廷花费了三年时间阅读相关资料，包括生物学、地质学、海底勘探等，又花了两年时间写作的科幻巨著《群》于2004年出版，立刻引起了轰动，狂销三百万册！随后又被翻译成了二十几国语言文字，畅销全球。

《群》以惊悚的笔法讲了这样一个故事：

世界各地出现各种灾难，死伤数十亿人。谁是这一切的幕后黑手？科学家约翰逊考证出凶手是生活在深海里的另一种形式的智慧生命，因为人类对海洋的过度开发，影响到了海底文明的生存，所以它们决定消灭人类，就像人类消灭害虫一样。约翰逊把海底文明命名为YRR。这是一个偶然的名字，科学家讨论的时候，约翰逊的手指在键盘上无意中按到了YRR三个字母。约翰逊和其他科学家一起尝试与YRR联系，取得进展的同时美国军方为了保住自己的霸主地位，千方百计地想要毁灭YRR……

《群》不只受读者青睐，更获奖频频，先后获得2004年"国际柯林书奖"文学类、2005年"德国科幻小说奖"、2005年"拉斯维茨奖"、2005年"年度最佳科幻小说"、2005年"德国出版金羽奖"、2005年"德国犯罪小说奖"等奖项。

施茨廷写完《群》

图片149　《群》中大海忽然有了智慧

后，已经成了海洋方面的专家，他发现自己搜集的资料其实只使用了一小部分，于是在出版商的鼓励下，他又花了一年时间，写成了《海：另一个未知的宇宙》。这是一部关于海的前世今生与未来的科普作品，同样是以惊悚笔法写成，出版后照样狂销一百万册。

安德烈亚斯·埃什巴赫1959年9月15日出生在德国乌尔姆市，跟爱因斯坦是同乡。大学里主修空气动力学，毕业后从事电子数据与软件研发，最后却走上了职业写作科幻之路。

1995年，长篇处女作《发毯编织工》一出版就引发了关注。在一个遥远的星球上，有一个古老的传统，男人要用自己妻女的头发编织地毯，一生只能编织一条。但为什么会有这样一个传统呢？随着故事的展开，读者会发现，编织发毯的星球多达一万颗，而且，这些数量惊人的发毯都被送到了宇宙中一颗星图上不存在的星球上，这又是为什么呢……《发毯编织工》的故事由十八个内容彼此关联的短篇组成，从个人视角慢慢揭开整个宇宙的大幕，最后形成跨越十万年的星际史诗，于1996年荣获"德国科幻俱乐部奖"，被译成多种语言，具有世界范围的影响力。

《耶稣的摄像带》1998年出版，讲述了科学家在以色列挖掘一座两千年前的古墓时，发现了一台与耶稣同时代的摄像机，里边的历史影像将证实或者证伪耶稣的存在，这引发了社会各界的不同反应。该书在多个国家出版，获奖无数，更被拍成电视剧，破了收视纪录，广受欢迎。

2003年，埃什巴赫出版了《同类的最后一个》，描写主人公茨杰拉德生活在爱尔兰沿海一座小渔村里，唯一想要的就是安宁，然而他其实是半人半机器的生命，是创造"完美士兵"的结果……该书被译成了捷克语、法语、意大利语和荷兰语等。2004年获得"拉斯维茨奖"和"德国科幻俱乐部德语科幻作品奖"。

除了成人科幻作品外，埃什巴赫还创作了许多青少年科幻。最有影响力的是"火星计划"三部曲，包括《火星计划》《蓝色塔楼》《玻璃洞窟》。

### 三、意大利科幻小说史

意大利历史极其悠久，主流文学的传统可以一直追溯到罗马帝国时期。在幻想文学方面，早在14世纪初，但丁就在代表作《神曲》中，借用神学创造了一个真实可信的世界。几乎是同时，马可·波罗的《马可·波罗游记》出版，读者在被书中的情节吸引的同时，却又不得不怀疑这是作者凭空捏造的。

此后，文艺复兴时期，由卢多维科·阿里奥托斯（1474—1533）创作的史诗《疯狂的奥兰多》（1506）中，出现了骑士阿斯特洛夫骑着鹰头马身兽飞往月球的情节，一度被部分学者认为是最早的科幻雏形。

一个世纪后，哲学家托马索·康帕内拉（1568—1639）创作的《太阳城》（1623）被认为是乌托邦文学的一部力作。作品中的乌托邦世界直接来源于柏拉图的政治理念。那个世界废除了私有制，男性共同拥有一切——包括所有的女人。他们信仰大自然，而不是耶稣基督。

18世纪是个对外部世界充满浓厚兴趣的时代。《格列佛游记》的引入，使意大利出现了一大批仿效者，后来又出现了一些幻想未来的作家。

但上述小说都不是纯正的科幻小说，只是幻想意味非常浓厚。直到第二次世界大战结束，真正的意大利科幻小说才终于出现。与别国不同，意大利科幻小说一开始就沿着"类型科幻"和"非类型科幻"两条道路并行发展。前者深受"英美科幻模式"的影响，形成了稳定的创作范式；后者为主流作家所利用，为意大利科幻小说带来了伟大的成就。

20世纪50年代，美国科幻小说开始大量进入意大利。1952年，第一本意大利科幻杂志《科学幻想小说》面世。1953年，第一套意大利科幻小说系列"天文浪漫曲"由出版商阿诺德·蒙达多里出版，主编是乔治·莫尼切利，意大利文的"科学幻想小说"一词就是由他发明的。在随后的十多年里，科幻小说飞速发展，先后出现了七十一种不同的科幻小说系列和二十种科幻杂志。这些科幻杂志有《未来》《伽马》《机器人》，不过多数杂志都是昙花一现。这时美国模式占据了科幻的每一个角落，甚至意大利作家也到了需要选用美国味十足的笔名才能出版作品的地步。那些被主要出版机构包装的作家，打的是意大利本土科幻的旗号，实际上依然是传统英美科幻的追随者。

但与此同时，更多意大利风格也在模仿中逐渐产生。这种风格包括三点：一是重视心理上的洞察，二是对他者给予人性化理解的同时又持有怀疑的态度，三是对技术的胜利喜欢进行道德上的探索。

进入80年代，一批年轻的女作家登上历史舞台。她们的出现使科幻小说在意大利的发展得到巩固和丰富。达尼埃拉·皮耶加被认为是女作家中最出色的一个。她在《不属于我们的世界》（1989）中，创造了一个技术困境，那里的居民被迫陷入时间的旋涡，不能回到外面的世界。

上述为深受英美科幻影响的类型科幻，同时，意大利的非类型科幻也发展得非常出色。其实，别的国家也有主流作家从事科幻创作的情况，但那通常是个别情况，而在意大利，主流作家借助科幻来讲述自己的故事已经成为一种具有世界影响的潮流。只是，这些作品发表时从来不会标注为科幻小说，这些作家通常也不认可自己是科幻作家。

托马索·兰多尔菲（1908—1979）的作品具有超现实主义以及实验性的寓言风格，被誉为是意大利文学"曙光地带"的开创者。《坎赛女王》描写了一个疯狂者的宇航经历。1971年，在《坎塞女王及其他故事》中，作者继续讲述一个疯狂的宇航员如何被囚禁在一个有生命力的恒星飞船中，整个令人崩溃的航行其实是一个发现自我的过程。

在迪诺·布扎蒂的《大灾难》（1965）中，旅行者在乘坐火车穿行于意大利乡间时，看到各种离奇古怪的现象，只能猜测为某种大灾难造成的后果，但直到最后他们也没有弄明白到底发生了什么大灾难。普瑞莫·兰威的《自然界故事》（1966），用讽刺的手法探究了科技进步所带来的后果。在盖多·摩尔斯里的《人类的消逝》（1977）中，一个孤独的幸存者漫步在了无人迹的地球上。翁贝托·埃科的《傅科摆》（1988）充满了科学想象和科学历史。乌戈·鲍那内特在《听，以色列！》中建构了一个替代世界，在那里，犹太教是唯一的宗教，而基督教在兴起之时就被铲除干净了。

伊塔洛·卡尔维诺（1923—1985）是意大利非类型科幻的集大成者。他是意大利新闻工作者、短篇小说家和作家，他奇特和充满想象的寓言作品使他成为了20世纪最重要的意大利小说家之一。

在卡尔维诺的众多作品中，《宇宙奇趣》（1965）可以说是最富有科幻色彩的。《宇宙奇趣》的主人公是个既年迈又年轻的智者，他是个不受时间和空间限制的人，既是我们的老祖宗，又是个现代人，可以说他既是世界起源时的人，又是宇宙消亡时的人，他的名字是qfwfq，是以未知数w为轴心的对称字母qf-fq排列而成的。他在没有声音没有时间的真空里度过童年；在宇宙大爆炸的火焰中，他像玩弄弹子一样摆弄氢原子；他骑在银河上，追逐他的朋友pfwfp。后来，作为新诞生的地球青年，他有了羞涩的初恋。当一架梯子出现在他的梦里时，他顺着梯子爬上了月亮。在月亮上，他观察到了地球上的大洪水，以及地球大气中的第一道彩虹……《宇宙奇趣》达到了创造力的巅峰，它将宇宙进化的理论转变为故事，并从数学公式和单细胞生物中创作了角色。有人说，卡尔维诺是一位"一只脚跨进幻想世界，另一只脚留在客观现实之中"的作家。

## 第三节　北欧的神话与东欧的呐喊
　　　　——北欧、东欧

### 一、北欧科幻小说史

北欧诸国——瑞典、挪威、丹麦、芬兰——地处斯堪的纳维亚半岛，同文同种，文化史上有幻想的传统。一度风靡全球的北欧神话在世界神话史上自成一派。鼎鼎大名的丹麦童话大师安徒生也是这种幻想传统的注释。在科幻之路上，北欧诸国也有相似之处。

《科幻小说百科全书》介绍说："斯堪的纳维亚由于孤立、贫穷与战乱而错失18世纪的启蒙主义时代。"凡尔纳的作品引入之后，斯堪的纳维亚才开始有自己的科幻创作——凡尔纳的影响真是无处不在。1940年，瑞典第一份科幻杂志就取名为《儒勒·凡尔纳》。早期科幻雏形主要有丹麦剧作家路德维格·霍尔堡的《地下之行》（1874）、瑞典作家克拉斯·郎丁的《氧气与香气》（1878）、芬兰作家阿维兹·吕德肯的《身处群星》（1912）等。

奥托·维特（1875—1923）是北欧第一个重要的科幻人物。他是一个采矿工程师，1912年回到瑞典之后，出版了几十部充满想入非非念头的科幻小说。1916年，他还创办了瑞典首家现代科幻小说杂志《沃登的渡鸦》。虽然四年后就停刊了，但对北欧科幻发展有着重大影响。

同很多地方一样，超级科学家和他们的疯狂发明是20世纪早期北欧科幻的常见题材。这种情况一直等到50年代英美科幻的大量引进才得以改变。很快，北欧人就结合自己的文化特质，创作出了属于自己的科幻小说。

《科幻之路》第六卷对北欧现代科幻有过粗略介绍：

丹麦科幻小说有三位主要作家：安德斯·博德尔森的小说《冰点》（1969）是一个被评论家内尔斯·达尔加尔德称为"以与众不同的方式延续现实主义"的典范；英格·埃里克森创作了"雄心勃勃的""没有时间的空间"四部曲（1983—1989）；斯文·奥厄·马森是丹麦科幻的代言人，他是数学家，当发现自己的文学天赋之后，他转而写作小说，头几部小说很像卡夫卡，显得晦涩难懂，随后他对通俗文学产生了兴趣，写出了一系列菲利普·K.迪克似的科幻小说，作品《中世纪的道德与堕落》（1976）、《面对曙光》（1980）和《让时光流逝》（1985）代表了他独特的科幻小说风格。

在芬兰，最出色的科幻作家包括约翰娜·西尼萨洛、阿里·泰尔沃宁和埃娃利萨·腾洪宁。耶斯是位科幻小说评论家，帮助他人创办了 *Aikak-One* 杂志，还是《伊卡洛斯》杂志的出版商兼编辑。其他科幻杂志包括《旋转》《大门》和《星球流浪者》。

在挪威，作家约恩·宾和比尔·奥厄·布林斯泽尔德的小说通常在主流文学出版社出版。

瑞典的科幻作家主要包括：

施图雷·伦内尔斯汤德通过与人合编《奇迹》杂志、撰写文章、创作小说的方式，推动了科幻小说的普及工作。

萨姆·伦德沃尔一直是瑞典科幻小说的代表作家。他多才多艺，身兼数职，集作家、编辑、出版商、评论家和翻译家于一身，此外，他还是摄影师、电视制片人、电影导演、作曲家和歌手。他十一岁就发表了处女作——一部在瑞典电台播出的科幻广播剧，十五岁时活跃在科幻迷中间，二十二岁成为职业作家，二十四岁出版首部作品集《我们时代的歌》，并于1969年推出科幻小说研究专著《科幻小说：讲述什么》，是较早的科幻小说研究专著。此后的十年时间里，伦德沃尔陆续发表了《英雄末日》《爱丽丝的世界》《征服者贝尔纳》《2018》《擅自闯入》等小说。伦德沃尔在世界科幻小说协会任职，与全世界的科幻作家和科幻迷保持了广泛的联系，曾经荣获"约翰·坎贝尔年度最佳科幻小说奖"。伦德沃尔从1970年开始科幻编辑工作，1973年创办了德尔塔出版社，出版科幻杂志《儒勒·凡尔纳》，还每年出版大约二十本科幻小说，他精通英语，有时还亲自把自己的作品翻译为英文。此外，伦德沃尔翻译了大约四百本书，其中大部分是科幻小说。伦德沃尔是当之无愧的北欧科幻权威。

北欧现代科幻有两大显著特点：

其一，由于有浓厚的幻想文学传统，科幻小说与幻想小说的界限极其模糊，大多数北欧作家会在不同时期进行科幻创作，科幻作家与非科幻作家往往是一体的。而在世界其他地方，这两者的区别很大，有时甚至势同水火。

其二，北欧的科幻迷特别活跃。各国都有数量不少的科幻迷组织，还定期举行科幻大会，为自己钟爱的作家和作品颁奖。每一次科幻迷聚会，都是一次科幻的狂欢与盛宴。

## 二、东欧科幻小说史

东欧六国虽然语言不同,甚至一个国家使用好几种语言,但它们的科幻之路大致相同。整个20世纪,它们都在动荡不安中度过,科幻创作一方面深受苏联的影响,一方面又有各自的民族特性。

与其他欧洲国家一样,东欧各国在18世纪出现了幻想旅行小说和乌托邦小说。

在波兰,传教士克拉朱斯基写出了最早的月球旅行小说《沃伊切赫·兹达热恩斯基讲述个人的生活和奇遇》。此后,扬·波托茨基、亚当·密茨凯维奇、耶日·苏劳斯基等人写出了早期科幻雏形。而斯坦尼斯拉夫·莱姆(Stanislaw Lem)是波兰科幻的集大成者,是20世纪欧洲最多才多艺的独创性作家之一,是国际公认的科幻小说天才作家。

莱姆1921年9月12日出生于乌克兰利沃夫市,自幼喜爱读书。上大学时二战爆发,不得不终止学业。德国纳粹占领期间,莱姆凭假证件保命,靠做汽车修理工和焊接工为生,并积极参与抵抗运动——莱姆有犹太血统。二战一结束,他立刻又开始大学学习。在大学期间,他先后学过医学、哲学、科学方法论和控制论。

1946年莱姆作为诗人开始其文学生涯,同时发表一些通俗小说。是年,莱姆的科幻处女作《火星来的人》开始在《奇遇新世界》上连载。

莱姆最著名的小说是《索拉里斯星》(Solaris,1961),讲述了科学家到索拉里斯星考察所遭遇的困境:心理学家克利斯·凯尔文奉命来到索拉里斯星球上空的空间轨道站工作。索拉里斯星表面除了光秃秃的岛屿之外,全被胶质状的原始海洋覆盖。科学家认为,这个海洋不仅是物理现象,而且是生物现象,甚至是有智能的高级生命体,并且超越了地球上所说的进化阶段。

根据原始文献记载,索拉里斯海洋能以特殊的电磁波寻找人的潜意识,把隐藏在人们记忆中的形象物质化。当神秘的海洋在科学家吉布伦的记忆深处发现了曾与他有过私情的黑人女子时,它立刻将这位又高又大的黑人女子形象实体化,让她死死纠缠吉布伦。吉布伦不堪忍受精神上的折磨而自杀……

正当凯尔文准备重整旗鼓，解开索拉里斯星球之谜时，他那早已自杀了的年轻妻子哈丽却在空间站出现……

这部作品奠定了莱姆在科幻小说界独一无二的地位，曾于1970年和2002年被苏联导演塔尔科夫斯基和美国导演索德伯格两度搬上银幕。

莱姆的作品思考科技发展，思考星际旅行和外太空世界，经常表现人类与遥远的外太空文明交流的不可能性。《伊甸园》（1959）、《无敌》（1964）、《其主之声》（1968）、《惨败》（1987）等作品都是如此。《完美的真空》（1971）和《莱姆狂想曲》（1973）等作品表面上是对虚构的书进行评论，实际上展现作者对未来对科技等诸多话题的隽永思考。《技术大全》（1964）、《未来学大会》（1971）和《机器人大师》（1974）等作品则集中展示了作者对于科学与技术的独到见解。

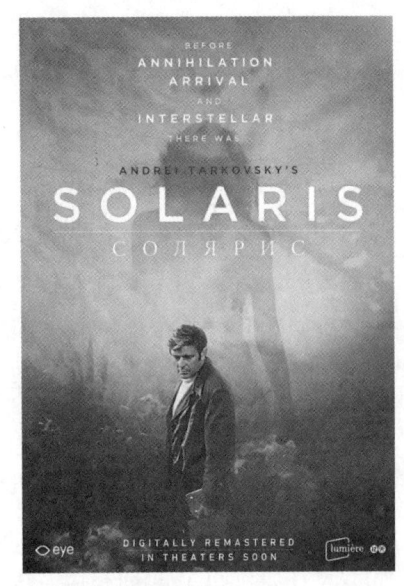

图片150 《索拉里斯星》曾经两次被搬上大银幕

莱姆是东欧科幻界的巨擘，拥有世界级声誉。苏联天文学家将1979年发现的一颗小行星命名为"3836莱姆"。克拉科夫的一条街道也命以其名。莱姆本人藐视几乎所有的美国科幻作家。"你们废话连篇"，他曾用波兰话说，"让我为你们展示一下该怎样写科幻小说吧。"莱姆说到做到，他的科幻写作为他在西方赢得了尊重。安东尼·伯吉斯称赞莱姆是"当今活跃的作家中最智慧、最博学、最幽默的一位"，库特·冯内古特赞扬他"无论是语言的驾驭、想象力，还是塑造悲剧角色的手法，都非常优秀，无人能出其右"。1996年，莱姆被授予波兰国家最高奖励——"白鹰勋章"。

2006年3月27日，莱姆在波兰克拉科夫市逝世，安坐于科幻星空之上。

在捷克，19世纪也出现了科幻雏形，尔后一批主流作家加入到了科幻创作的队伍之中，在20世纪20年代，形成了一波不小的高潮。其中成就最大的，当属世界级剧作家卡雷尔·恰佩克。

恰佩克1890年1月9日生于捷克一个乡村医生家庭，从查理大学哲学系毕业后任新闻记者并开始文学创作。1921年他出版了剧本 R. U. R，两年后被翻译为英文，具有了世界范围的影响力。

R. U. R是"罗素姆的全能机械人"（Rossum's Universal Robots）的缩写。在剧本里，恰佩克将捷克语的"强迫劳动"（robota）和波兰语的"工人"（robotnik）两词合成，创造了新词语"robot"。后来，为欧洲各种语言吸收而成为世界性名词，指机器人。

R. U. R中描写的机器人，严格来说是有血有肉的"生化人"。剧本中，罗素姆本来是要制造大批可供差使的奴隶，由于一个科学家改变了化学方程，这些生化人开始拥有意志和感情，并萌生出了对自由的向往。最后，它们不堪被役使，奋然反抗，并把人类彻底消灭。

然而，恰佩克最为杰出的科幻小说是写于1936年的《鲵鱼之乱》。

一个名叫万托赫的捷克船长在印尼发现了异常聪明的浅海鲵鱼。万托赫教它们用刀子杀死鲨鱼自卫，让它们为他捞取珍珠。后来，他游说

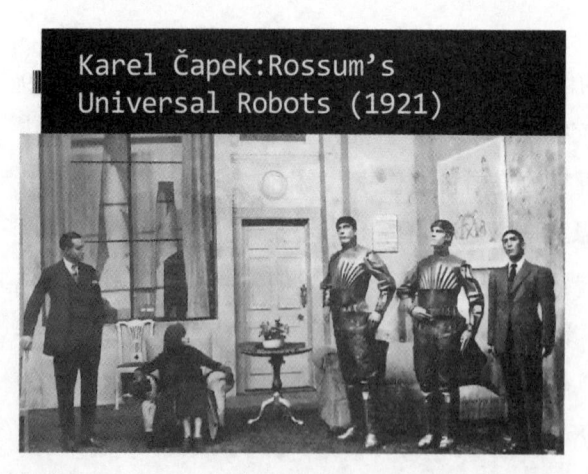

图片151　R. U. R中的机器人让人又爱又怕

犹太商人邦迪,秘密将鲵鱼运到太平洋许多自然珍珠出产地,捞取珍珠。

数年后,鲵鱼的数量增加到数千万条。邦迪就建立垄断机构,向全世界推广使用鲵鱼。这时,聪明的鲵鱼已经学会了说话,学会了使用枪械和炸药,甚至学会了使用机器加工产品。它们大量地被人类用作试验品和廉价劳动力,在世界各地为人类服务,在帮助人类征服海洋的同时,自身的命运却极为悲惨。

世界列强为了争夺势力范围,纷纷用鲵鱼来建设海底设施,甚至直接

图片152 《鲵鱼之乱》将现实与幻想完美地对接

向鲵鱼提供武器,让它们为自己作战。这时鲵鱼的数量已经超过了十亿,危机由此产生。意识到危机的科学家大声疾呼,然而世界列强目光短浅,彼此推诿,结果使鲵鱼得到了更多的武器。

终于,鲵鱼开始向全人类发起挑战。它们制造了人工地震,美国的东海岸一夜之间陷入波涛之中。紧接着,中国的长江下游也塌陷到海面之下。世界列强开会,商讨对策,最后的办法竟然是将中国出卖给鲵鱼!

鲵鱼打算融化南北两极,人类被迫退守到高山上。只是因为鲵鱼世界自行分裂,互相残杀,最后全部死于某种瘟疫,人类才得以苟延残喘,在鲵鱼之乱中存活下来。

《鲵鱼之乱》将现实与幻想完美地对接,深刻地描绘了二战前夕的世界图景。正如作者所言,这部幻想小说是"与人类历史,而且与最真实的人类历史的对照"。《鲵鱼之乱》是当之无愧的世界科幻经典,它的内涵和影响也早就超越了科幻,具有历史和世界的意义。

1938年12月25日,恰佩克逝世,安坐于科幻星空之上。

二战后,约瑟夫·内斯瓦德巴(1926—2005)在60年代使捷克科幻

恢复了活力，其短篇小说经过翻译让他在美国和英国出了名，代表作为《爱因斯坦大脑》（1960）。路德维克·苏切克（1926—1978）则因为科幻冒险故事而广受欢迎。1982年，"卡雷尔·恰佩克奖"设立，1990年科幻月刊《伊卡罗斯》创办，这些都为捷克科幻的进一步发展创造了条件。

在罗马尼亚，"寻根"的主题在19世纪下半叶催生了一两篇乌托邦似的短篇小说和几本天文小说。两次世界大战之间，罗马尼亚出版了种类更多的科幻小说，但二战后才是罗马尼亚科幻的大发展时期。一大批作家在50年代出道。颇具影响力的科幻小说评论双月刊《科幻小说——幻想小说》在编辑罗戈兹的主持下，从1955年办到了1974年，出版了四百六十六期。值得一提的作家有：米尔恰·伊利亚德（1907—1986），他是芝加哥大学有三年教龄的宗教史教授，学术著作用英语或者法语写作，小说却用罗马尼亚语，主要作品有《克里斯蒂娜小姐》《蛇》，以及一系列短篇小说；奥维德·S.克罗马尔齐努（1921—2000）是布加勒斯特大学罗马尼亚文学教授，他以文学评论家的身份研究战后科幻小说，并在80年代开始写作科幻小说，主要作品收录在作品集《少见的故事》及其续集中。

在匈牙利，被誉为"匈牙利最伟大的作家"的约考伊·莫尔（1825—1904）在18世纪70年代就写出了一系列幻想与科幻小说，包括《大洋洲》《黑钻石》《通向北极之路》《金钱不是上帝的地方》《下个世纪的小说》等。到90年代，大约有二十到三十个作家在业余时间从事科幻写作。但匈牙利一直缺乏国际级的科幻大师。莫拉出版社于1968年以《宇宙幻想系列》为总标题，出版了一套平装本科幻小说。出版商兼编辑彼得·库奇卡于1972年推出了科幻杂志《银河》，1985年又推出了面向青少年的杂志《机器人》。

保加利亚科幻文学直到20世纪20年代才发展起来，其标志是斯韦托斯拉夫·明科夫（1902—1966）的三个短篇小说集。60年代，格奥尔吉·马尔科夫（1929？—1978）使保加利亚的科幻取得突破，他于1960年出版了《阿贾克斯的征服者》。首家科幻迷俱乐部"未来之友"成立于1962年。1988年，第一本科幻杂志F.E.P（后来改名为《幻想小说》）创刊，三年后更加专业的科幻杂志双月刊《异域》问世。

总的来讲，东欧科幻因为战争和动乱，虽然间或有一两个大师出场，但是科幻的发展缺乏连续性，这对于培养读者和作者都非常不利，科幻的影响力也较弱。

## 第四节　在路上——第三世界国家科幻小说史

《科幻小说百科全书》中这样评述拉丁美洲的科幻：

> 出版商尚未发掘科幻小说潜在的商业价值……长篇小说相对较少，科幻小说大凡都以短篇的形式出现……其作者一般都是社会科学家或是职业作家，来自科学界的寥若晨星……由于拉美很少在科技研究领域取得惊人的成就，多数情况下是纯粹的科技进步的消费者（有时是受害者），因此其科幻小说强调的是社会进步所要付出的社会经济及政治代价。

事实上，上述评价不只对拉丁美洲适用，也适合于所有的第三世界国家。

在阿根廷，从50年代起，先后出现了几种科幻杂志，包括 MAS AL-LA、《科幻小说和幻想小说杂志》《秒差距》和《弥诺陶洛斯》，还有几种科幻爱好者杂志，但大多寿命不长。作者方面最有名气的是豪尔赫·路易斯·博尔赫斯（1899—1986）。当然，和意大利的卡尔维诺一样，他是主流作家，写作带有强烈的幻想色彩，只有部分作品可以归入科幻的范畴。《环形废墟》里提供了一个简洁到极致又复杂得难以想象的宇宙模型。《巴别图书馆》①融合了许多宗教和哲学的观点来描述宇宙的本质。

在墨西哥，传教士德瓦里斯在18世纪因为写了一则虚构的航海故事而遭到天主教会的审判。现代科幻小说在60年代登陆，随之出现了一本短命的科幻杂志《时空领航员》以及一批科幻作家，部分主流作家也曾经加入科幻的写作之中。

巴西的官方语言是葡萄牙语，同时它的经济发展和现代化程度也是最高的，所以它的科幻小说也是发展得最好的。热罗尼莫·蒙泰罗（1908—1970）对巴西科幻的贡献巨大，他把具有美国风格的科幻小说引入巴西，创立了巴西科幻社，并担任了一年多的巴西版《科幻小说和幻想小说杂志》的主编。在60年代，古梅辛多·罗沙·多雷亚创办了多雷亚出版社，出版巴西原创科幻和翻译作品，他也因此被誉为"巴西的坎贝尔"。1969年，国际科幻小说研讨会与国际电影节一道在里约热内卢召开，那次盛会聚集了来自不同国家的著名科幻作家，对科幻小说发展产生了重大的国际影响。

拉丁美洲其他国家的情况大体相同，有人在写科幻小说，但无论是在国内还是在国际上，都没有什么影响力。在世界文坛上，拉丁美洲文学以魔幻现实主义写法著称。因为"在那儿，土著文化与殖民文化不断地发生碰撞；原始的与现代的仍然同时存在，你中有我，我中有你"，至于"现代文明在某些人看来就如同魔术一样"。在这样的社会背景下，是产生不出优秀的科幻小说的。

亚洲的一些情况与拉丁美洲相近，但也有自己的特点。中国和日本在前文已经有详细叙述，这里不再重复。

印度历史悠久，其神话系统优美、独特而繁杂。但它漫长的文明史曾几次被外来文明打断，这使印度的情况变得极为复杂。现在印度的语言多达两百种，最常用的是印度语、孟加拉语、马拉地语和英语。因此，

---

① 也翻译为《通天塔图书馆》。

印度的科幻小说史也因为语种的不同而不同。

在印度语方面，有两份杂志《向科学进军》和《普拉格》辟有科幻专栏。杜加普拉萨德·卡特里在20年代发表了几篇描述爱情与冒险的科幻小说。桑普尔纳南德博士在50年代初写了《从地球到大熊星座》。此外，还有一些作家坚持用印度语写作。

在孟加拉语方面，杂志《奇幻》发表了不少孟加拉语的科幻小说。

在英语方面，几乎没有印度人用英语写科幻，却有一份名为《2001年》的科幻杂志，专门将印度其他语种的科幻小说翻译成英语，进行刊登。

印度科幻的精华在马拉地语上。

马拉地语源自梵语，有悠久的历史，在马哈拉施特拉邦大约有九千万使用者。在50年代，为普及科学知识，凡尔纳和威尔斯的作品被B.G.巴格瓦特翻译成马拉地语。随后，一批当地作家开始使用马拉地语创作科幻小说。

马拉地语科幻协会每年组织科幻写作竞赛，一批科幻作家在比赛中脱颖而出。非正统科幻期刊《纳瓦尔》为马拉地语的科幻提供了发表园地，其主编是素有"印度的坎贝尔"之称的阿纳特·安塔卡，他的敏锐洞察力与坚持不懈的热情对马拉地语科幻的繁荣功不可没。在作家方面，人称"马拉地语科幻作家领头羊"的拉什曼·隆德赫值得关注。他出生于1944年，获得过化学和法学双学位。1978年，他开始写作。后来在参加科幻写作竞赛中获奖，受到鼓励，从此走上科幻小说创作之路。主要作品有《诸神被杀了》《天竺鼠》《爱因斯坦第二》等。

巴尔·蓬达克是马拉地语作家兼科

图片153　菲律宾2009年科幻选集

幻小说理论家。他这样评说印度科幻："印度科幻独一无二的特点在于它不是依赖于其他地理特色而是建立在赋予它灵魂的文化与社会环境之上的。"

印度之外，泰国、菲律宾、朝鲜、韩国等都有人写作科幻，但呈现点状分布，在世界上缺乏影响。

非洲大陆古老辽阔，然而动荡不安，贫穷而落后。科幻在那里完全是凤毛麟角。现存资料有限，我们只能通过西方学者的观察，间接了解非洲科幻的情况。

尽管语言种类繁多，但非洲科幻还是以英文为主，而且多数是青少年读物。尼日利亚作家弗罗拉·努瓦帕的中篇小说《到太空旅行》（1980）和加纳人伊顺的长篇小说《卡帕帕的冒险》（1976）是两个代表。

毛里求斯作家阿兹兹·阿斯卡瓦利撰写的剧本《被选者》（1969）是为数不多的成人科幻作品。更多成人科幻作品包含在冒险小说和间谍小说之中，这类小说通常按照邦德系列电影的模式创作。尼日利亚作家瓦兰汀·阿利里的《眼镜蛇的标记》（1980）讲述了一个阻止野心富豪利用太阳能武器获取世界支配权的间谍故事。肯尼亚作家大卫·麦卢是一个多产的冒险小说家，部分作品包含科幻元素，比如在《赤道任务》（1980）中，一个特工看穿了试图用新奇武器控制非洲的阴谋。

在非洲引进外国科幻作品方面，相关资料很少。乔治·奥威尔的作品曾被改编后出版。也有资料显示，部分作家使用非洲土著语进行了科幻创作。

科幻是属于城市、属于高新科技的。第三世界国家长期处于贫穷乃至动乱之中，温饱和生存尚且成问题，哪来的闲暇关注未来呢？他们是现代高新技术的消费者，甚至是受害者，感受不到科技最前沿的澎湃与诱惑。第三世界国家的科幻，也和他们的经济、政治、文化一样，还在前进的路上。

# 后记：
# 科幻迷推动的科幻小说史？

《星空的旋律：世界科幻小说简史》写作完成了，科幻作家是其中毋庸置疑的重点和中心，他们在科幻星空上熠熠生辉。然而，我总觉得还有什么没有写到。对了，那就是科幻迷。

三丰对科幻迷的概念有这样一个粗疏的定义：

> 科幻粉丝或者说科幻迷（SF fan）并不是一般的科幻读者，科幻迷除了在阅读科幻作品之外，还积极主动并常规地收集科幻、写作科幻、研究评论科幻，或者参与科幻迷活动。

那么，到底科幻迷在世界科幻史中起到了哪些作用呢？

先讲一个故事：拉里·尼文出版了《环形世界》之后很快赢得了一批狂热的科幻迷的追捧，但这种追捧可不同于一般意义上的追星，而是讨论小说中有哪些不足，挖掘出设定中的缺陷。他们甚至跑到拉里·尼文家"示威"，说环形世界还不稳固，需要加固。结果，拉里·尼文先后写了三部续集和一部前传，极大地丰富和完善了环形世界。

类似的事例在科幻史上还有很多。这就是科幻迷的第一个作用。

科幻迷的第二个作用就是组织召开科幻大会。一年在全球范围有多少科幻大会召开呢？据弗雷德里克·波尔估计，一年光在美国就有五百场。在如此众多的科幻大会当中，世界科幻大会和欧洲科幻大会是其中的翘楚。

世界科幻大会是由世界科幻协会主办的年度科幻大会。它从1939年开始每年一届，只有二战期间停过四年。每一届由不同的城市举办——当然，主要是在美国。持续数天的科幻大会上有嘉宾演讲、专题研讨、游戏、艺术表演、化装秀、艺术表演、电影观赏等活动，而最重要的活动是颁发"雨果奖"。

欧洲科幻大会是由欧洲科幻会组织的，从1972年开始，至少每两年举行一次，大部分时候是每年一届，截至2010年已经举办了三十二届。欧洲科幻大会有个特点，就是喜欢与各个国家的科幻大会联办。欧洲科幻大会的活动同样丰富多彩，会上要颁发"欧洲科幻奖"。

此外，科幻迷自办免费发放的刊物，发表科幻作品，宣传科幻理论，在各国科幻史上都有一席之地。如日本的《宇宙尘》，中国的《星云》，美国的《轨迹》。这些活动团结和娱乐了科幻迷，在鼓励作家与发掘新人方面也有莫大的作用。

在一次科幻大会上，坎贝尔被问到这样的问题：科幻迷对他杂志的影响是什么。坎贝尔回答，如果世界上每一个科幻迷都不再买《惊人科幻小说》了，他也根本不会意识到。他这样解释：当时可辨识的科幻迷人数在三千左右，而《惊人科幻小说》的销量是每月十万份，每期上下浮动三千左右，也不会太影响它的销量。

数据上毫无问题。但一个科幻作家在人群中发问："但是你从哪儿得到你下一代的作者呢，约翰？"那时，他手里拿着当期的《惊人科幻小说》，上面的每一个作者都曾经是科幻迷。

这则逸事记载在一个美国科幻迷写的《我的个人粉丝史》中。他没有说坎贝尔后来的反应。但故事中的观点正是科幻迷的第三个作用——百分之九十的科幻作者都来自于科幻粉丝群。

在《第五类接触：世界科幻文学简史》中，郑军这样写道：

> 90年代中期，中国科幻又一次启动，并且一直运行到今天，

节节上升，再未遭受波折。这一次启动的重要原因就是中国科幻迷队伍的成熟。专业文学史不研究文学爱好者的推动作用是一个重大缺陷。至少对于中国科幻文学史来说，它的粉丝队伍起到了决定作用。七八十年代科幻大潮培养的一代科幻迷，到了90年代相继进入社会，拥有一定的活动能力，从中产生出新一代科幻作者、编辑、评论家、记者，甚至科幻图书出版人，构成目前中国科幻队伍的主力。而这个新队伍的一大优势，就是从诞生起便没有科普阵营的脐带，轻装上阵。他们是第一代纯粹的"科幻人"。

说科幻迷推动了科幻小说史确实有些过誉了，但我们至少可以这样表述：科幻迷在科幻小说史中发挥了不可替代的重要作用。

我愿更多的人加入科幻迷的行列中。

本书《星空的旋律：世界科幻小说简史》能够得以完成并出版，要感谢杨潇老师，感谢姚海军老师，感谢吴岩老师，感谢郑军老师，感谢吴定柏老师和郭建中老师，感谢丁丁虫老师和三丰老师，感谢出版社和责编，感谢所有帮助我的人，感谢你们，没有你们的支持，没有你们之前的研究和著述，我不可能完成这部作品。最后还要感谢我的爱人和我家的双胞胎女儿，在整个写作过程中，她们给了我很多鼓励和快乐。

萧星寒<br>
2011年2月10日

# 新版后记

说到当初《星空的旋律》的创作，我现在只能用三个字来形容：胆子大。

2010年的时候，经郑军老师的介绍，一家民营文化公司找到我，邀请我写一部科幻史，并且要与奇幻史和推理史组成"鼎足文库"系列。当时我想，我已经读了十多年科幻了，对科幻的方方面面都算了解，写科幻史，不就是把我知道的系统地整理一下，再加上查漏补缺，我会。于是我就答应了。

现在看来，当时的决定，真可谓年轻气盛，也可以叫初生牛犊不怕虎，还可以叫无知者无畏，简单地说，就是胆子大。为什么这么说？在写这本书之前，我并没有系统地接受过学术写作训练，甚至可以说，没有任何学术背景，我有的，只有书架上的几千本书，还有对科幻的一腔热血与一片痴情。

我开始创作：搜集资料，整理资料；整理资料，搜集资料。我发现自己高估了自己对科幻的了解程度，低估了科幻的浩如烟海。有些方面的资料多如牛毛又互相矛盾；有些方面的资料早已经过时，却是我能找到的唯一；有些方面的资料明明很重要，不知道为什么却极其罕见……我倒不怕，沉湎其中，难以自拔，每有新发现，就乐不可支。

假如说胆子大是我接手创作科幻史的原因，那么，在创作过程中从那些新发现里获得的快乐就是支撑我完成它的动力。

历时一年，这本《星空的旋律》完成了，出版了，一切顺利。然后收到反馈，有名字写错的，有书名写错的，有国籍写错的，有图片用错的，有指出按照国别来写史缺少系统性的……啊，好难过。

幸而，也有好评，得到了最多的赞誉是说这本书的亲和力，对读者友好，就像是优秀的导游，把科幻迷领进科幻的世界里，介绍完这里好那里好，随即大家就可以按图索骥，各取所需了。尤记得，因为当时科幻热度上升，好些出版社和民营文化公司准备介入科幻出版，可他们的编辑对科幻几乎一无所知，怎么办呢？好几个年轻的编辑在遇到我之后，都不约而同地表示，正是这《星空的旋律》，让他们知道科幻的基本定义，又有哪些流派和发展史，知道有哪些优秀的科幻作家和作品，还有哪些标志性的科幻奖项，这样，他们才知道到哪儿去找作家和作品，而不是两眼一抹黑，自己去瞎猫撞死耗子。啊，听到这样的评价，我又释怀了，觉得我当初的辛苦真的没有白费。

《星空的旋律》第一版2011年由古吴轩出版社出版；第二版略作修改，主要是修改了前一版的错误，又增补了一些新的资料，于2020年由北京理工大学出版社出版；然后时间来到2022年，重庆出版集团打算第三次出版它，对它的大幅度修改开始了。

这时距离创作《星空的旋律》第一版已经过去了十二年。在这十二年里，我又读了更多的书，也发表了几百万字的作品，知识和阅历都增加了，视野和格局也扩大了，我以为修改会很容易。然而事实告诉我，我再一次错了。相比十二年前，现在的资料丰富了好多倍，各种论文、自传、序言、后记、讲座、访谈、新闻……但不可能都用吧，需要整理，需要取舍。

取谁？舍谁？我反复思考，反复斟酌，反复衡量：如果修改这句话，这个作品的评价会不会更准确？如果删去这个作品的简介，读者会不会茫然？如果去掉这个作者的条目，他辛辛苦苦做出的那些贡献、写的那些书，会不会在科幻史上消失，连痕迹都不会留下？我这才意识到，我第一次写《星空的旋律》时，是多么胆大，又是多么草率与鲁莽。

取谁？舍谁？我忐忑着，不安着。

幸好，我对科幻的一腔热血还在，一片痴情还在。我鼓足了勇气，继续修改，并在修改中不断有新的发现。

我发现，上一次写这本书的时候好多还活着的作者，在这十二年里过世，我一次又一次加上"安坐于科幻星空之上"的句子。尤其是2022年7月19日，我改到德国科幻作家赫伯特·W.弗兰克的条目时，我发现他生于1927年，年龄已经不小了，心里略略有些担心，于是上网一搜，发现他逝世了，时间是2022年7月16日，三天前。我的唏嘘无法言表。

我又发现，新的作者新的作品也大量出现了。他们一方面努力开掘前辈们留下的科幻遗产，在其中发现新的奇迹，注入新的活力，以适应当下的读者与市场；另一方面努力走出传统科幻的藩篱，寻找新的科幻世界，寻找更多的机会与可能性。对科幻与科幻史的认识也在不断加深，新的科幻理论也在不断涌现。这使得我们得以用全新的眼光重新审视科幻，也得以从个体和族群的不同高度审视我们自己与我们这个宇宙。

我还发现了按国别写简史缺少系统性的这个问题的答案。纵观科幻史，世界各地的传统文化里都有科幻雏形，但这雏形等到工业革命后在英国才长出现代意义上的科幻，然后再兜兜转转到了美国，长成参天大树，并伴随着美国国力的提升，开始在全世界攻城略地，影响到每一个角落。

是的，科幻史的一多半，就是美国科幻的崛起与扩张史。这种文化上的霸权强势到假如你写的东西与美国科幻不一样就会被认为不是科幻；强势到你编一个像美国人的笔名你的作品就更容易出版；强势到好多国家根本就没有完整的科幻史，有的只是美国科幻消费史，即使出一两个科幻巨擘，也是后继乏力，无人接续；强势到你想到的未来的样子其实是由美国科幻帮你想到的。

这是好事吗？当然不是。

是以，科幻史的一小半，是各个国家和地区根据自己的文化和传统，从自己的梦想和追求出发，创作出富有自己特色的科幻。所谓特色，一个重要的指标就是有别于美国科幻。这种对于科幻本土化的追求，发生在德国，也发生在以色列，发生在韩国，也发生在波兰，发生在意大利，也发生在我们中国。

因此，看上去零星松散的全球科幻史，实际上由两部分组成，其一是美国科幻对全世界的征服与收割，其二是世界各国科幻对美国科幻的依从、模仿、不满与反抗。

跳出科幻来看，这与近两百年国际局势的风云变幻是相对应的。

于是，《星空的旋律》为什么能在十二年里出版三次这个问题也就可以得到解释。这是因为随着中国国力的不断上升，一个新的科幻黄金时代，正在以肉眼可见的速度到来。《星空的旋律》的两次再版，只是这种趋势的一个例证罢了。

如此，我一边忐忑地思考着，一边惊讶地发现着，完成了《星空的旋律》的修改。

接下来会发生什么呢？

让我们一起拭目以待。

萧星寒<br>2022 年 7 月 20 日

# 参考书目

吴岩《西方科幻小说发展的四个阶段》
郑军《第五类接触：世界科幻文学简史》
石顺科《外国科幻小说发展由来概览》
［美］詹姆斯·冈恩《科幻之路》
［英］亚当·罗伯茨《科幻小说史》
吴岩《科幻文学理论与学科体系建设》
姚海军《科幻杂志的鼎盛时期》
姚海军《辉煌的〈银河科幻小说〉》
姚海军《坎贝尔和他的〈惊人科幻小说〉》
［英］詹姆斯·冈恩《科幻小说基本书目》
冯鸽《从"飞行器"谈起的"科学"》
田若虹《东西方文化碰撞中的近代中国文学》
吴岩《贾宝玉坐潜水艇》
吴岩《科幻文学理论和学科体系建设》
董仁威《浪漫之旅》
数帆老人《伏尔加河上的灯火——漫话苏联小说》
《环球人物》杂志《写科幻小说，当亿万富翁——卢基扬年科访谈》
［英］布莱恩·奥尔迪斯《亿万年大狂欢：西方科幻小说史》
李广益《中国科幻文学大系·晚清卷》
［加］达科·苏恩文《科幻小说变形记》
［加］达科·苏恩文《科幻小说面面观》

［美］艾萨克·阿西莫夫《阿西莫夫论科幻小说》

董仁威《中国百年科幻史话》

王志冲《春蚕到死丝方尽——悼异国挚友季尔·布雷乔夫》

吴定柏《日本科幻的发展》

果露怡《家园——日本幻想作品中的星际移民》

果露怡《语言——日本幻想作品中的能力与技术》

果露怡《接触——日本幻想作品中的异族》

［日］星敬《以早川书房为中心的日本科幻发展史》

姚海军《布莱恩·奥尔迪斯》

姚海军《把目光转向心灵世界的巴拉德》

虫虫弟《也谈德国科幻小说》

星河《A.C.克拉克：最伟大的科幻作家》

# 附录一  科幻的定义

什么是科幻？早在1835年，就有人试图定义新近出现的一种新型小说形式，然而直到今天，依然没有出现一种放之四海而皆准的科幻定义。

"美国科幻杂志之父"雨果·根斯巴克是以列举法来定义的，他说：我意义上的科学化的小说是凡尔纳、威尔斯和爱伦·坡那样的故事，是一种掺入了科学事实和预测远景的迷人的罗曼史。而"美国科幻教父"坎贝尔的说法则耸人听闻：科幻不是主流文学的分支，而应该反过来，主流文学才是科幻的分支，因为科幻处理的是一切时间与空间中的事件。

这两种说法显然都不能令人满意。于是更多的读者、作者、编辑和学者加入对科幻的定义中。在《科幻文学理论和学科体系建设》一书中，吴岩用了整整九页来罗列历史上出现过的有影响力的科幻定义。

在这些对科幻的定义中，有些是在认真说，但没有说清楚——广义的科幻小说是以科学的假设或非科学的假设为依据的小说，是以不存在于现实的而又没有超自然因素的世界为舞台的小说（L.S.德·坎普）；有些太过学院化，普通人难以理解——一种文学类型，其必要和充分的条件是陌生化和认识的相互作用，而其主要的形式方法是用一种想象的框架代替作者的经验环境（达可·苏恩文）。

鉴于科幻的难以定义，有人开始要赖，如——当了解科幻小说的人们把一类作品称为科幻小说，那就是所谓的"科幻小说"了（弗雷德里克·波尔）；有人开始耍横，如——只有一个实用的科幻定义：任何作为科幻小说出版的作品就是科幻小说（诺曼·斯宾拉德）；汤姆·史培倒是说出了理由，但又没有对科幻下定义——科幻小说之所以难以定义，是因为它是一种富于变化的文学样式，当你试图定义它，它就变了。

这不由得让我想起"盲人摸象"的故事。科幻就像故事里的大象，被读者、作者、编辑和研究者摸来摸去，有人摸着腿了，有人摸着牙了，有人摸着肚子了，有人摸着鼻子了，有人摸着耳朵了，但腿啊牙啊肚子啊鼻子啊耳朵啊都只是大象的一部分。事实上，对于科幻来说，它不仅像大象一般结构复杂，而且它还是活的，会动，会摇头摆尾，还在不停地生长着。于是，它呈现出更为复杂的形态。

在中国，科幻的复杂性还要加上一个误会：科学幻想小说一词不是翻译自英文Science Fiction。在清末，科学幻想小说被包含在科学小说的名目下，而科学小说的说法由梁启超翻译自日文。1949年新中国成立后，全方位学习苏联，就是在那个时候，苏联科幻小说大量进入新中国，俄文Научно-фантастический Рассказ被翻译为"科学幻想小说"，后来缩写成科幻小说。至于Science Fiction，如果直译，其意思为"科学小说"，恰好和清末的说法相一致。但现在，约定俗成，将Science Fiction翻译为科幻小说，就像把dragon翻译为龙一样，造成了相当大的困扰。

在《科幻文学理论和学科体系建设》一书中，吴岩将科幻难以定义的原因归结为三个方面：

其一，内容变更。在近两百年的科幻史上，科幻的内容多次发生变更。从黄金时代到新浪潮再到赛博朋克是最佳例子。

其二，叙事变更。最初科幻是作为通俗文学诞生的，但后世有历史责任感的科幻作家不满足于科幻的地位而向主流文学靠拢，同时也有相当多的主流作家在科幻领域留下佳作。

其三，文化转移。科幻在流传到不同国度、不同地域、不同民族时，因为种种原因而对科幻的定义有不同的理解。简单地说就是美国科幻不同于日本科幻，法国科幻不同于英国科幻。

正因为如此，科幻的世界才包罗万象，格外丰富多彩。我只是一个科幻迷，不想在这里对科幻下一个确切的定义。李光耀说，21世纪唯一不变的是变。这话套到科幻上，也可以成立：科幻唯一不变的就是变。但是，在一个特定时期特定范围内，科幻也会有相对一致的特点和规则，最典型的例子就是美国黄金时代的科幻。

# 附录二　世界主要科幻奖项

世界范围内科幻奖项甚多，先后出现了数百种奖项。但不少奖项在历史的长河中被淘汰。现在，具有影响力的科幻奖项主要有：

"星云奖"（Nebula Award）由美国科幻与奇幻作家协会评选颁发。奖杯为镶嵌在荧光树脂中的螺旋状星云。

首届"星云奖"于1965年颁发，除"作品奖"外，还不定期地颁发"大师奖""名誉退休奖"①和"布雷德伯里奖"②。其中"大师奖"始于1974年，2002年为了纪念SFWA奠基人达蒙·奈特，这一奖项更名为"达蒙·奈特纪念大师奖"。"大师奖"每十年中只能颁发六次，如今已经成为幻想小说作家职业生涯中的最高荣誉。

"雨果奖"（Hugo Award），实际名称为"科幻成就奖"（The Science Fiction Achievement Award），为纪念雨果·根斯巴克，命名为"雨果奖"，由世界科幻协会从1953年开始颁发。首先由专门的年会事务会议决定评选项目和评选方式，然后通知会员提名，提名加以集中后制成选票发给会员。最后根据收到的选票进行裁决。

目前主要奖项有"最佳科幻影视作品奖""最佳科幻作品奖""最佳编辑奖""最佳科幻迷作家奖""最佳科幻杂志奖""最佳科幻美术奖""最佳互动电玩游戏奖"等。每个奖项一般只有一个获奖作品，但一个作家可以多次获奖。奖杯为带鳍状翼的火箭奖杯，但模型底座每年不同，

---

① 自1995年始，主要针对老作家。
② 自1992年始，奖励优秀编剧。

由当年年会委员会设计确定。

"星云奖"和"雨果奖"是世界上最有影响力的科幻奖项,它们都以英文科幻小说为评选对象,区别主要在于,"星云奖"是专家学者评选,而"雨果奖"由普通读者评选。如果一部小说同时拿到了双奖,就标志着它已经毋庸置疑地进入了经典作品的殿堂。

"轨迹奖"(Locus Award)是由科幻迷杂志《轨迹》设立的年度读者投票奖,1971年首度颁发,它的特点是不设提名门槛,因此任何作品都有机会。另外,在奖项设置上填补了"星云奖"和"雨果奖"的空白,除了常见的"作品奖"外,还包括"最佳绘本""最佳个人选集""最佳文集""最佳非虚构作品""最佳编辑""最佳杂志""最佳出版社""最佳画家"等。

"科幻奇幻名人堂"(Science Fiction and Fantasy Hall of Fame)于1996年由堪萨斯州科幻和奇幻小说协会、堪萨斯州大学J.韦恩和埃尔希·M.冈恩科幻小说研究中心创立。其评选结果弥补了"大师奖"不授予已故作家的缺憾。"科幻奇幻名人堂"在每年七月的坎贝尔研讨会上公布。每年会选出在世及已故作家各两名,表彰他们长久以来在科幻或奇幻领域做出的卓越贡献。其奖杯是一个造型典雅的金色望远镜。

"星云赏"是日本科幻小说界最权威的奖项,由每年的日本科幻大会参加者来投票,从上一年度内完结的科幻作品中选出获奖者。此奖是以"雨果奖"为范本创设的。"星云赏"名字来源于1954年日本最早出版的SF杂志《星云》。1970年开始颁发。除了小说外也会颁发媒体(动画或电影)、漫画、艺术(插画为主)等相关奖项。

"日本SF大赏",1980年由日本科幻作家俱乐部设立。此奖为模仿美国"星云奖"设置,是授予年度最优秀作品的科幻文学奖。候选对象是上一年十月到当年九月的、在商业杂志上发表或以单行本方式出版的日本原创科幻小说、评论和漫画等。1980年设立时的奖金额度为100万日元，后来增加到200万日元。

"亚瑟·C.克拉克奖"（Arthur C. Clarke Award）每年奖励上一年在英国出版的最佳科幻小说，1987年设立，由英国科幻小说协会和科幻小说联合会共同管理，它们每年推举两位评审者；后来，科学博物馆也加入该奖，每年推举一位评审者。

"菲利普·K.迪克奖"（Philip K. Dick Award）由科幻小说家汤马斯·迪斯科于1982年创立，旨在纪念在这一年辞世的科幻大师菲利普·K.迪克。赞助单位是费城科幻协会，评选范围为上一年度的首发平装本幻想小说。获奖的作品在封面上印有"最佳科幻平装本"字样。指定平装本这个范围，是因为美国出版社通常会以平装本的形式出版不太出名或新出道的作家之作品，这些小说因名气关系较少受到读者的关注，难免造成遗珠之憾。

"科幻小说研究协会奖"（Science Fiction Research Association Award）是由科幻小说研究协会设立的系列奖项，包括："研究生报告奖"（Graduate Student Paper Award）奖励给由研究生创作、在每年SFRA讨论会上研读的优秀评论；"先锋奖"（Pioneer Award）奖励年度最佳评论著作；"朝圣奖"（Pilgrim Award）创办于1970年，奖励给终身为科幻和奇幻文学做出贡献的人士；"托马斯·D.格拉尔森奖"（Thomas D. Clareson Award）奖励给在科幻教学与研究、编辑、评论、社论作品、出版、组织会议、指导等方面有突出服务性活动的人士。

"极光奖"（Prix Aurora Awards），由加拿大科幻奇幻联合会主办的年度奖项，专门颁发给优秀的加拿大作家的英语或法语作品。首创于1980

年，当时被称为"卡斯帕奖"（Casper Awards），只有"终身成就奖"这一项。之后经过多次改变扩充，1991年时改名为"极光奖"，设立了十个奖，包括六个文学奖——英语及法语的最佳长篇、短篇、非小说书籍，三个爱好者奖——杂志、组织、其他，以及一个艺术奖。每年由不同的协会或团体承办此奖。奖金靠投票费、捐助和主办者承担。

"欧洲科幻奖"（European SF Awards）是由欧洲科幻协会在每年的欧洲科幻大会上颁发的奖项。针对欧洲语言种类多的特点，"欧洲科幻奖"不奖励具体的作品，只奖励作者和机构。"欧洲科幻奖"分四大类：一是"名人堂奖"，有六个子类；二是"奉献精神奖"，颁给有突出作品的作家或画家、最佳爱好者杂志和最佳戏剧；三是"鼓励奖"，颁给新作者和新画家等；最后一类是"荣誉奖"，颁给对当届欧洲科幻大会有特别贡献的人。

"银河奖"，最初设立于1986年，全称是"中国科幻银河奖"，由成都《科学文艺》（现《科幻世界》）与天津《智慧树》两家杂志联合创办。自第二届开始由科幻世界杂志社独家承办。2007年，更名为"银河奖"。候选对象为前一年发表在《科幻世界》上的"银河奖"征文作品。2012年后，候选对象扩大为前一年以中文出版的科幻作品。

"全球华语科幻星云奖"，最初设立于2010年，由世界华人科幻协会颁发。联合创始人为董仁威、姚海军、吴岩。名字来源于姚海军早年印制的科幻迷刊物《星云》。评奖对象为前一年全球出版的华语科幻出版物。入围名单由世界华人科幻协会会员和普通科幻迷推荐投票产生，最终获奖者由专家评审委员会决定。

此外还有："小约翰·W.坎贝尔纪念奖"（1973年设立，奖励长篇科幻）、"西奥多·斯特金纪念奖"（1987年设立，奖励短篇科幻）、"巨心奖"（奖励受尊重的科幻迷成员）、"雷斯灵奖"（1978年设立，奖励科幻诗歌）、"E.E.史密斯纪念奖"——"云雀奖"（由新英格兰科幻小说协会颁发给对科幻小说做出贡献的人士）、"阿西莫夫读者投票奖"（由科幻及奇幻杂志《阿西莫夫科幻小说》杂志设立的读者投票奖，评选范围是当年杂志上刊登的文章，1987年首次颁发）、"亚历山大·别利亚耶夫纪念奖"（由圣彼得堡作家协会设立，评选出年度最佳科幻奇幻小说、最佳科普原创作品和翻译类图书）、"埃利塔奖"（每年在埃利塔节上奖励近两年来俄国最佳原创科幻书籍）等。